Carsten Fischer

Die Endzeit Chroniken

DAEMON

Carsten Fischer
Die Endzeit Chroniken
DAEMON

Kontakt: carsten@endzeit-chroniken.de

ISBN-13: 978-1505389135
ISBN-10: 1505389135

Covergestaltung:
Stefanie Fischer - www.sfischer.at
Foto #1: ID 60994735 - © Mangojuicy - Fotolia.com
Foto #2: ID 63215009 - © Mangojuicy - Fotolia.com

Bereits erschienen:
Teil 1 – Exodus
Teil 2 – Revelations
Teil 3 – Nemesis
Teil 4 – Daemon

Die Endzeit Chroniken im Internet:
http://endzeit-chroniken.de

Die Endzeit Chroniken auf Facebook:
https://www.facebook.com/endzeit.chroniken

Das Wiki für Hintergrundinformationen:
http://endzeit-chroniken.de/wiki/

Folgt mir auf Twitter:
https://twitter.com/Carsten_Fi

Eine Zusammenfassung der Vergangenheit befindet sich am Ende des Buches.

AUS DEN CHRONIKEN VON GENERAL ANGEL

KOMMANDEURIN DER RANGER UND ANFÜHRERIN DER FREIEN ENKLAVEN IM JAHR 2071

Rache. Das war alles, an was ich denken konnte, als Silver Valley von den Sicarii überrannt wurde. Ausgerechnet Silver Valley, diese aufsässige Enklave inmitten der Steppe, die sich mit aller Kraft gegen den Wandel der Endzeit gestellt hat. Die ich selbst jahrelang brennen sehen wollte – und die am Ende meine Seele gerettet hat.

Jade war an allem schuld. Sie hatte die Invasion geplant, angeführt – und zu stoppen versucht. Erfolglos, wie sich später herausstellte. Mit ihrer Armee außer Kontrolle und ihren Politikern in der Schockstarre eines herannahenden Krieges wandte sie sich an mich, ausgerechnet an mich, um ihr Imperium vor dem Zusammenbruch zu bewahren.

Intuition war ihr Zauberwort gewesen. Sie verstand instinktiv, was mich zur Zusammenarbeit überzeugen würde. Nicht Gnade, Frieden oder Freiheit, sondern Macht. Sie hat sie mir zurückgegeben, nachdem die sicariianische Armee ein Blutbad in den Freien Enklaven angerichtet hatte. Entgegen allen Befehlen, allen Vorzeichen und Weisungen hat sie mir den Schlüssel zu ihrem Imperium in Form eines silbernen Amuletts überreicht, vor dessen Anblick ihre Bürger entweder in Todesangst zurückgeschreckt oder mir buchstäblich an den Hals gesprungen sind.

Doch ihr Schlüssel hatte einen hohen Preis. Nie wieder sollten die Freien Enklaven frei, nie wieder unabhängig sein. Ihren Untergang zu verhindern war fortan meine Aufgabe. Sie in die Arme derer zu treiben, die sie beinahe zerstört hätten, um die nahende Apokalypse abzuwenden. Sowohl für uns als auch für die Sicarii, die weitaus näher am Abgrund standen, als mir zu jener Zeit bewusst war.

1. Der verlorene Ranger

Zwei Wochen vor den Geschehnissen von »Nemesis«,
während der Schlacht um Silver Valley.

Johnny hockte am Heckgeschütz von Butchs orangefarbenem Pick-up, gestützt von stabilen Beinschienen und abgefüllt mit einer Überdosis Schmerzmitteln, um trotz seiner vielen Schusswunden kämpfen zu können. Fassungslos mussten er und Butch mit ansehen, wie die Verteidigung der Enklave versagte. Die Sicarii hatten den Palisadenwall mit ihrem monströsen Kipplaster durchbrochen und stürmten die Siedlung. Direkt unter dem improvisierten Belagerungsturm versuchte Kim den eingeklemmten Jäger Stan zu befreien; und drohte dabei selbst überrannt zu werden.

»Butch!«, rief Johnny durch die Panzerungsschlitze der Heckscheibe. »Bring uns zum Eingang! Wir müssen sie decken!«

»Die machen Kleinholz aus uns!«

»Fahr schon, verdammt noch mal! Kim ist sonst geliefert!«

Butch krallte sich ans Lenkrad und biss die Zähne zusammen. Er wollte Johnnys Freundin ebenso wenig im Stich lassen, wusste aber ganz genau, dass sie kaum heil aus der Sache rauskommen würden.

»Worauf wartest du!«, schallte es von der Ladefläche.

Mit einem mechanischen Knirschen legte Butch den ersten Gang ein und drückte aufs Gas. Sobald die Sicarii die Palisade überrannt hätten, fiel die Siedlung und sie wären ohnehin geliefert. Mit einem entsprechend morbiden Gesichtsausdruck jagte er seinen geliebten Pick-up die Feldstraße entlang durch Silver Valley.

»Was zum Teufel macht ihr da!?«, rauschte Angels Stimme aus den Funkgeräten.

»Kim sitzt in der Klemme!«, antwortete Johnny als Erster.

»Ihr könnt ihr mit dem Wagen nicht helfen! Verschwindet sofort, sonst bietet ihr den Sicarii nur ein riesiges Ziel!«

Butch trat gehorsam auf die Bremse und setzte zum Wendemanöver an.

»Spinnst du!?«, beschwerte sich Johnny. »Wir können Kim da nicht einfach zurücklassen!«

»Wir übernehmen das«, raunte eine tiefe Männerstimme aus dem Lautsprecher. Sie gehörte zu Dog, der ehemaligen Nummer Zwei der Vultures, der vor nicht mal einer Woche übergelaufen war. Zusammen mit seinen Leuten kämpften sie sich durch die brennenden Baracken. Sie deckten Kim vor jeglichem Beschuss, bis sie Stan befreit hatte und den Rückzug antrat.

»Fahrzeuge!«, warnte Angels Stimme auf einmal. »Die bringen Fahrzeuge rein!«

Johnny verfolgte Kims Flucht hinter der Tankstelle entlang bis über den Übungsplatz. Sie gab einer kleinen Gruppe aus verletzten Rangern Feuerschutz und wurde dabei fast von einer Mörsergranate getroffen. Benommen torkelte sie durch die Gegend und bemerkte die beiden Pick-ups nicht, die sich von der Hauptstreitmacht gelöst hatten und ihr nachstellten.

Sofort trommelte Johnny auf das Wagendach.

»Los! Zum Übungsplatz!«

Diesmal gab es keinen Grund zum Zögern. Butchs schwer gepanzerter Transporter konnte es mit nahezu jedem Gangfahrzeug außer dem Sattelschlepper STELLA aufnehmen, der neuerdings auf Seite der Ranger stand. Mit einem waghalsigen Geholper an der Belastungsgrenze seiner Stoßdämpfer kamen sie Kim näher, die sich bereits von Sicarii umstellt sah.

»Steh auf, verdammt! Los!«, rief Johnny ihr nach einer Vollbremsung entgegen.

Kim zog sich schwankend auf den Beifahrersitz. Kaum gab Butch Gas, riss sie sich kreischend einen Granatsplitter aus dem rechten Oberschenkel. Derweil ging Johnny mit dem Rücken an der Heckklappe in Deckung, um dem Beschuss von hinten zu entgehen. Sie hatten das rettende Feld mit den Rangern fast erreicht, als die Klappe plötzlich aus der Verankerung sprang und er mitsamt der Ladung herausstürzte.

In seinem Blutrausch aus Adrenalin und Schmerzmitteln rappelte Johnny sich auf und kroch zurück zum Pick-up. Da hörte er Angels Stimme über Funk: »Wir können nicht länger warten!«

Johnny war sich absolut sicher, dass Butch jeden Moment aussteigen und ihn ins Auto hieven würde. Stattdessen drehten die Reifen plötzlich durch und der orangefarbene Pick-up jagte davon.

»Wo wollt ihr ...!?«, krächzte Johnny ihnen nach und streckte den Arm aus.

Da traf ihn ein kräftiger Schlag auf den Hinterkopf. Die Schlacht verblasste. Alles wurde schwarz und sein malträtierter Körper stürzte in den staubigen Sand.

***

Als Johnny erwachte, wiederholten sich die Bilder des davonpreschenden Pick-ups vor seinen Augen. Erst Sekunden später spürte er den bleiernen Schmerz am Hinterkopf und erinnerte sich an sein wenig ruhmreiches Ausscheiden von der Schlacht um Silver Valley. Er fühlte die dicke Beule an seinem Schädel und stöhnte entrüstet.

»Er ist wach!«, hörte er eine Stimme flüstern.

Irgendjemand näherte sich ihm, doch es war dunkel und er konnte nur einen Schatten erkennen, der sich über ihn beugte. Reflexartig hielt er die Arme vors Gesicht.

»Ganz ruhig, Dicker«, spottete eine bekannt klingende Männerstimme. »Du warst zwei Tage außer Gefecht.«

»Mikey?«, krächzte Johnny mit ausgetrocknetem Hals.

»Hier. Trink.«

Eine Flasche setzte an seinen Lippen an und goss ihm klares Wasser in den Mund. Allmählich schärften sich die Umgebungskonturen. Im Licht eines entfernten Lagerfeuers konnte Johnny seinen kleinen Bruder Mike aus Jaguar Bay erkennen.

»Wo ... wo sind die anderen? Mom und Dad?«

»Irgendwo in der Nähe. Es gibt 'ne Menge Käfige wie diesen.«

»Wo sind wir?«

»Ach, verdammt. Ich hab glatt vergessen zu fragen!«

Johnny sah sich um. Er war umgeben von tapezierten Steinwänden und einem vergitterten Panoramafenster. Ein Schaufenster, das vor Einbrechern geschützt war. Davor lag ein ehemaliger Park mit abgestorbenen Bäumen, Sitzbänken und einem Springbrunnen, der mittels einer Betonplatte zum Bunker umfunktioniert worden war. Davon war nur noch ein zusammengestürzter Haufen übrig, nachdem Victor ihn mit gezielten Artillerieschlägen zerstört hatte.

»Brackwood«, murmelte Johnny wenig begeistert. »Wir sind wieder in Brackwood.«

»Du warst schon mal hier?«

Johnny zeigte nach links aus den Gittern heraus.

»Irgendwo da vorne haben sie mich erwischt.«

»Home Sweet Home.« Mike lehnte sich ermattet an die Wand neben seinem Bruder. »Versuch zu schlafen.«

»Gibt's hier irgendwas zu essen?«

»Ich hatte dir 'nen Kanten Brot aufgehoben.«

»Ja ... und? Wo ist der?«

»Hab ihn vor 'ner Stunde gegessen.«

Johnnys Gesicht wurde aschfahl.

»Hab halt nicht damit gerechnet, dass du heute Nacht noch aufwachst«, entschuldigte sich Mike schulterzuckend. »Morgen gibt's 'nen neuen. Vielleicht.«

»Vielleicht?«

»Manchmal vergessen die uns.«

»Wann ist denn Morgen?«

»Sechs Stunden oder so.«

In dem Moment gurgelte es in Johnnys dickem Bauch. Sechs Stunden mit völlig leerem Magen! Wie sollte er das durchhalten?

»Ich sag doch, versuch zu schlafen«, riet ihm Mike erneut.

Johnny hätte sich am liebsten weiter beschwert, aber der Schmerz an Kopf und Beinen ließ ihn Ruhe suchen. Die Medikamente aus Silver Valley hatten längst ihre Wirkung verloren. An Schlaf war nicht mehr zu denken. Stattdessen rollte er sich von einer unbequemen Stelle zur nächsten, bis er die Nacht überstanden hatte.

***

Im Morgengrauen trafen Johnny ein paar harte Gegenstände am Bauch. Ehe er sich versah, stürzten sich die Mitgefangenen auf ihn, als bestünde er aus einem saftigen Rollbraten. Alle waren hinter den trockenen Brotscheiben her, die ihm die Wärter direkt auf den Wanst geschmissen hatten.

»Der Fettsack hat nichts abbekommen!«, höhnte einer der Sicarii.

»Zu langsam, du dicke Sau!«, rief ein anderer.

»Dabei hast du ihn wirklich zu füttern versucht!«

Lachend zogen sie weiter zum nächsten Käfig, in dem sich das Spiel wiederholte. Bei einem Rundumblick stellte Johnny fest, dass er längst nicht als Einziger leer ausgegangen war. Nur etwa die Hälfte der zwanzig Mitgefangenen kaute ausgehungert auf der mageren Mahlzeit.

»Das machen die mit Absicht«, erklärte Mike zornig. »Die amüsieren sich jedes Mal, wenn einer von uns für ein Stück Brot durchdreht.«

Johnny robbte zur Wand neben seinem Bruder.

»Da steckt mehr dahinter«, keuchte er und rieb sich am Kopf. Die Beule war endlich zurückgegangen und der Schmerz verblasst. »Abgemagerte Gefangene starten keine erfolgreichen Aufstände und laufen auch nicht einfach davon.«

»Dann solltest du vermutlich unseren Gegenschlag planen«, sagte Mike und stieß Johnny mit dem Ellenbogen in den dicken Bauch.

»Sehr witzig. Ich kann froh sein, dass mir die Beine noch nicht abgefault sind.«

»Hier, nimm«, sagte Mike und holte ein Stück Brot hervor, dass er bei der Fütterung erbeutet hatte. »Hätte nicht gedacht, dass ich das mal sagen würde, aber du brauchst das nötiger als ich.«

Johnny machte große Augen beim Anblick der knochentrockenen Brotscheibe. Sie war daumendick und er konnte spüren, wie ihm das Wasser im Mund zusammenlief. Die anderen Gefangenen, die nichts abbekommen hatten, blickten die beiden Brüder mit eiskalten Blicken an. Gerade der Dicke, der die Gefangenschaft sowieso nicht überleben würde, sollte essen dürfen? Einige sahen aus, als hofften sie allen Ernstes, dass er daran ersticken würde.

Einen Augenblick lang zögerte Johnny, spielte gedanklich eine Teilung der mageren Mahlzeit durch, aber dann erinnerte er sich an eine von Angels Lehrstunden. Ranger aßen zuerst, dann erst die Zivilisten. Was grob betrachtet Anzeichen einer Militärdiktatur hatte, ergab im Detail rasch Sinn. Ohne die Ranger gäbe es wohlmöglich nur noch dieses eine Essen, denn ohne sie gab es niemanden, der für eine sichere Zukunft sorgte. Solange die Ranger bei Kräften blieben, hielten sie auch die Enklaven am Leben. Zumindest hatte das die letzten zehn Jahre funktioniert, bis die Sicarii über sie hergefallen waren.

Grimmig biss Johnny in die harte Brotscheibe und entschied mit einem Stöhnen, dass er sein nächstes Stück lieber mit den Fingern abbrach, um keinen Zahnverlust zu riskieren. Die neidischen Blicke der Mitgefangenen prallten inzwischen an ihm ab, als stünde Angel persönlich vor ihm und zwang ihn zum Essen. Beim genüsslichen Kauen des zweiten Stücks verstanden die anderen, dass sie nichts abbekommen würden. Sie wandten sich ab, um sich nicht länger selbst zu foltern.

Da entdeckte Johnny ein kleines Mädchen von acht oder neun Jahren zwischen den Erwachsenen. Das einzige Kind in ihrer Gruppe. Weder ihre Haar- noch Hautfarbe ließ sich im schummrigen Licht des Schaufensterknasts erkennen. Sie war von Kopf bis Fuß so schmutzig, als hätte sie vor ihrer Entführung ein Schlammbad genommen.

»Wer ist das?«, hauchte er seinem Bruder zu.

»Wer?«

»Die Kleine da. Ist die aus Jaguar Bay?«

Mike nickte.

»Wir nennen sie Molly. Die Ranger haben sie vor ein paar Wochen mitgebracht. Ist angeblich bei den Scavengern aufgewachsen, bis die Vultures kamen.«

Johnny erinnerte sich an die Geschichten der Vultures, die Scavenger für ihre Kriegsverluste verantwortlich gemacht hatten, hinter denen in Wirklichkeit die Sicarii steckten. Caiden hatte von Angriffen auf Scavengerlager berichtet. Vermutlich war sie aus einem davon geflüchtet und irgendwie auf die Ranger getroffen.

»Ist sie allein hier?«

»Die alte Macbeth hat sich um sie gekümmert«, antwortete Mike.

»Hat die alte Schachtel überlebt?«

»Ich glaube nicht.«

Johnny hielt das Brot mit verkrampften Fingern fest. Gerade hatte er sich ein drittes Stück abbrechen wollen, doch dann drückte er es seinem Bruder in die Hand und nickte zu Molly.

»Bring es ihr.«

»Sicher?«

»Nein. Bring es ihr trotzdem.«

Mike zögerte einen Moment, ehe er durch die Schaufensterabteilung schlurfte. Das Mädchen zog Arme und Beine an, als der unbekannte Mann auf sie zukam. Sie traute der Sache nicht, was nach ihren kürzlichen Erlebnissen nicht weiter wunderte.

»Das ist kein Trick«, sprach Mike ruhig. »Iss.«

Molly sprang wie eine Gepardin aus ihrer Ecke, riss ihm das Brot aus der Hand und zog sich blitzschnell wieder zurück. Erst als Mike den Rückweg antrat, begann sie daran zu knabbern. Im selben Moment standen zwei Männer auf, die ebenfalls nichts von der Fütterung abgekommen hatten.

»HEY!«, krächzte Johnny so laut er konnte. »Noch einen Schritt weiter und ich sorge dafür, dass Angel euch höchstpersönlich das Fell über die Ohren zieht!«

Die Erwähnung der legendären Vulturebraut zeigte Wirkung. Ihre konventionellen Foltermethoden waren seit langem beliebte Gruselgeschichten in den Wastelands, weshalb sich die beiden Männer nach einem unschlüssigen Blickkontakt wieder zurückzogen. Johnny nickte unterdessen Molly mit knurrendem Magen zu, die wie ein Hase an ihrem Brot nagte.

»Angel kommt uns holen?«, fragte Mike nach seiner Rückkehr.

»Darauf kannst du deinen Arsch verwetten. Sie wird mit dem Vulturetruck hier reinbrettern und ...!«

»Den Truck gibt's nicht mehr.«

»Was?«

»Soweit ich gehört hab, hat General Monroe einen Ausfallversuch gewagt und ist mitsamt dem Truck in die Luft gejagt worden.«

»Und Angel? Kim!?«

»Wissen wir nicht. Es gab wohl einen Fluchtkonvoi, der über den Hinterausgang entkommen konnte. Euer Humvee und Butchs Pick-up waren dabei.«

»Kim saß in dem Pick-up«, erinnerte sich Johnny erleichtert. »Und Angel wird in dem Humvee das Kommando übernommen haben.«

»Kommt sie auch ohne den Truck?«

»Mit Sicherheit«, bekräftigte Johnny seine Überzeugung. »Angel lässt ihre Leute nicht im Stich.«

Gemeinsam lehnten sie sich an die Wand und sahen Molly zu, wie sie ihr Brot herunterwürgte, als gäbe es kein Morgen mehr. Johnny glaubte nicht an Karma, aber in seinem Inneren fühlte er sich wohl, so als hätte er das Richtige getan. Nur sein Hunger ließ sich davon nicht beeindrucken. Er hoffte sehr, dass Angel sich nicht allzu lange Zeit lassen würde.

***

Sechs Stunden später. Die Sonne stand hoch am Himmel und gähnende Langeweile machte sich breit. Es gab nichts zu tun und die Sicarii ließen sich kaum auf dem großen Platz vor den Schaufenstern blicken. Nur vereinzelt schaute eine Patrouille nach dem Rechten.

Wenn sie uns wenigstens ein Kartenspiel geben würden, dachte sich Johnny. Er hatte ein paar Runden Tic-Tac-Toe gegen seinen Bruder verloren. Der sandige Fußboden diente ihnen als Spielfeld. Gereizt rieb er an seinen Waden, die immer noch die Verbände von Steven aus Silver Valley trugen und unerträglich juckten. Inzwischen waren die Binden verdreckt von Blut und Staub. Eigentlich mussten sie dringend gewechselt werden, aber das kümmerte die Sicarii herzlich wenig.

Da schien Brackwood auf einmal aufzuleben. Soldaten rannten fast panikartig über den Platz und brachten ihre Uniform in Ordnung. Einige suchten ihr Gewehr, andere vermissten ihr scharlachrotes Barett. Wie ausgewechselt standen sie kurz darauf stramm vor den Gefängniszellen, als hätten sie hier seit Tagen diszipliniert Wache gehalten.

Ein einzelner Jeep kam herbeigefahren und stoppte vor dem zerstörten Bunker. Dessen Ankunft war seit ihrer Gefangennahme das interessanteste Geschehnis, so dass alle Insassen wie das Publikum eines Theaters an den Gitterstäben hingen. Der Lagerkommandant empfing die beiden Passagiere des Jeeps. Ein unbekannter Offizier und eine athletische Frau mit langem, kupferfarbenen Haar stiegen aus. Sie war in einen braunen Hirschledertrenchcoat gekleidet, über dessen Schulter ein Katanaschwert emporragte, wie es die meisten Gefangenen noch nie gesehen hatten. Nur Johnny erkannte sie sofort.

»Jade ...«

»Du kennst die?«, fragte Mike.

»Sie war beim Überfall auf Eagle Village dabei. Angel hat sich mit ihr duelliert, ob du‘s glaubst oder nicht.«

»Duelliert? Warum lebt die dann noch?«

Johnny zuckte mit den Schultern.

»Eigentlich sollte sie in einer Zelle sitzen und nach Jaguar Bay geschafft werden. Wundert mich aber irgendwie nicht, dass sie entkommen konnte.«

Der Lagerkommandant führte Jade zu den vergitterten Schaufensterzellen, die sie als erstes interessierten. Stolz erklärte ihr der Offizier die Effizienz seiner Truppen und, dass die Ranger bald in Arbeitslager des Imperiums verfrachtet würden. Die meisten seien gesund und uneingeschränkt arbeitsfähig.

Jade wirkte immer noch ein wenig angeschlagen, entweder von ihrem verlorenen Duell gegen Angel oder ihrer Flucht, zu der sie keine Angaben machte. Eigentlich sagte sie kaum ein Wort, bis sie die Zelle mit Johnny erreichten. Ihre smaragdgrünen Augen funkelten in der Mittagssonne, als sie ihn ohne Zweifel wiedererkannte.

»Was ist mit dem Dicken da?«, fragte sie unverhohlen. »Der sieht nicht gerade produktiv aus.«

»Wir haben die Krüppel noch nicht ausgesiebt«, entschuldigte sich der Offizier. »Er und siebzehn weitere Gefangene werden vor der Abfahrt exekutiert. Wir hielten es für besser, sie bis dahin zusammenzuhalten, um Fluchtversuche zu erschweren.«

»Und was ist mit der Ansteckungsgefahr?«, entgegnete Jade ihm gereizt. »Der Fettsack ist mit seinen vielen Wunden doch eine wandelnde Epidemie!« Der Lagerkommandant stand kurz vor einer vehementen Verteidigung, da wendete sich Jade an den Offizier, der sie gefahren hatte. »Colonel Grant! Ihr sortiert sofort sämtliche Verwundeten aus und sperrt sie weit entfernt vom Rest ein!«

»Jawohl, Herrin«, salutierte Grant, nicht ohne einen gewissen Spott in der Stimme über seinen runtergeputzten Kameraden.

»Und den da schafft ihr ins Lazarett!«, befahl Jade mit einem Fingerzeig auf Johnny. »Wenn hier irgendeine Krankheit ausbricht, will ich wissen, was es ist!«

»Verstanden, Herrin«, erwiderte der Lagerkommandant mit der Faust auf der Brust.

Jade ließ ihren Trenchcoat eindrucksvoll im Wind wehen, als sie sich zackig herumdrehte und zurück zum Jeep marschierte.

»Angel ist wohl nicht länger die einzige Frau mit Eiern in der Hose«, witzelte Mike, bis er den todernsten Blick in den Augen seines Bruders sah. »Was ist? Die werden dir jetzt doch sicher helfen?«

»Du hast keine Ahnung, wer das ist«, knurrte Johnny. »In Eagle Village hat sie sich zwei Tage lang als Flüchtling aus Sienna ausgegeben, um die Verteidigungsanlagen als Vorbereitung für ihren Überfall zu sabotieren. Nach der Schlacht hat sie kaltblütig einen ihrer Männer abgestochen, nur damit er uns nichts verraten konnte. Die hat mit Sicherheit kein Interesse daran, irgendwem von uns zu helfen.«

***

Es dauerte keine fünf Minuten, da öffneten vier Legionäre die Zellentür und schoben eine Bahre mit Rädern hinein, wie sie früher jeder Krankenwagen mit sich führte. Jades Auftritt hatte der Truppe offenbar Beine gemacht. Gemeinsam wuchteten sie Johnny hinauf und traten sofort einen Schritt zurück, als fürchteten sie, dass die Bahre unter seinem Übergewicht zusammenbrechen könnte. Dann fuhren sie ihn stumm heraus und rollten ihn vor den Augen seiner Mitgefangenen davon.

Johnny war überzeugt, dass man ihn erst sezieren und anschließend exekutieren würde, sofern er die Untersuchung überhaupt überlebte. Er rüttelte an seinen Handfesseln, mit denen ihn die Soldaten fixiert hatten, doch es half nichts. Wohin hätte er auch fliehen sollen? Dazu auf allen Vieren?

Immerhin schob man ihn in einen schattigen Raum, dessen kühle Luft sich zur Mittagszeit sehr angenehm anfühlte. Die Wände waren elfenbeinfarben gekachelt und strahlten den spröden Charme eines vorzeitlichen Waschraums aus. Im Gegensatz zu den verdreckten Zellen wirkte die Umgebung zumindest halbwegs sauber.

»Irgendwelche Allergien oder Erbkrankheiten?«, fragte eine dumpfe Stimme. Sie entstammte einem Mann mit weißem Mundschutz und pastellgrüner Schürze.

Die sicariianische Vorstellung von einem Arzt, vermutete Johnny. Er fühlte sich völlig ausgeliefert und wollte die Tortur möglichst kurz halten.

»Nichts bekannt. Blutgruppe B positiv.«

»Danke vielmals«, erwiderte der Arzt mit leichtem Zynismus aufgrund der detaillierten Antwort. »Was ist mit den Beinen? Wurden Knochen getroffen?«

»Nein.«

»Wie alt ist der Verband?«

So langsam wunderte sich Johnny über die ausführliche Untersuchung. Eine Sezierung vor seiner Exekution hatte er sich anders vorgestellt. Schmerzhafter und weniger fürsorglicher.

»Zwei Tage.«

»Sieht professionell aus.«

»Ist er auch. Ist von unserem ...«

Weiter kam Johnny nicht. Der Arzt hatte die Binden um seine rechte Wade aufgeschnitten und löste sie von der Haut. Hunderte von festgeklebten Beinhaaren wurden dabei herausgerissen und ließen ihn vor Schreck aufheulen. Die schlecht verheilten Schusswunden verschlimmerten die Tortur noch. Steven hatte ihn ja davor gewarnt, sich nicht an die Bettruhe zu halten.

»Hilft nichts«, meinte der Arzt gelassen. »Der muss runter.«

Er rief einen Sanitäter hinzu, der Johnny zusätzlich zu den Fesseln auf die Trage drückte. Jetzt bekam er die erwartete Folter zu spüren und wünschte sich beinahe, einfach nur mit Faustschlägen ins Gesicht verhört zu werden.

Zum Glück verstand der Arzt offenbar sein Handwerk. Nach fünf Minuten lagen beide Beine grob epiliert an der frischen Luft.

»Gut vernäht«, gab er zu. »Aber schlecht verheilt. Bist wohl damit rumgerannt?«

»Ihr ...!«, keuchte Johnny. »Ihr habt uns angegriffen!«

»Kein Grund Krüppel in die Schlacht zu schicken«, erwiderte der Arzt salopp.

Er reinigte die Wunden soweit es die Umstände zuließen und nähte zwei aufgerissene Löcher zu. Sogar mit örtlicher Betäubung, wie Johnny dankbar feststellte. Anschließend legte er ihm saubere Verbände an, die es problemlos mit Stevens Künsten aufnehmen konnten.

»Zwickt es sonst noch irgendwo?«

Johnny schüttelte mit dem Kopf. Daraufhin nahm ihm der Arzt etwas Blut ab, um festzustellen, ob die Ranger vielleicht wirklich irgendwelche Krankheiten einschleusten. Dann rief er die Wachen herein, die ihm einen Rollstuhl vor die Trage stellten. Sie lösten die Fesseln und setzten ihn in den Stuhl. Einer der Soldaten schob ihn aus dem Lazarett und quer durch den Park. Dabei konnte Johnny einen Blick auf die vergitterten Schaufenster erhaschen. An

Mikes Situation hatte sich nichts geändert, aber etwas weiter rechts entdeckte er Gefängniszellen voller halbnackter Männer, die er bei genauerem Hinsehen als Vultures identifizierte. Der Legionär ließ ihm jedoch keine Möglichkeit zur detaillierteren Beobachtung, sondern rollte ihn ohne Umwege auf einen angrenzenden Wohnblock zu und in ein Apartment hinein.

Da stieg Johnny ein bekannter Geruch in die Nase. Der verführerische Duft von frisch geröstetem Fleisch. Am liebsten wäre er sofort aufgesprungen und ihm blind gefolgt, aber der Rollstuhl schien dem Kurs ganz von selbst zu folgen. Als Johnny die verträumten Augen öffnete, sah er Jade vor sich an einem Schreibtisch sitzen, auf dem ein Silbertablett mit einem dampfenden Spanferkel stand. Reflexartig wollte er danach greifen, da kettete ihn die Wache mit Handschellen an den Stuhl. Jetzt war er sich absolut sicher: Seine Folter hatte gerade begonnen!

»Hallo Johnny«, säuselte Jade und schickte den Soldaten mit einem Wink vor die Tür. »Ich nehme an, du erinnerst dich noch an mich?«

Ihm lief das Wasser im Munde zusammen und er versuchte gar nicht erst, es zu leugnen. Sein Übergewicht verriet seine Schwäche sofort, so dass er stattdessen niemandem in den Genuss kommen ließ, sich darüber lustig zu machen. Stur nickte er ihr zu.

»Du kannst dir ja gar nicht vorstellen, was ich alles durchgemacht habe!«, begann Jade zu lamentieren, als seien sie alte Freunde. Dabei schnitt sie das Ferkel an und legte sich ein saftiges Stück auf den Teller. Davon standen zwei auf dem Tisch. Einer für sie und einer auf Johnnys Seite. Der Teller von Johnny blieb leer. »Erst diese Demütigung von Angel und dann die furchtbare Verpflegung von Martha! Wie habt ihr diesen staubtrockenen Sandkuchen nur runterbekommen?«

Johnnys Sinne schwanden allmählich. Das Spanferkel vor seinen Augen war scheinbar nicht genug. Nein, sie musste ihn auch noch an Marthas köstlichen Kuchen erinnern, den sie in Eagle Village aufgedeckt bekommen hatten. Jade kaute unterdessen genüsslich und schluckte den ersten Bissen herunter.

»Kriegsgefangenschaft macht ja so hungrig, findest du nicht?«

Jetzt reichte es Johnny. Er wendete sich naserümpfend ab und versuchte, seinen Rollstuhl mit einigem Rütteln von ihr wegzudrehen.

»Na na!«, tadelte ihn Jade. »Ist das vielleicht eine Art, meine Gastfreundschaft zu würdigen?« Dabei zeigte sie auf die sauberen Verbände an seinen Beinen. »Ich mach dir ein Angebot, mein Dicker. Du beantwortest mir ein paar Fragen und ich lass dich dafür eine Weile mit dem Ferkel allein.«

Johnny drehte ihr ganz sachte den Kopf zu. Er war absolut überzeugt davon, dass sie ihn anlog. Nachdem ihn die Soldaten mit alten Brotscheiben beworfen hatten, gab es einfach keinen Grund, ihm plötzlich ein saftiges Spanferkel zu servieren. Insgeheim verfluchte er seine Großzügigkeit vom Morgen. Wenn er das Brot nicht an Molly verschenkt hätte, wäre er jetzt in einer deutlich vorteilhafteren Position. Er konnte Angels eindringlichen Appell beinahe hören. Ranger aßen zuerst, dann die Zivilisten. Das schloss Kinder mit ein. Von wegen Karma! Das Karma seiner guten Tat trat ihm nun regelrecht in den Hintern.

»Was willst du wissen?«, knurrte er hervor.

»Zunächst erzähl mir mal von eurer Schlacht um Silver Valley«, befahl Jade und legte sich dabei ein zweites Stück auf den Teller. »Die Legionäre sind immer ziemlich wortkarg, wenn es um Verluste geht.«

Johnny hätte ihr am liebsten ins Gesicht geschleudert, wie die Sicarii von General Monroes apokalyptischer Explosion des Tanklagers direkt zur Hölle gejagt worden waren. Aber das wusste er nur aus den Erzählungen seiner Mitgefangenen und er wollte sich nicht zu weit aus dem Fenster lehnen. Fehlinformationen mussten bei Verhören wohlüberlegt sein, also beschränkte er sich auf eine taktische Analyse, von der er sicher war, dass Jade sie bereits kannte. Vermutlich testete sie sogar seine Antworten auf ihren Wahrheitsgehalt, bevor sie ihre eigentlichen Fragen stellte.

»Verstehe«, nickte sie, nachdem Johnny seine Geschichte mit dem Sturz von Butchs Pick-up abgeschlossen hatte. »Wirklich nicht nett von deinen Freunden, dich einfach so im Stich zu lassen, oder?«

»Die kommen schon noch, um mich zu holen«, drohte er grimmig. »Angel wird sich für die Kriegsverbrechen rächen, die ihr in den Enklaven angerichtet habt!«

Jade legte gerade ihr drittes Stück Fleisch auf den Teller. Sie zeigte keinerlei Reaktion auf seine Anschuldigungen.

»Erzähl mir von Angel«, bat sie. »Ihre Stärken, ihre Schwächen.

Was sie morgens aufstehen und abends schlafen lässt.«

»Du spinnst wohl!«, platzte es aus Johnny heraus. Bei einem Verhör der Vultures hätte er in dem Moment eine Faust ins Gesicht bekommen. Als das nicht geschah, setzte er noch einen drauf. »Sie hat dich schon einmal zu Boden geschickt, und wenn sie hier auftaucht, wird euch keine Armee der Welt mehr helfen können!«

Jade kaute genüsslich auf ihrem Fleisch herum. Sie brauchte Johnny gar nicht körperlich misshandeln. Ihre wohligen Geräusche und der verführerische Duft trieben ihn ganz von allein in den Wahnsinn. Er musste ihrer Strategie einen Riegel vorschieben, ehe sie aufging.

»Ich werd dir eines sagen!«, begann er störrisch. »Angel hat mich mal zwei Wochen lang in der Wüste verhungern lassen. Dagegen ist dein Versuch hier der reinste Witz! Solange du also keine zwei Wochen ...«

»Warum?«

»Warum was?«

»Warum hat sie dich auf Diät gesetzt?«, fragte Jade unbedarft und richtete ihre Gabel auf ihn. »Von einer Langzeitwirkung ist ja nichts zu sehen.«

Johnny versuchte abzuwägen, ob es bei längst vergessenen Fehden noch einen Grund zur Geheimhaltung gab. Wahrscheinlich nutzte Jade das unwichtige Thema, um eine Art Dammbruch zu initiieren, durch den sie leichter Zugang zu ihm erhalten konnte. Trotzdem gewann am Ende sein Bauchgefühl – und damit sein Hunger – die Oberhand. Johnny erzählte, wie er kurz nach Angels Überlaufen sie und Kim zu einem wahren Zickenkrieg aufgestachelt und am liebsten Eintrittskarten zur täglichen Seifenoper verkauft hätte. Daraufhin hatten sie sich auf einer wochenlangen Mission bitterlich an ihm gerächt.

Jade lachte mit vollem Mund und verschluckte sich beinahe. Wie von Johnny erwartet, nutzte sie ihren Fuß in der Tür, um sich im Laufe der Zeit näher an kriegswichtige Informationen über Angel und die Ranger heranzutasten. Es spielte kaum eine Rolle, dass Johnny ihre Strategie durchschaut hatte. Mit jedem Bissen, den Jade herunterwürgte, schwand seine Widerstandskraft. Am Ende hatte sie ihn fast davon überzeugt, dass Angel wie ein Feuersturm über Brackwood hinwegfegen würde und es ja eigentlich keinen Grund zum Schweigen gab. Die Sicarii seien ohnehin dem Untergang geweiht. Er erzählte von Angels Vergangenheit bei den Vultures, ihrem Seitenwechsel und ihrem Aufstieg zu General Monroes rechter Hand. Ihre Höhenangst war ein offenes Geheimnis, ebenso wie ihre strikte Abneigung alkoholischer Getränke. Den Schwärmereien über Angels Künste als Scharfschützin maß Jade kaum Beachtung bei, ließ Johnny aber ausreden.

Als nur noch ein kleiner Teil des Spanferkels übrig war und Jade sich den zum Bersten gespannten Bauch rieb, hatte sie genug gehört. Sie erhob sich ächzend aus ihrem Stuhl und schloss Johnnys Handschellen auf.

»Ich lass euch beide fünf Minuten allein«, flüsterte sie ihm ins Ohr und verließ den Raum.

Einen Augenblick lang vermutete er einen Trick, aber gleich danach war ihm das völlig egal. Er musste die Chance nutzen und griff beherzt zu. Seinen eigenen Teller ignorierte er und aß direkt mit den Fingern vom Silbertablett. Eigentlich würgte er das Spanferkel vielmehr runter, so als wäre es seine letzte Mahlzeit auf Erden.

Da traf ihn der Gedanke, dass er vielleicht wirklich seine Henkersmahlzeit verschlang. Wieder stockte er nur für eine Sekunde, denn auch das spielte in diesem Augenblick überhaupt keine Rolle. Das zarte Fleisch war alles, was zählte. Die Welt konnte ruhig mal fünf Minuten auf ihn verzichten!

***

Exakt fünf Minuten später öffnete sich die Tür des Verhörraums und ein Legionär trat ein. Es war nicht derselbe, der Johnny erst zum Arzt und dann zu Jade gefahren hatte.

»Fertig?«, fragte er mehr wie ein Kellner als ein feindlicher Soldat.

Johnny schlang seinen Bissen herunter und wollte antworten, doch heraus kam nur ein lautes Rülpsen. Er hatte kein Risiko eingehen wollen und reingehauen wie ein Scheunendrescher. Bei genauerer Überlegung kam ihm nicht in den Sinn, wann er das letzte Mal so pappensatt gewesen war. Seine Freundin Kim hatte ihm ständig ein strenges Limit verordnet und heimliche Naschereien fielen aus logistischen Gründen selten so üppig aus.

Johnny wischte sich die fettigen Finger an der verdreckten

Uniformhose ab und wurde zum ehemaligen Park gefahren. Er rechnete damit, wieder in seine Zelle gepfercht zu werden und wollte keine Spuren der Völlerei hinterlassen. Nachdem ihm seine Mitgefangenen schon für ein Stück Brot den Erstickungstod gewünscht hatten, würden sie ihn nach der Spanferkelfolter vermutlich erwürgen.

Stattdessen trafen sie mitten in einer Verladeoperation von Kriegsgefangenen ein. Auf dem großen Platz standen drei LKW der sicariianischen Armee. Zwei davon waren bereits bis auf die beiden äußersten Sitze mit angeketteten Rangern belegt. Johnny wurde ohne Umschweife auf den dritten Laster gehievt. Seinen Rollstuhl klappten die Legionäre zusammen und warfen ihn hinterher.

»Was haben die vor?«, fragte Johnny seinen Bruder.

»Die bringen uns in ein Arbeitslager, wo wir unsere Kriegsschuld ableisten sollen.«

»Unsere was? Die haben sie wohl nicht alle!«

Mike zuckte mit den Schultern.

»Angel wird sich beeilen müssen, wenn sie uns noch raushauen will. Was hast du der da erzählt?«

Er zeigte auf Jade, die sich etwas abseits der Operation mit Colonel Grant und dem Lagerkommandanten unterhielt. Jade gestikulierte aufgebracht, so als würden die beiden Männer ihre Befehle nicht verstehen – oder verstehen wollen. Am Ende setzte sie sich jedoch durch und der Lagerkommandant ließ sie und den Colonel trotzig allein.

»Dass Angel ihr den Arsch aufreißen wird«, brummte Johnny.

»Du hast ihr gesagt, dass Angel kommt, um uns zu holen!? Bist du noch zu retten?«, zischte Mike, so dass ihn die Mitgefangenen nicht hören konnten. »Kein Wunder, dass die uns Hals über Kopf abschieben!«

»Du meinst ...«

»Na klar! Sieh doch!« Mike zeigte auf die Schaufensterzellen. »Nur noch Vultures drin. Für die wird Angel keinen Finger krumm machen!«

»Scheiße«, knurrte er.

»Das hast du toll hinbekommen, Dicker! Warte bis Mom und Dad davon erfahren!«

»Haben sie die auch verladen?«

Mike nickte und deutete mit dem Finger auf einen der anderen Laster. Wenigstens blieb ihre Familie vereint.

Inzwischen hatte Jade ihre Befehle überbracht und die Sicarii stiegen in ihre Fahrzeuge. Colonel Grant setzte sich direkt neben Johnny und signalisierte dem Konvoi die Abfahrt.

»Hat‘s geschmeckt?«, fragte er mit einem wissenden Gesichtsausdruck.

»Wovon redet der?«, wollte Mike umgehend wissen.

Johnny lehnte sich zurück und versuchte erfolglos, ein weiteres Aufstoßen zu unterdrücken. Sein Bruder schnappte den Fleischgeruch sofort auf und ließ nun nicht mehr locker. Es würde eine lange Fahrt mit vielen unangenehmen Fragen werden.

Johnny graute bei der Vorstellung an wochenlange Sklavenarbeit, wie er sie aus Erzählungen von Vultureflüchtlingen kannte. Wie wenig er doch davon ahnte, dass er schon bald eine Gruppe von Aufständischen und Rebellen gegen das Sicariianische Imperium in die Schlacht führen sollte ...

2. Allianz

Zwei Wochen später im sicariianischen Arbeitslager 23, Provinz Cor Decat.

Johnny war wieder ein freier Mann, auch wenn er es selbst noch nicht ganz wahrhaben wollte. Gerade mal fünf Tage hatte er den Status eines Kriegsgefangenen bekleidet. Eingestuft als schwerverletzt und generell arbeitsunfähig war er von den Wärtern in seiner Zelle fast vergessen worden, anstatt ihn wie die anderen Ranger zum Schuften in die Sonne zu treiben. Um das Lager herum gab es karge Felder, auf denen sie knochenbrecherische Landarbeit verrichten mussten, bis sie in der Nacht zum sechsten Tag aus heiterem Himmel befreit wurden.

Seit der verlorenen Schlacht von Silver Valley litt Johnny an Schlafstörungen. Das Schicksal seiner Freundin Kim und die plötzliche Wende des Krieges gegen das Imperium ließen ihm bis dahin keine Ruhe. Die Spanferkelfolter von Jade und ihre unerklärliche Sonderbehandlung für ihn taten ihr Übriges, um ihn nächtelang wachzuhalten.

Die quälende Ungewissheit fand erst Linderung, als ein grauschwarz getigerter Kater bei Nacht an seiner Zelle vorbeischlich. Johnny hatte ihn mit einem halb abgenagten Knochen durch die Gitterstäbe gelockt und seine Reste mit dem Tier geteilt. Binnen weniger Tage lernte der Kater, dass bei ihm nach Einbruch der Dunkelheit immer etwas zu holen sei. Johnny taufte ihn Heinrich, nach einem Lehrer aus seiner frühen Schulzeit.

Jetzt rollte sich Heinrich schnurrend auf Johnnys Schoß zusammen, während er im Hof des Arbeitslagers nach dem Rechten sah. Aufgrund der Schussverletzungen in seinen Beinen war er nach wie vor an den Rollstuhl gefesselt. Kim übernahm seit ihrer Ankunft vor drei Tagen einen Großteil seiner Aufgaben. Er glaubte noch immer nicht ganz an ihre Geschichte des fliegenden Schlachtschiffs mit seinen rotierenden Kanonen, das sie mitten im sicariianischen Territorium befreit hatte. Das Eintreffen von Jiao und Leon hatte daran nichts geändert. Immerhin waren die beiden von ein paar Rentnern bei Nacht in einem klapprigen Kohlelaster abgeliefert worden, die sich anschließend schnellstmöglich aus dem

Staub gemacht hatten. Trotzdem, oder gerade deswegen, schenkten Kim und Johnny sich jedes Mal ein Lächeln, wenn sich ihre Blicke trafen. Nach all dem Chaos und Leid hatte sie das Schicksal wieder zusammengeführt.

Mit zusammengekniffenen Augen beobachtete er Jiao und Leon. Die beiden Biosphärenbewohner erschienen ihm merkwürdig und völlig unpassend zum harten Endzeitdasein. Jiao hatte sich eine Sehnenzerrung bei ihrem angeblichen Hubschrauberabsturz zugezogen und war auf Krücken angewiesen. Ansonsten schien sie bei bester Gesundheit zu sein. Schneeweiße, vollzählige Zähne, manikürte Nägel, glatte Haut ohne jegliche Narben und natürlich ihre violette Haarsträhne, von der Kim seit ihrer Ankunft geschwärmt hatte. An Leon gab es kein einziges Körperhaar, was ihn für Johnny ziemlich weibisch erschienen ließ. Er legte großen Wert auf die morgendliche Rasur und hatte sogar seine eigene Nagelfeile im Rucksack. Dagegen stand seine schwarze Rüstung. Ein anderes Wort fiel Johnny zu den elastischen Panzerteilen nicht ein, die an eine Eishockeyausrüstung erinnerten. Sobald er sie anlegte, wirkte er wie ein Superheld aus alten Comicheften; jeden Moment bereit, die Faust gen Himmel zu strecken und davonzufliegen. Johnny wusste nicht, was er von den beiden halten sollte, aber Kim schien ihnen zu vertrauen und das genügte ihm.

Er schwenkte den Kopf zum Lagereingang. Genauer gesagt zu dem großen Wachturm, von dem aus die Gefangenen beim Freigang beobachtet werden konnten. Dort oben saß der Grund für seine unerklärliche Freilassung seit einer Woche in selbst verfügter Isolation. Nur die schwerbewaffneten Wachen vor der Tür ließen darauf schließen, dass sich etwas Wertvolles in dem alten Turm befand. Es waren Sicarii, daran bestand gar kein Zweifel. Sie trugen eigens zusammengestellte Kampfmonturen mit dunklen Sonnenbrillen und glichen sich nur durch ihre schwarzen Baretts. Seit Johnnys Befreiung hatten sie sich nur noch zur Wachablösung gerührt und sich nirgendwo eingemischt oder versucht zu helfen. Doch langsam reichte es ihm. Die Ungewissheit über den Krieg, der Verbleib von Angel und Cassidy und der Plan von der verrückten Jade, von dem er angeblich ein Teil war, ließen ihm keine Ruhe. Es wurde Zeit für ein paar Antworten.

Er griff Heinrich unter die Vorderbeine und setzte den schnurrenden Kater auf den Boden. Dann winkte er Kim herbei und rollte auf den Wachturm zu.

»Bist du dir sicher?«, fragte sie besorgt. »Bisher haben die uns doch nichts getan. Vielleicht sollten wir doch noch einen Tag warten?«

»Ich fühl mich wie eine Ratte im Käfig«, brummte Johnny. »Mir reicht's! Entweder die sagen uns, was Sache ist, oder wir verschwinden zurück nach Hause.«

Kim griff zögerlich nach dem Rollstuhl und schob ihn auf die Sicarii zu. Ihre Hände schwitzten sowohl von der Sonne als auch der Anspannung. Die Prätorianer hatten mehr als genug einfache Waffen verteilt, aber ihre Disziplin und ihr martialisches Auftreten schüchterten die verbliebenen Ranger dennoch so sehr ein, dass niemand bisher an einen Aufstand gedacht hatte. Außerdem mischten sie sich ja nicht ein, solange man dem Wachturm nicht zu nahe kam.

Kaum rollte Johnny über den willkürlich gezogenen Zehn-Meter-Radius, klickten die Gewehre der Soldaten und sie gingen in die Hocke.

Wie Roboter, dachte er im Stillen. Kims Hände verkrampften sich und ihre Schritte wurden langsamer.

»Hey!«, rief ihr Freund etwas überzeugter. »Ich will endlich wissen, was hier ...«

»Johnny!«, schallte Coles Stimme aus dem Funkgerät.

»Was ist!?«, knurrte Johnny zurück, nachdem er im denkbar unpassendsten Augenblick unterbrochen worden war.

»Wir kriegen Besuch!«

Die Prätorianer hörten dieselbe Meldung, doch anstatt sich darum zu kümmern, erschienen zwei weitere Elitesoldaten im Ausguck des Turms, um die ankommenden Fahrzeuge unter die Lupe zu nehmen. Johnny gab Kim ein Zeichen, ihn zum Lagereingang zu schieben, woraufhin sich die Wachen augenblicklich entspannten und nun ebenfalls nach Informationen ihrer Kameraden fragten.

Durch die aufgewirbelte Rauchwolke war schwer zu erkennen, wie viele Wagen sich ihnen näherten. Sie fuhren mit hoher Geschwindigkeit, was zivile Händler oder zufällige Reisende ausschloss, die für gewöhnlich sehr auf ihren Treibstoffverbrauch achteten, sofern sie nicht gerade um ihr Leben rannten. Cole kam mit einem Präzisionsgewehr herbeigelaufen, ebenso wie Jiao, die mit

Leons Hilfe herbeihumpelte.

»Zwei Fahrzeuge«, meldete Cole so laut, dass ihn auch die Prätorianer verstanden. »Eins mit Anhänger.«

»Gehören die zu euch?«, rief Johnny in Richtung des Wachturms, erhielt aber wie immer keine Antwort. Daraufhin wendete er sich an seine Ranger. »Auf eure Positionen! Los, los, los!«

Seit seiner Freilassung rechnete er mit einem Angriff und hatte zu allererst Defensivstellungen errichten lassen, die seine Männer nun besetzten. Er selbst wartete mit Kim im Innenhof, geschützt von der Mauer und dem davorliegenden Stacheldrahtzaun. Zwei, drei Minuten lang. Heinrich hatte das Weite gesucht, um dem Aufruhr zu entgehen. Mike kam mit ein paar Rangern herbeigelaufen und deckte seinen Bruder. Kim krallte sich an den Griffen des Rollstuhls fest. Cole hatte sich zusammen mit Jiao und Leon in einem Schuttberg hinter ihnen verschanzt.

Dann rollte ein fast unhörbar leiser Geländewagen durch das Zufahrtstor. Mit schwarzem, abgeschmirgeltem Lack und glänzendem Chromkühler passte er ebenso wenig in diese Zeit wie–

Johnny hatte den Gedanken noch nicht mal vollendet, da sprang Jiao auf Krücken hervor und humpelte auf das Auto zu.

»Was ist denn in die gefahren?«, wunderte sich Mike.

Leon versuchte sie zurückzuhalten, doch Jiao wollte davon nichts wissen. Mit seiner Hand an ihrem Arm kam sie jedoch nicht weit. Bevor sie sich losreißen konnte, öffneten sich die Türen.

Johnny rechnete mit Verstärkung für die Sicarii. Vielleicht einem Boten, der sie zusammen mit Soldaten im nachfolgenden Kleintransporter zurück in ihre Zellen scheuchen sollte. Er blinzelte bereits in Richtung seiner gut versteckten Männer, als eine müde wirkende Lateinamerikanerin ausstieg und ihm zuwinkte, als hätte sie gerade die Tortur einer wochenlangen Reise hinter sich gebracht.

»Angel!«, rief Kim erleichtert. Sie ließ sofort von Johnny ab und joggte für eine Umarmung auf ihre vermisste Freundin zu.

Cole senkte sein Gewehr und Leon löste endlich seinen Griff um Jiaos Arm. Johnny winkte seinen Leuten zu, als er Cassidy aussteigen sah, die sich der freudigen Begrüßung anschloss. Als Dog sich mit ein paar Prätorianern aus dem Kleintransporter quälte, war Johnny sicher, dass sie weder als Gefangene hertransportiert worden waren noch ihnen irgendeine Gefahr drohte. Quietschend rollte er ihnen entgegen.

»Ihr habt uns einen Heidenschrecken eingejagt!«, rief er. »Wo kommt ihr denn auf einmal her?«

»Und was macht ihr mit unserem Wagen?«, wollte Leon wissen.

»Und wo ist–«, setzte Jiao an, doch da erübrigte sich ihre Frage schlagartig.

Neben der Beifahrertür stampfte ein Lederstiefel in den staubigen Boden, gefolgt von einer athletischen Frau gehüllt in einen blutverschmierten Hirschledertrenchcoat. Sie zog sich mit beiden Händen an Dach und Tür aus dem Auto und ließ den Blick über das abbruchreife Lager schweifen.

»Jade«, knurrte Johnny.

Bis zu diesem Moment hatte er die Gerüchte nicht wahrhaben wollen, dass Jade ihn wie eine Marionette benutzte. Leon und Jiao hatten ihm kaum Details verraten können und auch Kim kannte nur Berichte aus dritter Hand. Sie bei lebendigem Leib in Begleitung von Angel zu sehen, änderte jedoch alles.

»Dann ist es also wahr?«

Angel nickte erschöpft. Seit ihrer Abreise aus Alexandria hatte sie nach den richtigen Worten gesucht, um Kim und Johnny ihre Vereinbarung mit den Bacchae zu erklären. Nun war es so weit und sie wusste nicht, wo sie anfangen sollte.

»Wir haben viel zu besprechen«, sagte sie mit starrem Blick.

»Wo ist sie?«, rief Jade in Richtung der Wachen am Turm. Die zeigten ohne mit der Wimper zu zucken nach oben und traten beiseite. Es war absolut klar, wer von nun an das Kommando über sie haben würde.

»Wer ist da drin?«, fragte Angel.

»Ein kleines Mädchen«, antwortete Johnny. »Sie nennt sich Celine, aber sie spricht nicht mit uns.«

Cassidy war hinter Angel hervorgetreten und erwiderte ihren angespannten Blick.

»Celine ist Jades Schwester«, erklärte Cassidy zögerlich, während die Bacchae die Metalltür öffnete und im Wachturm verschwand.

***

Nachdem ihnen keine Gefahr mehr drohte, hatte Johnny seine Leute von den Defensivstellungen abgezogen und sich mit seinen Freunden beim anbrechenden Abend um ein Lagerfeuer im Innenhof versammelt. Jeder brannte darauf, die Geschichte des anderen zu hören. Als guter Gastgeber begann Johnny zuerst und erzählte von der Befreiung des Gefangenenlagers.

»Eines Abends, wir lagen bereits in unseren Zellen, hörte ich auf einmal lautes Geschrei und Gekreische aus dem Wachhaus. Die Wärter brüllten sich gegenseitig Befehle zu. Erst dachte ich, ihr hättet die Sicarii zurückgeschlagen und seid endlich zu unserer Rettung gekommen, doch dafür ging alles viel zu schnell und leise.«

Johnny berichtete, wie schon nach einer Minute wieder Totenstille eingekehrt war. Seine Mitgefangenen hockten vor den Zellengittern und mutmaßten über das, was wohl da draußen vorging. Auf einmal hörten sie, wie sich die knarzende Doppeltür öffnete, durch die sie die Wachen im Morgengrauen für gewöhnlich zur Arbeit trieben. Das Getuschel verstummte abrupt, als leise Fußschritte den Gang entlang huschten. Johnny konnte nichts sehen, da er aufgrund seiner Verletzungen nur langsam aus dem Bett kam. Später erzählte ihm sein Bruder, dass ein Schatten durch den Flur geschwebt war, dessen schwarzes Seidenkleid wie bei einem Geist in der Zugluft wehte. Selbst abgehärtete Männer hielten aus Furcht und Aberglauben den Atem an, als sei ihnen der Tod persönlich begegnet.

Die unheimliche Silhouette stoppte genau vor Johnnys Tür und einen Augenblick lang schien es, als wäre sie unschlüssig, ob er wirklich ihr Ziel sein sollte. Im einfallenden Mondlicht konnte er zwei glänzende Augen hinter einem Schleier erkennen, die ihn misstrauisch musterten. Als der Wind einen Moment abflaute, erkannte er die Umrisse eines jungen Mädchens, was ihn zunächst beruhigte, dann aber schlagartig ein Schaudern über den Rücken laufen ließ. Wie war sie allein an den Wärtern vorbeigekommen?

»Molly?«, fragte er affektartig. Die Sicarii hatten die Kinder zusammen mit den anderen arbeitsunfähigen Sklaven in eine eigene Baracke gesperrt. Johnny hatte sie seit seiner Ankunft nicht mehr zu Gesicht bekommen.

Ohne ein Wort zu sagen, streckte das Mädchen den rechten Arm in seine Richtung und deutete mit ihrem Zeigefinger auf ihn. Die langen Seidentücher, die an ihr herunterhingen, erschienen nun durchsichtig und wirkten umso gespenstischer, als das Mondlicht durch sie hindurchfiel. Der gestandene Ranger gab nur widerwillig zu, dass er vor Schreck zusammengefahren war, als sich das Schloss seiner Zelle plötzlich mit einem lauten Krachen öffnete. Er hatte das Geräusch schon an fünf Morgen gehört, doch dieses Mal blieb ihm fast das Herz stehen.

Johnny erzählte, wie ihn ein unbeschreibliches Glücksgefühl überkam, als neben dem schauderhaften Mädchen zwei schwerbewaffnete Männer auftauchten. Es waren jedoch keine der Wachen. Sie erinnerten Johnny eher an die Sicarii, mit denen Jade Eagle Village infiltriert hatte, bevor Cassidy sie enttarnte. Einer davon schob seinen Rollstuhl herbei und stellte ihn direkt vor die Holzpritsche. Anschließend folgten sie dem stummen Mädchen nach draußen und ließen Johnny allein zurück.

Es dauerte etwas, bis er den Dreh raus hatte, sich ohne Hilfe vom Bett auf den Rollstuhl zu schwingen. Nach zwei fehlgeschlagenen Versuchen, bei denen er mitsamt seinem Übergewicht schmerzhaft auf dem Boden landete, rollte er an den Zellen seiner Kameraden vorbei und öffnete die Türen der Mithäftlinge aus den Freien Enklaven.

Als Mike ihn anschließend auf den Versammlungsplatz schob, entdeckten sie den Grund für das Geschrei der Wärter. Keiner von ihnen hatte überlebt. Einige lagen sogar noch auf ihren Posten, andere waren auf offener Straße mit schallgedämpften Waffen erschossen worden, so dass sie in den Zellen nichts davon mitbekommen hatten. Zwischen all den Leichen stand das stumme Mädchen, nun eskortiert von fünf Männern und einer Frau, die sie wie ein Schutzschild umgaben. Als die Ranger sich ihnen näherten, entsicherten sie ihre schweren Sturmgewehre. Ein deutliches Signal, das auf der ganzen Welt verstanden wurde, und woraufhin Johnny seine Kameraden zum Stehenbleiben aufforderte. Allein mit Mikes Hilfe rollte er auf sie zu. Die Sicarii entspannten sich wieder und ließen die Brüder bis auf Augenhöhe an das junge Mädchen herankommen.

Johnny fragte, wer sie sei und warum sie ihn befreit hätte. Sie schwieg und er wiederholte die Frage erfolglos in Richtung ihrer Eskorte. Stumm holte das eingehüllte Mädchen ein Stück Papier hervor und reichte es Johnny.

Ich bin Celine. Ihr seid frei.

Das war alles, was auf dem Zettel stand. Er hatte tausend Fragen. Wo sie waren, wie der Krieg verlaufen sei, was aus Kim geworden war und warum sie ihn befreit hatte, doch Celine schwieg. Johnny wurde das Gefühl nicht los, dass sie unter ihrem schwarzen Seidenschleier lachte. Nicht über sein Schicksal oder sein Aussehen, wie er es gewohnt war, sondern über die eingeschüchterten Reaktionen der Veteranen aus jahrzehntelangen Endzeitkriegen. Ihre Augen verrieten das Amüsement, doch ehe er sich sicher sein konnte, schwebte sie davon und verschwand in dem großen Wachturm des Lagers. Einer ihrer Männer überreichte ihm wortlos ein Paar Wagenschlüssel mit einer Landkarte und deutete auf zwei Jeeps, die vor der Gefängnisschranke standen. Anschließend folgte ihr die Eskorte zu dem Turm, wo sie seit dem abwechselnd in Zweierteams Wache hielten. Celine hatte ihr Quartier bis zum Tag, an dem Jiao und Kim eintrafen, nicht verlassen. Manchmal beobachtete sie, wie Johnny die Männer und Frauen herumkommandierte, sie auf die Rückkehr von Angel einschwor oder Überfälle plante.

»Das war echt unheimlich«, berichtete er und rieb sich über die Gänsehaut an seinen Oberarmen. »Die haben sich kein bisschen eingemischt, uns weder geholfen noch versucht aufzuhalten. Zumindest bis Jiao hier eingetroffen ist.«

Jades Name hatte Celines Neugierde geweckt. Jiao durfte als Einzige den Turm betreten, wo sich das Mädchen ihre Geschichte anhörte.

»Unheimlich ist gar kein Ausdruck«, pflichtete sie Johnny bei. »Ich hab stundenlang geredet, ohne eine Antwort zu bekommen. Nur ganz selten konnte ich eine Reaktion durch ihren Schleier sehen. Ein Nicken, ein Zusammenziehen ihrer Augen. Manchmal schien sie sogar lachen zu wollen, aber es kam kein Ton aus ihr heraus.«

Die Gruppe starrte gemeinsam den Turm hinauf, aus dem kein Wort gedrungen war, seit Jade ihn betreten hatte.

»Auf alle Fälle hat sie mich wiedererkannt«, fuhr Jiao fort. »Sie zeigte vor den Prätorianern auf mich und seit dem dürfen sich

Leon und ich hier frei bewegen. Diese Bacchae und ihre Prätorianer werde ich nie verstehen. Es schien, als wüssten sie, dass ich zu Jades Plänen gehöre.«

»Und was habt ihr seit dem gemacht?«, wollte Angel mit verschränkten Armen wissen. Geistergeschichten gab es in den Wastelands überall und Johnny hatte schon immer eine blühende Fantasie gehabt. Sie schenkte seinen Übertreibungen nur wenig Glauben.

Jiao zuckte erneut mit den Schultern.

»Wir haben eure Leute auf den Krieg vorbereitet, von dem Jade erzählt hat. Dein Freund war alles andere als begeistert, als ich ihm erklärt hab, wem er seine Rettung zu verdanken hat.«

»Das kannst du laut sagen!«, brummte Johnny und raufte sich dabei die nicht vorhandenen Haare auf seinem rasierten Kopf. Körperpflege war nie seine Welt gewesen, aber die Halbglatze, die er mit zwanzig Jahren bekommen hatte, war für ihn ein Graus. Egal ob sie in Silver Valley herumsaßen oder mitten im Feindesland operierten, die seitlichen Haarstummel mussten regelmäßig dran glauben. »Diese Verrückte hat mich erst versorgen lassen, dann persönlich gefoltert und anschließend in dieses Lager verbannt! Und plötzlich steht dieser unheimliche Zwerg vor meiner Tür und meint, ich wäre frei.«

Angel hielt sich die Hand vor den Mund, als sie sich an Jades Erzählungen der Spanferkelfolter erinnerte, was bei Kim sofort die Augenbrauen hochgehen ließ. Bevor der Rotschopf jedoch fragen konnte, winkte Angel ab und fragte nach der Einsatzbereitschaft der Ranger.

»Die Truppen aus Sienna sind vollständig aufgerieben worden«, berichtete er. »Aus Jaguar Bay sind fast ausschließlich Zivilisten in Gefangenschaft geraten, da die Ranger wohl bis zum letzten Mann gekämpft haben.«

»Deine Familie?«, fragte Angel vorsichtig. Jade hatte ihr gesagt, dass sie Johnny mit seiner Sippe vereint hätte, und wollte ihre Aussage beiläufig überprüfen.

»Allesamt wohlauf«, bestätigte er frohen Mutes und zeigte auf eine kleine Gruppe hinter ihnen, die an einem anderen Feuer ihr Abendessen grillten. Bei genauem Hinsehen entdeckte Angel Johnnys drahtigen Bruder Mike, der mit einer offensichtlich desinteressierten Rangerin zu flirten schien. Das hatte ihn bei Kim jedoch auch nie davon abhalten können. »In Silver Valley gab es eine Menge leicht Verwundete«, fuhr Johnny unterdessen fort. »Die meisten sind aufgrund von Rauchvergiftungen zurückgeblieben und konnten sich inzwischen erholen. Außerdem wurden hier nicht nur unsere Leute inhaftiert. So um die fünfzig Gefangenen sind Kleinkriminelle oder Typen aus irgendwelchen Banden, die den Sicarii das Leben schwer gemacht haben. Und dann sind da noch die Vultures. Der Großteil war bereit, sich uns anzuschließen. Allerdings dachten wir zu dem Zeitpunkt ja auch noch, dass wir gegen diese Bastarde kämpfen werden.«

»Ihr kämpft weder gegen noch für das Imperium«, raunte Jade ihnen aus der Tür des Wachturms zu. »Ihr kämpft für eure eigene Freiheit. Die Legion wird das Vultureproblem nicht lösen können, aber sie kann den Pass über die Berge blockieren. Dadurch bekämen die Vultures die Kontrolle über die südlichen Wastelands und eure Freunde im Kloster wären auf sich allein gestellt.«

Eskortiert vom Anführer der prätorianischen Sigma-Lanze, Lance Commander Anderson, stellte sie sich zu der Gruppe am abendlichen Lagerfeuer. Sie ließ ihre Prophezeiung einen Augenblick lang einwirken und riss sich ein Stück Fleisch vom Drehspieß.

»Wovon redet sie?«, fragte Kim argwöhnisch.

»Du hast sie immer noch nicht eingeweiht?«, murmelte Jade in Angels Richtung. »Ihr wart doch fast eine Stunde allein!«

»Eingeweiht!?«, echote Kim bedrohlich.

Angel rieb sich über die Nasenspitze und schloss für einen Moment die Augen.

»Wir ...«, begann sie andächtig. »Ich – habe ein militärisches Zweckbündnis mit dem Sicariianischen Imperium zur Zerstörung der Vultures geschlossen.«

Kim und Johnny klappten die Kinnladen nach unten.

»Du hast was!?«

Jade blinzelte Angel abschätzend zu. Kein Wort über die Annexion oder den Beitritt der Ranger zum Imperium. Angel beließ es vorerst beim Anschein einer Allianz, wie Svetlana es ihr gestattet und sogar selbst vorgeschlagen hatte, um den Bogen gegenüber den traumatisierten Flüchtlingen nicht zu überspannen. Fast unmerklich nickte die Bacchae und signalisierte so ihr Einverständnis.

»Der Krieg ist vorbei«, sprach Angel. »Die Sicarii sind sich ihrer Schuld bewusst und werden uns entschädigen, aber zuvor stehen wir vor einem viel größeren Problem. Die Vultures ...«

»Die werden uns *entschädigen?*«, wiederholte Kim verächtlich. »Wie wollen die das anstellen?«

»Das Imperium überlässt euch die südlichen Wastelands und wird beim Wiederaufbau eurer Enklaven helfen«, sagte Jade rasch, bevor Angel antworten konnte.

»Und bringt ihr uns auch unsere Leute zurück?«, fauchte Kim und wandte sich anschließend direkt an Angel. »Die haben uns wie Vieh abgeschlachtet und du willst mit denen zusammenarbeiten? Wie kannst du Frank nur derart verraten!?«

»In dem ich das, was von uns noch übrig ist, in eine bessere Zukunft führe!«, schmetterte Angel zornig über den Hof, so dass selbst Johnnys Bruder sie hörte.

»In deren verdammte Arme führst du uns!«

»Es ist entweder das Imperium oder der Tod! Wie viele Leben ist dein verfluchter Stolz wert!?«

»Mein Stolz?«, giftete Kim.

»Genug jetzt!«, raunte Coles gemäßigte Stimme. »Angel trifft solche Entscheidungen nicht ohne Grund und wir sind es ihr schuldig, ihre Argumente anzuhören.«

Jade hielt sich bewusst im Hintergrund und ließ Kim ihr eigenes Grab schaufeln, sofern sie es darauf anlegte. Dog fuhr sich mit dem rechten Daumen über die Lippen und blickte Cole finster an. Er wusste, dass die Ranger kaum eine andere Wahl hatten, aber dass ausgerechnet sein Erzfeind den Ölzweig überbrachte, gefiel ihm weniger. Angel nickte ihm dankbar zu und öffnete gerade den Mund, als Cole ihr noch einmal dazwischenfuhr.

»Aber ich warne dich«, sprach er eindringlich. »Wenn das wieder nur eins ihrer Spiele ist ...«

»Es ist kein Spiel«, versprach ihm Angel. Mit einem Blick zu Jade versicherte sie sich, dass sie nach wie vor auf ihrer Seite stand. »Das Imperium steht vor dem Zerfall. Die Bacchae geben ihm noch drei Monate, bevor das Reich auseinanderbricht.«

Das zeigte Wirkung. Der bevorstehende Untergang ihrer Todfeinde nahm Kims Befürwortern buchstäblich den hasserfüllten Wind aus den Segeln.

»Und ... warum helfen wir da nicht einfach mit?«, fragte sie bewusst naiv.

»Weil wir in dem Feuersturm ebenso untergehen würden«, antwortete Angel. »Und ich werde nicht zulassen, dass Franks Vermächtnis zerstört wird. Weder durch einen Feind von außen noch unseren eigenen Stolz!« Sie ließ ihre entschlossenen Augen langsam durch die Runde schweifen. »Wir befinden uns im Krieg, ob wir wollen oder nicht. Die einzige Frage ist, gegen wen wir unsere verbliebenen Waffen richten.«

Angel wusste, dass sie diesmal nicht zu verängstigten Zivilisten sprach, die gerade Heim und Familie verloren hatten. Vor ihr saßen kampferprobte Männer und Frauen, die nur aufgrund ihrer Ausdauer und Kraft bis hier überlebt hatten. Vielleicht mit Ausnahme von Johnny. In all ihren Gesichtern spiegelte sich derselbe Hass, der Angel bei ihrer Flucht aus Silver Valley begleitet hatte. Jade war drei Wochen lang um sie herumgetänzelt, teilweise höchstpersönlich oder durch Saboteure und Spione wie Clarissa-Tamara, die Nocturnal. Drei Wochen lang musste sie auf Angel einprügeln, auf sie einreden und ihr am Ende gar ein paar dunkle Geheimnisse des Imperiums offenbaren, um sie auf ihre Seite zu ziehen. Ihr fehlten sowohl die Mittel als auch die Zeit, um diese Prozedur zu wiederholen. Daher blieben Angel nur ihre Autorität als General und die Hoffnung, sich nach drei Jahren bei den Rangern genug Vertrauen erarbeitet zu haben.

Eine Stunde lang sprach sie im Schein des Lagerfeuers über die prächtige Schulstadt Alexandria und ließ Cassidy dabei bereitwillig zu Wort kommen, die ihre Eindrücke zwischen Diskothek und Schwimmbad schilderte. Wichtiger waren jedoch die taktischen Fakten, die Berichte über die Söhne des Ragnarök und ihr Bündnis mit den Vultures. Angel verschwieg die Herkunft der Neces ebenso wie Jades Lebensgeschichte und ihren Gefangenen Pedro de Souza. Nichts von dem, was ihr die Bacchae im Vertrauen offenbart hatte, verließ ihre Lippen. Stattdessen hielt sie kein Detail der Schlacht von Jacksonville zurück und legte besonderen Wert auf die strategische Weitsicht der Ragnars, die Hightech-Waffen wie die LRAD einzusetzen wussten und nicht vor der Beschaffung chemischer Kampfstoffe zurückschreckten. Angel beharrte darauf, wie ungern und zögernd sie sich dem Bündnis mit Jade gefügt hatte, aber sie gab ihren Rangern eindeutig zu verstehen, dass sie keine Alternative zu einem vereinten Militärschlag gegen die Vultures sah.

»Die Freien Enklaven sind keine Demokratie«, sprach sie grimmig. »General Peterson hat das zu Beginn klargestellt, General Monroe hat sein System untermauert und ich werde ebenfalls nichts daran ändern.« Ihr Blick fixierte Kims unterschiedlich gefärbte Augen. Schon in Alexandria war ihr klar gewesen, dass der Rotschopf ihre ärgste Widersacherin sein würde, aber sie wollte ihr die Entscheidung nicht allein überlassen. Sie durfte es nicht, ohne ihre Autorität zu gefährden. Sie musste sich an alle Ranger wenden. »Frank hat mich vor dem Exodus von Silver Valley zu eurem General ernannt und ich habe das Bündnis mit den Sicarii geschlossen. Es ist so und es bleibt so. Ich werde die Ranger und die Enklaven vor dem Untergang bewahren.« Sie verschränkte ihre Hände hinter dem Rücken und streckte die Brust heraus, so als wäre ihre Vormachtstellung unantastbar. Ihr Blick zerrte sich von Kim los und schweifte durch die versammelte Truppe. »Trotzdem lasse ich euch die Wahl. Kämpft an meiner Seite und erobert euch euren Platz in der Welt zurück!« Angel ging einen Schritt rückwärts, so dass sie die Schatten der Nacht einhüllten. »Oder verlasst uns und sterbt einsam in dem Sturm, der schon bald über unser Land hinwegfegen wird.«

Sie wendete sich vom Feuer ab und stolzierte so gefestigt zum schwarzen Geländewagen, wie es ihr bebendes Inneres zuließ. Kaum hatte sie ihn erreicht, stützte sie sich auf den Kühler und atmete einmal tief durch.

»Nette Vorstellung«, säuselte Jade hinter ihr aus der Dunkelheit. »Meinst du, sie haben es dir abgekauft?«

»Da gab es nichts zum Abkaufen«, fauchte Angel leise, als fürchtete sie, die anderen könnten sie hören. »Es ist doch die Wahrheit, oder etwa nicht?«

Jade lehnte sich mit dem Rücken auf den verchromten Kühler.

»Sie werden alle sterben, wenn sie nicht mitspielen«, sagte sie zustimmend.

»Das hab ich nicht gemeint!«

»Ich weiß«, knurrte Jade hervor. »Mir gefällt es nicht, dass du ihnen nur ein Bündnis unterschiebst, aber es sind deine Leute.«

»Das war Svetlanas Idee«, verteidigte sich Angel.

»Schon. Aber Svetlana ist Politikerin. Du nicht. Bist du dir sicher, dass du das Spiel bis zum Ende durchhältst?«

»Mir bleibt keine andere Wahl. Wenn ich Kim eben aufgetischt hätte, dass sie demnächst mit euren Kupferstücken bezahlt wird ...«

»Versteh meine Worte nicht als Kritik«, unterbrach Jade sie mit vorgehaltenen Händen. »Sondern als Warnung. Svetlana ist mit ihren intriganten Spielchen aufgewachsen. Du nicht.«

»Na wie gut, dass ich dich an meiner Seite habe!«

Jade lachte einen Moment.

»Nur bis die Sache hier vorbei ist.«

Gemeinsam warteten sie auf die Entscheidung der Ranger, die sich nun umso enger um Kim versammelten. Die Tochter des ersten Generals Andrew Peterson genoss zwar nicht Angels Ruf als unbezwingbare Kriegerin, dafür aber als moralisch weitaus integre Soldatin. Ob es Angel gefiel oder nicht, ohne ihre Zustimmung würden sie viele der Ranger verlassen.

»Wie geht's deiner Schwester?«

»Ihr ist langweilig«, sagte Jade schulterzuckend. »Sie hatte sich wohl ein größeres Spektakel von Johnny erhofft. Seit er deine Nachricht bekommen hat, hält er die Füße still.«

»Den Zettel bei dem Überfall vor Arnac?«, fragte Angel vorsichtshalber nach. »Der ist wirklich angekommen?«

Jade nickte zeigte auf die Gefängnisgebäude.

»Er hat alle Leichen holen lassen. Sie liegen zusammen mit deinem Freund Butch im alten Kühlhaus.«

Angel stieß sich vom Geländewagen los und wollte ihn sofort sehen. Gleichzeitig hielt sie jedoch ein Teil von ihr zurück. Die Angst, Butch im Stich gelassen zu haben, flammte auf einen Schlag wieder auf.

»Wozu eigentlich das Gruselkabinett?«, fragte sie, um sich von ihren Gedanken loszureißen. »Hätte Celine das Lager mit deinem Amulett nicht einfach übernehmen können?«

»Natürlich«, bestätigte Jade. »Aber dann wäre die Besatzung ins Reich zurückgekehrt und Torus hätte zu früh Wind von unseren Plänen bekommen.«

»Und die Wachen? Fällt das nicht auf, dass die tot sind?«

Jade zog ein selbstgefälliges Gesicht.

»Ich hab dir doch von der Veränderung der Sklaverei erzählt, seit Imperator Avianos das alte System abgeschafft hat. Der Abschaum hier gehörte zu den alten Sklaventreibern, die jahrelang Männer, Frauen und Kinder ausgebeutet haben, um ihre Taschen zu füllen. Seit dem konnten sie sich mit Hilfe von Bestechung und Erpressung über Wasser halten.« Sie warf einen verächtlichen Blick auf den verkohlten Scheiterhaufen, auf dem Johnny die Lagerbesatzung hatte einäschern lassen. »Deren Tage waren schon lange gezählt. Die wird keiner vermissen.«

»Und die Gruselnummer?«, fragte Angel. »Schwarzer, stummer Schleier bei Nacht?«

»Celine mag mein Amulett tragen, aber sie ist immer noch ein kleines Mädchen«, erklärte Jade. »Wenn sie einfach so auftaucht und anfängt, Befehle zu erteilen, nimmt sie niemand ernst. Vollkommen egal, ob sie ein Auctoritas herumzeigt oder nicht. Also hat sie Mittel und Wege gesucht, ihrem Auftreten Wirkung zu verleihen. Sie lässt ihre Opfer gern im Ungewissen und in ihrem eigenen Saft schmoren, bis ihnen die Fantasie Streiche zu spielen beginnt.«

»Da hat sie mit Johnny die perfekte Beute gefunden.«

Jade blinzelte amüsiert.

»Ja, da seid ihr ganz einer Meinung.«

»Ich glaube, die sind fertig«, sagte Angel.

Die Ranger verteilten sich im Lager und ließen ihre Führungsmannschaft allein.

»Okay«, presste Kim hervor, nachdem sich Angel und Jade zu ihnen gesellt hatten. »Wir helfen euch bei der Zerstörung der Vultures. Anschließend verschwindet ihr aus unserem Land und lasst euch nie wieder blicken!«

Jade rieb an ihrem Kinn und schwenkte den Kopf zu Angel. Jetzt wäre ihrer Meinung nach ein guter Zeitpunkt, Kim über das Kleingedruckte aufzuklären, doch Angel machte nicht mal den Anschein davon.

»Das ging ja schnell«, argwöhnte Jade daraufhin.

»Wir sind doch nicht dämlich«, raunte Kim ihr zu. »Deine Wegbeschreibung zur Biosphäre, die Sonderbehandlung für Johnny und dieser plötzliche Wachwechsel im Gefängnis. Uns war klar, dass ihr diesen Aufstand nicht aus Nächstenliebe inszeniert habt.«

Angel atmete erleichtert aus. Das Schwerste war geschafft.

»Dann werden wir am besten direkt anfangen, unsere Leute in Form zu bringen und an die neue Ausrüstung zu gewöhnen, die uns die Sicarii freundlicherweise überlassen haben.«

»Celine sagt, ihr braucht noch Zeit«, meinte Jade. Dabei winkte sie Lance-Commander Anderson zu, damit er die Ranger an den Anhänger mit den hochwertigeren Waffen ließ. »Wie lange?«

»Celine sagt?«, wiederholte Johnny verblüfft. »Die kann ...«

»Meine Schwester spricht nicht mehr, seit sie mit angesehen hat, wie ihre Geschwister getötet wurden«, fiel Jade ihm ins Wort. »Und trotzdem hast du ihre Wünsche befolgt.«

Johnny knirschte mit den Zähnen, woraufhin Dog zurückhaltend zu lachen begann. Endlich war er nicht mehr der einzige Mann, der an den Fäden der verrückten Bacchae gehangen hatte.

»Für einen totalen Krieg gegen die Vultures?«, überlegte Johnny. Er blickte zuerst Kim und anschließend Angel fragend an. Es waren die beiden Frauen, die normalerweise mit Monroe auf der strategischen Karte gebrütet hatten, während sich die Männer um Fahrzeuge und Waffen kümmerten. Angel hielt sich jedoch bewusst zurück. Sie war gerade erst eingetroffen und steckte damit Kim den Schwarzen Peter zu.

»Vier Wochen, mindestens«, legte sie entschlossen fest. »Celine hätte mehr Medikamente und Verbandsmaterial mitbringen sollen. Die Leute hier eine Woche schuften zu lassen hat ihnen auch nicht bei der Genesung geholfen!«

Ihr vorwurfsvoller Ton berührte Jade nicht, aber der Zeitplan ging ganz klar gegen ihre Zielsetzung.

»Völlig unmöglich«, erwiderte sie. »Ohne den Hubschrauber müssen wir uns auf konventionelle Methoden verlassen und der Weg bis zu Erics Festung dürfte auch nochmal einige Zeit dauern. Zwei Wochen, höchstens.«

»Das sind nicht irgendwelche Sklaven, verstanden!? Das sind meine Leute, über die du hier sprichst!«, protestierte Kim energisch. »Ich bin bereit, eure Gräueltaten für den Moment beiseitezuschieben, um unsere Familien in den Bergen vor den Vultures zu schützen, aber das heißt nicht, dass ich die paar Ranger, die ihr uns gelassen habt, auf deinen Befehl hin in den Tod schicke!«

Jades smaragdgrüne Augen funkelten vor Zorn, doch Kim gab ihrerseits keinen Millimeter nach.

»Das bringt uns keinen Schritt weiter«, sagte Cole und ging vorsichtig dazwischen. »Kim hat Recht. Du kannst nicht einfach so von uns erwarten, dass wir nun nach deiner Pfeife tanzen. Andererseits ...« Er drehte sich zu Kim um und hoffte, nicht im nächsten Augenblick auf dem Boden zu liegen. »... hat die Verrückte gute Argumente. Ohne uns ist Paul erledigt. Das sollte für dich genauso offensichtlich sein wie für Angel und mich.«

Dog ließ ein missmutiges Grunzen verlauten, als er den schlecht getarnten Annäherungsversuch seines ewigen Kontrahenten um Angels Gunst hörte. Angel hingegen wirkte zufrieden mit seiner Beweisführung. Die Blutschuld, durch die Cole einst in Pauls Dienste getreten war, hatte sich im Laufe der Jahre zu einer festen Vater-Sohn-Beziehung entwickelt. Er würde den Rentner und seine Frau Martha bis zum letzten Atemzug verteidigen, selbst wenn es dafür erforderlich war, mit den Sicarii in die Schlacht zu ziehen.

Kim dachte die ganze Zeit nur an ihren Onkel Frank, an General Francis Monroe, der sein Leben im Kampf *gegen* das Imperium gegeben hatte. Mit Jade auf einer Seite zu stehen ging wider ihre Natur. Sie wollte die arrogante Bacchae auf der Stelle umbringen, stellvertretend für die Sicarii, die Silver Valley, das Werk ihres Vaters, an einem Tag zerstört hatten. Doch dann fiel ihr Blick auf Dog, dem sie bis vor ein paar Wochen ebenfalls nur tiefen Hass entgegengebracht hatte. Dog hatte keinen Moment gezögert, um ihren Johnny am Straßenrand aufzulesen, während die sicarii-anische Armee seinen Truck in Stücke zu schießen drohte. Kurz darauf war er wie der Teufel durch die verbrannten Baracken von Silver Valley gerannt, um ihr und Stan an vorderster Front das Leben zu retten. Und schließlich war er es gewesen, der Monroe auf seiner letzten Mission begleitet hatte. In diesem Augenblick begriff Kim, dass die alten Grabenkämpfe, in denen Freund und Feind leicht zu unterscheiden gewesen waren, endgültig ihre Bedeutung verloren hatten. Sie musste es tun. Nicht für sich, niemals für sich selbst, sondern für all die Menschen, die sie in den Bergen zurückgelassen hatten, und die sich nun auf sie verließen.

Wortlos schob sie Cole beiseite und hielt Jade die Hand hin.

»Drei Wochen.«

Jade zögerte einen Moment und vermutete eine List. Eine Vermutung, die viele der Anwesenden teilten. Allen voran Johnny, der sie am liebsten zurückgehalten hätte. Dann ergriff Jade ihre Hand. Was folgte war kein hinterhältiger Angriff, kein Dolchstoß ins Herz, sondern ein Händedruck, der die unheilige Allianz zwischen Rangern und Bacchae besiegelte.

3. VERSCHOLLEN

In den nächsten Tagen ließ Jade ihren Versprechen Taten folgen. Ein angeforderter Konvoi aus Alexandria versorgte die frisch rekrutierten Ranger mit Nahrung, Wasser und noch mehr Waffen. Die wenigen Inhaftierten, die sich dem Vorhaben nicht anschließen wollten oder die Johnny als zu instabil ansah, wurden in andere Lager verlegt. Zumindest behauptete Jade das. Cole und Dog übernahmen das praktische Training. Als ehemalige Vultures wussten sie genau, was auf die Männer und Frauen zukam, wenn sie Erics Horden gegenüberstanden. Angel und Kim beschäftigten sich unterdessen mit der strategischen Planung. Unterstützt von Jiao und ihren hochaufgelösten Landschaftskarten, die wie üblich nur bei Tageslicht funktionierten, suchten sie nach möglichen Schwachstellen, neu errichteten Außenposten und entsprechenden Versorgungslinien. Die junge Asiatin musste ihren Fuß nach dem Hubschrauberabsturz schonen und saß oft frustriert neben dem großen Versammlungsplatz, wo sie den anderen bei ihren Kampfübungen zusah. Alle paar Stunden versuchte Jiao, mit ihrem Vater Kontakt aufzunehmen, doch die Lautsprecher des Geländewagens blieben stumm. Offenbar hatte er seine Drohung ernst gemeint, dass sie keine Unterstützung mehr erwarten konnte, sollte sie die Biosphäre gegen seinen Willen verlassen. Jade mischte sich nicht in den Lagerbetrieb ein, behielt die Ranger aber permanent im Auge. In den Abendstunden beantwortete sie Angels Team unzählige Fragen über das Imperium und die Bacchae. Celine wich ihr dabei kaum von der Seite. Hätten sie es nicht besser gewusst, wäre sie von den Rangern für eine stumme Sklavin gehalten worden, wie es Jiao einst vermutet hatte. Doch auch Jade sprach nicht viel mit ihrer kleinen Schwester. Sie schienen sich überwiegend durch Gestik und Mimik zu verständigen. Das alles geschah unter dem Schutz der Prätorianer, die eine Abschirmung um das Kriegsgefangenenlager errichtet hatten und neugierige Blicke fernhielten. Sie stellten keine Fragen, führten jedoch genau Buch über Jades Aktivitäten.

Angel sorgte sich um Cassidy. Seit ihrer Ankunft im Gefangenenlager hatten sie kein Wort miteinander gewechselt. Auch Kim und Johnny waren mit ihren Versuchen gescheitert, sie zum

Reden zu bringen. Angel war sich unsicher, wie sie auf die Beinahevergewaltigung ihrer Schülerin reagieren sollte. Als ihre erste Freundin bei den Rangern, Agnes, von den Vultures geschändet worden war, hatte sie ein tagelanges Exempel an den Schuldigen statuiert, aber das war in diesem Fall nicht möglich. Selbst wenn Rune die Flucht vor dem Luftangriff gelungen war, blieb er für Angels Vergeltung außer Reichweite. Außerdem wusste sie, dass sich Cassidy wohl kaum mit blutiger Rache aufmuntern lassen würde.

Cassidy brannte darauf, mit C.T. auf die Suche nach ihrem Bruder zu gehen, von dem seit seinem Ausbruch aus der Ian-Hawk-Biosphäre jede Spur fehlte. Jiao hatte keine Einwände geäußert und sich bereitwillig angeschlossen. Da sie und Leon für Jades Pläne ohnehin wertlos geworden waren, sah sie in der Ergreifung von Faith eine Chance, Punkte bei ihrem Vater zu sammeln, um nach Hause zurückzukehren. Angel war jedoch dagegen und zwang Cassidy, wenigstens zwei Nächte im Lager zu bleiben, um sich von ihrem Gesundheitszustand zu überzeugen. Jade hatte sich unverhofft auf ihre Seite geschlagen und Jiao mit Schreckensgeschichten über langsam wirkende Giftgase davon überzeugt, dass Cassidy für eine Weile unter Beobachtung stehen sollte.

Daraufhin hatte sich Cassidy auf eins von Jiaos Büchern gestürzt. Die E-Paper aus ihrem Gepäck enthielten eine beeindruckende Sammlung. Einsam und gedankenversunken hockte Cassidy im sandigen Boden am Rande des Gefängniszaunes und las trotzig in einem Märchenbuch, obwohl der Großteil aus militärischer Literatur bestand. Erst als ein athletischer Schatten vor ihr auftauchte und ihr die Abendsonne stahl, hob sie den Kopf.

»Wie geht's dir?«, fragte Angel mit kratziger Stimme.

»Gut«, knurrte Cassidy zurück und blickte ihr direkt in die Augen. »Mir geht's gut, okay?« Sie ließ ihr E-Paper fallen und kämpfte sich mit einer Hand auf die Beine. »Wie oft wollt ihr mich das noch fragen!«

»Bis du uns eine ehrliche Antwort gibst«, sagte Angel ruhig.

»Was wollt ihr von mir hören? Dass ich es bereue, Rune nicht selbst die Augen ausgekratzt zu haben? Oder, dass ich am liebsten zurückkehren würde, um seine Leiche zu finden?«

Cassidys Stimme bebte. Bei ihrem zornigen Auftreten wäre

einem Blinden klargeworden, dass sie längst nicht mit ihrem Trauma abgeschlossen hatte. Aber zumindest kanalisierte sie ihre Erfahrung in Aggression. Das beruhigte vermutlich keinen Psychiater, doch für Angel war es ein Hoffnungsschimmer. Sie erinnerte sich an unzählige, missbrauchte Opfer der Red Dragons und Vultures, die daran zerbrochen und nur noch ein Schatten ihrer selbst gewesen waren. Nur die wenigsten besaßen die Kraft, sich dagegen zu wehren. Der physische Aspekt hatte dabei geringere Bedeutung als die mentalen Barrieren, die das Opfer vor den psychischen Folgen schützten. Angel wusste aus eigener Erfahrung, dass sie der Hass und die Gleichgültigkeit am meisten getroffen hatten. Der Schmerz ebbte mit der Zeit ab und den Schmutz konnte sie von sich waschen, aber die Eiseskälte, mit der sie nur noch als Objekt wahrgenommen worden war, blieb ein Leben lang. Erst als sie der Wut verfiel und die Welt mit den Augen einer Mörderin gesehen hatte, schwanden ihre Selbstzweifel; zumindest für eine Weile.

Eigentlich hatte sie Cassidy ihren Werdegang ersparen wollen, aber die Anfangsstadien von Aggressivität und Wehrhaftigkeit anstelle von Depression und Selbstmitleid empfand sie als durchaus akzeptablen Tausch. Angel verstand inzwischen, dass Cassidy nicht mit ihr darüber reden konnte. Selbst das engste Verhältnis zwischen Mentorin und Schülerin kannte Grenzen. Ihre Hoffnungen ruhten nun auf Jiao. Lieber würde sie Cassidy von Kartoffelchips bedeckt auf deren Couch aufwachen sehen, als sie noch länger an das heruntergekommene Gefängnis zu fesseln.

»Du kannst morgen aufbrechen«, sagte sie leise. »Finde deinen Bruder. Finde Faith und bring sie beide in Sicherheit.«

»Ist das dein Ernst?«, fragte Cassidy etwas überrumpelt und vermutete einen Trick.

»Ich kann dir nicht mehr helfen«, antwortete Angel verbittert. »Pack deine Sachen und sag Jiao Bescheid.«

Mit diesen Worten wendete sie sich von Cassidy ab und kehrte mit zusammengefalteten Händen zum zentralen Lagerfeuer zurück. Ihre Nackenhaare stellten sich auf wie bei einem Stachelschwein, als sie den Blick ihrer Schülerin auf ihrem Rücken spürte. Angels Innerstes sträubte sich dagegen, sie einfach so ziehen zu lassen, aber ihr blieb keine Wahl. Der bevorstehende Feldzug gegen die Vultures musste geplant werden und sie selbst würde bald mit Jade ins südliche Cor Syrte aufbrechen. Sie hatte weder die Zeit noch die Mittel, um Cassidy zu zwangstherapieren.

»War das ihr erstes Mal?«, fragte Jade wenig taktvoll an der Feuerstelle, als sich Angel zu ihr gesellte.

»Ich denke schon.«

Jade verzog das Gesicht.

»In dem Alter und da draußen noch unberührt?«, fragte sie kaltherzig. »Da kann sie ja von Glück reden.«

Angel starrte sie finster aus den Augenwinkeln an.

»Soweit ich weiß, hat sie ihr Bruder bis aufs Blut verteidigt.«

»Kein Wunder, dass sie ihn suchen gehen will«, meinte Jade anerkennend. »Vielleicht gelingt es ihm ja, sie aus ihrem Schneckenhaus zu locken.«

»Vielleicht«, wiederholte Angel zweifelnd. Caiden war einfach nicht der Typ für tiefsinnige Gespräche über aufgewühlte Gefühlswelten. »Meine Kupferstücke setze ich aber eher auf Jiao.«

»Die ist definitiv von Männern verschont geblieben mit ihren Hubschraubern und Panzern.«

»Und was ist mit dir?«

»Ich hatte drei Brüder«, sagte Jade. »Aber an Versuchen hat es nicht gemangelt. Du weißt selbst, wie das mit Nomaden ist. Jeder denkt, dass er sich an dir vergreifen kann, weil du ja sowieso bald weiterziehst und man keine Konsequenzen fürchten muss.«

Angel nickte bedrückt. Sie verstand nur zu gut, wovon Jade sprach. Ihr eigener Leidensweg hatte bereits vor der Versklavung durch die Red Dragons begonnen.

***

Cassidy hatte ihr Buch abgeschaltet und Jiao Bescheid gegeben. Im Morgengrauen wollten sie in Richtung Schlucht abreisen. Jiao und Leon checkten den schwarzen Geländewagen, den sie selbstverständlich mitnehmen würden, während Cassidy zu C.T. joggte, die auf einem Weidezaun außerhalb des Lagers saß und stumm in die Abendsonne starrte.

»Was machst du hier?«, fragte Cassidy.

Clarissa zog abwesend an ihrer Zigarette und pustete den Rauch nach oben in die Luft.

»Warten.«

»Warten worauf?«

»Dass es endlich weitergeht und wir von hier wegkommen«, sagte Clarissa mürrisch. Sie warf ihre abgebrannte Kippe auf den Boden und trat sie aus. »Und du?«

Cassidy überlegte einen Augenblick. Dann entschied sie sich, vorerst die Initiative zu behalten.

»Du kannst es wohl kaum erwarten, bei Jiaos Leuten herumzuspionieren?«

Clarissa stieß sich von dem Weidezaun ab und drehte sich zu ihr um.

»Ich bin Agentin«, sagte sie ernst. »Ich soll unsichtbar bleiben, in der Menge untergehen. Das ist hier unmöglich. Viel zu viele Augen, die nur auf uns schauen.« Sie wendete sich ab und starrte hinaus in die Wüste. »Ich hab hier nichts verloren.«

»Warum hat Jade dich dann mitgenommen?«

»Was weiß ich«, knurrte Clarissa. Sie schwang sich zurück auf den Zaun und stellte die Füße auf das untere Brett. »Ihre Pläne ändern sich seit kurzem täglich und sie wollte wohl auf Nummer sicher gehen.« Sie griff in ihre Brusttasche und steckte sich eine neue Zigarette in den Mund.

»Ist das gut?«, fragte Cassidy unbedarft.

Clarissa lachte spöttisch.

»Nein. Irgendwann wird es mich umbringen.«

»Warum tust du es dann?«

»Weil es meine Entscheidung ist!«, sprach Clarissa ernst und zog extra genüsslich an der Zigarette. »Jade, Sydney, Torus«, begann sie zu lamentieren. »Alle wollen irgendwas von mir. Von uns. Den Nocturnals. Jedem sollen wir zu Diensten sein, aber auf uns gehört wird nur, wenn es ihnen in den Kragen passt. Wir haben Torus vor den Vultures gewarnt. Wir hatten Bedenken über den Vernichtungskrieg gegen die Ranger. Wir waren ...« Sie stoppte abrupt, drehte sich zu Cassidy und hielt ihr die Zigarette vor die Nase. »Darüber habe ich Kontrolle. Ich habe mich dafür entschieden, ich allein trage die Konsequenzen.«

Cassidy ließ ihre Worte einsinken, während sie die Glut betrachtete. Von anderen herumgestoßen zu werden war für sie nichts Neues. Von ihren Eltern, ihrem Bruder Caiden und neuerdings Angel und Jade. Alle schrieben ihr vor, was sie zu tun und zu lassen hatte, was schließlich in ihrer Beinahevergewaltigung endete. Dort hatte ihr niemand geholfen. Dort konnte ihr niemand helfen. Außer Clarissa.

Zaghaft nahm Cassidy den Glimmstängel und führte ihn an ihren Mund. Es folgte ein kräftiger Hustenanfall, woraufhin Clarissa ein leichtes Grinsen aufsetzte.

»Ist nicht für jeden«, sagte sie.

»Wie hältst du das nur aus?«, krächzte Cassidy mit tränenden Augen.

Clarissa nahm die Zigarette wieder an sich.

»Man gewöhnt sich dran.«

Cassidy wischte sich die Tränen weg und rieb sich die Hände an der Hose ab, als wolle sie den Gestank loswerden.

»Angel würde mir das sowieso nicht erlauben.«

»Angel«, blies Clarissa abwertend durch den Rauch. »Wer ist sie? Deine Mutter?«

Cassidy schaute sie verdutzt an. Dieselbe Frage hatte sie sich auf dem Weg zum Sagittarius A* auch gestellt, als Jenny unbedingt einen Drink in der Botschaft nehmen wollte. Nein, Angel war nicht ihre Mutter und Dog schon gar nicht ihr Vater. Die beiden hatten keinerlei Befehlsgewalt über sie, militärische Dinge ausgenommen.

Trotzig griff Cassidy nach der halb abgebrannten Zigarette und nahm einen kleinen Zug. Wieder musste sie husten und mit ihren rot angelaufenen Augen kämpfen, aber sie spürte, wie ihr Körper den stinkenden Rauch zunehmend akzeptierte. Mit der Kippe im Mund setzte sie sich auf den Zaun und ahmte Clarissas Haltung nach.

»Danke«, krächzte sie hervor.

»Kein Problem. Ich hab damit gerechnet, dass das eine längere Reise wird und genug eingepackt.«

»Nicht für die Zigarette«, erwiderte Cassidy. »Sondern dafür, dass du mich nicht wie ein Kind behandelst.«

Clarissa spitzte die Lippen.

»Ein Kind mit Sturmgewehr und Röntgenbrille.«

»Genau das meine ich!«, beschwerte sich Cassidy weiter. »Seit eurem Angriff auf Eagle Village geht das so. Erst bilden mich alle aus und nun wollen sie mich am liebsten wegsperren. Und was passiert? Ich werde verschleppt, verschüttet oder ...« Sie schwenkte den Kopf herum. »Du warst ja dabei.«

»Dein erstes Mal auf die Tour?«

»Die ... Tour ...?«

»Unfreiwillig?«

»Ich ... ja ... nein. Noch nie!«

Cassidy blieben die Worte im Halse stecken.

»Na wie gut, dass die Ragnars das nicht wussten«, meinte Clarissa trocken. »Viele von denen haben einen Tick mit Jungfrauen.«

Cassidy schüttelte sich angewidert und zog an ihrer Zigarette. Mit etwas Überwindung vermochte sie den Hustenreiz erfolgreich zu unterdrücken. Als sie wieder klar denken konnte, schoss ihr plötzlich die Gegenfrage durch den Kopf.

»Wurdest ... du?«

»Zwei Mal«, nickte Clarissa unerschrocken. »Berufsrisiko.«

Cassidy lief ein kalter Schauer über den Rücken.

»Das macht dir nichts aus?«

Clarissa blies gereizt ihren Rauch durch die Nase.

»Natürlich macht es mir was aus!«, entgegnete sie störrisch. »Ich hab mich wochenlang wie Dreck gefühlt. Beide Male sind auf demselben Auftrag binnen weniger Tage passiert. Danach wollte ich meinen Job hinschmeißen und nie wieder das Haus verlassen.«

»Und wie hast du es überwunden?«

Clarissa fixierte einen Moment lang Cassidys Augen. Dann wippte sie mit dem Hinterkopf in Richtung des Lagerfeuers, an dem sich Angel mit Jade unterhielt.

»Sie hat mich zurückgeholt.«

Cassidy drehte den Kopf herum und blickte zu Angel.

»Also muss ich doch mit ihr darüber reden?«

»So ein Unsinn«, sagte Clarissa kopfschüttelnd. »Nur weil Jade zur richtigen Zeit am richtigen Ort war, musst du dich noch lange nicht deiner Angel an den Hals werfen.« Sie sprang vom Weidezaun und wendete sich ebenfalls dem Lager zu. »Aber irgendwen solltest du dir suchen, sonst hat das fette Schwein gewonnen.«

Cassidy nickte andächtig. Ihre Hoffnungen ruhten auf Caiden. Er war vielleicht nicht der sensibelste Bruder, aber trotzdem ihr Bruder.

»Ich geh dann mal meine Sachen packen«, sagte Clarissa und ließ ihren Zigarettenstummel fallen.

»Was ist mit den Männern passiert, die dich ...?«

»Die hatten bedauernswerte Unfälle.« Clarissa zog bissig die Mundwinkel hoch. »Berufsrisiko.«

Cassidy war vollkommen bewusst, was die Agentin damit meinte. Vermutlich waren beide Übeltäter eines grausamen Todes gestorben. Normalerweise zog sich bei derartigen Gedanken ihr Magen krampfartig zusammen, aber dieses Mal lächelte sie zurück und spürte ein warmes Gefühl in der Bauchgegend.

***

Eine Stunde später hatten Cassidy, Clarissa, Jiao und Leon ihre spärliche Ausrüstung im Geländewagen verstaut und genossen das wärmende Lagerfeuer zusammen mit den anderen. Aufbrechen wollten sie erst im Morgengrauen. Viel zu bereden gab es nicht. Mit dem festen Ziel vor Augen und dem harten Training waren die meisten zu müde oder zu desillusioniert, um sich Gedanken um ihr Los in der Welt zu machen.

Ein leises Piepgeräusch aus dem schwarzen Straßenkreuzer ließ sie gemeinsam hochschrecken. Angel und ihr Team schauten verdutzt auf den kleinen Fuhrpark, von dem das Geräusch kam. Nur Jiao und Leon blickten einander an, als hätten sie einen Geist gesehen. Wortlos sprangen sie von der abgebrochenen Betonplatte auf, die ihnen als Sitz gedient hatte, und hasteten zum Auto. Von der allgemeinen Unruhe mitgerissen folgten ihnen zunächst Angel und Jade, dann Cassidy, bis kurz darauf die gesamte Truppe eine Traube um den schwarzen Straßenkreuzer bildete.

Jiao war sichtlich unwohl dabei, die Funkverbindung vor versammelter Mannschaft herzustellen. Schließlich gab es nur einen Menschen, der auf diese Art Kontakt zu ihr herstellen würde: ihr Vater. Notgedrungen drückte sie den Bestätigungsknopf, woraufhin das faltige Gesicht Zhang Yuens auf dem Bildschirm erschien.

»Hallo Jiao«, sagte er. Dank der hochauflösenden Videoübertragung konnte man deutlich erkennen, wie er die Mundwinkel künstlich hochzuziehen versuchte. Seine Augen verrieten aber, dass dies kein fürsorglicher Freundschaftsanruf war. »Wie geht es meiner Tochter da draußen?«

»Was willst du, Dad?«, giftete Jiao zurück und erschrak sich dabei selbst über ihren respektlosen Ton. Vor all den Barbaren wollte sie sich jedoch nicht die Blöße von Höflichkeitsfloskeln geben.

»Darf sich ein sorgender Vater nicht über das Wohlergehen seiner Tochter erkundigen?«

»Ich habe drei Tage versucht, dich zu erreichen!«, erwiderte Jiao verbittert. »Wenn dir wirklich so viel daran gelegen hätte ...«

»Schon gut, schon gut.«

Jiao wusste nicht genau, wie groß der Winkel der Kamera im Armaturenbrett war und ob ihr Vater die anderen sehen konnte, die außerhalb des Geländewagens standen und neugierig auf das Display gafften. Er schien aber auf jeden Fall zu ahnen, dass sie nicht unter sich waren.

»Wir haben ein Problem, bei dem uns deine neuen Verbündeten eventuell helfen wollen«, fuhr ihr Vater fort. Damit war klar, dass er Jiao nach wie vor beobachtete. Wahrscheinlich schwirrte seit ihrem nicht genehmigten Aufbruch permanent eine Drohne über ihrem Kopf. »Sharons Zustand hat sich verschlechtert. Laut Doktor Webb droht ihr ein Organversagen aufgrund der schweren Verletzungen. Sie ist vor zwei Tagen zur McKnight Air Force Base aufgebrochen, wo sie Ersatzimplantate vermutet, um ihr das Leben zu retten.«

Zhang Yuen zeigte außergewöhnliches Mitgefühl, doch ein Blick in Jiaos und Leons Gesichter verdeutlichten, dass die beiden ihm die Show keinen Moment lang abkauften.

»Alles verlief genau nach Plan. Danny hat sie mit dem Hubschrauber vor Bunker Fünf abgesetzt. Sie konnten die Reste des Basiscomputers instand setzen, die deine Freunde übrig gelassen haben, und sind anschließend zu Karens alter Krankenstation aufgebrochen.«

»Frag ihn nach den Viechern. Den Wölfen!«, hauchte Kim ins Wageninnere.

»Wie sind sie an euren ausgebrochenen Experimenten vorbeigekommen?«

»Oh, das war leicht«, antwortete Zhang mit einer abwertenden Handbewegung. »Die Nachkommen von Projekt Neozoon reagieren immer noch auf dieselbe Pheromonmischung wie damals. Wir konnten in unserem Labor neue Duftpackungen synthetisieren.«

»Und wo liegt jetzt das Problem?«, rief Angel, die dem arroganten Getue von Jiaos Vater nicht länger zuzusehen vermochte.

»Der Basiscomputer hat ihnen den Funkkontakt zur Oberfläche ermöglicht, ist aber vor genau zwölf Stunden abgerissen. Anhand der Kameras im Hubschrauber können wir sehen, dass die Tore noch offenstehen. Bei einer technischen Fehlfunktion wäre zumindest einer von unseren Leuten zurückgekehrt, um Meldung zu erstatten.«

»Und was willst du nun von uns?«, fragte Jiao.

»Nun – es geht um das Leben eurer Freundin«, versicherte Zhang. »Ich habe weder die Mittel noch Möglichkeiten, Karen zu helfen. Aber deine neuen Verbündeten haben vielleicht Interesse daran.«

»Wie sollen wir in die Basis kommen? Wir haben weder die Ausrüstung noch diese ... diese Stinkpackungen!«, konterte Leon, bevor Jiao ihre offensichtliche Sorge um Sharon verraten würde. »Diese Mistviecher reißen uns doch in Stücke!«

»Oh, darum braucht ihr euch keine Sorgen zu machen«, antwortete Yuen mit einem selbstgefälligen Lächeln. »Amy hat alles dabei, was ihr brauchen werdet.«

»Jade! Hier kommt was auf uns zu!«, rauschte es plötzlich aus dem Funkgerät der Bacchae, mit dem sie Kontakt zu den Prätorianern hielt. »Irgendwas großes. Verdammt. Das ist ein Panzer! Erbitten Anweisungen, Herrin!«

»Ich habe euch den Atlas geschickt«, erklärte Yuen, der den Funkspruch offensichtlich mit angehört hatte.

»Lasst ihn durch«, befahl Jade und zuckte in Angels Richtung mit den Schultern. Was sollte sie auch anderes tun.

»Du weißt doch nicht mal, ob wir überhaupt zustimmen!«, rief Jiao.

»Ich bin vielleicht kein guter Vater gewesen, aber ich weiß, wie viel dir an Karen liegt.« Anschließend wendete er sich an Leon auf dem Beifahrersitz. »Leon, du passt auf meine Tochter auf, wie du es immer getan hast. Im Gegenzug vergesse ich eure kleine Rebellion, wenn ihr unsere Leute sicher zurückgeholt habt. Amy wird euch die Details erklären. Viel Glück!«

Ehe Jiao oder Leon protestieren konnten, schaltete sich der Bildschirm ab.

»Unglaublich!«, fluchte Jiao beim Aussteigen. »Was bildet er sich eigentlich ein?«

»Hey, wenn Sharon dieses Implandingsda braucht, dann holen wir das!«, rief Cole.

Bevor Jiao sich weiter darüber aufregen konnte, wie sie ihr Vater einfach so überfahren hatte, vernahmen sie ein mächtiges Schnaufen aus Richtung des Lagereingangs. Vor dem Schlagbaum verharrte ein vierachsiger Truppentransporter in Wüstentarnlackierung, der mehr Schützenpanzer als Lastwagen war. Gleich vier mannshohe Vorderräder dienten der Steuerung. Anstelle von Kunststoffplanen umgab ihn ein angewinkelter Panzerstahlmantel, verstärkt durch seitliche Drahtgitter zur Raketenabwehr. Die zehn Zentimeter starken Scheiben des schräg konstruierten Cockpits waren der Tarnung entsprechend getönt und entspiegelt. Darüber thronte eine Batterie aus Lautsprechern, Nebelwerfern und einem Fünfundzwanzig-Millimeter-Geschütz, das sich um dreihundertsechzig Grad schwenken ließ. Ein Suchscheinwerfer auf dem Dach strahlte auf die neugierig näherkommenden Lagerinsassen. Die Prätorianer zeigten keine Furcht, erwiesen dem gut drei Meter hohen und zehn Meter langen Ungetüm dennoch den ihm gebührenden Respekt. Sie fassten nichts an und versuchten auch nicht, irgendwelche Türen zu öffnen.

»Und nun?«, fragte Jade in Richtung Jiao, als sie vor dem Schützenpanzer standen.

In diesem Moment fuhr sich die Heckluke von selbst zu Boden und gab den Blick auf den Innenraum frei, der bis ins Cockpit reichte, an dessen Steuerkontrollen jedoch niemand zu sehen war. Die Wände des Ladeabteils starrten vor gläsernen Bildschirmen und Computerkontrollen. In der Mitte gab es einen digitalen Planungstisch und vor der Fahrerkabine lag ein Dutzend silberner Gasflaschen fest verzurrt auf dem Boden.

»Da ist ja gar keiner drin?«, wunderte sich Cassidy.

»Hallo Amy«, murmelte Jiao gequält.

»Guten Tag Zhang Jiao. Es freut mich, dich unverletzt wiederzusehen«, antwortete die synthetisch klingende Stimme der künstlichen Intelligenz. Im gleichen Moment erschien ihr Gesicht mit den grün leuchtenden Pupillen auf einem halben Dutzend Displays, woraufhin sich die umstehenden Ranger verblüfft die Augen rieben.

»Okay, okay, kriegt euch wieder ein!«, rief Jade. »Der Panzer kann hier nicht einfach stehenbleiben. Öffnet die Schranke!«

Die Prätorianer waren mindestens ebenso neugierig wie die Ranger, befolgten den Befehl jedoch sofort. Amy steuerte den Panzerwagen mit halb geöffneter Heckklappe auf den Gefängnishof und stellte neben dem schwarzen Luxusgeländewagen den Motor ab. Angel und Jade sorgten dafür, dass sich ihre Leute verteilten, bis der Atlas nur noch von ihrem Team umzingelt war.

»So, nun klär uns mal auf!«, verlangte Leon.

Amy bestätigte in ihrem gewohnt teilnahmslosen Ton den Bericht von Jiaos Vater. Doktor Karen Webb war mit Dannys Hubschrauberbesatzung zur McKnight Air Force Base aufgebrochen, um künstliche Organimplantate aus ihrer alten Krankenstation zu holen, mit denen sie Sharon retten wollte. Die KI zeigte ihnen Videoaufnahmen von Dr. Webbs Team bei der Öffnung des Bunkers Nummer Fünf. Amy hatte sie in Form eines tragbaren Terminals begleitet und stellte innerhalb weniger Minuten die Grundfunktionen des Basiscomputers wieder her. Sie konnte die Bewegungsmelderanzeige auf jeden beliebigen Monitor projizieren und musste nicht wie Angel zunächst in eine Kommandozentrale gelangen. Insgesamt zählte sie zur Zeit des Zugangs 464 mobile Objekte, von denen sie etwa die Hälfte dem Wolfsrudel zuordnete. Ein paar der anderen flogen teilweise durch die mehrere Stockwerke hohen Etagen und gehörten demnach zu Vögeln oder Fledermäusen. Siebzehn führten pausenlos nahezu gleichmäßige Bewegungen aus und stammten vermutlich von heruntertropfendem Wasser oder ähnlich mechanischen Vorgängen. Wieder andere bewegten sich scheinbar quer durch massive Betonwände, was auf Nagetiere schließen ließ, die sich nach zwei Jahrzehnten eigene Tunnel gegraben hatten. Trotzdem schluckte Angels Team erschrocken, allen voran Kim. Aufgrund ihrer jahrelangen Erfahrung wussten sie, wie sehr manche zivilisatorische Altlasten von Leben wimmelten, aber es so direkt auf einem Bildschirm beobachten zu können wirkte noch viel unheimlicher als in natura.

Amy fuhr mit ihrem Bericht fort und zeigte Dr. Webb beim Abstieg im Treppenhaus. Die Gruppe unterhielt sich ausgelassen über ihre eigene Vergangenheit. Neugierig untersuchten sie jeden einzelnen Wegweiser, obwohl die Ärztin genau wusste, wo ihre alte Wirkungsstätte zu finden war. Mitunter blieben sie stehen und lauschten dem Kratzen der Wolfspfoten, die durch Lüftungsschächte und halb eingestürzte Basisgewölbe huschten. Die Anwesenheit der genmanipulierten Bestien, die Angels Team beinahe zum Verhängnis geworden waren, schien sie keineswegs zu stören. Jeder von ihnen trug einen Pheromonspender um den Hals, an dessen Wirkung sie nicht im geringsten zweifelten.

Cole und Dog starrten ununterbrochen auf die Bildschirme. Sie hatten bislang nur Geschichten aus der verfluchten Militärbasis gehört und den Erzählungen keinen allzu großen Glauben geschenkt. Kim hingegen wendete sich immer häufiger ab. Beim Anblick der feuchten Wände und der Geräusche aus den Rundumlautsprechern des Schützenpanzers kehrten ihre grausamen Erinnerungen zurück. Cassidy rieb sich fröstelnd über die Schultern, bis Angel sie von hinten in die Arme schloss. Jade lehnte an der kalten Panzerstahlwand und versuchte möglichst unbeeindruckt einen Blick auf die Displays zu ergattern, während Celine sich in ihrem Windschatten befand und mit ihrem fotografischen Gedächtnis vermutlich jedes noch so kleine Detail einprägte.

Mit jeder Etage wurde der Empfang schlechter, was Amy mit der maroden Verkabelung innerhalb der Basis erklärte. Die Bildstörungen reichten von leichtem Schnee bis hin zu minutenlangen Aussetzern. Aufgrund der Zeitsprünge war nicht zu erkennen, auf welchem Level Dr. Webbs Gruppe das Treppenhaus verließ. Die offenliegende Kabelverbindung an der Decke ließ jedoch auf eine tiefer gelegene Sektion schließen, die unterhalb der Krankenstation lag. Kurz darauf brach die Videoübertragung völlig zusammen.

»Wieso ist Karen vom Plan abgewichen?«, fragte Jiao.

»Ungenügende Informationen«, erwiderte Amy. »Der Blackout dauerte zweiundzwanzig Stunden und neunzehn Minuten. Anschließend folgte eine kurze Übertragung von dreiundzwanzig Sekunden bis zur völligen Funkstille, die bis zu diesem Moment andauert.«

»Worauf wartest du? Zeig sie uns!«, forderte Leon.

Auf den Bildschirmen erschien die nasse, zweispurige Straße, die vom oberirdischen Bunker in den versteckten Stützpunkt führte.

»Amy? Amy!«, hörten sie Danny rufen. An seinem Namen in der unteren rechten Ecke des Displays konnte man erkennen, dass es sich um die Kamera seiner Einsatzbrille handelte. »Verdammt nochmal. AMY!«

Plötzlich donnerte ein Schuss durch den Tunnel, der so stark reflektiert wurde, dass die Lautsprecher unter der Überbelastung krächzten. Danny stürzte mit einem gebrochenen Stöhnen zu Boden und rief noch ein letztes Mal nach der KI, bevor der Pulsmesser eine gerade Linie zeigte. Er war tot.

Jiao hielt sich schockiert die Hand vor den Mund und hätte sich am liebsten abgewendet, doch das nächste Bild raubte ihr den Atem. Jemand streifte Danny die Hightech-Brille ab und blickte direkt in die Kamera. Aufgrund der blinkenden Notbeleuchtung war nicht mehr als eine schemenhafte Silhouette zu erkennen, die völlig ausdruckslos in die Linse starrte. Einen Augenblick später wurde die Brille zu Boden geschleudert und zertreten, woraufhin die Displays nur noch Rauschen zeigten.

»Was ... wer ...?«, stammelte Jiao.

Leon machte sofort eine Schuldige aus und starrte Jade vorwurfsvoll an.

»Das sind deine Leute, oder?«, rief er ihr entgegen. »Du wolltest doch seit Jahren an unsere Technik herankommen!«

Die Bacchae kümmerte sich nicht um seinen Vorwurf. Erst Angels misstrauischer Blick entlockte ihr eine Antwort: »Nein.«

»Bist du sicher? Ich hab dir schließlich die Position verraten.«

»Du hast was?«, sprudelte es aus Jiao heraus.

»Ich hab ihr gesagt, es wäre eines unserer Waffenlager«, erklärte Angel.

»Und ich hab dir kein Wort geglaubt!«, erinnerte Jade sie. »Das sind weder Legionäre noch Prätorianer!«

Fragende Blicke machten die Runde. Der Schock hielt sich außerhalb von Jiao und Leon in Grenzen. Selbst Cassidy zeigte sich erstaunlich unberührt. Mit Ausnahme der beiden Biosphärenbewohner waren die anderen Anwesenden entweder zu abgebrüht für Gefühlsregungen oder hatten genau so ein Ende der Basisexpedition erwartet.

»Vultures?«, mutmaßte Cole zurückhaltend. Er hatte die Gang vor vielen Jahren verlassen und konnte ihre Kompetenzen nur noch schwer einschätzen.

»Möglich, dass Eric sich auf die Suche nach euren Flüchtlingen gemacht hat«, stimmte Dog vorsichtig zu. »Vielleicht haben die Spuren von euch gefunden und sie für die Fährte zum Konvoi gehalten?«

»Ist doch völlig egal, wer die sind!«, rief Jiao. »Wir dürfen Karen nicht einfach zurücklassen!«

»Da hat sie Recht«, bestätigte Leon beim Aussteigen. Als sie wieder unter freiem Himmel standen, sprach er weiter. »Jiao und ich werden noch heute Nacht aufbrechen. Amy findet den Weg auch in der Dunkelheit und wir können uns so lange ausschlafen. Allerdings hatte Yuen Recht. Es wäre vernünftig, wenn wir nicht allein gehen müssten.«

Der letzte Satz wirkte äußerst zerknirscht. Er traute den Barbaren aus der Wüste noch immer nicht, allen voran Jade und ihren Prätorianern, aber er war ebenso Soldat und konnte taktischen Nutzen und Risiko gegeneinander abwägen.

Cole stellte sich kommentarlos neben ihn. Für den Ex-Vulture gab es keine Diskussionen, wenn es um Sharons Leben ging.

»Was ... was ist mit Caiden?«, fragte Cassidy vorsichtig.

Jiao schloss einen Moment lang mitfühlend die Augen.

»Es tut mir leid«, sagte sie aufrichtig. »Leon und ich sind die Einzigen, die sich mit der Technik dort auskennen. Wir müssen zu Karen.«

Cassidy verstand natürlich, aber das machte es nicht leichter. Ganz davon abgesehen, dass sie sich um ihren Bruder sorgte, fühlte sie sich einmal mehr, als würde sie zu kurz kommen. Kaum hatte sie ihren Gedanken zu Ende gedacht, widerte sie ihre Selbstbezogenheit bereits an.

»Dann begleite ich euch!«, sagte sie hektisch, bevor irgendjemand an ihren Intentionen zweifelte.

»Auf keinen Fall!«, fiel Angel ihr umgehend ins Wort. »Die verfluchte Basis hat dich schon einmal fast umgebracht!«

»Aber ... ich wollte doch nur ...«

»Nein!«, wiederholte sich Angel streng. Für ihre Verhältnisse sensibel fügte sie hinzu: »Du hast in letzter Zeit genug gelitten.«

»Spar dir deine Kräfte lieber für die Ragnars und Vultures«, stimmte Jade unerwartet zu.

Cassidys Augen formten bockige Schlitze, als wolle sie jeden Moment ein Feuerwerk der Entrüstung abbrennen. Die neuerliche Allianz zwischen Angel und Jade gefiel ihr überhaupt nicht. Dann legte Angel plötzlich den Arm um ihre Schulter und sie verstand, dass sie kein Mitspracherecht erhielt, egal, wie sehr sie dagegen aufbegehrte. Cassidy schüttelte sich aus der erzwungenen Umarmung und stampfte zum Weidezaun am Rande des Lagers.

Jiao und Leon verfolgten das Schauspiel besorgt, hielten sich aber bewusst zurück. Sie brauchten Freiwillige und mussten sich daher mit den gebotenen Möglichkeiten arrangieren. Zur Überraschung aller rümpfte Dog die Nase, zog seine Hose zurecht und stampfte mit zwei großen Schritten zum Schützenpanzer, wo er mit verschränkten Armen auf den einen halben Kopf kleineren Cole hinabblickte.

»Ich werd dafür sorgen, dass du da lebendig rauskommst, damit ich dich selbst umlegen kann, wenn die Sache vorbei ist!«

Kim krallte sich an Johnnys Rollstuhlgriffen fest. Sie war hin und hergerissen zwischen ihrem angeborenen Wunsch zu helfen und ihrer Phobie vor dem blutrünstigen Wolfsrudel. Noch bevor sie jedoch eine Entscheidung getroffen hatte, wendeten sich Angel und Jade ab und stolzierten ein paar Schritte auf den Wachturm zu, bis die anderen außer Hörweite waren.

»Du bist sicher, dass ...«

»Absolut«, versicherte Jade. Sie trat näher an Angel heran und begann zu flüstern. »Unsere Leute würden die niemals einfach so angreifen. Denk an Arnac. Scarlet hat nur meinen Informanten abgestochen, aber Jiao nicht angerührt!«

»Und was ist mit der Legion? Die haben sich keineswegs zurückgehalten«, erwiderte Angel, achtete jedoch genau darauf, es nicht wie einen Vorwurf klingen zu lassen. Die Spannungen zwischen Armee und Bacchae schlossen eine Zusammenarbeit nahezu aus, aber es bestand dennoch die Möglichkeit, dass die Legionäre die Basis selbst gefunden hatten.

»Die dachten, dass du in dem Wagen sitzt. Immerhin haben sie sich doch anschließend mit Zhang versöhnt und durften deine Leute einfach so mitnehmen«, antwortete Jade. Sie hatte verstanden, dass Angels Einspruch keine Anklage gewesen war. »Außerdem hast du die Ausrüstung unserer Armee mit eigenen Augen gesehen. Wie sollten die gegen ein Kommandoteam bestehen, während sie nebenbei noch von diesen Viechern umzingelt wären?«

Angel nickte. Ihr Argument war schlüssig. Die Legion kam nicht in Frage.

»Ich glaube, das *wer* ist auch erst mal unwichtig. Die Frage ist vielmehr, ob wir diese sogenannte *Rettungsmission* zulassen«, fuhr Jade fort. »Das könnte genau der Durchbruch sein, auf den wir gewartet haben!«

Angel blickte auf ihr versammeltes Team, das mit Ausnahme von Cassidy besorgt auf eine Antwort wartete. Sie wollte nicht in den verfluchten Stützpunkt zurückkehren. Jade hatte ganz recht. Zhangs Kommandoeinheit war mit dem besten Equipment ausgestattet gewesen, dass sie je zu Gesicht bekommen hatte. Bewegungsmelder, Infrarotnachtsichtgeräte, Restlichtverstärker, Vitalzeichenmonitor, Ortungsanzeigen für jedes Teammitglied und dazu die modernsten Waffen, die je von Menschen hergestellt worden waren. Alles, was ihr zur Verfügung stand war, ihr geliebtes Scharfschützengewehr, das in den unterirdischen Katakomben nutzlos sein würde, und ihr unbeugsamer Überlebenswille.

»Diese Basis bedeutet den Tod«, hauchte sie mehr zu sich selbst als zu Jade. Ihre braunen Augen trafen sich mit den smaragdgrünen Pupillen der Bacchae, die kein Interesse an Sharons Rettung hatte und es nicht einmal zu heucheln versuchte. »Wenn wir dort hinfahren, dann machen wir das auf meine Art. Du willst, dass ich deinen Krieg führe. Gut, aber dann folgst du meinen Anweisungen!«

»Einverstanden. Solange du im Interesse des Imperiums handelst, hast du das Kommando.«

Gemeinsam kehrten sie zurück zum Schützenpanzer.

»Und? Haben wir eine Mission?«, rief Dog mit verschränkten Armen.

»Kim, du bleibst hier und übernimmst das Training unserer Leute«, entschied Angel. Sie ließ es absichtlich wie einen Befehl klingen, damit der Rotschopf ihr Gesicht wahren konnte. »Außerdem passt du auf Cassidy auf, okay?«

Kim fiel ein riesengroßer Stein vom Herzen, als sie die Anweisung nickend bestätigte. Es war nicht einfach nur ihre Phobie, die sie zurückgehalten hatte. Johnny saß nicht umsonst im Rollstuhl. Er brauchte Pflege und Hilfe beim Aufbau der Truppen. Als Adoptivnichte General Monroes, der selbst unter den Sicarii zu einer Legende geworden war, wurde sie zur optimalen Kommandeurin der neu ausgehobenen Rangereinheiten.

»Jiao, wir holen deine Leute da raus und bringen sie nach Hause, aber das hat seinen Preis«, sagte Angel mit einer Stimme, die keinen Zweifel an ihrer Entschlossenheit ließ.

»Preis? Was für einen Preis?«, stammelte die Asiatin nervös. »Was wollt ihr von uns?«

»Den Atlas, den zweiten Hubschrauber aus der Basis und einen Piloten für unseren Feldzug gegen die Vultures.«

»Dich«, fügte Jade hinzu.

»Ihr habt sie wohl nicht mehr alle!«, sträubte sich Leon.

»Meine gegenwärtigen Missionsparameter stellen mich unter die alleinige Kontrolle von Zhang Jiao«, erklärte Amy aus dem Inneren des Schützenpanzers. »Der Einsatz dieses Panzerfahrzeugs ist ohne ihre Zustimmung ausgeschlossen.«

»Denk nach, Violetta!«, raunte Jade. »Du kannst meine Methoden anzweifeln, wie Azure es getan hat, als ich dich drei Tage lang beschützt habe, anstatt dich als Geisel gegen deinen Vater auszuspielen. Aber stell nicht meine Ziele in Frage. Selbst wenn ihr allein an den Legionen am Pass vorbeikommt, Karen rettet und sie anschließend Sharon kuriert, wird dein Vater sie zurück in die Wüste schicken! Wir sorgen dafür, dass sie eine sichere Zuflucht hat, und bringen euch hin und zurück!«

»In Ordnung«, antwortete Jiao prompt und ohne große Gefühlsregungen zu zeigen. Die Überzeugungsarbeit war scheinbar gar nicht notwendig gewesen, was Leon aufspringen und sie mit weit aufgerissenen Augen anstarren ließ.

»Bist du übergeschnappt? Ich weiß ja, dass ihr zwei ...«

»Amy!«, rief Jiao dazwischen, bevor er den Satz beenden konnte. »Status des Treibstoffs und der Bewaffnung!«

»Im Fahrzeug befinden sich eintausendzweihundert Schuss für das Hauptgeschütz. Der interne Dieselvorrat liegt bei vierundsechzig Prozent. Mit der Notreserve von einhundert Kilometern auf asphaltierter Straße ist die maximale Reichweite die McKnight Air Force Base.«

»Und wie wolltest du wieder zurückkommen?«, fragte Angel.

»Die Basis verfügt über eigene Treibstofftanks und der Hubschrauber, sofern flugtüchtig, genügt zur sicheren Heimkehr.«

»Außerdem hat mein Vater wohl gehofft, dass eure Unterstützung gleich hier beginnt«, grummelte Jiao.

»Wir haben einiges an Diesel gebunkert. Macht den Tank voll, falls was schiefgeht«, schlug Johnny vor. Seit dem Eintreffen von Kim hatte er ohnehin keine Raubzüge mehr unternommen und hockte nun auf dem eroberten Treibstoff aus der Region.

»Danke«, antwortete Jiao. »Leon, kümmer du dich darum.« Anschließend wendete sie sich an die versammelte Mannschaft. »Amy findet den Weg auch in der Nacht. Der Atlas hat Platz für vier weitere Passagiere, wenn wir die Gasflaschen für den Geländewagen ausgeräumt haben. Wir fahren in einer Stunde los!«

Angel und Jade schauten nicht schlecht, als die kleine Asiatin ihnen plötzlich die Show stahl. Sie teilten jedoch ihren Enthusiasmus und wollten schnellstmöglich aufbrechen, weshalb sie ihre Leute auf den Einsatz vorbereiteten und sich nicht mit Fragen aufhielten. Nur Leon konnte immer noch nicht begreifen, was gerade geschehen war. Als sich die anderen verteilten, winkte Jiao ihn herbei.

»Glaubst du irgendwas von dem, was mein Vater gesagt hat?«, flüsterte sie.

Leon starrte sie einen Moment verdutzt an, doch dann begann sein Kopf zu arbeiten. Zhang Yuen war nicht der Typ für waghalsige Rettungsmissionen. Schon gar nicht für eine Barbarin aus der Wüste, egal wie sehr sich Doktor Webb für sie einsetzte oder wie viel sie seiner Tochter bedeutete. Mürrisch rieb er sich über das Gesicht.

»Was glaubst du, sucht er da unten?«

Jiao zuckte mit den Schultern.

»Keine Ahnung, aber nach dem Ausgang seiner Mission zu urteilen, hat er es gefunden. Darum brauchen wir Jade.«

»Als Kanonenfutter!?«, wunderte sich Leon stutzig.

»Als Feuerunterstützung!«, erwiderte Jiao und verpasste ihm eine leichte Ohrfeige. »Jetzt füll den Tank auf und pack die Gasflaschen in den Jeep, damit wir hier endlich wegkommen.«

Leon rieb sich die errötete Wange und nickte zuversichtlich.

»Zu Befehl, Herrin!«

Jiao blieb allein vor der offenen Luke zurück und wartete, bis sie sich unbeobachtet fühlte.

»Gibt es noch irgendetwas, was du mir sagen willst?«

»Meine Datenbanken enthalten keine weiteren relevanten Informationen«, antwortete Amy. Sie hatte naturgemäß jedes Wort mitverfolgt.

»Wir werden sehen«, zweifelte Jiao. »Mein Vater hat sich in letzter Zeit als äußerst unzuverlässig erwiesen, wenn es um Informationsverteilung ging.«

Amys Gesicht schien auf den Monitoren hin und herzuschwimmen. Ganz so als sei sie nervös und wollte Jiaos bohrenden Blicken am liebsten aus dem Weg gehen, was natürlich Unsinn war. Die Kameras, mit denen die KI ihre Umgebung wahrnahm, zeigten ihr Jiao aus wenigstens vier verschiedenen Blickwinkeln. Trotzdem wurde Jiao das Gefühl nicht los, als wüsste die künstliche Intelligenz mehr, als sie preisgeben durfte. Eine manuelle Durchsuchung ihrer Datenbanken würde jedoch Wochen dauern und stand daher völlig außer Frage. Ein Grund mehr, warum sie Jades offenkundige Erpressung so schnell zugestimmt hatte. Bevor die Bacchae ihren Triumphwagen vorführen konnte, mussten sie zunächst die Tiefen des Militärstützpunktes überleben.

***

»Gibst du eigentlich immer so schnell auf?«, säuselte Clarissas Stimme hinter Cassidys Rücken. Sie hatte sich schmollend auf den Weidezaun gesetzt und zeigte sich weder erschrocken noch verwundert, dass C.T. sie auf diese Art ansprach. Es war ihr egal.

»Spielt doch keine Rolle«, murrte sie stoisch.

C.T. lehnte sich entspannt neben sie und reichte ihr eine Zigarette. Cassidy zögerte im ersten Augenblick. Eigentlich hatte sie gar nicht vor, mit dem Rauchen anzufangen. Eigene Entscheidung hin oder her. Mehr aus Trotz gegenüber Angel als persönlichem Verlangen griff sie zu und ließ sie sich anzünden.

»Gegen Angels Wort gibt es keinen Widerspruch«, knurrte sie nach einem vorsichtigen Lungenzug, der sie wie zuvor zum Husten brachte.

»Warum hat dann plötzlich die Pilotin das Kommando?«

Cassidy drehte den Kopf zum Atlas, wo sich Jiao mit Amy unterhielt.

»Der Panzer gehört der Biosphäre«, meinte sie mit einer gewissen Portion Zweifel in ihrer Stimme. »Ihr wisst doch selbst, wie sehr die ihre Technik hüten. Angel hat ihren Willen bekommen und wird das Ding gegen die Vultures einsetzen. Jiao anschließend ihr Gesicht wahren zu lassen, ist sicher nur eins ihrer Psychospielchen.«

»Wenn du meinst«, erwiderte C.T. wenig überzeugt. Sie beließ es aber dabei und blickte träumerisch in den glitzernden Sternenhimmel hinauf.

Je länger Cassidy sie bei ihrer abwesenden Beschäftigung beobachtete, desto mehr verstärkte sich ihr Bauchgefühl, dass Clarissa bei weitem nicht fertig war. Nach gerade mal einer Minute platzte ihr der Kragen.

»Nun sprich schon!«

C.T. regte nicht mal den Kopf und starrte weiterhin auf das Firmament, als könne sie darin lesen wie in einem Buch. Nur ihre Mundwinkel formten ein überlegenes Grinsen.

»Was wäre, wenn Lila Löckchen dich dabeihaben will?«, fragte sie. »Meinst du, deine Angel würde sich dagegen auflehnen und ihr neues Spielzeug riskieren?«

»Wahrscheinlich«, erwiderte Cassidy. »Aber warum sollte Jiao mich dabeihaben wollen?«

C.T. rollte mit den Augen, als läge die Antwort auf der Hand.

»Wer von eurer Bande war schon alles da unten?«, fragte sie prophetisch. »Und wer davon hat es lebendig wieder herausgeschafft?« Nun drehte sie den Kopf zu Cassidy. »Wer von euch hat sämtliche Etagen durchwandert und kennt sich dementsprechend am besten aus?«

Cassidys Augen zitterten in den Höhlen, als sie ihre Erinnerungen durchsuchte und die Leidensgeschichte jedes einzelnen Rangers abrief, der je einen Fuß in die McKnight Air Force Base gesetzt hatte. Jason und Sharon waren eine Woche in den Tiefen gefangen gewesen, aber Jason war tot und Sharon lag bewusstlos in der Biosphäre. Damit blieb nur noch eine Person übrig.

»Ich ...?«

Clarissa zog stolz die Augenbrauen hoch.

»Es wäre geradezu fahrlässig von Angel, dich nicht mitzunehmen«, sagte sie. »Du bist weder ein Kind noch *ihr* Kind. Wenn sie weiterhin wie eine Henne auf dir brüten will, solltest du schnellstmöglich das Weite suchen. Aber vorher geh zu Jiao und sag ihr, dass du für ihre Mission unverzichtbar bist.«

Cassidy guckte sie einen Moment wie versteinert an, machte sich dann jedoch sofort auf den Weg zum Atlas.

Jiao hatte ihr Gespräch mit Amy beendet und löste gerade die Gurte der Wasserstoffflaschen.

»Kann ich kurz mit dir reden?«, rief Cassidy von der Heckluke aus.

»Klar. Komm rein«, murmelte Jiao beim Untersuchen der Flaschen. Tragen musste sie Leon. »Was gibt's denn?«

»Warum hat dein Vater niemanden mitgeschickt?«, fragte sie auf dem Weg. »Zum Beispiel jemanden, der sich in der Basis auskennt?«

»Weil die alle zu alt und gebrechlich sind«, erklärte Jiao. »Viele sind von damals nicht mehr übrig und mit Ausnahme von Karen und den Soldaten nehmen die nicht mal in unserer zweistöckigen Biosphäre die Treppe. Dad hätte höchstens Fletchers alte Crew schicken können, aber wahrscheinlich will er seine Veteranen nicht ins Blaue jagen.«

»Und stattdessen entsendet er dich? Sind ihm seine Soldaten wichtiger als du?«

Jiao setzte ein verunsichertes Lächeln auf.

»Manchmal hab ich das Gefühl«, sagte sie mit leiser Trauer. »Aber ich bin auch die Einzige, die unseren Hubschrauber da rausfliegen kann. Außerdem rechnet er mit euch als Kanonenfutter zwischen mir und dem, was Danny erwischt hat.«

Cassidy verzog das Gesicht. Auf einmal war sie nicht mehr ganz von ihrem Plan überzeugt.

»Keine Sorge. Wir bringen deine Angel schon sicher zurück«, beschwichtigte Jiao ihre Bedenken. »Ich bin nicht mein Vater und Leon auch nicht.«

»Aber wie wollt ihr euch dort zurechtfinden? Warst du überhaupt schon mal da?«

Jiao runzelte die Stirn.

»Willst du auf irgendwas hinaus?«

Ertappt schwankte Cassidy unmerklich von einem Bein aufs andere.

»Ich war da. Ich bin von ganz unten bis nach oben geklettert!«

»Und bist dabei fast draufgegangen«, fügte Jiao mit abschätzenden Blicken hinzu.

»Wollt ihr vielleicht meine Fehler wiederholen?«

»Und in einen Müllschacht stürzen, der zufällig von einer Explosion genau in deine Flugbahn geschleudert worden ist?«

Cassidy knirschte mit den Zähnen und suchte nach den passenden Worten.

»Ich stimme Cassidy zu«, schaltete sich Amy plötzlich in das

Gespräch ein. »Sie verfügt über die detaillierteste Ortskenntnis und kann unsere Koordination durch den implantierten Biochip und ihre taktische Einsatzbrille positiv beeinflussen.«

Jiao blinzelte zu Cassidy auf der Suche nach dem wahren Grund für ihr Aufbegehren gegen Angels Entscheidung. Dann sah sie Leon mit eingepacktem Wegproviant auf sie zumarschieren und erinnerte sich daran, dass sie schnellstmöglich aufbrechen wollte.

»Na schön. Aber nur wenn du Angel umgestimmt bekommst«, sagte sie. »Amy hat Recht. Mit deiner Brille und dem Chip stehen Leon und ich wenigstens nicht allein da. Geh zu Angel und sag ihr, dass wir in dreißig Minuten losfahren.«

Cassidy biss sich fest auf die Unterlippe, um nicht siegesbewusst loszugrinsen. Teil eins ihres Plans war erfüllt! Nun musste sie nur noch Angel mit dem Pokerface ihres Lebens gegenübertreten. Ihr Körper wollte rennen, zu Angel sprinten, um sie schnellstmöglich zu überfallen, aber ihr Verstand hielt sie zurück. Mit gespielter Routine stolzierte sie wie eine erfahrene Soldatin über den Hof. Dabei zog sie ihre Pistole und überprüfte die Funktionsweise, als stünde sie vor einer völlig selbstverständlichen Mission. Sie konzentrierte sich so sehr darauf, nicht aufzufallen, dass sie Angel beinahe beim Zusammenstellen der Ausrüstung angerempelt hätte.

»Hey Cassidy«, rüttelte sie Angels rauchige Stimme aus der selbstverschuldeten Trance. »Ich wollte vor der Abfahrt noch mit dir reden. Ich weiß, dass ich mich vorhin nicht gerade fair ...«

»Jiao will mich dabeihaben!«, platzte es aus Cassidy heraus.

Dog streckte seinen Kopf hinter einer Munitionskiste hervor und zog belustigt die Augenbrauen hoch. Er schwieg, wusste aber genau, dass Angel sich eine ihrer äußerst seltenen Entschuldigungen überlegt und Cassidy sie nun völlig aus dem Konzept gebracht hatte. Entsprechend baff dauerte es ein paar Sekunden, bis sie zu einer Antwort ansetzte, doch Cassidy kam ihr zuvor.

»Ich kenne mich mit Abstand am besten in der Basis aus und bin als Einzige von ganz unten bis ganz oben gekommen. Außerdem habe ich immer noch den Chip in meinem Hals, durch den Amy mich ... Amy mir ...« Bei dem technischen Firlefanz entgleiste ihre Rebellion. »Amy kann mich damit positiv beeinflussen!«, sprach sie voller Überzeugung. Ehe Cassidy merkte, was für einen Unsinn sie soeben von sich gegeben hatte, kam Angel endlich zu Wort.

»Ich verstehe«, sagte sie knapp. »Pack deine Sachen. Du fährst in dem Panzer mit.«

»Ich ... im Panzer ...«, stammelte Cassidy. Eigentlich war sie gerade so richtig in Fahrt gekommen. Obwohl sie sich über ihren Sieg freuen sollte, verspürte sie plötzlich Trauer über dessen Leichtigkeit. Hätte sie tatsächlich einfach nur etwas länger darauf bestehen müssen? Irritiert aber glücklich trabte sie zu den Zellenblöcken, um sich auf die Abfahrt vorzubereiten.

Dog blickte ihr mit einem bissigen Gesichtsausdruck hinterher und wartete, bis Cassidy außer Hörweite war.

»Ein bisschen leicht, oder?«

Angel knurrte mit geschlossenem Mund.

»Wenn ich Cassidy nicht mitnehme, macht sie sich allein auf die Suche nach ihrem Bruder, sobald wir weg sind. Ich hatte gehofft, dass sie freiwillig bei Kim bleiben würde, aber jetzt müsste ich sie anketten, um sicherzugehen.«

»Warum lässt du sie nicht einfach ziehen?«, fragte Dog. »Mit den ganzen Freunden, die ihr in letzter Zeit gemacht habt, sollte sie doch auf sich selbst aufpassen können.«

»Die Hawker oder das Imperium sind nicht das Problem«, entgegnete ihm Angel und hob dabei ernst den Kopf. »Aber wenn sie Caiden findet, dann findet sie auch Faith. Und mit Faith lasse ich sie nicht allein.«

Der Humor schwand schlagartig aus Dogs Gesicht. In diesem Punkte stimmte er mit Angel vollkommen überein.

***

»Clarissa!«, rief Jade der Nocturnal zu, die sich nicht von ihrem Weidezaun bewegt hatte. Inzwischen saß sie aber andersherum, um nichts vom hektischen Treiben zu verpassen. Jade hatte bereits ihre spartanische Ausrüstung auf dem Rücken und hielt ihre beiden Hauptwaffen in der rechten Hand. Die halbautomatische Schrotflinte würde ihr bei den beengten Verhältnissen der Basis sehr nützlich sein. »Du begleitest uns.«

C.T. warf sofort ihre Zigarette weg und nahm Haltung an.

»Verstanden, Herrin.«

Nach dem ihr offizieller Befehl geklärt war, trat Jade nah genug an sie heran, um im Flüsterton weiterreden zu können.

»Ich will, dass du allen Diskussionen aus dem Weg gehst und stattdessen Augen und Ohren offenhältst«, hauchte sie angespannt. »Der alte Yuen schickt seine Leute nicht in so eine Todesfalle, um einer unserer Ex-Sklavinnen die Haut zu retten.«

C.T. nickte konspirativ. Stille Aufklärung war ihr Spezialgebiet und nun konnte sie sich zusätzlich darauf freuen, auf Befehl die Unbeteiligte zu spielen.

»Gibt es Prioritätsziele, Herrin?«

»Ich muss den Grund für Yuens Expedition erfahren«, sagte Jade. »Wenn wir im Anschluss daran Hubschrauber und Panzer für unseren Sturm auf die Vulturefestung benutzen wollen, brauchen wir mehr als Jiaos Wort. Sie wird nicht noch einmal für mich gegen ihren Vater rebellieren und dabei unersetzliches Militärequipment riskieren.«

»Ihr verlangt also nach einem Argument zur Erpressung.«

Jade wippte unsicher die Handfläche hin und her.

»Das funktioniert bei den Hawkern nicht so recht. Ich suche eher ein Gegengewicht. Etwas, das ich Yuen als Ausgleich anbieten kann.«

»Irgendetwas werden die da unten gesucht haben«, stimmte C.T. zu. »Wenn wir es als Erste in die Hand bekämen ...«

»Jetzt hast du verstanden«, bestätigte Jade zuversichtlich. »Das Imperium zählt auf dich.«

»Was wird aus den Prätorianern? Nehmt ihr die Omega-Lanze mit?«

Jade schielte zum großen Wachturm, vor dem die Elitesoldaten ihre Schwester bewachten. Sie wusste, worauf C.T. hinauswollte. Die Männer und Frauen der Prätorianischen Garde dienten nicht nur als stählerne Faust der Bacchae, sondern auch als bis an die Zähne bewaffnete Chronisten, die über jeden ihrer Schritte Buch führten. Anschließend erstatteten sie dem ganzen Rat Bericht, so dass eine einzelne Bacchae nie unbemerkt eigenen Zielen nachgehen konnte. Andernfalls würde die absolute Macht am Ende zur Ausrufung von Königinnenreichen führen.

Jade hatte Lance Commander Anderson mit dem verlustreichen Rest der Sigma-Lanze bereits am Tag ihrer Ankunft zurück nach Alexandria geschickt und stattdessen den Befehl über die Omega-

Lanze übernommen. Nun erwies es sich als äußerst bequem, dass der hochdekorierte Offizier nicht mehr zugegen war. Anderson hätte sie nie auf eine Mission mit den Hawkern gehen lassen, ohne sie zu begleiten, doch die Omega-Lanze war neu. Frisch ausgebildete Rekruten mit einem politisch unerfahrenen Kommandeur. Aus diesem Grund hatte Jade sie für Celine ausgewählt. Das Gefangenenlager zu übernehmen stellte kein großes Hindernis für sie dar, aber nun musste Jade sie zurücklassen, ohne Verdacht zu erregen oder sie dabei zu belügen.

»Nein. Die bleiben hier«, antwortete sie auf Clarissas Frage. »Bei allem, was wir über diese Basis wissen, sollten wir unsere Anzahl gering halten, sonst stehen wir uns selbst im Weg.« Während Jade sprach, hellte sich ihr Gesicht unvermittelt auf. »Und genau das werden wir der Omega-Lanze sagen«, entschied sie zuversichtlich.

»Sie dürften kaum Schuld an eurem Ableben tragen wollen«, stimmte Clarissa zu. »Wollt ihr oder soll ich ...?«

»Überbring du ihnen meinen Befehl«, sagte Jade gönnerhaft. »Dann kann ich ihn später bei Bedarf umformulieren.«

Mit dieser Anweisung wendete sie sich ab und setzte ihren Weg zum Geländewagen fort. Clarissa suchte in der Dunkelheit nach ihrer glimmenden Kippe und zog ein mürrisches Gesicht, als die Glut bereits am Filter nagte. Sie verstand sehr gut, was Jade mit *umformulieren* meinte. Sollte irgendetwas schiefgehen, könnte sie später einfach behaupten, dass Clarissa ihre Worte falsch interpretiert hatte und dadurch für das Missverständnis verantwortlich war.

4. Serrano Point

Mit einem kräftigen Grollen startete Leon den Dieselmotor des Atlas. Sechs Scheinwerfer aus grimmigen Rechtecken erhellten die Nacht vor dem Schützenpanzer. Zwei davon am angewinkelten Bug, die anderen vier vom Dach des Cockpits aus. Der Geruch von LKW-Abgasen verbreitete sich auf dem Gefängnishof, als der schwarze Rauch aus den Auspuffrohren über der Fahrerkabine qualmte. Cassidy und Jiao saßen auf den beiden Beifahrersitzen, die groß genug waren, um Soldaten mit vollem Marschgepäck ausreichend Platz zu bieten.

Jade saß am Steuer des Luxusgeländewagens aus der Biosphäre. Angel nahm wie immer auf dem Beifahrersitz platz, während Cole, C.T. und Dog die Rückbank unter sich aufteilten. Eigentlich hatte sich Clarissa dagegen aussprechen wollen, neben Dog zu sitzen, aber sie stand bereits unter Jades Befehl des Schweigens und Beobachtens. Eine verfrühte Bitte um Transport im Atlas hätte eventuell unerwünschte Aufmerksamkeit auf sie gezogen. Daher plante sie, bei nächster Gelegenheit Protest gegen Dog einzulegen und hoffte, dass jemand anderes vorschlagen würde, sie in dem Schützenpanzer mitfahren zu lassen. Zumindest fand sie in Cole einen Verbündeten, der ebenfalls rauchte und Dog nicht ausstehen konnte.

Kim und Johnny warteten beim Eingangstor, um ihre Freunde zu verabschieden. Celine ließ sich nicht blicken, aber bei genauem Hinsehen erkannte man ihre Silhouette in der Aussichtsplattform des Wachturms, von wo aus sie die Abreise ihrer großen Schwester mitverfolgte.

Von nun an würden Kim und Johnny allein klarkommen müssen. Angel wusste natürlich, dass sie noch längst nicht von einer Allianz mit dem Imperium überzeugt waren; vom Beitritt der Ranger ganz zu schweigen. Aber sie hatte einen Etappensieg errungen. Das gemeinsame Feindbild der Vultures sollte genügen, um die nächsten Wochen zu überstehen. Angel hoffte, dass Colonel Grant mit seiner militärischen Professionalität gerade Kim langfristig für ihre neue Zukunft gewinnen könnte. Nun folgte Angel ihrem getreuen Motto, immer ein Problem nach dem anderen anzugehen. Nur Amateure legten im Krieg langfristige

Strategien fest und wurden dadurch unflexibel.

***

Der mächtige Atlas führte die Reise mit der unerwartet hohen Geschwindigkeit von einhundertzwanzig Stundenkilometern an. Selbst der getunte Vulturetruck STELLA hatte aufgrund seiner überdimensionalen Panzerung bei hundert Schluss gemacht, während der Atlas noch über weitere Reserven verfügte. Im Zuge eines kurzfristigen Belastungstests beschleunigte Leon den Schützenpanzer auf fast einhundertsechzig Kilometer pro Stunde. Damit war er nahezu allen bekannten Gangfahrzeugen überlegen, ganz ohne die mächtige Bordbewaffnung zu brauchen. Mit ihrer Breite von einem halben Meter ignorierten die acht Räder außerdem die meisten Bodenunebenheiten. Im Inneren spürte man von den vielen Schlaglöchern höchstens ein leichtes Rumpeln.

Für Angel und Jade im Geländewagen bot sich dagegen ein völlig anderes Bild. Jiao hatte darauf bestanden, dass der Truck vorweg fuhr, damit Amy im Notfall sofortige Kurskorrekturen veranlassen konnte. Die hohe Geschwindigkeit stellte keine Herausforderung dar, aber das Ungetüm staubte sie unaufhörlich ein. Darum vergrößerte sich der Abstand mit jeder Stunde, bis Jade einen halben Kilometer zurückfiel, um ungestört die Straße zu finden.

***

»Ich hab dir noch gar nicht für unsere Rettung gedankt«, sagte Cassidy, kurz nachdem sie das Gefangenenlager verlassen hatten. Dabei suchte sie willkürlich im Cockpit des Atlas nach einer Kamera.

»Eure Rettung war ein Sekundärziel«, antwortete Amy aus drei Lautsprechern gleichzeitig. »Das Chemiewaffendepot von Jacksonville musste zerstört werden.«

»Ja, aber Angel hat mir erzählt, wie du ihnen mehr Zeit gegeben hast.«

»Ich kann‘s immer noch nicht glauben, dass mir mein Vater eine derartige Kampfdrohne verschwiegen hat«, murmelte Jiao. Ihre Schlitzaugen richteten sich auf Leon. »Damit wäre uns im Krieg gegen die Sicarii einiges erspart geblieben.«

»Vielleicht hat er die Nyx aus gutem Grund zurückgehalten«, antwortete er wenig überzeugt. »Vielleicht gibt es keine Ersatzteile. Keine passende Munition. Dann wäre das eine einmalige Aktion gewesen und es würde erklären, dass er sie sich für den Notfall aufgespart hat.«

»Oder, oder, oder«, brummte Jiao und blickte auf das Armaturenbrett. »Ich nehme mal an, du weißt davon nichts?«

»Diese Information ist für dich nicht zugänglich«, meldete Amy.

»Du kannst nicht damit rechnen, dass dir Yuen von seinen neuesten Errungenschaften erzählen wird, nachdem wir gerade erst gegen seine Befehle verstoßen und deinen Hubschrauber geschrottet haben«, sagte Leon.

Jiao knurrte eine Bestätigung. Vermutlich war sie selbst schuld am Informationsblackout. Seit dem ersten Aufeinandertreffen mit Jade hatte sie sich mit ihrem Vater immer weiter entzweit. Ihre unterschiedliche Ansichten über den Umgang mit den Barbaren außerhalb der Biosphäre gipfelten vor einer Woche mit ihrer Rebellion und Cassidys Flucht, die ihr Vater nicht so schnell vergessen würde. Immerhin bot sich nun die Chance, das Geschehene zum Teil wiedergutzumachen. Wenn sie Dr. Webb aus der McKnight Air Force Base befreit hatte und mit Dannys Hubschrauber zurückkehrte, vergab ihnen ihr Vater hoffentlich.

Bei Sonnenaufgang verließ sie müde das Cockpit, um ihren schmerzenden Fuß auf den gepolsterten Sitzreihen im Truppenabteil zu schonen.

»Hat mein Dad wirklich nichts weiter gesagt?«, fragte sie in den Raum hinein.

»Negativ«, erwiderte Amy knapp.

Jiao wartete einen Moment, bis sie ihrer Verwunderung Ausdruck verlieh.

»Einfach nur negativ?«

»Positiv, Zhang Jiao.«

Die Asiatin sackte deprimiert in sich zusammen.

»Du hast mir immer noch nicht verziehen, dass ich dich bei unserer Flucht ausgetrickst habe.«

»Die mutwillige Beschädigung meiner Sensoren wurde von Zhang Yuen als Kapitalverbrechen gegen die Biosphäre eingestuft«, ertönte Amys monotone Stimme aus den Lautsprechern.

»Die korrekte Bezeichnung lautet: Sabotage.«

»Was hätte ich deiner Meinung nach tun sollen? Cassidy den Sicarii übergeben, wo sie am Ende das Schicksal von Sharon ereilt hätte?«

»Das Sicariianische Imperium arbeitet inzwischen mit den Rangern aus Cor Syrte zusammen«, erwiderte Amy. »*Du* arbeitest mit ihnen zusammen.«

»Die arbeiten für uns!«, ging Leon barsch dazwischen.

»Das Zusatzprotokoll des mündlichen Vertrags mit der Bacchae Jade widerlegt diese Behauptung«, entgegnete ihm Amy prompt. »Der Einsatz von Hawk-two und dem Atlas bei einem vereinten Militärschlag gegen die Vultures entspricht der Definition eines gegenseitigen Bündnisses.«

»Selbst wenn dem so wäre, konnten wir das noch nicht wissen, als wir die Biosphäre verlassen haben!«, setzte Leon sofort nach.

»Irrelevant«, schnappte Amy zurück. »Die korrekte Vorgehensweise ...«

»Es tut mir leid«, unterbrach Jiao die beiden. »Ich wusste mir einfach nicht anders zu helfen, als Cassidy schnellstmöglich aus den Händen meines Vaters zu befreien.«

»Wir hatten keine andere Wahl«, unterstützte Leon sie.

Ein paar Sekunden herrschte Stille, nur durchbrochen vom tiefen Brummen des Dieselmotors.

»Ihr hättet mich um Hilfe bitten können«, sagte Amy auf einmal. Gleichzeitig erschien ihr künstliches Gesicht auf dem großen Planungsdisplay in der Mitte der Kabine.

»Du ... hättest uns geholfen?«, fragte Jiao verunsichert.

»Unmöglich«, hielt Leon dagegen. »Sie kann nicht gegen die Programmierung deines Vaters verstoßen.«

Jiao blinzelte unsicher auf Amys herumschwimmendes Gesicht. Es bestand aus kleinen, hellblauen Würfeln, die sich wie Pixel zu einem Gesamtbild zusammenfügten. Zwei hellgrün leuchtende Kugeln bildeten ihre Augen, die keine Brauen oder Wimpern hatten.

»Wie hättest du uns denn geholfen?«, fragte sie.

»Dein Kühlschrank ist nicht das einzige für Fehlfunktionen anfällige Gerät«, antwortete Amy.

Jiao grinste reflexartig hinter vorgehaltener Hand. Sie erinnerte sich daran, wie die KI sich schon einmal an ihr gerächt hatte, in dem sie ihren kleinen Privatkühlschrank abschaltete und die darin enthaltene Cola auf widerlich schmeckende Zimmertemperatur erwärmte. Amy ließ unterdessen ihre überdimensionierten Pixel auf dem Bildschirm tanzen, als amüsierte sie sich über dasselbe Ereignis in den Tiefen ihrer Datenbank.

»Schafft ihr zwei es denn nun zusammenzuarbeiten?«, fragte Leon und löste sich dabei vom Lenkrad. Bei dem leichten Geschaukel hangelte er sich an ein paar Deckengriffen ins Planungsabteil.

Cassidy verspürte ein schockiertes Herzstechen und wäre um ein Haar ans Steuer gesprungen, erinnerte sich dann aber daran, dass Amy schließlich den ganzen Weg aus der Biosphäre allein gefahren war. Leon hatte die automatischen Fahrzeugkontrollen aktiviert.

»Ich denke schon«, sagte Jiao. Sie wusste aus eigener Erfahrung, dass Amy ihren künstlichen Zynismus nur verwendete, wenn sie guter Laune war.

»Okay«, sagte Leon. »Kriegen wir Luftaufklärung für die Mission?«

»Positiv«, pfiff Amy enthusiastisch.

Ihr Gesicht verschwamm in einem Meer aus Bildpunkten und veränderte sich in drei gleichgroße Aufnahmen von Aufklärungsdrohnen.

»Feed Eins verfolgt den Atlas und stammt von der Relaisdrohne, mit der ich Verbindung zu meinem Computerkern in der Ian-Hawk-Biosphäre halte«, erklärte Amy. Die Livebilder im linken Quadrat zeigten deutlich den Schützenpanzer, der sich gefolgt vom schwarzen Geländewagen den Weg über die einsamen Straßen des Imperiums bahnte.

»Für Feed Zwei verwende ich eine stationäre Drohne am Pass vor dem Hadesgebirge. Sie ist als Vogel getarnt und von den sicariianischen Grenztruppen unentdeckt geblieben.« Anders als die Überwachungsbilder der ersten Drohne bewegte sich die Kamera nicht und lieferte gestochen scharfe Aufnahmen des Treibens in dem imperialen Fort, das die Grenze nach Cor Syrte bewachte. »Seit der sicariianischen Invasion im Süden lässt Zhang Yuen den Pass überwachen.«

»Irgendwelche besonderen Vorkommnisse?«, fragte Leon.

»Positiv«, antwortete Amy. »Seit Aufbau des Lagers haben die

Soldaten im Wochenzyklus Nachschub erhalten. Diese Nachschubkonvois sind achtzehn Tage überfällig.«

»Die lassen ihre eigenen Leute verhungern?«

»Vielleicht haben die Ragnars sie ja abgefangen?«, fragte Jiao.

»Unbekannt«, erwiderte Amy. »Der Legionskommandeur hat erfolglos zwei Boten entsandt und ist kurz darauf mit einem Großteil seiner Truppen abgezogen.«

»Jade«, dachte Cassidy laut. Sofort drehten sich Leon und Jiao zu ihr. »Jade will die Truppen durch Colonel Grant ersetzen. Eigentlich soll es heute so weit sein.«

»Weißt du, wovon sie redet?«, fragte Leon und zuckte dabei in Jiaos Richtung mit den Schultern.

Jiao schüttelte den Kopf.

»Jade und ich haben kaum noch Kontakt, seit ihre Schülerin ermordet wurde und sie nach Süden aufgebrochen ist.«

»Naja«, überlegte Leon. »Wenn die da eine neue Armee parken wollen, ist das vielleicht Teil des Plans, die alte zuvor ein wenig auszuhungern. Vielleicht sind die nicht abgezogen, sondern desertiert?«

»Die haben sicher nichts dagegen, nach Hause zu fahren und wieder was anständiges zu essen«, stimmte Jiao zu.

»Sollten wir Jade nicht besser Bescheid geben?«, fragte Cassidy kleinlaut.

Jiaos Augen richteten sich auf Leon.

»Nein«, entschied er. »Dann weiß sie von unserer Drohne. Wenn wir da durchfahren, wird sie schon allein drauf kommen, dass ein paar ihrer Soldaten davongelaufen sind.«

»Und du sagst, dieser Colonel will da heute aufkreuzen?«, fragte Jiao.

Cassidy nickte bestätigend.

»Amy, erweiter das Suchraster der Relaisdrohne über uns!«, befahl Leon. »Check die Autobahn aus Richtung Alexandria. Da müssten sie herkommen.«

»Negativ«, meldete Amy. »Ohne die Drohne bin ich nicht in der Lage, den Atlas zu steuern.«

»Jaja«, brummte Leon und kämpfte sich zurück ans Lenkrad. »Ich übernehme.«

»Bestätigt«, sagte Amy. Die Drohne aus dem ersten Feed verließ ihre Position und begann mit ihrer Suche nach Colonel Grants vermutetem Konvoi.

»Und von wo stammt die dritte Aufnahme?«, fragte Cassidy und zeigte auf das rechte Quadrat des Bildschirms.

»Das ist die McKnight Air Force Base«, antwortete Jiao. »Erkennst du sie nicht wieder?«

Auf dem Bild waren deutlich die fünf langgezogenen Iglubunker zu sehen, unter denen sich der eigentliche Militärkomplex befand. Vor dem geheimnisvollen Bunker Fünf stand Hawktwo, der zweite Transporthubschrauber der Biosphäre. Cassidy lief es sofort kalt den Rücken runter, als sie sich an diesen Ort des Schreckens erinnerte. Aus der Vogelperspektive hatte sie den Stützpunkt nicht erkannt, aber jetzt lief ihr Alptraum aus den Tiefen der Basis erneut vor ihren Augen ab.

»Gibt es Bewegung?«, fragte Jiao.

»Ausschließlich Tiere«, sagte Amy. »Ich konnte in den vergangenen achtundvierzig Stunden siebenundzwanzig verschiedene Tierarten identifizieren, die sich den Luftwaffenstützpunkt trotz der Wölfe von Projekt Neozoon als Heimat gewählt haben. Neunzehn davon sind Vogelarten, der Rest unterirdisch lebende Nagetiere, die ...«

»Irgendein Signal von Karen?«, unterbrach Jiao die für ihre Tierliebe bekannte KI. In der Biosphäre beschäftigte Amy sich den ganzen Tag mit den Nutztieren, ohne je dafür programmiert worden zu sein.

»Negativ. Seit dem Tod von Lieutenant Danny Green ist der Funkkontakt mit dem Team von Doktor Karen Webb unterbrochen.«

»Was ist mit Fahrzeugen? Hubschraubern?«, wollte Leon wissen. »Irgendwie müssen die doch da hingekommen sein!«

»Die?«, fragte Cassidy kleinlaut.

»Eine Frau alleine nimmt keins von unseren Kommandoteams auseinander!«

»Er hat Recht«, stimmte Jiao zu. »Also?«

Diesmal zögerte Amy. Die Luftaufnahmen verschwanden und stattdessen tauchte ihr neutral wirkendes Gesicht auf dem Display auf.

»Negativ. Ich konnte keinerlei humanoide Aktivität feststellen.«

»Na schön«, brummte Leon. »Eins nach dem anderen. Erstmal müssen wir hinkommen.«

»Hawk-two steht noch da und sieht unbeschädigt aus«, sagte Jiao. »Das ist ein gutes Zeichen.«

***

Im Luxusgeländewagen herrschte seit dem Aufbruch nahezu absolute Funkstille. Angel und Jade wechselten sich alle paar Stunden am Steuer ab, während Cole und C.T. Zigaretten miteinander getauscht hatten. Inzwischen war es Dog jedoch zu bunt geworden und er hatte per Mehrheitsdekret durchgesetzt, dass sie ihm den Rauch nicht länger um die Ohren pusten durften.

»Ob Grant seinen Zeitplan einhält?«, fragte Dog zur Mittagszeit.

Jade rieb sich nachdenklich über die Stirn, bevor sie antwortete.

»Hoffentlich. Ich hab keine Lust den Pfeifen in Serrano Point erklären zu müssen, was wir mit dem Atlas vorhaben.«

»Serrano?«, wiederholte Angel.

»Spanisch für *aus den Bergen*«, erklärte Jade. »Die Legion hat es vor unserer Invasion von Cor Syrte als Außenposten für den Feldzug errichtet.«

»Hattet ihr dafür nicht Brackwood?«, wunderte sich Dog.

»Brackwood war nur ein kleiner Versorgungsstützpunkt. Serrano Point steht direkt vor dem Pass über das Hadesgebirge. Wäre irgendwas schiefgegangen, hätten wir das Camp rasch zur Festung ausbauen können, um uns vor Gegenangriffen zu schützen.«

»Ist jetzt vielleicht eine gute Idee«, meinte Angel.

Jade nickte.

»Davids Truppen werden das übernehmen, wenn sie erstmal da sind. Hoffentlich ist er nicht der Versuchung erlegen, in Jacksonville nach dem Rechten zu sehen.«

»Angel? Jade?«, rauschte es im selben Moment aus den Wagenlautsprechern. »Seid ihr wach?«

Jade drückte den Antwortknopf.

»Was gibt‘s?«

»Wir haben Kontakt mit einem Militärkonvoi. Sechzig Kilometer westlich auf der Hauptverkehrsstraße durch euer Land. Hält direkt auf den Pass zu.«

»Wie viele Fahrzeuge? Was für Typen?«, fragte Jade nach.

»Sechs Truppentransporter, drei davon mit Anhänger«, meldete Jiao. »Ein paar Eskortenfahrzeuge. Sind ziemlich langsam unterwegs.«

Jade griff ins Handschuhfach und holte eine Landkarte heraus. Beide Zufahrtsstraßen würden sich gut dreißig Kilometer vor dem Pass überschneiden.

»Verstanden. Das sind unsere Leute. Wir treffen uns mit dem Konvoi, dann schaffen wir es ohne Probleme über den Pass«, antwortete Jade. »Sorg dafür, dass wir vor ihnen an der Kreuzung sind!«

»Jawohl, Herrin!«, erschallte die sarkastische Antwort.

»Und du bist dir sicher ...?«, fragte Angel.

»Hast du vielleicht was von Motorädern gehört?«, erwiderte Jade. »Außerdem würden die Ragnars nicht bei Tageslicht auf so ein voraussehbares Ziel zusteuern.«

***

Eine Stunde später war es so weit. Leon hatte den Atlas, Jades Bitte entsprechend, quer auf die vierspurige Straße gestellt und dabei kurzerhand die maroden Leitplanken umgepflügt. Ganz wohl war ihm bei der Sache jedoch nicht. Der gepanzerte Transporter konnte zwar einigem Beschuss widerstehen, aber gegen eine vollständige Legion aus fünfhundert Soldaten waren sie ohne Luftunterstützung völlig chancenlos. In seinem Fernglas entdeckte er Amys hellgrau lackierte Kameradrohne, die wie betrunken umherzutorkeln schien. Sie musste die äußerst langsame Geschwindigkeit des sicariianischen Militärkonvois kompensieren, der sich bereits in Sichtweite befand.

Die sechs Truppentransporter fuhren im Gänsemarsch hintereinander. Durch ihr geringes Tempo brauchten sie sich nicht um Schlaglöcher oder ähnliche Straßenschäden zu kümmern. Gleichzeitig konnten sich die Eskortenfahrzeuge so besser auf ihre Defensivformation konzentrieren. Inzwischen hatten die Sicarii die improvisierte Straßensperre entdeckt und offenbar die Biosphärenbewohner als Urheber identifiziert.

Ein LKW nach dem anderen tauchte seitlich des Führungsfahrzeugs aus der riesigen Staubwolke auf. Wie bei einem einstudierten Manöver bildeten sie eine Dreiecksformation und ließen zusätzlich ihre Scheinwerfer zur Lichthupe aufblitzen. Eine unbemerkte Annäherung war völlig ausgeschlossen, daher entschieden sie sich zu einer Machtdemonstration, als wollten sie den alleinstehenden Atlas mit geballter Kraft niederwalzen.

Jiao stellte sich hinter Leon, der seinen schwarzen Kampfpanzeranzug angelegt hatte; der Vorsicht wegen. Cole und C.T lehnten am Geländewagen und teilten sich eine Zigarette. Cassidy versteckte sich im Windschatten des Atlas und verfolgte gebannt das beeindruckende Schauspiel. Jade stand kerzengerade vor den anderen und zeigte nicht die geringste Gefühlsregung. Sie wirkte wie ein unbezwingbarer Schutzschild vor der herannahenden Armee. Angel leistete ihr an vorderster Front Gesellschaft. Sie erinnerte sich wehmütig an ihr Aufeinandertreffen mit Dog vor zwei Monaten. Für einen Moment richtete sie ihren amüsierten Blick auf Jade, als sie sich innerlich fragte, ob sich die Bacchae zur Begrüßung mit Colonel Grant prügeln würde, wie sie und Dog es getan hatten.

Die Truppentransporter näherten sich bis auf zwanzig Meter, ehe sie mit einem kollektiven Schnaufen zum Stehen kamen. Die Eskortenfahrzeuge verteilten sich in der Steppe abseits der Straße und sicherten dem Konvoi den Rücken. Es war, als verstünden sie, dass von vorne keine Gefahr drohte.

Jade verlor indes die Geduld und wäre um ein Haar auf die Laster zumarschiert, um den erstbesten Soldaten herauszuzerren und auszuquetschen, als sich die Türen der Fahrerkabine des Führungsfahrzeugs öffneten und Colonel Grant zusammen mit Captain Deveroux ausstieg. Er befahl mit einer Handgeste, dass die Legionäre aufgesessen bleiben sollten, eher er auf die Gruppe zutrat.

»Herrin Jade!«, rief er mit laienhaft gespielter Verwunderung. »Was verschafft uns die Ehre eurer ...«

»Ja ja, spar dir die Floskeln«, unterbrach sie barsch und winkte in Richtung des Schützenpanzers. »Die wissen alle Bescheid.«

»Ich verstehe«, brummte Grant und näherte sich auf normale Gesprächsdistanz, so dass sie ungestört reden konnten. »Dann darf ich wohl fragen, was die Hawker hier zu suchen haben?«

»Wir befinden uns auf einer gemeinsamen Rettungsmission«, begann Jiao etwas entrüstet über den rüden Willkommenston.

»Wen habt ihr jetzt wieder verloren?«, erwiderte Grant. Ihn

schien sowohl die Aussage als auch der bockige Unterton zu amüsieren.

»Das geht dich nichts an, Colonel«, übernahm Leon. Im Gegensatz zu Jiao pflegte er eine militärische Lebensart und sprach daher die Sprache der Legion. »Wenn es nach uns gegangen wäre, hätten wir Serrano Point schon längst durchbrochen!«

»Und damit einen neuen Krieg riskiert?«, stichelte Captain Deveroux aus dem Hintergrund.

»Gegen euch?«, wehrte sich Leon affektartig. »Ihr seid doch nur noch ein Schatten eurer selbst, seit euch die Ranger mit runtergelassenen Hosen erwischt haben!«

»Genug jetzt!«, unterbrach Jade die Auseinandersetzung mit fester Stimme.

Ohne die Beteiligten noch einmal zu Wort kommen zu lassen, führte sie sie in den Atlas. Dort würden die fünfhundert Legionäre wenigstens nicht mitbekommen, wenn sich die Offiziere gegenseitig die Köpfe einschlugen.

Die streitsüchtige Stimmung von Grant und Deveroux änderte sich beim Betreten des Hightech-Kommandofahrzeugs umgehend. Als Offiziere mit langjähriger Laufbahn hatten sie schon so einige technische Raffinessen der Biosphärenbewohner zu sehen und zu spüren bekommen, aber den Atlas von innen zu betrachten glich Angels erster Flugstunde oder Victors schlafloser Nacht im Vulturetruck STELLA. Wann immer die Hawker eines ihrer Fahrzeuge zurücklassen mussten, hatten sie es gesprengt, um den Sicarii keine hochentwickelte Technik zu überlassen. Anstelle von verkohltem Elektroschrott erwartete sie ein Raum voll funktionierender Glasdisplays, bunten Statusanzeigen und sauber polierten Touchscreens. Clever positionierte Ventilatoren machten die Luft erträglich und die obligatorische Klimaanlage hatte den Schützenpanzer schon den ganzen Tag lang gekühlt. Erst als sich die Heckklappe mit einem metallischen Knarzen verschloss, endete die Trance von Grant und Deveroux.

»In Ordnung«, sagte der Colonel. »Wer wird vermisst und warum kommen die damit zu uns?«

»Es geht um ein paar ihrer Leute, die in der Heimatbasis der Hawker verschollen sind«, erklärte Jade sachlich und lehnte sich dabei auf den Planungstisch in der Mitte.

»Wir ... kennen inzwischen deren Heimatbasis?«

Jiao räusperte sich aus dem Hintergrund.

»Nicht wir, sondern ich«, stellte Jade klar. »Der Grund für das Hilfegesuch ist irrelevant, aber wir bekommen im Gegenzug unerwartete Unterstützung für unseren Sturm auf die Vultures.«

»Zum Beispiel?«, fragte Grant.

Jade stieß sich vom Tisch ab und breitete ihre Hände aus, um zu verdeutlichen, dass sie vom Atlas sprach.

Captain Deveroux' Augen rollten zu ihrem vorgesetzten Offizier. Sie hielt die neuerliche Verbundenheit zwischen Grant und Jade für einen Fehler und wollte ihn vor Schnellschüssen warnen, unterschätzte dabei aber seine Erfahrung mit den Biosphärenbewohnern.

»Seit wann halten die sich an ihre Abkommen?«, verlangte er beinahe respektlos zu erfahren. »Ihr solltet das am besten wissen, nach allem, was die Herrin Scarlet zugemutet haben!«

Er verzichtete vor versammelter Mannschaft auf das vertraute Duzen und bezeichnete Scarlet weiterhin als Herrin, was von Jade mit offenen Karten gewürdigt wurde.

»Die beiden hatten mit der Folter von Scarlet nichts zu tun«, verteidigte sie Leon und Jiao. »Als sie die Lunte gerochen haben, sind sie getürmt und gelten bei Zhang Yuen als Verräter.«

Jade übertrieb die Lage mit Absicht, um ihren eigenen Standpunkt zu stärken. Als Bacchae wusste sie genau, über wie viele Informationen Grant verfügte.

»Hat ihnen der Alte deswegen den Atlas geschickt, nachdem Colonel Morgan ihren Hubschrauber vom Himmel geholt hat?«

»Das ist etwas komplizierter ...«, versuchte Jade zu erklären, als sie von Amy aus sämtlichen Lautsprechern des Schützenpanzers unterbrochen wurde.

»Bei der verschollenen Person handelt es sich um Doktor Karen Webb. Sie ist für das Funktionieren der Ian-Hawk-Biosphäre unverzichtbar«, analysierte die KI emotionslos. »Ihre sichere Rückkehr ist ein absolutes Prioritätsziel, für das Zhang Yuen eine Vielzahl an Risiken einzugehen bereit ist. Einhundertsiebenundzwanzig Simulationen haben gezeigt, dass Zhang Jiao und Leon Wallace in Zusammenarbeit mit der Bacchae Jade und ihren Verbündeten die mit siebenundsechzig Prozent größtmögliche Erfolgsaussicht aufweisen.«

»Wir haben eine dreiunddreißigprozentige Chance, da unten zu verrecken?«, grunzte Dog hervor.

Grant und Deveroux blickten sich einen Moment verwundert um, erklärten sich die seltsame Stimme dann aber wohl mit einer verzerrten Funkübertragung.

»Uns läuft die Zeit davon«, knurrte Leon zu Jade. »Fahren wir nun allein zum Pass oder zuckeln wir im Schneckentempo hinter seinen Schrottlastern hinterher?«

»Ich hatte eigentlich daran gedacht, mit dem Atlas an der Spitze in Serrano Point einzuziehen«, sagte sie. »Wen auch immer Torus als Kommandanten eingesetzt hat, wird es kaum wagen, sich der neunten Legion in den Weg zu stellen, wenn wir mit diesem Ding vorfahren.«

»Auf keinen Fall!«, entgegnete ihr Grant abweisend. »Wenn die auch nur entfernt Wind davon bekommen, dass ich auf Befehl der Bacchae handele oder mit den Hawkern unter einer Decke stecke, wird sich das wie ein Lauffeuer verbreiten. Alle von Herrin Scarlet über Torus bis hin zu den Söhnen des Ragnarök werden den Braten riechen und unsere Reform der Legion verhindern.«

»Wenn Eric von diesem Wachwechsel erfährt, wird er alle Zeit der Welt haben, die Festung auf euren Angriff vorzubereiten«, stimmte Dog zu. »Dann hilft euch nicht mal ein echter Panzer.«

»Okay«, murmelte Jade und gab sich widerwillig geschlagen. Die Argumente der beiden waren erdrückend plausibel. »Dann sollte die neunte Legion Serrano Point übernommen haben, bevor wir mit dem Atlas auf den Pass fahren. Auf die Art bekommt niemand etwas mit.«

»Sollen wir vielleicht bis morgen warten, sofern die Schrotthaufen da draußen nicht gleich ganz auseinanderfallen?«, wehrte sich Leon gegen den Vorschlag.

»Unsere Marschgeschwindigkeit dient der geordneten Defensive und dem Sparen von Treibstoff«, erwiderte Captain Deveroux, ehe Grant sich darüber aufregen konnte. »Wir sind durchaus in der Lage, Serrano Point binnen einer halben Stunde zu erreichen.«

»Okay«, sagte Jade. »Das genügt, um den Atlas zu verstecken, damit ihn die abziehende Legion nicht aus Versehen entdeckt.«

»Wir sollen uns vor denen verstecken?«, rief Leon entrüstet.

»Amy!«, befahl Jiao, um weiterem Streit vorzubeugen. »Such uns einen geeigneten Ort in der Nähe.«

»Erledigt«, meldete die KI prompt. Auf dem Planungsbildschirm erschienen eine Landkarte mit Route und das Archivfoto einer alten Scheune. Die hatte zwar einige Löcher, aber das würde der Schützenpanzer mit seiner Tarnlackierung wieder wettmachen.

»Ich lasse euch trotzdem nicht allein zum Pass fahren«, entschied Jade. »Ich will wissen, wen Torus dort eingesetzt hat.«

»Bei allem nötigen Respekt, Herrin«, begann Captain Deveroux. »Ihr seid selbst den einfachen Rekruten kein fremder Anblick und würdet sofort erkannt werden.«

»Hm«, überlegte Grant. Er legte den rechten Zeigefinger auf die Lippen und zog ein verschmitztes Gesicht. »Ich hätte da eine Idee.«

***

»Ich kann's nicht glauben, dass du dich darauf eingelassen hast!«, zischte Angel.

»Du hättest ja bei den anderen bleiben können!«, erwiderte Jade zickig.

Die beiden saßen zusammengepfercht auf einem Truppentransporter und trugen die Uniformen einfacher Soldaten. Versteckt zwischen fünfhundert Legionären sollten sie vor den Augen der in Serrano Point stationierten Legion sicher sein. Colonel Grant bürgte für die Loyalität seiner eigenen Männer, die sie wie eine Zirkusattraktion anstarrten. Auf der gegenüberliegenden Sitzbank hockte Dog, der sich das Schauspiel nicht entgehen lassen wollte und dafür sogar die sicariianische Armeeuniform in Kauf nahm. Er grinste bis über beide Ohren, während Angel und Jade versuchten, ihre langen Haare unter den roten Baretten zu verstecken. Derartige Frisuren waren bei der Legion nicht gestattet und besonders die Unteroffizierinnen zogen militärische Kurzhaarschnitte oder einen kahlrasierten Kopf vor, um zuerst als Soldatin und anschließend als Frau wahrgenommen zu werden.

Wie abgesprochen hatte der Konvoi sein Tempo beschleunigt. Mit neunzig Stundenkilometern polterten die alten Truppentransporter über die aufgeplatzte Straße. Auf den harten Holzbänken der Soldaten verschlechterte sich schon bald die Stimmung. Viele saßen auf ihren Händen oder versuchten, sich halb im Stehen etwas Schmerzlinderung zu verschaffen. Es war bei Weitem kein

Vergleich zur ruhigen Fahrt im Atlas, aber niemand wagte es, Beschwerde gegen Jades Befehl einzulegen. Erst als Serrano Point endlich in Sichtweite kam, ging ein kollektives Seufzen durch das Truppenabteil.

Der Konvoi wurde ohne große Kontrolle in das Fort gelassen. Am Eingang thronte meterhoher Holzpfahl mit einem hölzernen Adler auf der Spitze. Die Aquila, das Symbol des Sicariianischen Imperiums, welches man überall im Reich antraf, von den Kupfermünzen bis hin zu Alltagsschmuck. Beim Anblick verstei-nerte Angels Gesicht, denn die Legion hatte dieselben Standarten in den zerstörten Enklaven zurückgelassen.

Der Kern von Serrano Point bestand aus einer Autobahnraststätte mit großzügigen Parkplätzen für LKW, einem Restaurant mit darüberliegendem Motel und der obligatorischen Tankstelle. Dadurch bot es bequem Platz für den logistischen Aufwand der sicariianischen Invasionen. Ein hüfthoher Schutzwall aus Schrott und Stahlbetonresten diente als äußere Begrenzung. Theoretisch war er klein genug, um darüberzuklettern. Tausende von spitzen Ecken und Kanten sowie herausstechende Stahlstangen und -rohre ließen ein solches Unterfangen aber schnell zu einem gefährlichen Abenteuer werden. Bis auf einen einzigen Wachturm gab es keine Verteidigungsanlagen. Die hier normalerweise stationierten fünfhundert Legionäre waren jedem Angriff von Gangs oder Neces zahlenmäßig so sehr überlegen, dass sie sich darüber nicht den Kopf zerbrachen.

Schon auf den ersten Blick stießen einem die Folgen der vernachlässigten Versorgung durch das Imperium ins Auge. Der hölzerne Adler war mit einer Schicht aus Vogelkot überzogen. Bis auf eine kleine Truppe von Wärtern am Zufahrtstor schien kein Soldat mehr seinem Dienst nachzugehen. Stattdessen liefen die meisten mit freiem Oberkörper herum, lagen faul in der Sonne oder spielten Fußball. Über einem Lagerfeuer wurden zwei Wildschweine und ein paar Kaninchen geröstet. Die Männer hatten sich selbst zu helfen gewusst. Die Einfahrt des Militärkonvois ließ sie jedoch zur Besinnung kommen. Wie Ratten auf einem sinkenden Schiff sprinteten sie zum Parkplatz und stellten sich an vorgegebener Position in Reih und Glied auf.

Colonel Grant befahl seinen Truppen, abzusitzen und Formation anzunehmen. Captain Deveroux übernahm die Feinarbeit und brüllte den Soldaten Anweisungen zu. Das schloss Angel und Jade mit ein, die keinesfalls auffallen wollten. Wann immer die Offizierin an ihnen vorbeischritt, schien ihr Ton noch lauter und eindringlicher zu werden, so als genoss sie die einmalige Möglichkeit, einer Bacchae Befehle ins Gesicht brüllen zu dürfen.

»Wer hat hier das Kommando?«, rief Grant den Garnisonstruppen zu.

»Sergeant Royce, Sir!«, meldete sich ein Legionär mit salutierender Faust auf der Brust und trat zwischen seinen Männern hervor. »Ich entschuldige mich für den Zustand des Camps, Sir, aber wir haben keine Legionstruppen mehr erwartet.«

»Sie sind allein für den Pass verantwortlich, Sergeant?«, fragte Grant nach. »Was ist mit ihren befehlshabenden Offizieren? Wo ist der Rest ihrer Legion!?«

»Abgezogen, Sir«, erklärte Royce zackig. »General Torus hat vor zweiundsiebzig Stunden den Abzugsbefehl für die stationierte Legion erteilt. Wir sollen hier nur die Stellung halten, bis die Prätorianische Garde die Grenzsicherung übernimmt.«

»Die Prätorianer? Was haben die mit Serrano Point zu schaffen?«, erwiderte Grant.

»Unbekannt, Sir. Die letzte Nachricht von General Torus besagt, dass die Bacchae sich um die Grenzsicherung und den Aufstand der Vultures kümmern werden«, sagte Royce laut und deutlich.

»Wohin hat Torus die Armee verlegt?«

»Nach Norden, Sir. An die Grenze zu den Söhnen des Ragnarök. Wir sollen ihnen folgen, sobald die Prätorianische Garde den Stützpunkt übernommen hat.«

Grant rieb sich mit der flachen Hand übers Gesicht. Seit dem Aufbruch aus Alexandria hatte er darüber gegrübelt, wie er dem Lagerkommandanten den Wachwechsel erklären sollte, ohne dabei alles auffliegen zu lassen. Mit einem Offizier konnte er auf Augenhöhe sprechen. Ein Sergeant hingegen erwartete strikte Anweisungen, war aber gleichzeitig intelligent genug, um eigene Schlüsse zu ziehen. Schickte er Royce einfach so zu seiner Einheit und übernahm Serrano Point, würde es keinen Tag dauern, bis General Torus Wind davon bekäme.

»Packen sie ihre Sachen, Sergeant«, befahl er griesgrämig, um den Legionär vorerst loszuwerden.

Die Stützpunktbesatzung verteilte sich und begann mit den Abreisevorbereitungen. Captain Deveroux wies derweil ihre Truppen an, die Stellungen zu übernehmen und sich im Motel häuslich einzurichten. Anschließend wurde sie von Grant zu sich gerufen.

»Wir haben ein Problem«, sagte er im Beisein von Angel, Jade und Dog.

»Was hat Torus vor?«, giftete Jade und legte damit die Prioritäten fest.

»Vielleicht will der General unsere nördliche Reichsgrenze vor den Söhnen des Ragnarök schützen?«, vermutete Captain Deveroux. Ihre Loyalität lag zuallererst beim Militär, weshalb sie im Zweifel für den angeklagten Torus einstand.

»Möglich«, meinte Grant ungläubig. »Aber wieso erzählt er seinen Männern dann, dass die Prätorianer auf einmal ihren Job machen würden?«

»Weil ... er keine Ahnung von der geheimen Rangerarmee hat?«, entgegnete ihm Deveroux.

»Da hat sie nicht unrecht«, stimmte Jade zu. »Sydney hat ihm nur gesagt, dass wir uns um das Vultureproblem kümmern werden. Da liegen die Prätorianer am Nächsten. Mich interessiert ohnehin viel mehr, warum Torus seine Truppen im Norden zusammenzieht.«

»Spielt das denn überhaupt eine Rolle?«, raunte Dog dazwischen. »Ihr habt euch tagelang den Kopf zerbrochen, wie ihr die Besatzung loswerdet. Jetzt gehen die freiwillig und ihr regt euch noch drüber auf!«

Jade warf Grant einen abschätzenden Blick zu. Er reagierte mit einem seitlichen Kopfnicken. Ganz so einfach war die Sache nicht, aber für den Moment entschieden sie sich, ihr Schicksal zu akzeptieren.

»Okay. Lass die Leute schnellstmöglich abfahren und erzähl ihnen irgendeine Geschichte«, befahl Jade. »Die Prätorianer seien bereits in Cor Syrte oder hätten sonst einen Sonderauftrag, der ihre Ankunft verzögern würde.«

»Oder die Bacchae hätten sich mal wieder übernommen«, dachte Captain Deveroux laut und erntete dafür sofort einen eiskalten Blick von Jade.

»Gute Idee«, stimmte Grant zu. Als ihn dieselben giftgrünen

Augen fixierten, fügte er hinzu: »Das hat Torus uns schon einmal abgenommen. Er hasst die Machtstellung der Bacchae. Alles, was daran sägt, wird von ihm weniger verdächtig aufgefasst.«

Jade knirschte mit dem Unterkiefer.

»Meinetwegen. Aber übertreibt es nicht!«

***

Eine Stunde später stellten sich die fünfzig verbliebenen Legionäre der Stützpunktbesatzung in Formation vor ihren Fahrzeugen auf und erwarteten den Abmarschbefehl von Colonel Grant. General Torus hatte ihnen nur einen einzigen Truppentransporter mit Anhänger gelassen, der nicht mehr den besten Eindruck machte. Zusammen mit dem heruntergekommenen Auftreten der Soldaten verstärkte sich Grants Gewissheit, dass Torus seine schwächsten Glieder nicht ohne Grund Hals über Kopf zurückgelassen hatte.

»Sir«, wendete sich Sergeant Royce an ihn. »Was soll ich dem General sagen, wenn er nach dem Grund ihrer Ankunft fragt?«

Grant stand allein vor der Truppe. Captain Deveroux teilte bereits die Wachmannschaften ein. Angel und Jade nutzten ihren kurzen Aufenthalt und erstellten erste Anregungen zum Festungsbau. Dog hatte ihm eigentlich den Rücken stärken wollen, war aber von Grant davongeschickt worden. Nach dem Barbecue von Camp Mars, bei dem Torus Dog über den Weg gelaufen war, durfte er nicht riskieren, dass die Soldaten einen guten Blick auf den Ex-Vulture werfen konnten. Eine aussagekräftige Beschreibung des Hünen in Grants Begleitung genügte bereits, um ihr Kartenhaus zusammenbrechen zu lassen.

»Geben sie General Torus folgende Nachricht, Sergeant«, sprach Grant mit überzeugter Stimme. »Die Bacchae haben den Mund wieder einmal zu voll genommen – und ich darf es ausbaden.«

»Sir?«, fragte Royce vorsichtshalber nach. Man sah an seiner Reaktion, dass er auch nicht gerade ein Fan der Bacchae war. So ging es vielen Soldaten, weshalb niemand an Grants Worten zweifelte. Gleichwohl war sich Royce der Tragweite bewusst und wollte nicht aufgrund eines Missverständnisses in Ungnade fallen.

Grant verstand die Befürchtungen seines Untergebenen und entschied sich zu etwas väterlicher Motivation. Er legte dem Legionär die rechte Hand auf die Schulter und sagte: »Zitieren sie mich, Sergeant. General Torus wird genau wissen, was damit gemeint ist.«

Royce suchte einen Moment den Augenkontakt mit Grant. Anschließend nahm er gefolgt von seinen Männern Haltung an und salutierte mit der Faust auf der Brust.

»Befehl verstanden, Colonel!«, antwortete er laut und deutlich. »Kohorte Zehn der sechsten Legion ist bereit zum Abmarsch!«

»Sergeant Royce, sie und ihre Männer sind hiermit vom Dienst in Serrano Point entbunden«, erwiderte Grant ebenso militärisch zackig.

Royce drehte sich auf den Hacken um.

»Aufsitzen!«

Grant ging ein paar Schritte zurück, um dem abfahrenden Truppentransporter nicht im Weg zu stehen oder davon eingestaubt zu werden. Die Männer taten ihm ein wenig leid, da für ein Drittel von ihnen nicht mal Sitzplätze vorhanden waren. Viele hatten zusätzlich zu ihrem Marschgepäck noch unbequemen Proviant auf dem Schoß. Die Reise zur nördlichen Reichsgrenze würde mehrere Tage in Anspruch nehmen und bei all den neuerlichen Problemen mit übergeschnappten Neces und frei herumstreunenden Ragnars kein Spaziergang werden.

»Und?«, brummte Dogs Bassstimme hinter seinem Rücken. »Was hast du ihnen erzählt?«

Grant drehte sich um und klopfte den Sand aus seiner Uniform.

»Ich hab Jill zitiert.«

Dogs Gesichtszüge formten ein schadenfrohes Lachen.

»Haben die wen von uns erkannt?«, fragte er.

»Unwahrscheinlich«, verneinte Grant. »Torus hat scheinbar seine unbrauchbarsten Männer hiergelassen.« Er zeigte auf den Holzpfahl am Lagereingang mit dem verdreckten Adler. »So zugeschissen, wie unsere Aquila ist, waren die viel zu sehr mit ihrem Mangel an Bier beschäftigt, als sich um Politik Gedanken zu machen.«

***

Eine Stunde später. Nachdem Amys Luftraumüberwachung den Abzug der sechsten Legion verfolgt hatte und sie außer Sichtweite waren, rollte der Atlas auf den ehemaligen Rastplatz.

»Hat ja lange genug gedauert«, beschwerte sich Jiao beim Aussteigen. »Mussten die im Schneckentempo abziehen?«

»Wie wäre es von Torus wohl aufgefasst worden, wenn ich seinen Leuten auch noch Feuer unterm Arsch gemacht hätte?«, entgegnete ihr Grant. »Auf dem Landweg seid ihr doch sowieso eine halbe Ewigkeit unterwegs. Warum die Eile?«

Jiao schluckte ihren Zorn verbissen herunter. Ihre Zusammenarbeit mit Jade war eine Sache, aber sich in Begleitung von fünfhundert sicariianischen Soldaten aufzuhalten, widerstrebte nach zwei Jahren Krieg ihrem Weltbild. Sie hatte schon viel zu viel gesagt.

»Können wir jetzt endlich weiter?«, rief Leon vom geöffneten Schott des Truppenabteils.

Grant brummte durch seine Bartstoppeln: »Es wird bald dunkel. Ihr könnt die Nacht in Serrano Point verbringen.«

»Nein danke«, sagte Jiao entschieden. »Wir kommen auch ohne Tageslicht ans Ziel.«

»Und wollt dann nach zwei Tagesreisen am Stück eine Rettungsoperation starten?«, erwiderte Grant. Er blickte abfällig auf Captain Deveroux, die zum Rapport angetreten war. »Amateure.«

Die Offizierin verzichtete auf weitere Kommentare und machte stattdessen Meldung.

»Alle Mann auf Position, Colonel. Die Kohorten Sechs bis Zehn halten im Sechs-Stunden-Takt Wache. Eins übernimmt die Aufklärung im Grenzgebiet von Cor Syrte, Zwei die Umgebung auf unserer Seite des Hadesgebirges. Drei und Vier bauen Serrano Point zur Festung aus, Fünf steht in Reserve.«

»Verstanden, Captain. Gute Arbeit«, sagte Grant. Sein Gesicht hellte zunehmend auf. In seiner Legion gab es weder Emporkömmlinge wie die Bacchae noch Chaoten, wie er sie von den Hawkern oder Ragnars kannte. Sein jahrelanger Drill auf Disziplin und Professionalität hatte sich ausgezahlt. »Wegtreten!«

Deveroux salutierte und vollzog eine Hackenwende, um sich anschließend entspannt zu entfernen. Ihre Arbeit war getan und sie hatte kein Interesse an den ihrer Meinung nach nichtigen Auseinandersetzungen mit Jiao und Leon. Auf dem Rückweg liefen ihr Angel und Jade über den Weg und drückten ihr ihre geliehenen Uniformen in die Hand.

»Fertig?«, rief ihnen Jiao zu.

»Einen Moment noch«, lautete Jades Antwort. Sie wendete sich an Grant. »Ich werde Clarissa hierlassen. Sie soll herausbekommen, was Torus im Schilde führt, bis wir von unserer kleinen Nebenoperation zurück sind.«

Grant zog ein widerspenstiges Gesicht.

»Schlechte Idee«, murmelte er. »Meine Leute mögen es nicht, wenn eure Schnüffler bei ihnen rumhängen. Und ich ehrlich gesagt auch nicht.«

»Hab ich mich vielleicht undeutlich ausgedrückt? Das war kein Vorschlag! Clarissa bleibt hier und du wirst sie bei ihren Nachforschungen unterstützen, verstanden!?«

»Jawohl, Herrin!«, erwiderte Grant salutierend. Manchmal fiel es ihm schwer, den schmalen Grat zwischen seinem Dasein als Offizier und der Vertrautheit zu Jade zu gehen. Im Zweifelsfall suchte er dann Schutz in seiner militärischen Ausbildung, die ihm die Sicherheit einer festgelegten Hierarchie bot.

Er wiederholte sein Angebot des Nachtlagers, aber sowohl Angel als auch Jade waren mit Jiao einer Meinung, dass sie keine Zeit zu verlieren hatten. Unter Amys Führung brachen sie binnen weniger Minuten auf.

***

In den langen Autobahntunneln quer durch das Hadesgebirge verlor Amy ständig die Verbindung zu den Fahrzeugen. Sie steckte weder im Bordcomputer des Atlas noch des Geländewagens, sondern hielt über eine Kette von Relaisdrohnen den Kontakt mit ihrem Computerkern in der Biosphäre aufrecht. Das System ähnelte der präapokalyptischen Satellitenkommunikation, nur dass Amy quasi eigene Satelliten in Form von Drohnen steuern musste, da das Netzwerk im Weltraum kurz vor dem globalen Untergang bei einem Terroranschlag außer Gefecht gesetzt worden war.

Als im Licht der Scheinwerfer endlich der Ausgang des Gebirges auftauchte, übernahm die KI die Kontrolle über beide Fahrzeuge. Etwas mulmig wurde Jade schon, als der Geländewagen plötzlich von selbst dem optimalen Straßenverlauf folgte. Amy deaktivierte außerdem sämtliche Lichtquellen von den Scheinwerfern bis zu den Leuchtdioden im Wageninneren und beschleunigte auf ihre normale Reisegeschwindigkeit.

Mit einhundertzwanzig Stundenkilometern ohne Licht und Kontrolle durch die finstere Nacht zu rasen, ließ vorerst niemanden im Luxusgeländewagen an Schlaf denken. Als Amy die Aufregung anhand von schneller werdendem Puls und vereinzelten Schweißausbrüchen feststellte, schaltete sie das Radio ein und spielte beruhigende Klaviermusik, die an Henrys melancholische Klänge aus dem Bacchaetempel erinnerten.

Angel fielen als Erste die Augen zu. Sie war Extremsituationen gewohnt und nahm ihr Leben, wie es kam. Einen Aufstand zu inszenieren wäre genauso sinnlos gewesen, wie darauf zu bestehen, selbst zu fahren und am Morgen schlaftrunken von einem genmanipulierten Wolf erfasst zu werden. Jade wollte sich keine Blöße geben, doch mit dem sich ständig bewegenden Lenkrad und ihrer tiefen Hüftwunde erwies es sich als ausgesprochen kompliziert, eine bequeme Schlafposition zu finden. Sie rutschte auf ihrem Sitz hin und her, bis Amy ein Herz fand, das Steuer nach oben klappte und in das Armaturenbrett zog.

Cole und Dog inszenierten einmal mehr einen Stierkampf unter Männchen zur Brunftzeit. Erst wetteiferten sie darum, wer am wenigsten Angst vor der blinden Raserei hatte und anschließend, wer am längsten wach blieb. Da sie aber bis auf die Sterne über ihnen so gut wie nichts erkennen konnten, fielen beiden nach kurzer Zeit von selbst die Augen zu. Am Ende einigten sie sich darauf, die Beine übereinanderzulegen und mit den Rücken an den Wagentüren zu schlafen.

Cassidy und Jiao schlummerten unterdessen friedlich im Mannschaftsabteil des Schützenpanzers. Dort gab es Luftmatratzen, die fast so bequem wie ein echtes Bett waren. Leon schnarchte auf dem Beifahrersitz. Er war im Cockpit geblieben für den Fall, dass er schnell eingreifen musste.

5. Spurensuche

Kurz nach Sonnenaufgang weckte das Rauschen des Funkgeräts die Passagiere des Geländewagens. Amy hatte die Scheiben getönt, so dass Angel, Cole, Dog und Jade noch immer halbwegs entspannt schlummerten.

»Hey, ihr da hinten«, knarzte Leons schlaftrunken klingende Stimme. »Seid ihr schon wach?«

Nach den anfänglichen Schwierigkeiten empfand es niemand mehr als merkwürdig oder gar riskant, dass die gesamte Besatzung des Autos bei voller Fahrt schlief. Entsprechend unbedarft regte sich Leben in den schmerzenden Gliedern.

»Jetzt ja«, maulte Jade zurück. »Es ist doch noch mitten in der Nacht!«

»Oh, Verzeihung«, entschuldigte sich Amy und reduzierte die Scheibentönung stufenweise auf Tagesniveau. »Es ist sechs Uhr siebenundzwanzig.«

Jade murrte einen undeutlichen Fluch und setzte sich gerade hin.

»Wie weit sind wir gekommen?«, fragte Angel.

»Uns bleiben noch zweiunddreißig Kilometer bis zur Militärsiedlung unterhalb der McKnight Air Force Base«, meldete Amy.

»Kommt ihr zu uns zum Frühstück?«, hallte Jiaos erfrischend optimistische Stimme aus den Lautsprechern.

»Ich dachte, ihr wollt keine Zeit verlieren?«, fragte Jade.

»Die Basis liegt direkt vor uns und wir wollen uns erstmal ...«, begann Leon seinen Wunsch nach einer morgendlichen Wäsche zu erklären.

»Wir haben frischen Kaffee!«, unterbrach ihn Jiao.

»Sofort anhalten!«, befahl Angel prompt.

Eine Minute später stoppten sie im Windschatten des Atlas auf offener Straße. Um sie herum lag die wildwüchsige Steppe, an die sich Angel und Cassidy noch gut von ihrer ersten Reise in den Norden erinnerten. Verrostete Panzerwracks und vom Steppenwind abgeschliffene Betonmauern ragten aus hüfthohen Gräsern. In der Ferne flüchtete eine Gruppe von Rehen vor dem lauten Schützenpanzer. Vogelgezwitscher drang von vereinzelten Windflüchtern und der feuchte Duft von Morgentau lag in der Luft, den es nur in der Nähe des Hadesgebirges gab. Hier hatten die Ranger auf ihrer Suche nach Sharon einst die Nacht verbracht.

»Ob das eine gute Idee ist, mitten im Truppenübungsgebiet zu rasten?«, fragte Angel mit einem Pott heißen Kaffee in der Hand. Sie stand zu ihrer Sucht, bereute aber den voreiligen Entschluss, sofort alles für das bittere Gebräu stehen und liegengelassen zu haben.

»Wie kommst du da drauf?«, wunderte sich Jiao. »Ein Truppenübungsplatz, der sich quer über die Straße erstreckt?«

»Was sollen sonst die ganzen Wracks hier?«

Leon warf Jiao einen abschätzenden Blick zu, aber im Grunde genommen stellten fünfundzwanzig Jahre alte Geheiminformationen keine Bedrohung mehr für sie dar.

»Wir befinden uns im Drohnentestgebiet des Militärs«, erklärte er. »Die haben sicher auch was in die Luft gejagt, aber viele Tests bestanden aus Aufklärung und Logistik. Zum Beispiel ein spezielles Zielfahrzeug mitten in einem Kriegsgebiet ausfindig zu machen oder tonnenschweres Gepäck autonom durch verwüstetes Territorium zu transportieren.«

»Im Grunde genommen das, was Amy letzte Nacht gemacht hat«, stimmte Jiao zu. »Eigenständige Navigation in schwierigem Gelände. Darum hat man hier so viel Schrott abgeladen.«

»Und wo kommen dann die Explosionsspuren her?«, fragte Angel und zeigte auf eine Fahrzeugkolonne im Norden, die sich wie bei einer Massenkarambolage ineinander verkeilt hatte und anschließend ausgebrannt war. Vier Reisebusse fielen ihr besonders auf. Entweder hatte sie ein Sprengsatz von innen zerstört oder eine Bombe das Dach durchschlagen und war im Inneren detoniert. »Die liegen nur ein paar Meter neben der Straße. War das eine Fehlfunktion oder wie?«

Leon rieb sich die Nase und schwieg, als hätte Angel einen wunden Punkt getroffen. Auch Jiao blieb einen Moment stumm und holte das laminierte Foto ihrer Mutter aus der Tasche. Sie sah es nicht an, sondern hielt es nur fest in der Hand.

»Die Fahrzeuge gehörten zum Fluchtkonvoi der Siedlung«, brachte sie zögernd hervor. »Karen und mein Vater waren dabei.«

»Ich dachte, ihr seid mit euren Hubschraubern in die Biosphäre geflohen?«, fragte Cassidy.

»Ja, anschließend.«

»In der Siedlung sieht alles so aus, als sei sie geordnet evakuiert worden«, erinnerte sich Angel. »Keine Leichen oder Wracks. Dann hat es euch erst hier draußen erwischt?«

Jiao nickte.

»Wer hat euch überhaupt angegriffen?«, fragte Jade. »Habt ihr das irgendwann rausbekommen?«

»Nicht direkt«, antwortete Jiao. »Der eigentliche Überfall ist von Söldnern ausgeführt worden. Black irgendwas–«

»Black Razor Company«, ließ Amy verlauten. »Seit ihrer Gründung im Jahr 2024 ist die Söldnereinheit bis 2046 für Regierungen und Großkonzerne weltweit aktiv gewesen. Die Auftraggeber zur Infiltration der McKnight Air Force Base sind bis heute unbekannt.«

»Infiltration?«, wiederholte Angel mit gerunzelter Stirn.

»Die haben irgendwas gesucht«, bestätigte Jiao. »Aber mein Vater hat sie gestoppt.«

»Dein Vater?«, spottete Jade. »Gegen eine Söldnertruppe, die über eine solche Feuerkraft verfügt?«

»Er hatte Hilfe«, entgegnete ihr Jiao zähneknirschend.

Auf einmal warf Leon seinen Metallbecher in den Atlas und stampfte vor bis ins Cockpit. Er startete die Motoren und wollte offenbar aufbrechen.

»Was ist denn plötzlich mit dem?«, raunte Dog.

Jiao sammelte die leeren Tassen ein und zeigte dabei auf die vier zerstörten Reisebusse.

»Seine Eltern liegen dadrunter begraben. Karen hat Leon aus den Flammen gezogen und ihm das Leben gerettet, aber für seine Eltern kam jede Hilfe zu spät. Er war damals drei Jahre alt.«

Dog drückte ihr seinen Kaffeepott in die Hand verzichtete auf weitere Fragen. Anschließend stieg die Gruppe zurück in ihre Fahrzeuge und setzte den Weg hinauf zur Luftwaffenbasis fort.

Ihr Interesse an der Siedlung hielt sich in Grenzen, zumal Angel und Cassidy bestätigten, dass sich seit ihrem letzten Besuch nichts geändert hatte. Gleichzeitig schlossen die beiden ihre Augen, als sie am verwüsteten Supermarkt vorbeikamen, unter dessen Trümmern der Ranger Matthew Donovan noch immer begraben lag. Im Laufe ihrer Flucht vor dem Wolfsrudel hatte niemand daran gedacht, seine sterblichen Überreste zu bergen. Bei einem

Blick durch die zerbrochenen Fenster entdeckte Angel die Kunststoffplane, mit der Victor einst Matthew bedeckt hatte. In diesem Moment schwor sie sich, alle verlorenen Kämpfer nach Hause zu holen und sie im Schatten der Klosterruinen mit einer würdigen Beerdigung zu ehren, sobald der Krieg es zuließ.

***

Vor den Toren der Luftwaffenbasis verteilte Leon die mitgeführte Spezialausrüstung. Cole und Dog freuten sich auf ein paar Hightechspielzeuge der Hawker, wurden aber jäh enttäuscht, als sie stattdessen eine kleine Sauerstoffflasche mit angeschraubter Maske in die Hand gedrückt bekamen.

»Sollen wir die Dinger etwa die ganze Zeit mit uns rumschleppen?«, beschwerte sich Dog. Die Notfallatemgeräte wogen nicht mal ein Kilogramm. Ihm ging es ums Prinzip.

»Laut unseren Messungen gibt es in den tieferen Ebenen eine erhöhte Strahlung aufgrund von Reaktorschäden«, erklärte Leon mit steifer Miene. »Ohne Atemluftversorgung könnten Langzeitschäden auftreten. Haarausfall, Krebs oder Impotenz.«

Beim letzten Wort wich die Widerspenstigkeit wie im Flug. Sowohl Cole als auch Dog umklammerten die Atemgeräte, als hinge ihr Leben davon ab. Zusätzlich erhielten sie noch eine Tablette, die sie sofort einnehmen sollten, um ihren Körper vor Strahlenschäden zu schützen. Anschließend bekam jeder eine Art Duftspender, der außen an die Kleidung gehängt wurde.

»Da drin ist das Pheromon, durch das uns die Wölfe von Projekt Neozoon hoffentlich in Ruhe lassen«, sagte Leon, klang aber nicht vollends überzeugt davon.

»Hoffentlich?«, bohrte Angel nach.

Leon zuckte mit den Schultern.

»Ist halt eine ganze Weile her. Fünfundzwanzig Jahre Evolution können uns da schnell einen Strich durch die Rechnung machen.«

»Mit den Biestern werden wir schon fertig!«, raunte Dog zuversichtlich. »Ich schlepp schließlich nicht umsonst so viel Munition mit mir rum.«

Angel warf Cassidy einen Blick zu, der keiner Worte bedurfte. Die beiden wussten genau, dass sie nicht mal der gesamte Munitionsvorrat des Imperiums vor den Wölfen schützen könnte, wenn es zum Gefecht kam. Sollte Dr. Webbs Team tatsächlich dem Rudel zum Opfer gefallen sein, brauchten sie einen anderen Plan als einen Sturmangriff, um sie zu befreien.

Nach dem Abschluss der Vorbereitungen begann die Gruppe mit ihrem Auftrag. Eine Überprüfung des Transporthubschraubers stand zuerst auf der Tagesordnung.

Angel kletterte zusammen mit Cassidy auf den alten Tower und behielt Jiao die ganze Zeit in ihrer Zieloptik. Cassidy beobachtete die Umgebung mit ihrer taktischen Einsatzbrille.

»Im Umkreis ist nichts zu sehen«, rauschte Jiaos Stimme aus ihren Ohrstöpseln. »Ich check jetzt den Hubschrauber.«

»Ist er beschädigt?«, hörten sie Jades Stimme über Funk.

Angel lachte in sich hinein. Natürlich sorgte sich die Bacchae nur um den Hubschrauber.

»Ich glaub nicht. Gebt mir Deckung!«

Cole ging neben Hawk-two in die Knie, während Jiao ins Cockpit kletterte und die Armaturen untersuchte.

»Treibstoff bei dreißig Prozent. Wir werden ihn auftanken müssen. Der Rest sieht okay aus.«

»Was ist mit den Geschützen?«, raunte Dogs Stimme aus den Funkgeräten. Er war zusammen mit Jade und Leon bei den Fahrzeugen geblieben, um im Ernstfall zu Hilfe eilen zu können.

Cole zog die Backbordtür des Laderaums auf und überprüfte die Miniguns. Er verstand nichts von Hubschraubern, aber die rotierenden Geschütze waren für ihn dank dem Vulturetruck STELLA ein alter Hut.

»Voll bis unters Dach. Was immer sie erwischt hat, die Kavallerie konnte ihnen nicht mehr helfen.«

»Sonst wäre Danny auch nicht zu Fuß erschossen worden«, fügte Jiao hinzu.

In diesem Moment stieß Cassidy ihre Mentorin von der Seite an und deutete auf einen Strauch hinter Bunker Fünf. Angel schwenkte ihr Scharfschützengewehr in die angegebene Richtung.

»Amy, neun Uhr!«

»Ich habe die Bewegung registriert«, meldete die KI aus dem Inneren des gepanzerten Mannschaftstransporters. »Es ist jedoch keine fremde Hitzesignatur in einem Radius von dreihundert Metern um den Atlas zu erkennen, die größer als ein Nagetier wäre.«

»War wohl doch nur der Wind«, entschuldigte sich Cassidy

kleinlaut.

»Vielleicht, aber trotzdem stimmt hier was nicht«, murmelte Angel. »Wo sind die Tiere? Die Wölfe? Als wir vor einem Monat entkommen sind, wimmelte es geradezu von den Viechern!«

»Wenn Amy nichts entdecken kann, dann ist hier auch nichts«, konterte Jiao. »Können wir jetzt endlich nach Karen sehen?«

Missmutig gab Angel zu, dass die Pheromonpackungen aus der Biosphäre offenbar ihren Zweck erfüllten, und stieg von ihrem Aussichtspunkt herab.

»Passt der Panzer da überhaupt durch?«, fragte Jade, als sie sich vor dem geöffneten Bunkertor versammelten. Auch die Bodenplatten zum Zugangstunnel standen offen.

»Positiv«, antwortete Amy. »Mit einer Toleranz von fünfzehn Zentimetern ist der Atlas fähig, die McKnight Air Force Base zu befahren. Der Einsatz des Dachgeschützes ist eingeschränkt möglich.«

»Eingeschränkt?«, echote Dog.

»Das Geschütz wird sich maximal drei Grad nach oben richten lassen«, erklärte Amy.

»Wir werden wohl kaum die Decke einreißen wollen«, sagte Angel.

»Also gut, dann übernehmt ihr darin die Vorhut und wir folgen euch im Geländewagen?«, schlug Jade vor.

»Einverstanden, aber fahrt nicht zu dicht auf. Wenn Amy bei acht Reifen richtig auf die Bremse tritt, steht das Ding sofort still«, ermahnte Leon sie.

»Zugriff auf rudimentäre Stützpunktkontrollen erfolgreich hergestellt«, hallte Amys Stimme plötzlich aus den Bunkerlautsprechern. Im selben Moment flackerten die Deckenlampen auf und die rote Notbeleuchtung des Tunnels schaltete sich ein. »Letzter Zugang vor zwei Tagen. Laut dieser Angabe hat lediglich das Team der Ian-Hawk-Biosphäre Zutritt zur Basis erlangt.«

»Und wer hat dann Danny umgelegt?«, fragte Leon mürrisch.

»Ungenügende Informationen«, erwiderte Amy.

»Gibt es wieder so einen Countdown wie beim letzten Mal?«, wollte Angel wissen. »Vielleicht legen wir diesmal besser ein Kantholz zwischen das Tor, um heil rauszukommen?«

»Unnötig. Ich habe permanenten Zugriff auf sämtliche Quarantänesysteme. Eine Verriegelung des Stützpunktes ist ohne mich nicht länger möglich.«

»Sehr beruhigend«, brummte Cole.

»Na gut, dann wollen wir doch mal sehen«, murmelte Jiao und setzte sich vor die Monitore der Überwachungszentrale. »Zeig mir alle aktiven Bewegungsmelder und Hitzesensoren!«

Auf den Displays tauchten dreidimensionale Karten des unterirdischen Forschungskomplexes auf, deren skizzenhafte Darstellung Angel bereits von ihrem ersten Zusammentreffen mit den Wölfen bekannt war.

»Da hat es Kim und Johnny erwischt«, sagte sie und zeigte auf die Stelle, die Victor gesprengt hatte.

»Auf Ebene Einundzwanzig sind fünfundsechzig Prozent der Sensoren ausgefallen«, berichtete Amy.

»Ja, Victor hat's mal wieder übertrieben und die halbe Etage einstürzen lassen.«

»Laut meinem Vater befindet sich Karens altes Labor hier, auf Level Zehn.« Jiao verglich die beiden Monitore miteinander und kratzte sich verwundert am Kopf unter ihrer violetten Haarsträhne. »Amy, bist du sicher, dass deine Daten korrekt sind?«

»Positiv.«

»Warum? Was ist?«, fragte Jade ungeduldig.

Jiao vergewisserte sich mit einem Blick über die Schulter, dass Leon ihr zustimmte und sie kein Trugbild vor sich sah.

»Die meisten Bewegungssignale stammen von Level Fünfzehn, aber nur drei davon geben deutliche Hitzeemissionen ab.«

»Und das heißt was?«

»Menschen und Säugetiere sind Warmblüter und erzeugen Wärmesignaturen«, erklärte Amy. »Zhang Jiaos Vermutung ist korrekt. Nur drei der Lebenszeichen auf Ebene Fünfzehn können zu dem vermissten Kommandoteam gehören.«

»Und die anderen?«, fragte Cassidy zaghaft.

»Oh wartet, jetzt kommt's!«, raunte Dog spöttisch. »Zombies!«

»Unwahrscheinlich«, erwiderte Amy so staubtrocken, dass es sogar dem Hünen die Sprache verschlug. »Für die Wiederbelebung von toten, organischen Lebensformen wäre eine spezialisierte biochemische Forschungsstation nötig, die in der McKnight Air Force Base nicht vorhanden ist. Des Weiteren sind nach unserem Kenntnisstand nicht annähernd genügend Menschen in den Komplex vorgedrungen, um die vierunddreißig Bewegungssignale ohne

Hitzeemissionen ...«

»Schon gut, schon gut!«, fiel Jiao der KI ins Wort. »Er hat nur einen blöden Witz gemacht.«

»Was ist das da oben?«, fragte Angel, die dumme Sprüche von Dog gewohnt war und sich ganz auf die Monitore konzentriert hatte. Sie zeigte auf einen Punkt in einer der oberen Ebenen, der sich nicht bewegte, dafür aber eine Wärmesignatur erzeugte.«

»Vielleicht eine Heizung oder sowas«, vermutete Leon.

»Negativ«, berichtigte ihn Amy. »Sämtliche fest installierten, wärmeabsondernden Geräte sind in der Datenbank des Basiscomputers aufgeführt. Es handelt sich um ein bewegungsloses, menschliches Lebenszeichen in einem Lüftungsschacht zwischen Ebene Sieben und Acht.«

»Was ist da?«, fragte Jiao.

»Ebene Sieben, Sektion B: Temporäre Unterkünfte für das stationierte Militärpersonal. Ebene Acht, Sektion B: Erholungsräume, Fitnesscenter und ein Speisesaal mit Kantine.«

»Irgendwelche Theorien, wer das ist?«

»Ungenügende Informationen. Die Abmessungen des Schachtes lassen jedoch auf eine Frau schließen. Nur vier Männer aus der Ian-Hawk-Biosphäre würden hineinpassen. Zhang Yuen, Michael Hawking, Norman Brook und Maxwell Cleese. Keiner davon ist an der Mission beteiligt.«

»Doktor Webb?«, fragte Leon stutzig. »Die wird doch nicht allen Ernstes in den Luftschächten herumkriechen?«

»Waren noch andere Frauen außer Karen im Hubschrauber?«, präzisierte Jiao die Frage.

»Positiv. Lieutenant Dawn Mitchell als Teil der Sicherungstruppen. Ihre Maße stimmen jedoch nicht mit der Wärmesignatur überein.«

»Hast du Zugriff auf die Kommunikation?«

»Negativ. Aus Sicherheitsgründen ist die interne Stützpunktkommunikation von diesem Terminal aus nicht erreichbar. Die Gesteinsschichten verhindern zudem jegliche Funkverbindung.«

»Dann holen wir sie besser da raus«, entschied Jiao haareraufend. »Wäre ja nicht das erste Mal, dass Karen sich übernommen hat.«

***

Angeführt vom Schützenpanzer stieß der kleine Konvoi mit Schrittgeschwindigkeit in den feuchten Tunnel vor. Jiao hatte sich ins Transportabteil des Atlas begeben, um die Überwachungsmonitore im Auge behalten zu können.

»Wie weit bis zu der Stelle, an der Dannys Kommunikation abgerissen ist?«, fragte sie.

»Zweiundvierzig Meter«, antwortete Amy.

»Da vorn, um die Kurve«, rief Leon vom Cockpit aus. »Scheinwerfer ausrichten!«

Der Lichtstrahl vom Dach des Radpanzers leuchtete auf den am Boden liegenden Körper vor ihnen und Amy stoppte den Vormarsch.

»Gib uns Deckung«, sagte Jiao und fuhr die Heckluke herunter. Sie stieg mit gezogener Pistole aus und humpelte zum Zentrum des Lichtkegels. Cole und Dog gaben ihr zusätzlichen Feuerschutz und hockten sich neben den Atlas, während Angel und Jade sich den toten Piloten genauer ansahen.

»Es ist Danny«, seufzte Jiao, nachdem sie die Leiche umgedreht hatte.

»Zwei Schuss in den Rücken, einen in den Hals«, diagnostizierte Jade. »Er ist vor irgendwem davongelaufen.«

»Amy, wie weit war der Schütze von ihm entfernt?«, fragte Jiao und starrte in den Tunnel, der von den Scheinwerfern bis zur nächsten Biegung hell erleuchtet wurde.

»Zehn bis fünfzig Meter. Aufgrund des starken Echos ist eine Peilung nur sehr eingeschränkt möglich, aber das neun-Millimeter-Kaliber und die Art der Verletzung lassen auf eine Pistole schließen.«

»Neun Millimeter?«, wunderte sich Angel. Sie untersuchte Danny genauer, vermochte jedoch beim besten Willen nicht zu bestimmen, wodurch die Einschusslöcher verursacht worden waren.

»Eine der Kugeln hat Danny Greens Hals durchschlagen und ist im Asphalt unter mir steckengeblieben. Zwei Patronenhülsen liegen im Radius von einem halben Meter, etwa fünfundvierzig Meter direkt voraus am Straßenrand. Aufgrund der zweiundzwanzigprozentigen Neigung des Tunnels ist es unmöglich festzustellen, ob sie von dort abgefeuert wurden oder nach dem Auswurf hinabgerollt sind.«

»Die kannst du von hier aus sehen?«

»Positiv. Die Metallhülsen reflektieren das Scheinwerferlicht anders als die Tunnelwände. Außerdem registriere ich sie mit einem Metalldetektor.«

»Nein, die sind hierher gerollt«, rief Jade die Straße hinauf und sammelte die Hülsen ein. »Neun Millimeter Pistolenmunition. Sie hatte Recht.«

»Der ist ja nicht mal angefressen worden!«, stellte Dog fest. Er klang dabei fast ein wenig enttäuscht.

Jiao riss den Duftbeutel von Dannys Uniform und hielt ihn ins Licht.

»Noch halb voll. Die Wölfe wären ihm aus dem Weg gegangen.«

»Dann schafft ihn von der Straße und lasst uns weiterfahren!«, raunte Dog.

»Wir lassen ihn nicht einfach so zurück«, protestierte Jiao.

»Wir bringen eure Leute nach Hause«, versuchte Angel sie zu beruhigen. »Aber eine Leiche im Laderaum bringt uns alle in Gefahr. Wir legen seine Überreste an den Straßenrand und nehmen ihn auf dem Rückweg mit.«

Damit zeigte sich Jiao einverstanden. Sie warf Dog einen giftigen Blick zu, der sich erst am Tragen beteiligte, nachdem Angel ihn ebenso zornig angefunkelt hatte. Als letzte Amtshandlung heftete Jiao das Pheromonpäckchen wieder an Dannys Uniform, so dass seine Leiche bis zu ihrer Rückkehr von den Wölfen verschont blieb. Dann hob sie sein Hightechvisier von der Straße auf, das von der unbekannten Frau zertreten worden war.

»Völlig kaputt«, sagte sie enttäuscht. »Vielleicht kriegen wir zu Hause ein paar Komponenten gerettet.«

Der Weg führte sie weitere dreihundert Meter tief unter die Erde. Danny hatte es fast bis zur Oberfläche geschafft. Etwas wehmütig erinnerte sich Angel beim Anblick der moosbewachsenen Wände erneut an Matthew, der ebenfalls panisch aus dem Stützpunkt geflüchtet und dann in der Siedlung am Fuße des Berges zerfleischt worden war. Die verfluchte Militärbasis hatte ihrem Namen einmal mehr alle Ehre gemacht.

Der rostige Pick-up von Ranger-Team Fünf stand noch immer da, wo sie ihn vor vier Wochen zurückgelassen hatten. Verwundert stellte Angel fest, dass keine neuen Fahrzeuge dazugekommen waren. Wer die Kommandoeinheit aus der Biosphäre angegriffen hatte, musste demnach zu Fuß auf dem Stützpunkt eingetroffen sein.

»Amy, wie sieht's aus?«, fragte Jiao. »Steht die Verbindung zum Mainframe noch?«

»Positiv. Der Zugang ist weiterhin geöffnet. Beginne Datentransfer.«

Das Team versammelte sich um den Panzerwagen und starrte auf die Monitore. Der Kopf der KI schien wie erstarrt und die hellgrünen Pupillen blitzten wie ein Feuerwerk, während Amy Millionen von Datenzeilen abarbeitete. Nach ein paar Sekunden erschien eine grüne Erfolgsmeldung und die normale Deckenbeleuchtung der Basis schaltete sich ein. Etwa die Hälfte der Lampen funktionierten noch.

»Ah... angenehm. Danke!«, sagte Leon. »Checkt eure Pheromonpackungen und dann folgt mir!«

Er führte die Gruppe mit einer elektronischen Karte in der Hand durch das Vorratslager. Doktor Webb hatte sich hier ganz offensichtlich wie in einem Supermarkt gefühlt und einen Großteil der Medikamente in Plastiktüten verstaut, von denen sie wusste, dass ihr Verfallsdatum nur aus rein betriebswirtschaftlichen Gründen abgelaufen war. Als sie am großen Lastenaufzug eintrafen, stützten sich Jiao und Leon an den Wänden ab und starrten den bedrohlich klaffenden Schacht hinunter.

»Und da seid ihr runtergeklettert?«, fragte die Pilotin anerkennend und eingeschüchtert zugleich.

»Oh nein! *Wir* nicht«, erwiderte Angel. Bisher war sie immer an der Spitze der Gruppe geblieben, doch nun lehnte sie sich an ein Regal des Vorratsraums, als hätte sie Angst, in das riesige Loch im Boden gesaugt zu werden. Sie schob sich vorsichtig an der Wand entlang, bis sie die Tür zum Treppenhaus aufstieß. »Kim und Johnny sind dem Fahrstuhl nach. Ich hab die Treppe genommen!«

Jade stellte sich direkt vor den hell erleuchteten Aufzugsschacht und blickte hinab, ohne sich irgendwo festzuhalten. Sie grinste Angel an, der schon beim Zusehen speiübel wurde.

»Ich werd mir das mal ansehen«, entschied die Bacchae und schwang sich gekonnt auf die Leiter. »Wie weit kommt man hier?«

»Level Einundzwanzig«, rief Angel ihr hinterher. »Aber Kim meinte, es gibt da unten nicht auf allen Etagen einen Ausgang!«

»Alles klar. Ich versuch es auf Ebene acht!«, hallte es aus dem Schacht.

Jiao warf Leon einen gereizten Blick zu.

»Geh lieber mit ihr, bevor sie irgendwas kaputtmacht.«

»Oder ihre Schmerzmittel nachlassen und sie nicht mehr weiterkommt«, fügte Angel zu.

Der Soldat rümpfte die Nase, als wäre der Auftrag unter seinem Niveau. Anschließend folgte er Jade ohne jeden Kommentar.

»Die wären wir los«, frohlockte Dog.

Cole stimmte ihm eindeutig zu, während Jiao sie gereizt in das Treppenhaus führte.

»Boah! Hat das bei euch auch schon so gestunken?«, stöhnte sie naserümpfend.

»Ach, das ist noch gar nichts«, meinte Cassidy spöttisch. »Wartet mal ab, bis wir in die Zentrale kommen!«

Jiao verließ sich vollkommen auf Amys Überwachungssystem und studierte interessiert sämtliche Etagenschilder und Wegweiser. Sie hatte schließlich jahrelang darauf gewartet, ihre eigenen Wurzeln erkunden zu dürfen. Cole und Dog hielten ihre Waffen griffbereit, blieben aber dennoch entspannt, da sie den Horrorgeschichten aus der Basis kaum Glauben schenkten und sich voll und ganz auf einen menschlichen Gegner einstellten, mit dem sie fertig würden. Nur Angel und Cassidy lauschten angespannt jedem unbekannten Geräusch und sahen sich jedes Mal fragend an, ob die andere es ebenfalls gehört hätte. Zum Glück wirkte das strahlend helle Treppenhaus äußerst beruhigend.

»Karen? Hallo! Kannst du mich hören?«, flüsterte Jiao in ihr Mikrofon, als sie an Level vier vorbeikamen. »Immer noch kein Kontakt.«

»So langsam müsste sie uns aber empfangen«, maulte Leon aus den Ohrstöpseln. »Zwischen uns klappt's doch auch!«

»Wo seid ihr gerade?«

»Ebene vier.«

»Also direkt nebenan. Da ist weniger Beton–«

Ein lautes Klatschen durchbrach ihre Unterhaltung. Dog hatte eine Mücke auf seinem Hals erschlagen.

»Scheiß Viehzeug hier überall!«, beschwerte er sich lautstark. »Wie haben eure Leute das eine Woche lang ausgehalten?«

»So schlimm war die Plage da eigentlich noch nicht«, meinte

Cassidy. Seit Betreten des Treppenhauses schwirrten die Insekten um sie herum, als wäre ein blutdurchtränktes Festbankett mitten in ihr Nest spaziert.

»Amy! Irgendeine Veränderung des Signals auf Ebene sieben?«, fragte Jiao in ihr Funkgerät.

»Negativ. Achtung! Bewegungssignale entfernen ... nach oben«, rauschte die künstliche Stimme. »Unbek– ...signal lokalisiert. ...bindungsabbruch ...«

»Wiederholen, Amy!«

Plötzlich schalteten sich sämtliche Lampen mit einem Schlag ab. Nicht einmal die rote Notbeleuchtung, die Angels Team einst den Weg gewiesen hatte, funktionierte mehr.

»Na toll«, grunzte Cole. »Was hat sie nun angestellt?«

»Amy? Amy!«, hauchte Jiao, doch nach einem kurzen Rauschen, das wie ein letztes Signal klang, verstummten die Ohrstöpsel.

Zusammen mit Cassidy schaltete sie ihr orangeglimmendes Visier ein, wodurch die anderen wenigstens wieder ein paar Meter weit sehen konnten. Angel hatte bereits ihre Taschenlampe gezückt und suchte das Treppenhaus unter ihnen ab.

»Keine Panik!«, versuchte Jiao sich vor allem selbst zu beruhigen. »Ist sicher nur ein Kommunikationsproblem.«

»Aha«, konterte Cole. »Sollen wir den Lampen vielleicht mal nett zureden?«

»Das war ganz mieses Timing, Süße!«, kratzte Jades Stimme aus den Kopfhörern. Die Verbindung untereinander klappte also noch; für den Moment.

»Wo seid ihr?«, fragte Jiao.

»Mittlerweile auf Ebene Sechs, glaube ich. Hier gibt‘s keinen Zugang und die Leiter endet direkt ... Ich hätte ... gern eine ... deinen Brillen ...!«

»Verstanden! Leon? Geht nach oben. Versucht auf Ebene Fünf eine Tür zum Schacht zu finden. Wir sehen unter euch nach!«

Der Soldat bestätigte die Anweisung nicht. Die Verbindung war abgebrochen.

»Verdammt«, fluchte Jiao. »Hoffentlich hat er mich noch gehört.«

»Zurück oder weiter?«, überlegte Cole.

Angel zeigte mit ihrer Taschenlampe voraus.

»Weiter.«

Als Jiao kurze Zeit später voller Sorge die Tür zur achten Etage aufstieß, begannen ihr und Cassidys Visier plötzlich zu fiepen, woraufhin sie die Tür sofort zustieß.

»Gas!«, rief sie den anderen zu. »Die ganze Etage ist mit Fentanyl geflutet!«

»Was ist das für ein Zeug?«, wollte Angel wissen.

»Ein Narkosegas, was früher vom Militär verwendet wurde. Mein Vater hat mich davor gewarnt«, erklärte Jiao und tippte dabei wild auf ihren Visierbügeln herum. »Es war eine der Sicherheitsvorkehrungen für den Fall, dass irgendetwas schief geht. Der Basiscomputer kann die Etagen einzeln abriegeln und anschließend fluten. Es wirkt nicht tödlich, aber sowohl Menschen als auch Experimente würden bewusstlos umfallen, bis die Rettungstruppen vor Ort wären.«

»Davon haben wir beim letzten Mal nichts bemerkt!«

»Die Halbwertszeit von Fentanyl ist sehr kurz, weniger als zwölf Stunden. Wer auch immer hier ist, hat den Einsatz ausgelöst«, erklärte Jiao und fasste sich anschließend an ihr Mikrofon. »Leon! Wir haben eine Fentanylflutung auf Ebene Acht!«

Sie erhielt abermals keine Antwort. Der Funk war völlig tot.

»Und was machen wir jetzt?«, fragte Dog, dem die Diskussion über chemische Kampfstoffe zu kompliziert wurde.

»Wir gehen rein«, erwiderte Jiao und holte ihre Atemmaske hervor. »Die Sauerstoffversorgung sollte uns vor dem Gas schützen.«

»Brauchen wir die nicht für die Strahlung?«, entgegnete ihr Cassidy ängstlich. Sie musste immer noch an ihre verfluchten Spaghetti aus der Dose denken, die ihr tagelang den Magen umgedreht hatten.

»Wir haben keine Wahl. Karen ist vermutlich bewusstlos und hat deswegen kein Bewegungssignal erzeugt. Wir müssen sie schleunigst an die frische Luft bringen«, erwiderte Jiao. Dann blickte sie sich in dem dunklen Treppenhaus um, in dem es immerhin erbärmlich nach verwesenden Kadavern stank. »Relativ gesehen.«

Sie wartete, bis die anderen ihre Masken aufgesetzt und die Gasflaschen aufgedreht hatten. Anschließend öffnete sie vorsichtig die Tür. Ihr Visier begann wie zuvor zu piepen, weshalb sie es mit einem Knopfdruck abschaltete und Cassidy die Taste zeigte.

»Warum haben die sie am Leben gelassen?«, fragte Angel mit dumpfer Stimme unter ihrer Atemmaske.

»Wer weiß. Vielleicht brauchen die sie noch«, mutmaßte Jiao, während sie sich Schritt für Schritt vortastete. »Du hast doch selbst erlebt, wie gern Karen erzählt, was sie von Beruf ist.«

Angel erinnerte sich lebhaft an die überhebliche Ärztin, die sie wie unterentwickelte Barbaren aus der Wüste bevormundet hatte. Aber am Ende war es ausgerechnet Doktor Webb gewesen, die für ihr Bleiberecht und um Sharons Leben gekämpft hatte.

»Wie hoch sind ihre Überlebenschancen bei dem Zeug?«

»Es ist ein Betäubungsmittel, das zur Narkose bei Operationen eingesetzt wurde«, beruhigte Jiao sie. »Es sollte die Wissenschaftler schlafen legen, nicht umbringen. Wer es auch immer in die Lüftung gepumpt hat, verfolgt dasselbe Ziel. Mein Vater hat uns für diesen Fall ein Gegengift mitgegeben.«

»Er hat damit gerechnet, dass wir hier vergast werden?«

»Er hat damit gerechnet, dass die alte Technik zu Unfällen führen kann!«

Angel verzog das Gesicht. Sie glaubte nicht einen Moment daran, dass Yuen aus reiner Vorsorge gehandelt hatte. Angespannt suchte sie die Lüftungsschächte an den Labordecken nach Auffälligkeiten wie einer Beule ab, die einen Körper verraten würde.

»Wie weit ist es noch?«, fragte Cassidy nervös. Obwohl sie neben Jiao die Einzige war, die in den Genuss eines Hightech-Nachtsichtgeräts kam, fröstelte sie die unheimliche Umgebung mit jeder Minute mehr. Als sie der Todesfalle vor vier Wochen im letzten Moment entkommen war, hatte sie sich geschworen, eher ihre Karriere bei den Rangern an den Nagel zu hängen, als hierher zurückzukehren.

»Hey! Da oben!«, rief Dog den anderen zu und leuchtete auf einen herunterhängenden Lüftungsverschluss, in dessen Luke eine Hand zu erkennen war.

»Das muss sie sein! Wahrscheinlich hat sie schon selbst versucht, sich zu befreien«, sagte Jiao erleichtert und zog mit Cassidy einen Labortisch herbei. »Na los! Worauf wartest du?«

Dog rümpfte unter seiner Atemmaske die Nase, aber er verstand die Logik, dass er Doktor Webb mit seinen Bärenkräften vermutlich sicherer aus dem Schacht bergen konnte, als es die zierliche Asiatin mit ihrer Sehnenzerrung vermochte. Er stieg auf den Tisch und griff mit beiden Händen zu, tastete sich bis zu ihren Schultern und zog sie kurzerhand aus dem Loch. Als er den leblosen Körper jedoch in den Armen hielt, wäre er vor Schreck beinahe zu Boden gestürzt.

»Faith!«, grollte er. Kaum hatte er sie auf den Tisch gelegt, zog er seine Pistole.

»Ganz ruhig!«, sagte Jiao und trat vorsichtshalber einen Schritt zurück.

»Steck sie weg!«, befahl Angel streng und stellte sich zwischen ihn und Faith.

»Sie hat deinen Kumpel abgestochen!«, rief Dog und entsicherte seine Waffe. »Verschwinde oder ...«

»Oder was?«

Dogs Finger verkrampfte sich am Abzug.

»Sie kann uns sagen, wo Karen ist!«, sagte Jiao.

»Ja! Vielleicht wo sie sie liegengelassen hat!«, erwiderte Dog.

»Wenn sie hier ist, dann muss Caiden bei den anderen sein!«, rief Cassidy entsetzt.

»*Du* wirst sie nicht erschießen!«, raunte Angel durch das Labor. »Sie hat mich verraten und *ich* werde über ihr Schicksal entscheiden!«

»Sie ist keine von euch! Und keine von uns! Sie ist eine von denen!«, grollte Dog weiter.

»Sie hat zwei von unseren Soldaten ermordet«, warf Jiao ein. »Wir nehmen sie mit zur Biosphäre, wo mein Vater über sie richten kann!«

»Erst wenn wir Caiden gefunden haben!«

Jiao nickte zustimmend.

»Und Karen!«

Während sie miteinander stritten, merkten sie nicht, wie sich ein leises, mechanisches Surren den Flur entlang auf sie zubewegte und vor ihrer Tür Halt machte. Es war ein kleiner Plüschroboter, der aussah wie ein Hund. Er hoppelte auf vier Samtpfoten in den Speisesaal hinein und starrte die Gruppe mit seinen schwarzen Knopfaugen an.

Angel bemerkte ihn als Erste.

»Was zum Henker ist das?«, fragte sie und richtete ihre Pistole auf das Plüschtier.

»Sieht aus wie ein Hund«, wunderte sich Jiao.

»Spielzeuge? Hier?«, staunte Cassidy und ging einen Schritt darauf zu.

»Zurück!«, rief Angel.

Cole packte die Teenagerin sofort an den Schultern, da schnellten die Knopfaugen nach unten und gaben den Blick auf zwei Pistolenläufe preis.

»In Deckung!«, brüllte Dog und holte sein Maschinengewehr vom Rücken.

Mit einem dumpfen Zischen feuerte der Roboter kleine Kunststoffkugeln auf sie ab, die beim Aufprall zerplatzten und eine klare Flüssigkeit freisetzten, die sich binnen weniger Sekunden verflüchtigte.

»Gas! Verdammt nochmal!«

Eine der Kugeln hatte Dog direkt ins Gesicht getroffen, als er sich schützend vor Cassidy stellte. Er heulte wütend auf und schoss mit geschlossenen Augen in Richtung der Maschine. Angel unterstützte ihn mit ihrer Pistole, während Jiao Faith vom Tisch zog.

»Feuer einstellen!«, befahl Angel. »Der ist hinüber.«

»Arrrgh...«, stöhnte Dog und rieb sich über das Gesicht.

»Nicht! Pass auf deine Maske auf, sonst müssen wir dich hier raustragen!«

Cassidy reichte ihm ein Taschentuch, mit dem er das Reizgas aus seinen Augen wischte.

»Was verdammt nochmal war das?«, fluchte Dog zornig.

»Tränengas«, antwortete Jiao.

»Und das verstecken die in Spielzeugen?«

»Seid mal ruhig«, rief Cassidy. Die anderen verstummten und hörten nun ebenfalls das Klackern und Surren weiterer Roboter, die sich im Flur auf sie zu bewegten.

»Kannst du wieder was sehen?«, fragte Angel, die sich bereits aus der Tür lehnte.

»Ja. Ja verdammt! Ich nehme Faith und dann nichts wie raus hier!«

»Cassidy, Jiao, ihr geht voraus. Ich deck uns den Rücken!«, befahl Angel. »Los, her mit deinem Gewehr!«

»Das Ding ist doch viel zu schwer für dich!«, erwiderte Dog, aber Angel ließ sich auf keine Diskussionen ein und riss es ihm von der Schulter.

»Los jetzt!«

Cassidy und Jiao liefen mit angelegten Waffen voran und wiesen dem Hünen mit ihren Nachtsichtgeräten den Weg. Sie kamen gar nicht dazu, sich umzusehen. Angel hingegen behielt die Augen hinten und konnte entgegen Dogs Vermutung sehr wohl mit seinem Maschinengewehr umgehen. Inzwischen flogen ihr nicht mehr nur Gasgeschosse um die Ohren, sondern auch scharfe Munition, die Funken auf den Betonwänden erzeugte und sich in gefährliche Querschläger verwandelte.

»Wie weit ist es noch?«, rief sie den anderen zu. In der fast vollständigen Dunkelheit, die nur von ihrer Taschenlampe und den aufblitzenden Mündungsfeuern der Roboter durchbrochen wurde, hatte selbst die erfahrene Kommandeurin die Orientierung verloren.

»Da vorne ist die Tür!«, hörte sie Jiao rufen.

»Wie sollen wir diese Dinger loswerden?«, raunte Cole dazwischen.

»Gar nicht! Rückzug zum Panzer!«, befahl Angel.

»Karen ist noch da unten!«, protestierte Jiao an der Tür zum Treppenhaus.

»Caiden ...!«

»Keine Widerrede! Wir verschwinden! Und zwar sofort!«, brüllte Angel, als die Mündung des Maschinengewehrs in der Dunkelheit zu glühen begann. »Dog, beweg deinen Arsch nach oben! Los!«

Jiao blickte Cassidy hilflos an. Es war einer dieser Momente, in denen Cassidy an Angels wahren Motiven zweifelte, doch sie wusste, dass sie ihr gerade mitten in einem Gefecht vollends vertrauen konnte – und musste. Folgsam wies sie Dog den Weg.

»Das sind nicht nur Plüschtiere!«, keuchte Angel, nachdem sie die Tür zugeschlagen hatte. Sie zog ihr Kampfmesser aus dem Wadenholster und verriegelte damit den Zugang. »Jade! Wo immer ihr seid, zieht euch zum Panzer zurück! Jade! Jade, hast du verstanden!?«

Sie bekam keine Antwort. Nur das Hintergrundrauschen des Funkgeräts war zu hören. Mit hastigen Schritten lief sie die Treppe hoch und trieb die anderen zur Eile an. Hinter ihnen fielen erneut Schüsse, die erst dumpf auf die Metalltür prallten und sie kurz darauf durchschlugen. Niemand drehte sich um oder versuchte, einen Blick auf die Angreifer zu erhaschen, die ihnen zum Glück nicht die Stufen hinauffolgten.

***

»Das ist das zweite Mal, dass wir in diesem verfluchten Stützpunkt beinahe draufgegangen sind, und ich will verdammt sein, wenn ich mich noch mal verarschen lasse!«, fluchte Angel, nachdem sie als Letzte aus dem Treppenhaus gehechtet war. Sie griff nach Jiaos Schulter und ließ keinen Zweifel daran, dass sie es todernst meinte. »Ich will alles wissen und zwar sofort! Was zur Hölle geht hier vor!?«

»Und da fragst du mich?«, erwiderte Jiao und schnappte nach Luft. »Glaubst du im Ernst, Leon und ich wären da einfach so reinmarschiert, wenn wir ...?«

»Was sind das da unten für Scheißdinger?«, unterbrach Angel sie barsch.

Jiao atmete einmal tief durch und riss sich aus Angels Umklammerung.

»Roboter«, keuchte sie auf dem Weg zum Atlas. »Landgestützte Waffensysteme, die hier entwickelt wurden. Vielleicht finden wir im Computer etwas darüber.«

Als sie sicher im Schützenpanzer angekommen waren, rief Jiao nach Amy, doch die gläsernen Bildschirme blieben durchsichtig, bis Jiao sie von Hand aktivierte.

»Ein Störsender blockiert die Verbindung zur Relaisdrohne über uns«, erklärte sie die Teilnahmslosigkeit der sonst so kommunikationsfreudigen KI. »Amy kann uns nicht mehr erreichen.«

»Davor hat sie uns also vorhin zu warnen versucht«, sagte Cassidy.

»Bekommst du trotzdem raus, was das für Dinger waren?«, fragte Angel.

Jiao nickte zuversichtlich.

»Mein Vater hat vorsorglich sämtliche Daten über die Basis auf den lokalen Bordcomputer kopiert«, sagte sie und tippte dabei auf dem Display herum. Ohne Amys Unterstützung dauerte es ein paar

Minuten, die riesigen Datenmengen zu durchforsten. Dann setzte sie zu einer Erklärung an: »Das Stofftier trägt die Bezeichnung *Beagle* und wurde zum nichttödlichen Verminen feindlicher Zivilgebiete entwickelt. Die landgestützte Drohne soll als Warnung dienen und die Rückkehr der Bevölkerung verzögern.«

»Und die anderen?«, grollte Dog. Er hatte Faith auf einer der Sitzbänke im Truppenabteil abgelegt. Sie war nach wie vor bewusstlos. »Die mit den Maschinengewehren!«

»*Phalanx*-Defensivdrohnen zur autonomen Bewachung von Hochsicherheitseinrichtungen«, las Jiao vor. »Die Produktreihe umfasst mehrere Modelle mit Rad- und Raupenantrieb.«

»Die viel bessere Frage lautet:«, hustete Cole nach Luft ringend. Mit seinen schlecht zusammengewachsenen Rippen und seiner Raucherlunge hatte er die meisten Atemprobleme bei dem schnellen Treppenaufstieg bekommen. »Wo kommen diese verfluchten Dinger auf einmal her?«

»Die waren schon hier, als die Basis untergegangen ist«, rief Leon ihnen zu. Er stieg zusammen mit Jade von der Rampe der Logistikstation herunter.

»Wurdet ihr auch angegriffen?«, fragte Jiao erleichtert über seine sichere Rückkehr.

»Allerdings, Süße«, beschwerte Jade sich grantig. »Leon hatte uns gerade die Fahrstuhltür aufgebrochen, als diese Roboter um die Ecke bogen und uns sofort aufs Korn nahmen!«

»Die sind hier entwickelt worden«, erklärte Leon. »Als Zhang Yuen damals mit seinen Leuten flüchten musste, haben sie viel Material zurückgelassen. Die Drohnen wurden nach Militärstandards gebaut. Die sind ziemlich langlebig und funtionieren heute noch.«

»Und wieso haben wir vor zwei Monaten keine einzige davon gesehen?«, fragte Angel.

Leon antwortete nicht sofort, sondern zog vier abgerissene Aufnäher aus der Tasche und warf sie auf den Planungstisch.

»Weil sie erst vor kurzem reaktiviert wurden«, sagte er und deutete auf die Stofffetzen. »Die hab ich ein paar Leichen auf dem Rückweg abgenommen. Frische Leichen. Höchstens zwei Tage alt.«

»Das Symbol kenn ich doch«, überlegte Jiao und griff sich einen der Aufnäher. Das achteckige Stoffstück zeigte einen geschwärzten Kampfdolch auf silbernem Untergrund.

Leon nickte bestätigend.

»Black Razor Company.«

»Die Söldnereinheit, die hier vor fünfundzwanzig Jahren angegriffen hat?«, fragte Angel.

Jade stimmte ihrer Verwunderung mit einem skeptischen Brummen zu.

»Die soll es immer noch geben?«

»Sicher nicht mehr in derselben Form«, sagte Leon und zeigte auf den Tisch. »Die Aufnäher sind alle verschieden, so als wären sie aus Resten zusammengestellt worden oder würden heute andere Bedeutungen haben. Aber wer die auch sind, ihr Ursprung hängt mit den Black Razors zusammen.«

»Dann liegt die Vermutung nahe, dass sie hinter demselben her sind, wie ihre Vorfahren«, überlegte Angel.

»Aber warum tauchen die gerade jetzt auf?«, fragte Cole. »Warum nicht vor einem Jahr? Oder vor zehn Jahren, wo sie völlig ungestört gewesen wären?«

»Weil mein Vater die Basis versiegelt hat«, sagte Jiao. »Die müssen von der Öffnung durch Sharon Wind bekommen haben.«

»Zwei gleichzeitig zu drehende Schlüssel sind nun wirklich keine wirksame Versiegelung«, widersprach Angel. »Mehr brauchte es nicht, um die Tore aufzubekommen.«

»Aber da war Sharon schon hier drin gefangen, oder?«, erwiderte Jiao. »Habt ihr sie mal gefragt, wie sie die Basis zum ersten Mal aufgeschlossen hat? Wie sie an den Außentoren des Bunkers vorbeigekommen ist?«

Angel stutzte. Nein, hatte sie nicht. Ihre Prioritäten lagen zu jener Zeit weit entfernt vom Bunkerknacken.

»Sharon hat es jedem ermöglicht, hier reinzuspazieren«, fuhr Jiao fort. »Euch, uns und wie auch immer sich die Razors jetzt nennen.«

»Kommt ihr bald mal zur Sache?«, grollte Dog. »Hier laufen also ne Menge Spielzeuge mit Maschinengewehren rum. Toll. Was machen wir daraus? Hauen wir ab oder ...?«

»Nicht ohne Karen«, verneinte Jiao strikt.

»Aber er hat Recht«, sagte Jade. »Wir brauchen einen besseren Plan, als einfach so da runterzumarschieren.«

»Vielleicht sollten wir unsere Gefangene mal verhören?«,

schlug Cole vor.

»Sie ist nicht eure Gefangene!«, entgegnete ihm Jade scharf.

»Oh doch«, hielt Leon dagegen. »Sie ist eine Mörderin und wird in der Biosphäre vor Gericht gestellt!«

»HEY!«, rief Angel und knallte die rechte Hand auf den Tisch. »Reißt euch gefälligst zusammen. Faith geht nirgendwohin, solange wir hier nicht fertig sind!«

»Wie lange hält das Gas eigentlich an?«, fragte Cassidy. Sie hatte sich seit ihrer Ankunft um Faith gekümmert, ihr eine Decke geholt und sie bequem hingelegt, so dass sie problemlos atmen konnte. Ihre persönlichen Gefühle gegenüber der dunkelhäutigen Assassine spielten dabei keine Rolle. Faith war ihre Spur zu Caiden, die sie keinesfalls aufgeben würde.

»Normalerweise zwei bis drei Stunden«, antwortete Jiao. »Aber bei der Menge, die sie inhaliert hat ...«

»Ihr habt doch alle Baupläne von damals«, überlegte Angel. »Gibt es irgendwo eine alternative Route zu Ebene Fünfzehn?«

Jiao stemmte sich mit beiden Händen auf den Planungstisch.

»Vielleicht, aber sie wird euch nicht gefallen«, murmelte sie und suchte in den Unterlagen ihres Vaters.

Auf dem Display blitzte eine dreidimensionale Karte der Umgebung auf. Sie zeigte die Militärsiedlung im Süden, die McKnight Air Force Base in der Mitte und eine einsame Eisenbahnschiene, die im Norden daran vorbeilief. Auf Höhe der Basis spaltete sich ein Abstellgleis davon ab und endete fünfhundert Meter weiter in einem Dickicht, so als wäre es von der Natur überwuchert worden.

Jiao deutete auf das Abstellgleis.

»Laut meinem Vater sieht man von außen nichts, aber ein Zug kann durch die Büsche und Sträucher hindurchfahren und erreicht am Ende einen unterirdischen Bahnhof, der direkt mit der Basis verbunden ist«, erklärte sie. »Dadurch ließen sich unbemerkt riesige Mengen an Material in den Komplex schaffen oder von hier aus abtransportieren.«

»Das klingt doch hervorragend!«, meinte Dog. »Vielleicht wissen diese Razortypen nichts darüber.«

»Wo ist der Haken?«, setzte Angel misstrauisch nach.

Jiao stieß sich vom Tisch ab und wartete, bis das Display auf den Durchgang zwischen Bahnhof und Basis gezoomt hatte.

»Der Weg führt uns direkt zu Level Achtundzwanzig«, sagte sie. »Die unterste Ebene, in der die Müllverarbeitung liegt.«

Cassidy zog sich allein beim Gedanken an eine Rückkehr in die nasskalte Hölle der Magen zusammen. Dort war sie nach ihrem Sturz gelandet, hatte sich die Beine verrenkt, den Kopf an einer Metallwand aufgeschlagen und wäre beinahe vom Alphawolf des genmanipulierten Rudels in einen Hinterhalt gelockt worden.

»Wir können da nicht mit dem Panzer hin«, meinte Leon. »Den Abhang kommen wir noch runter, aber der Tunnel ist zu schmal.«

»Außerdem müssen wir uns trotzdem durch die halbe Basis kämpfen, um Karen zu erreichen«, fügte Jiao hinzu. »Nur eben von unten nach oben anstatt umgekehrt.«

Die Gruppe schaute mit verkrampften Gesichtern auf den Bildschirm. Je weniger von den Schienen erkennbar war, desto klarer zeichnete sich das dichte Buschwerk und die verholzten Sträucher am Berghang ab. Der Weg würde lang und beschwerlich werden, aber das allein stellte ihn nicht in Frage. Seit ihrer Ankunft in der Basis war ihnen nicht ein Wolf über den Weg gelaufen. Nun verstanden sie den Grund. Überall im Umkreis des versteckten Bahnhofs wimmelte es von Wärmequellen und die meisten davon wiesen die charakteristische Form von vierbeinigen Raubtieren auf. Das Rudel hatte sich zurückgezogen. Entweder aufgrund der Pheromonpackungen, die sowohl Dr. Webb als auch die unbekannten Infiltratoren bei sich trugen, oder weil ihnen die schwerbewaffneten Militärroboter das Territorium streitig gemacht hatten.

»Es ist deine Mission«, sprach Jade und fixierte dabei Jiaos Augenschlitze.

»Du willst doch nur nicht schuld sein, wenn was schiefgeht!«

»Ich will euren Panzer und dich in dem Hubschrauber da oben«, sagte Jade und zeigte an die Decke. »Wenn dir die Sache zu heiß wird, können wir sofort abreisen!«

Jiao riss sich verärgert vom Display los und ging ein paar Schritte auf und ab. Sie knabberte an ihren Fingernägeln auf der Suche nach einer Lösung.

»Was ist mit Amy?«, begann Leon. »Gibt es keine Möglichkeit, den Störsender zu überwinden, damit sie die Kontrolle der Drohnen unterbrechen kann?«

»Hab ich schon versucht«, seufzte Jiao. »Das Signal ist zu stark, als dass es der Atlas mit seiner limitierten Ausrüstung überdecken könnte. Ich krieg die Quelle ja nicht mal geortet.«

»Uns bleibt keine Wahl«, sagte Angel. Sie hätte es nie zugegeben, aber die Aussicht, sich von unten nach oben vorzukämpfen, gefiel ihrem höhenangstgeplagten Unterbewusstsein ungemein. Außerdem kannte sie noch einen viel besseren Grund, der zumindest für sie jede Alternative zur Fortführung der Rettungsmission ausräumte. Mit langsamen Kopfbewegungen nickte sie in Cassidys Richtung. »Es geht nicht länger nur um die Hawker. Hier sitzt auch einer von uns fest.«

Cassidy hatte die ganze Zeit mit sich gehadert, wann der richtige Zeitpunkt für ihren Einspruch gekommen wäre. Jetzt nahm Angel die Bürde von ihr. Dog hatte den Zusammenhang zwischen Caiden und Faith bisher ausgeblendet, doch nun erschien ihm die Situation als sonnenklar. Er schnaufte kräftig durch die Nase und rückte näher an Angel heran, um seine Zustimmung zu signalisieren.

»Dann brechen wir besser sofort auf«, sagte Jiao. »Ohne Kontakt zur Navigationsdrohne finden wir den Eingang bei Dunkelheit nie.«

***

Eine halbe Stunde später befand sich die Gruppe auf dem Weg zur nördlichen Seite des Berges, unter dem die McKnight Air Force Base lag. Leon hatte mit dem unwegsamen Gelände nicht gelogen, aber die acht Räder des Atlas ließen sich auf Allradantrieb umschalten, was ihm hervorragende Offroadfähigkeiten verlieh. Bei Bedarf konnte er den festgefahrenen Luxusgeländewagen mit Leichtigkeit ins Freie ziehen.

»Was machst du da?«, fragte Cassidy neugierig und blickte zu Jiao hoch, die sich am Planungstisch festhielt und auf dem großen Display herumtippte.

»Nach Antworten suchen«, murmelte die Asiatin zurück. Als sie Cassidys hilfloses Gesicht durch den gläsernen Bildschirm erblickte, gab sie ein paar Details preis. »Ich will wissen, wie die Razors unbemerkt in die Basis gelangen konnten.« Sie spiegelte das Display in Cassidys Richtung und zeigte auf die ablaufenden Stummfilme. »Das sind Aufzeichnungen von Amys Relaisdrohne über uns, auf die wir zurzeit keinen Zugriff haben.«

Jiao aktivierte das schnelle Vorspulen und setzte sich zu Cassidy. Gemeinsam verfolgten sie die Landung von Hawk-two und das Öffnen des Bunkers von Dr. Webbs Team. Unter dem Hubschrauber hing ein Stahlcontainer von den Ausmaßen eines Kleinwagens. Die massiven Betontore des Bunkers waren geschlossen, so wie Angel sie nach ihrer Flucht zurückgelassen hatte. Ein Knopfdruck auf einer Fernbedienung genügte, um sie wie von Geisterhand weichen zu lassen.

»Ich kann Caiden nirgendwo sehen«, sagte Cassidy. »Faith auch nicht.«

»Sind die vielleicht allein über das Gebirge geklettert?«, fragte Jiao.

»Nein«, antwortete Cassidy. »Wir haben neun Tage vom Kloster bis zu euch gebraucht. Faith würde das wohlmöglich schaffen, aber mein Bruder nicht.«

»Und wenn sie Caiden zurückgelassen hat?«

Cassidy griff sich an die Brust, als sie ein schmerzhafter Schock durchzuckte. Ihr Blick fiel auf die bewusstlose Bacchae auf der gegenüberliegenden Sitzbank. Die Vermutung war nicht neu, aber jedes Mal, wenn sie daran dachte oder sie jemand an Faiths möglichen Verrat erinnerte, traf es sie aufs Neue. Sie zwang die Gedanken davon und lehnte sich nach vorn auf die Knie.

»Was ist mit dem Container?«

»Wahrscheinlich will mein Vater noch etwas anderes aus dem Stützpunkt bergen, als nur eine Ersatzlunge für Sharon.«

Eine Viertelstunde Videomaterial später war Dr. Webb mit ihrer Eskorte verschwunden. Rund um den geparkten Hubschrauber regte sich nichts mehr. Jiao beugte sich schon vor, um das Vorspulen zu beschleunigen, als plötzlich die Türen des Containers aufflogen.

»Halt an!«, rief Cassidy. »Stopp! Langsamer!«

Kaum lief die Aufzeichnung in Echtzeit, traten zwei unscharfe Silhouetten ins Freie. Jiao tippte auf den Kontrollen herum, um das Bild zu verbessern.

»Da sind sie! Da ist Caiden!«

Cassidy ließ sich nach hinten auf die Sitzbank fallen und atmete erleichtert durch. Faith hatte ihn also doch nicht zurückgelassen.

Jiao setzte sich derweil wieder hin und rieb an ihrem Nasenrücken.

»Oh man«, maulte sie. »Deswegen konnten weder Amy noch sonst wer sie finden. Die sind überhaupt nicht geflohen!«

»Aber wie sollen sie von dem Container erfahren haben?«

»Karen hat ihnen sicher davon erzählt«, sagte Jiao überzeugt. »Immerhin hat sie ja auch Scarlet freigelassen.« Sie faltete die Hände über dem Mund zusammen und murmelte bestürzt: »Mein Vater ist bestimmt völlig ausgetickt ...«

Cassidy starrte unentschlossen auf den Boden. Sie wusste, dass Dr. Webb Scarlet nicht aus humanitären Gründen hatte laufen lassen. Stattdessen war ihr ein Peilsender implantiert worden, um ihre Bewegungen permanent überwachen zu können. Vorerst entschied sich Cassidy jedoch, um ihres Bruders willen Stillschweigen darüber zu bewahren.

»Hätten die Caiden und Faith dann nicht mit in die Basis genommen? Vielleicht wusste sie gar nichts davon.«

Jiao ließ ihre Augen nachdenklich in den Höhlen rollen.

»Ja«, meinte sie nach einer Weile. »Ja, Karen hätte sie wohl kaum da oben alleingelassen.« Sie zeigte auf den Bildschirm. »Trotzdem sind die ganz von selbst in das Loch marschiert.«

Caiden und Faith hatten inzwischen den Hubschrauber inspiziert und sogar erfolglos versucht, ihn zum Laufen zu bringen. Nach einer kurzen aber vergleichsweise hitzigen Diskussion erschien der Weg in die Basis als einziger Ausweg, zumal ihnen bereits zwei Wölfe nachstellten.

»Die Viecher sind also wirklich noch da«, kommentierte Jiao die Szene, in der Faith die Tiere mit Wurfschraubenschlüsseln und ähnlichen Werkzeugen zur vorläufigen Flucht veranlasste. »Wir sollten sie aufwecken.«

Cassidy hatte schon mehrfach versucht, an Faith zu rütteln, aber nie eine Reaktion erzielt.

»Ein Becher kaltes Wasser vielleicht?«

Jiao zuckte mit den Schultern und holte eine Wasserflasche hervor. Vorsichtig träufelte sie den Inhalt über Faiths Stirn und Nase, doch dabei geriet ihre Atmung außer Kontrolle. Sie machte Geräusche wie kurz vorm Ertrinken und Jiao zog die Flasche sofort zurück.

»Lieber nicht«, sagte sie. »Sonst erstickt sie uns hier nachher noch.«

»Du willst sie allein zurücklassen?«, fragte Cassidy.

»Dog wird sie wohl kaum die ganze Zeit mit sich herumschleppen wollen«, erklärte Jiao. Wenn die Luken erst mal dicht sind, läuft sie uns wenigstens nicht davon.«

Cassidy nahm ein Handtuch und wischte Faith enttäuscht das Gesicht trocken. Ihre Atmung hatte sich stabilisiert, aber die erhoffte Antwort auf Caidens Verbleib war ausgeblieben.

»Hast du nicht was von einem Gegengift gesagt?«

»Das hab ich ihr schon gegeben«, antwortete Jiao. »Vielleicht wirkt es nicht sofort oder da war noch was anderes außer Fentanyl in der Luft, was die Sensoren nicht entdeckt haben. Karen wird sie sicher wach bekommen und dann kriegen wir unsere Antworten.«

Cassidy nickte nachdenklich. Sie erwartete weder von Dr. Webb noch von Faith die ganze Wahrheit zu hören, aber das durfte sie nicht laut sagen.

»Warum hat uns dein Vater eigentlich nichts von Caiden und Faith gesagt?«, fragte sie stattdessen.

»Vielleicht hat er die Aufzeichnung nicht gesehen«, murmelte Jiao.

Daraufhin blickte Cassidy sie mit schiefem Kopf an.

»Ja, ich glaub auch nicht dran«, beantwortete Jiao ihre offensichtlichen Zweifel. »Wahrscheinlich hat er gehofft, dass wir sie nie wiedersehen werden. Ohne die Pheromonpackungen dürfte es ihnen schwergefallen sein, in die Basis vorzudringen.«

Cassidy biss die Zähne zusammen bei der Vorstellung, wie ihr Bruder von den Wölfen durch die unheimlichen Korridore gejagt wurde.

»Was ... wo ...«, stammelte Jiao auf einmal und verlangsamte abermals die Videoaufzeichnung. »Wo will sie hin!?« Sie wandte sich an Cassidy. »Die Drohne hat ihre Position verlassen und steuert direkt nach Osten!«

Cassidy zog einen Flunsch. Glaubte Jiao allen Ernstes, dass sie ihr eine Erklärung dafür liefern konnte?

Jiao schien im selben Moment ihre Gedanken zu teilen und wendete ihren Blick zurück zum Display. Die Geschwindigkeitsanzeige näherte sich der Marke von vierhundert Stundenkilometern. Immer schneller raste die Aufklärungsdrohne über die Berge, bis im Zeitraffer plötzlich bekannte Bilder auftauchten. Eine Siedlung am Fuße eines Felsens mit einer engen Serpentinenstraße, die sich bis zu einem alten Gemäuer mit zwei verfallenen Hauptgebäuden hochschlängelte.

»Das ist unser Kloster!«, platzte es aus Cassidy heraus.

Tatsächlich schwenkte die Drohne auf eine kreisförmige Überwachungsbahn ein und verharrte über dem Kloster, in das sich die Ranger mit dem Exodus-Konvoi zurückgezogen hatten. Man konnte deutlich die Planen und Tarnnetze sehen, mit denen Butch jedem Bewohner ein Dach über dem Kopf verschafft hatte. Jesses Baumhaus war von den Kindern ausgebaut worden. Der dicke Koch Anthony ließ sich mit bloßem Auge erkennen, ebenso wie die Viehfarm, die Kim vor ihrer Abreise angeregt hatte, um nicht permanent von der Jagd nach Fleisch abhängig zu bleiben. Ungefähr zwanzig Bergziegen tummelten sich bereits in dem eingezäunten Areal, beschützt von Cassidys Schäferhund Scott, der sich auf einer Steinplatte die Sonne auf den Pelz brennen ließ.

»Wieso lässt dein Vater unser Kloster überwachen!?«

Jiao lehnte sich ertappt zurück. Ihr war sichtlich unwohl dabei.

»Nach all den Geschehnissen der letzten Tage kann ihm das wohl niemand verdenken«, versuchte sie sich zu verteidigen. »Ihr habt Faith zu uns gebracht. Da ist es doch nur logisch, dass er wissen will, was noch alles auf ihn zukommt.«

Cassidy klebte förmlich vor dem Bildschirm. Sie konnte im schnellen Vorlauf nur wenige Details ausmachen, aber die pure Freude, das Kloster heil und unbeschadet zu sehen, erfüllte sie mit einem warmen Kribbeln in der Magengegend. Sie fühlte sich, als betrachtete sie ihr zu Hause aus weiter Ferne. Wie eine Ansichtskarte aus der Heimat, während sie an der Front für dessen Erhalt kämpfen musste.

»Zwei Stunden und siebenundvierzig Minuten«, fasste Jiao die Zeitanzeige zusammen, als sich die Drohne auf den Rückflug zur McKnight Air Force Base begab. »Fünf Stunden ohne Luftüberwachung. Nun wissen wir, wann und wie die Razors unbekannt in die Basis gelangt sind.« Sie rieb sich frustriert die Kopfhaut mit den Fingerspitzen, als wolle sie eine Armee von Läusen vertreiben. »Wie konnte mein Vater nur so fahrlässig sein?«

Nachdem das Display wieder langweilige Bergpanorama zeigte, rief Jiao ins Cockpit: »Leon! Wie lange noch!?«

»Sind gleich da!«, schallte es zurück. »Packt schon mal eure

Sachen!«

Jiao seufzte kräftig und überprüfte ihren Knöchel. Inzwischen fuhren sie abseits jeglicher Straßen und kämpften sich quer durch das Gelände, aber der mühsamste Teil der Reise lag erst noch vor ihnen.

»Bist du sicher, dass du uns begleiten willst?«, fragte Cassidy.

Jiao ließ ihren Fuß fallen und zeigte erste Anzeichen von Sturheit, aber als ihre Sohle den harten Metallfußboden traf und sie der Schmerz des Hubschrauberabsturzes durchzuckte, wichen ihre Gegenargumente der Realität.

Cassidy sah sich bestätigt und setzte sofort nach.

»Was ist, wenn die uns die Treppen hochfolgen oder uns irgendwelche Leitern im Weg stehn?«

»Wer bist du?«, murrte Jiao. »Meine Mutter?«

»Kim ging es genauso, als die Sicarii ihren Johnny verschleppt hatten«, entgegnete ihr Cassidy besonnen. »Angel hat sie mit einem kräftigen Griff in ihre Schrapnellsplitterwunde davon überzeugt, sich zu schonen. Muss ich dir vielleicht auch erstmal gegen den Fuß treten?«

Jiao riss die Augen auf, so als würde ihr Knöchel aufgrund der puren Vorstellung wehtun.

»Hast ja recht«, maulte sie. »Ich hab mir selber schon den Kopf darüber zerbrochen, wie ich euch eigentlich hier rausfliegen soll. Die antiken Pedale in dem Hubschrauber sind so unglaublich schwergängig.«

Cassidy blinzelte sie einen Moment verwirrt an, bis sie verstand, dass sie gerade gewonnen hatte. Sie holte Jennys Pillen aus ihrer Jackentasche.

»Hier«, sagte sie und zeigte Jiao einen der Plastikbehälter. »Das ist ein starkes Schmerzmittel. Vielleicht hilft dir das. Es heißt Zero ... Zera ...« Cassidy sah zur Sicherheit auf dem Etikett nach. »Zera-pho-nin!«

»Scar«, brummte Jiao wissend und griff nach dem Behälter. »Das kenn ich. Wir stellen es für die Sicarii her.« Sie hob skeptisch den Kopf. »Aber wie kommst du da dran? Eigentlich sollen die Bacchae das Zeug unter Verschluss halten. Das macht wahnsinnig schnell abhängig.«

Cassidy täuschte ein unschuldiges Lächeln vor, bis sie merkte, dass sie damit nicht weiterkam.

»Von einer Ärztin aus Alexandria.«

»Na schön«, sagte Jiao. »Ich heb das zur Sicherheit auf.«

Ein mechanisches Schnaufen erfüllte den Schützenpanzer, als Leon auf die Bremse trat und das Ungetüm zum Stehen brachte.

»Endstation!«, rief er in das Truppenabteil. »Was denn? Noch nicht gepackt? Wir müssen los!«

»Ich komme nicht mit«, erklärte Jiao und hob zur Verdeutlichung ihren nackten Knöchel hoch. »Außerdem können wir Faith hier nicht einfach alleinlassen.«

Leon zeigte sich wenig begeistert davon, allein mit Fremden durch die unbekannten Gefilde der McKnight Air Force Base zu marschieren, aber erkannte die Logik hinter Jiaos Entscheidung. Ohne Umschweife wandte er sich an Cassidy.

»Und was ist mit dir? Legst du dich auch erstmal aufs Ohr?«

»Was? Nein!«, erwiderte sie aufgeschreckt und sammelte in Windeseile ihre Ausrüstung zusammen. Schrecken in der Tiefe hin oder her, sie würde die Suche nach ihrem Bruder im Leben nicht verpassen wollen!

Als sich die Ladeluke öffnete, standen Angel und Jade bereits davor und warteten. Angel ließ ihr Scharfschützengewehr abermals im Wagen und begnügte sich mit Kampfstab und Pistole. Cole und Dog hatte es in die Büsche verschlagen – in getrennten Richtungen.

»Was ist mit dir?«, fragte Leon und wippte mit dem Kopf zu Jade.

Sie hielt weder ihre Schrotflinte in der Hand noch trug sie sonst irgendwelche Ausrüstung. Stattdessen lehnte sie sich an Angels Schulter und drückte auf die Wunde an ihrer linken Hüfte, durch die sich vor drei Tagen ein Stahlstift gebohrt hatte.

»Sie bleibt hier«, erklärte Angel. »Eure Kletterpartie war wohl doch zu viel für Herrin Unbesiegbar.«

»Das gibt‘s ja gar nicht«, beschwerte sich Leon. »Wer von euch steigt als Nächstes aus!? Ich dachte, wir wären auf einer gemeinsamen Operation?«

»Lass sie in Ruhe!«, rief Jiao von der Sitzbank. »Du siehst doch selbst, dass sie fast am Verbluten ist!«

Ganz so schlimm sah der rote Fleck an Jades Hüfte nicht aus, aber Leon verstand den Wink mit dem Zaunpfahl. Als kurz darauf Cole und Dog voller Einsatzeifer aus dem Unterholz zurückkehrten, hellte sich sein Gesicht etwas auf. Wenigstens die Männer hielten zusammen!

»Versuch den Funkkontakt wieder herzustellen und den Störsender zu lokalisieren, wenn du schon im Atlas bleibst«, bat Leon.

Jiao nickte und quälte sich zurück an den Planungstisch.

»Seid vorsichtig!«

»Pfft«, pfiff Leon abwertend. »Das fällt dir ja früh ein.«

Bevor Jiao ihm etwas entgegnen konnte, ließ er die Ladeluke mittels Fernbedienung hochfahren und machte sich mit Angel, Cassidy, Cole und Dog auf den Weg zum Eisenbahntunnel.

6. Die braune Flut

»Ich hab gehört, du warst schon mal auf Ebene Achtundzwanzig?«, fragte Leon beim Marsch durch das verholzte Dickicht.

Cassidy biss die Zähne zusammen und nickte in seine Richtung.

»Wie sieht's denn da unten aus?«

»Nass und kalt. Überall stehen Müllcontainer und Transporter herum.«

»Und der Weg in die Basis? Wie kommen wir da rein?«

»Hätte euch Yuen keinen Plan dafür mitgeben können?«, murrte Angel aus dem Hintergrund, um Cassidy etwas in Schutz zu nehmen.

»Normalerweise würde der Schacht des Lastenaufzugs bis ganz nach unten reichen. Aber nachdem was ich vorhin erkennen konnte, hängt der Förderkorb dazwischen fest. Da führt kein Weg dran vorbei«, meinte Leon und schwenkte den Kopf zu Cassidy. »Also brauchen wir eine Alternativroute.«

Sie hatten den Tunnel unter der Basis erreicht. Ein einzelnes Schienenpaar verlief in einer leichten Rechtskurve in den Berg hinein. Der halbrunde Eingang wurde von antik wirkenden Holzbalken abgestützt, die nicht gerade ein Gefühl der Sicherheit ausstrahlten. Niemand würde je für möglich halten, dass am Ende des röhrenförmigen Tunnels ein Hightech-Komplex lag.

»Das war mal ein Bergwerksstollen«, erklärte Leon und zeigte auf die doppelten Schienen. »Das innere Gleisbett stammt noch von der Grubenbahn. Etwas weiter drinnen sollten die Wände professionell verkleidet sein, aber hier draußen hat man den verrotteten Look beibehalten.«

»Was haben die hier abgebaut?«, fragte Angel.

»Salz, glaube ich. Wahrscheinlich eignet sich das Gestein deswegen gut zur Lagerung gefährlicher Substanzen.«

Cole und Dog unternahmen erste Schritte in den stockfinsteren Stollen. Optisch erinnerte sie der Anblick sehr an die Durchquerung des Eisenbahntunnels vor zwei Wochen, aber irgendwas war anders. Anstatt der trockenen Steppenatmosphäre lag eine überraschende Feuchtigkeit in der Luft, die mit jedem Meter zuzunehmen schien. Ein lauer Wind blies permanent in den Tunnel herein. Irgendwo mussten noch weitere Zugänge existieren, die den Kreislauf ermöglichten.

»Es gibt eine Tür, die direkt zu einem der Treppenhäuser führt«, sagte Cassidy. »Daran hängt ein Zahlenschloss, das ich nicht aufbekommen hab.«

Leon rieb sich nachdenklich an seinem Zweitagebart. Pünktlich mit dem Aufbruch aus dem Gefangenenlager hatte er sein Körperpflegeprogramm auf ein militärisches Minimum zurückgefahren. Inzwischen passte sein Äußeres schon fast zu Cole oder Dog.

»Du meinst so ein Pad mit PIN-Eingabe?«, fragte er.

Cassidy zuckte mit den Schultern. Als wenn sie eine Ahnung davon hätte, was er damit meinte.

»Yuen hat uns alle Generalcodes übermittelt, die er kennt. Das Ding krieg ich schon auf«, sagte Leon zuversichtlich. »Zur Not schließen wir den Kasten einfach kurz oder sprengen die Tür.«

Minutenlang marschierten sie stolpernd durch den Zugangsstollen. Eigentlich hatte sich Leon darauf eingestellt, mit seinem Nachtsichtgerät vorauszugehen, aber mittlerweile sah er auch nicht viel mehr als Cole und Dog. Die Reichweite ihrer Taschenlampen endete ebenso wie die seines Restlichtverstärkers nach ungefähr zwanzig Metern. Bis auf ihre kräftigten Schritte und schweren Atemgeräusche war nichts zu hören. Inzwischen war nicht länger nur die Luft feucht. Die verrosteten Schienen zeugten vom durchsickernden Wasser an der rissigen Betondecke. Mitunter fielen sogar einzelne Tropfen zu Boden. Der Geruch vom Eingang verwandelte sich in einen muffigen Gestank und bekam zunehmend Ähnlichkeit mit verdorbenem Fleisch. Als sich die gesamte Gruppe einen Ärmel oder ähnliches Stück Stoff schützend über Mund und Nase legte, stoppte Dog den Vormarsch.

»Das kann doch nicht normal sein!«, beschwerte er sich dumpf unter einem Jackenkragen.

»Hat das bei euch nicht so gestunken?«, fragte Cole.

»Nicht in dem Ausmaß«, erwiderte Cassidy.

»Und was nun?«, rief Dog. »Wie viele Ausweichrouten kennt ihr noch?«

Alle Augen richteten sich auf Leon.

»Keine!«, entgegnete er abweisend. »Kneift gefälligst eure Arschbacken zusammen oder verschwindet!«, fluchte er und setzte sich an die Spitze.

»Jetzt wissen wir wenigstens, wohin das Rudel verschwunden ist«, meinte Angel. Sie leuchtete mit ihrer Stabtaschenlampe voraus und zeigte auf vereinzelte Knochensplitter. Anfangs unterschieden sie sich kaum vom Schotter des Gleisbetts, aber je weiter sie durch die Finsternis stapften, desto zahlreicher wurden die Reste vergammelter Beutetiere.

»Heißt das ... wir sind ...?«, stammelte Cassidy.

»In der Höhle des Löwen«, murmelte Leon.

Er war ein paar Meter vorausgeeilt und hatte die Bahnhofshalle erreicht. Das Gleis spaltete sich vor dem Bahnsteig in zwei Spuren auf. Ein verstaubter Passagierzug parkte noch immer auf dem rechten Gleis. Auf dem anderen standen drei verwaiste Güterwaggons ohne Lokomotive. Hüfthohe Ansammlungen von Knochenfragmenten stapelten sich vor den umliegenden Wänden.

»Oh Gott ...!«, krächzte Cassidy und hätte am liebsten ihr Nachtsichtgerät abgeschaltet.

»Da vorn«, sagte Dog und zeigte auf einen der Knochenhaufen. »Die sehen menschlich aus.«

»Dann sind das wirklich die Biester aus der Basis«, sagte Angel. »Woanders gibt es hier keine Menschen mehr.«

Cassidy war zurückgefallen und traute sich kaum noch, einen Fuß vor den anderen zu setzen, als sie ein Rascheln hinter sich vernahm.

»Da hat sich was bewegt!«, rief sie und richtete ihr Gewehr aus.

»Wo denn?«, erwiderte Leon. »Ich seh hier gar nichts!«

»Hinter uns! Ganz nah!«

Angel drehte sich um die eigene Achse.

»Um uns herum auch.«

Leon verfolgte ihre Bewegungen und verließ sich dabei vollkommen auf seine Hightechbrille. Angel hingegen schloss sogar kurz die Augen und horchte in die Dunkelheit.

»Wir sind umstellt«, flüsterte sie. »Vorwärts. Vorwärts! In den Zug rein!«

Einer nach dem anderen stiegen sie in den nächstbesten Passagierwaggon. Sämtliche Taschenlampen richteten sich auf die angrenzenden Decken und Wände auf der Suche nach den vermeintlichen Tieren. Gleichzeitig hallten Durchladegeräusche von einem halben Dutzend Waffen durch den Waggon.

Angel glaubte etwas im Lichtkegel ihrer Lampe zu sehen, aber als sie den Lichtstrahl darauf fokussierte, erblickte sie nur noch ein paar in die Luft geschleuderte Sandkörner. In ihren Augenwinkeln verschwand ein unscheinbarer Schatten. Sie tippte Cassidy auf die Schulter.

»Thermalsicht?«

»Hab ich schon probiert«, antwortet Leon für sie. »Die Biester sind da, aber halten sich zurück.«

Angel drehte sich um und suchte nach Dog. Er war zurückgefallen und leuchtete erstarrt auf das Dach des gegenüberliegenden Waggons.

»Was ist da? Was siehst ... du ...«

Der Anblick verschlug ihr die Sprache. Auf dem mittleren Güterwaggong stand ein einzelner Wolf mit gespreizten Vorderbeinen. Er schien sie zu beobachten wie ein hochdekorierter Feldherr. Den Schwanz steil aufgestellt, die Kiefer leicht geöffnet und die Ohren gespitzt.

Cole richtete schrittweise sein Gewehr nach oben.

»Nicht«, hauchte ihm Angel im Flüsterton zu. »Der ist nicht allein.«

»Sind das die Viecher, von denen ihr ...?«

Angel nickte verbissen und die Gruppe rückte enger zusammen. Cole, Dog und Leon konzentrierten sich auf den Flankenschutz und nahmen die Frauen in die Mitte. Bisher ließ sich kein Wolf länger als einen Sekundenbruchteil blicken. Auch das Tier in Feldherrenposition war wieder verschwunden. Geräusche von schlitternden Pfoten drangen vom Dach ihres Waggons.

»Warum greifen die nicht an?«, zischte Angel.

Leon hob seine Pheromonpackung an und überprüfte den Inhalt. Noch zu zwei drittel gefüllt.

»Wir gehören zur Familie.«

»Dann lasst uns hier verschwinden, bevor die es sich anders überlegen?«, schlug Dog vor.

»Sechzig Meter bis zur Schleuse«, sagte Leon. »Beeilung!«

In loser Formation rannten sie durch den Passagierwaggon und anschließend auf dem Bahnsteig entlang, wo sie wiederholt über herumliegenden Schrott und heruntergefallene Steine der halbrunden Deckenverkleidung stolperten. Es vergingen kaum fünf Sekunden, in der nicht irgendjemand fluchte.

»Was ist das für ein Dreck hier?«, grollte Dog. »Haben die den

Scheiß in die Luft gejagt oder was?«

»Ruhe!«, zischte ihn Angel an.

Plötzlich durchzuckten grell aufblitzende Pistolenschüsse die Dunkelheit. Zwischen dem lauten Knallen konnte man das Jaulen eines Wolfes vernehmen. Die Gruppe stoppte wie auf Befehl und suchte nach der Ursache.

»Wer zum Teufel war das?«, beschwerte sich Leon als Erster.

»Den hier hat euer Beutel nicht interessiert!«, raunte Cole erbost zurück. Im Lichtkegel seiner Taschenlampe zuckte ein grauer Wolf noch ein paar Mal, bis er leblos liegenblieb.

Leon wollte sich das Tier genauer ansehen, aber inzwischen schrillten nicht mehr nur bei ihm die Alarmglocken. Selbst ohne das Licht direkt darauf zu richten, konnte man deutlich erkennen, dass sie die Wölfe immer weiter einkreisten. Ein kurzer Blick auf die Thermalsicht bestätigte, dass sie nicht länger von Deckung zu Deckung huschten, sondern ganz offen ihre Stärke demonstrierten. Aus allen Richtungen vernahm man das Hecheln hungriger Mäuler und das Kratzen dutzender Pfoten. Durch die Nachtsichtgeräte strahlten ihre Augen wie winzige Scheinwerfer.

Kaum hatte sich Leon wieder an die Spitze gesetzt, stürzte sich ein weiterer Wolf vom Dach des nahen Zuges auf ihn herab. Dog sah ihn zuerst und schaltete ihn aus. Die Bestie hatte den Boden noch nicht berührt, da feuerte Cole erneut.

»Die müssen dagegen immun sein«, raunte Leon.

»Dann macht die Scheißviecher kalt!«, brüllte Dog aus vollem Hals.

Er verkrampfte sich hinter seinem Maschinengewehr und ballerte ungezielt auf jeden beweglichen Schatten. Cole folgte dem Befehl, als stünde er nach wie vor unter Dogs Kommando. Als Cassidy spürte, wie der plötzliche Adrenalinstoß ihren Panikzustand schwinden ließ, schloss sie sich dem Feuerwerk ebenfalls an. Im Rattern der Gewehre und dem Aufblitzen der Mündungsfeuer fühlte sie sich wenigstens für einen kurzen Moment absolut unbesiegbar.

Angel fasste in ihre Hose und holte eine rote Leuchtfackel hervor. Nach einem Schlag zur Zündung schleuderte sie sie in Richtung des Rudels. Vorher ließ sich das Ausmaß der Verfolger nur erahnen, doch nun war klar, dass sie sich tatsächlich in der Höhle des Löwen befanden. Um sie herum wichen gut fünfzig abgemagerte Wölfe vor dem Licht zurück, nur um ihnen gleich darauf wieder nachzusetzen. Das Pack hatte die gesamte Bahnhofshalle in Beschlag genommen. Auf den Dächern, den Gangways und den Krananlagen – überall hatten sich die Raubtiere eingenistet. Kniehohe Haufen von Mensch- und Tierknochen zeugten von zurückliegenden Fressorgien. Einige Schädelfragmente hatten verblüffende Ähnlichkeit mit anderen Wölfen und stammten wohlmöglich von der Ausrottung ihrer natürlichen Konkurrenz – oder waren Anzeichen von Kannibalismus.

»Vorwärts!«, befahl Angel. »Los! Zum Tor! Bleibt zusammen!«

Leon hatte das zehn Meter breite und sechs Meter hohe Metallschott dank dem unkontrollierten Abwehrfeuer erreicht und erfolgreich öffnen können. Hier würde sogar ein Sattelschlepper durchpassen. Gemeinsam mit Angel kniete er sich auf der schräg abfallenden Straße in die beiden Torecken und deckte den Rückzug der anderen. Cassidy hechtete als Erste in Sicherheit und tastete ihre Taschen nach einem Ersatzmagazin ab.

Angel formte mit ihren Händen einen Trichter vor dem Mund.

»DOG!«, schrie sie dem Hünen zu. »WIR HAUEN AB!«

Aufgrund des dröhnenden Maschinengewehrechos um ihn herum hatte er die Orientierung verloren. Erst als sein Munitionsgurt erschöpft war und er sich umsah, hörte er Angels Rufe und folgte dem Licht ihrer Taschenlampe. Kaum hatte er die Schwelle des Durchgangs überquert, hämmerte Leon auf die Notverriegelung. Das massive Stahlschott rauschte binnen einer Sekunde von der Decke und prallte mit einem metallischen Krachen auf den Boden.

»Verfluchte Scheiße!«, grollte Dog und rappelte sich zurück auf die Beine.

»Wir hatten euch gewarnt«, erinnerte ihn Angel. Dabei unterzog sie Cassidy einer optischen Untersuchung. »Ihr habt uns nicht geglaubt, als wir euch von den Wölfen erzählt haben.«

Dog zog abwertend die Nase hoch, als wolle er seinen Fehler keinesfalls eingestehen.

»Eure Stinkbomben können wir jedenfalls vergessen«, sagte Cole. Er riss sich sein Pheromonpäckchen von der Weste und schleuderte es achtlos zu Boden.

Niemand sah dem kleinen Stoffsack hinterher, aber jeder hörte, wie er plätschernd aufprallte. Erst jetzt richteten sich alle Taschenlampen in Erwartung einer Pfütze nach unten, doch stattdessen stand der gesamte Zugang unter Wasser. Nur zwei Meter hinter dem Stahlschott zum Bahnhof verlief die Wasserlinie.

»Wir haben ein neues Problem«, murmelte Angel unschlüssig und wandte sich an Cassidy. »Hast du nicht gesagt, das Wasser hier sei knöcheltief?«

Die Teenagerin nickte erschrocken. Leon holte seine Karte hervor und verglich die Markierungen an den Wänden mit denen des E-Papers.

»Wir sollten absolut richtig sein«, grübelte er. »Die Rampe führt drei Meter nach unten und dann noch einmal fünf Meter geradeaus bis zur Müllverarbeitungsanlage.«

»Ist vielleicht nur der Zugang geflutet worden?«

»Nein«, erwiderte Leon und reichte Angel die Karte. »Sieh selbst nach. Wenn das Wasser bis hier steht, ist die gesamte Anlage davon betroffen.«

»Wie weit ist das bis zu der Tür?«, fragte Cole.

»Einhundert Meter?«, schätzte Angel. Sie hatte die von Cassidy beschriebene Tür auf der Karte gefunden.

»Hundert Meter!«, rief Dog. »Ich will euch ja nicht die Laune verderben, aber wir kommen doch mit unserer Ausrüstung keine zehn Meter weit durch diese Drecksbrühe!«

»Kann überhaupt jemand von euch schwimmen?«, fragte Leon.

Cole und Dog starrten einander an, als stünden sie vor einem weiteren Hahnenkampf. In Wirklichkeit wollten sie sich aber nur vergewissern, dass der andere seit ihrer gewaltsamen Trennung nichts dazugelernt hatte, ehe sie gleichzeitig mit dem Kopf schüttelten.

»Das ist verdammt lang her«, gab Angel unfreiwillig zu. »Und da durch ...« Sie zeigte missmutig auf das schmutzige Wasser, in dem der Müll einer vergangenen Ära an der Oberfläche herumschwappte. »Was sagt die Strahlenmessung?«

»Weniger als auf den Stufen«, las Leon von seinem Display ab. »Wo auch immer das Wasser herkommt, es fließt nicht am Reaktor vorbei.«

»Ist einer von euch verletzt?«, fragte Angel. »Und ich will keinen Machoscheiß hören! Die Brühe da ist mit Sicherheit hochgiftig.«

»Bis jetzt nicht«, sagte Cassidy.

Dog und Cole überlegten einen Moment. Sich selbst eine Schnittwunde zuzufügen, um nicht von ihr zu einem Tauchgang gezwungen zu werden, erschien plötzlich ziemlich verlockend. Schließlich schüttelten sie aber gleichzeitig mit den Köpfen.

Leon schälte sich derweil aus seinem Kampfpanzeranzug und richtete seine Aufmerksamkeit dabei auf Cassidy.

»Was ist mit dir? Ich hab doch gehört, wie du vom Schwimmbad in Alexandria geschwärmt hast.«

Cassidy biss sich auf die Unterlippe. Die plötzliche Wendung in ihre Richtung kam nicht gänzlich unerwartet, aber innerlich hatte sie auf eine weitere Heldentat von Angel gehofft.

»Ich ... kann es versuchen.«

»Okay. Leg schon mal deine Sachen ab«, sagte Leon. Er wirkte etwas zuversichtlicher und hatte wohl bis eben damit gerechnet, ganz auf sich allein gestellt zu sein. In der staubigen Endzeitsteppe lernte kaum noch jemand die Kunst des Schwimmens. »Ich seh mich da drin erst mal um.«

»Ist das Ding eigentlich wasserdicht?«, fragte Angel und zeigte auf seine Brille.

Leon drückte einen Knopf auf dem rechten Bügel, woraufhin sich ein gummiartiger Schaum am Rand des Gestells an seine Haut presste und seine Augen vollständig einschloss.

»Cool!«, meinte Dog dazu. »Und die Atemmasken? Können die das auch?«

Nachdem Leon seine Knieschoner gelöst hatte, tapste er bis zum Kinn in die widerliche Brühe hinein und holte ein paar Mal tief Luft. Sein Atemgerät ließ er liegen, was die Frage beantwortete. Er schaltete das orangefarbene Glimmen seiner Brille ein und verschwand unter Wasser. Angel streifte den linken Ärmel von ihrem Chronometer und zählte die Sekunden.

»Wenn wir abhauen wollen, ist jetzt unsere letzte Chance«, knurrte Dog. »Starrt mich nicht so an! Ihr denkt doch dasselbe!«

»Was sagen wir dann Jiao?«, fragte Cole.

»Was weiß ich! Der Typ ist hier ersoffen oder von den Viechern gefressen worden!«, erwiderte Dog. »Wer will das denn nachprüfen?«

»Und was wird aus Caiden?«, protestierte Cassidy, als sie ihre Schockstarre über Dogs vorgeschlagenen Verrat überwunden hatte.

»Wir gehen oben wieder rein!«, beruhigte der Hüne ihre Sorgen. »Ja ich weiß, Roboter mit Kanonen. Aber immer noch besser, als in dieser Brühe da zu baden!«

Cole ging ein paar Schritte an der Wasserlinie entlang, als befände er sich auf einem Strandspaziergang. Ganz davon abgesehen, dass er nicht schwimmen konnte, würde ihm ein Tauchgang mit seiner kaputten Lunge wohlmöglich umbringen. Er hockte sich in die Knie und drehte den Kopf zu Angel.

»Was meinst du?«

Cassidy riss die Augen auf und wusste sich nicht zu helfen. Allein die Tatsache, dass Angel bisher stumm geblieben war, machte deutlich, dass sie Dogs Rückzug ernsthaft in Betracht zog. Sie rieb sich nachdenklich mit Daumen und Zeigefinger in den Augenhöhlen.

Einen Augenblick später begann das Wasser zu plätschern, dann tauchte Leon auf allen Vieren auf. Er schnappte einige Male schwer nach Luft, ehe er seine Erkundungstour in Worte fassen konnte.

»Es gibt ... Luft«, keuchte er. »Luftblasen. Die Decke ist aufgeplatzt ... da sind Risse ... Löcher, vermutlich von irgendwelchen Explosionen, und darin ...«

»Wir können uns etappenweise zum Ausgang vorarbeiten?«, kombinierte Angel.

Leon nickte.

»Aber es ist trotzdem ziemlich weit. Die Kleine und ich werden euch führen müssen.«

Cassidy half ihm zurück auf die Beine. Cole und Dog ließen Angel derweil nicht aus den Augen. Noch hatte die Kommandeurin keine Entscheidung getroffen. Laut aussprechen wollten sie ihre geplante Flucht offenbar nicht mehr, doch die Möglichkeit bestand nach wie vor. Mit Leons momentaner Schwäche wäre es Dog ein leichtes, ihn vom Rückzug zu überzeugen.

»Okay«, sprach Angel. Sie knüpfte ihr Hemd auf, um die darunterliegende Kevlarweste abzulegen. »Wir folgen dem Plan. Lasst alles hier, was ihr entbehren könnt.«

»Was!?«, rief Dog. Er hatte eine andere Entscheidung erwartet. »Ich hab keine Lust, hier unten zu ersaufen! Lass uns einfach zurückgehen und von oben durchbrechen!«

»Wie stellst du dir das vor?«, fragte Leon. »Unsere Munition neigt sich jetzt schon dem Ende zu. Wenn wir noch mal durch das

Rudel durchmarschieren, bleibt nichts mehr für die Drohnen.«

»Halt dich da raus, Kleiner!«, schmetterte Dog ihm entgegen. »Ich mach das hier nicht zum ersten Mal!«

»Kleiner?«, erwiderte Leon voller Verwunderung. »Du bist kaum älter als ich!«

»Aber wenigstens rasier ich mir nicht jeden Morgen die Eier!«

»GENUG!« Angels Stimme hallte so lautstark von den Wänden, dass beide Männer ein Klingeln in den Ohren hörten. »Leon! Bring Cole als Ersten durch und zeig Cassidy dabei den Weg!«

Der Soldat salutierte mit der flachen rechten Hand an der Stirn. Entweder erkannte er Angels Autorität an oder war einfach nur froh darüber, dass sie auf seiner Seite stand. Dog hingegen stemmte sich mit geballter Faust an das Stahlschott und erwirkte nicht mal den Anschein, sich auf den bevorstehenden Tauchgang vorzubereiten. Erst als die drei unter Wasser verschwunden waren, löste er seine Trotzhaltung.

»Was soll die Scheiße?«, rief er Angel zu. »Du weißt doch genau ...!«

»Halt die Klappe!«, fuhr sie ihm über den Mund. »Leon hat Recht. Wir können uns keine zweite Schießerei mit dem Rudel leisten. Du warst beim letzten Mal nicht hier.« Sie zeigte auf das Tor zum Bahnhof. »Das da draußen war nicht mal die Hälfte von dem, was uns verfolgt hat.«

Dog atmete ein paar Mal schwer. Dann riss er sich vom Schott los und stampfte an der Wasserlinie entlang.

»Hast du vielleicht vergessen, was das letzte Mal passiert ist, als wir ...?«

»Nein, hab ich nicht!«, fiel ihm Angel abermals ins Wort. »Aber kannst du dich vielleicht daran erinnern, wie ich gerade erst ein Gebirge überquert habe!? Oder wie du dich mit Cole über mich lustig gemacht hast, als ich auf der Flachstelle festsaß?« Sie richtete beide Zeigefinger auf die trübe Suppe. »Das da ist dein Hadesgebirge. Jetzt reiß dich gefälligst zusammen und steh es durch wie ein Mann!«

***

Trotz ihrer geöffneten Augen konnte Cassidy keine zwanzig Zentimeter weit sehen. Das schmutzige Wasser ließ so gut wie kein Licht durch, wodurch ihr Restlichtverstärker zur Nutzlosigkeit verdammt war. Immerhin erwies sich der Isolationsschaum des Brillenrahmens als äußerst widerstandsfähig, der sich mittels Unterdruck auf ihrer Haut festgesaugt hatte. Nicht ein Tropfen sickerte hindurch.

Cole hingegen musste seine Augen während des gesamten Tauchgangs geschlossen halten. Die giftige Brühe würde ihm vermutlich in Sekundenschnelle die Hornhaut verätzen und ihn wohlmöglich erblinden lassen. Er verließ sich voll und ganz auf Leon, der ihn mit kräftigen Schwimmbewegungen an seinem Kragen zog.

Bereits nach zwanzig Sekunden fühlte Cole die Auswirkungen seiner Raucherlunge und den schlecht verwachsenen Rippenbrüchen. Sein Luftvorrat näherte sich dem Ende und er verspürte den starken Wunsch auszuatmen, um neu Luft holen zu können. Das Verlangen vergrößerte sich exponentiell mit jedem Meter, die er im Tandemverfahren mit Leon zurücklegte. Hatte Cole sich anfangs noch regungslos ziehen lassen, so strampelte er nun hilflos herum und hoffte, die rettende Luftblase dadurch irgendwie schneller zu erreichen.

Nach gerade mal einer halben Minute prustete er die verbrauchte Luft aus seinen Lungen. Ab jetzt musste er aktiv gegen den Ateminstinkt ankämpfen. Einen Moment lang öffnete er gar den Mund, der sich sofort mit dem Abwasser füllte und ihn reflexartig würgen ließ. Dabei vergaß er seine Schwimmbewegungen und konzentrierte sich fast ausschließlich darauf, seine Augen fest zusammenzupressen.

Plötzlich fühlte er einen kalten Windhauch auf dem Gesicht. Es ploppte in seinen Ohren und er hörte die anderen nach Luft schnappen. Sie hatten ihr Ziel erreicht. Aus der abgebröckelten Decke ragten verbogene Teile des Stahlgittergeflechts, das einst den Beton fixiert hatte. Sie wirkten wie die Wurzeln eines knorrigen Baumes und man musste beim Schwimmen verdammt aufpassen, um nicht davon aufgespießt zu werden.

»Hier könnt ihr stehen«, keuchte Leon. »Alles in Ordnung bei euch?«

Cassidy suchte mit den Fußspitzen nach dem Boden unter ihren Füßen, spürte ihn aber immer erst dann, wenn sie bis zur Stirn im Wasser versunken war.

»Zu tief!«, japste sie und paddelte stattdessen an der Oberfläche entlang. »Was ist da unten? Ist das bei dir höher?«

»Ich glaube nicht«, antwortete Leon missmutig. »Ist einer von den Mülllastern. Wir stehen auf dem Dach.« Er drehte sich zu Cole um. »Wie ist es mit dir? Kannst du stehen?«

Cole nickte ein paar Mal. Er war noch immer viel zu sehr damit beschäftigt, seinen Kreislauf zu stabilisieren.

»Bleib bei ihm«, raunte Leon Cassidy zu. »Der sieht aus, als kriegt er gleich einen Herzinfarkt.«

»Was ist mit Dog? Den kriegst du doch nie allein hier durch!«

»Lass den Schwachkopf mal meine Sorge sein«, brummte Leon. Er holte tief Luft und tauchte wieder ab.

Cassidy schwamm einen Meter auf Cole zu und drehte ihn zu sich um.

»Hey!«, rief sie ihm ins blasse Gesicht. »Alles okay?«

»Ja ... geht ... geht schon«, brachte er hervor und suchte unter Wasser nach seiner Feldflasche. »Ich hab nur diese Scheißbrühe in den Mund bekommen.«

»Bääh ...!«

Cassidy zog eine angewiderte Grimasse, woraufhin Cole zu lachen begann.

»Wart's nur ab, bis Dog dran ist.«

»Was ist eigentlich sein Problem?«

Cole hatte inzwischen die Kontrolle über seinen Körper zurückgewonnen und bot Cassidy an, sich bei ihm abzustützen. Sie nutzte seine Schultern wie einen Ankerplatz im Hafen.

»Du weißt doch von Angels Höhenangst«, sagte er. »Dog geht es genauso mit tiefen Gewässern. Er schreckt vor jeder Pfütze zurück, bei der er nicht den Boden sehen kann.«

Cassidy ließ ihren Blick über die Wasseroberfläche schweifen. Ihr war auch alles andere als wohl dabei, in der Abwasserlagune der Basis tauchen zu müssen. Immerhin schien die Fäkalienentsorgung woanders stattgefunden zu haben. Angesichts ihrer Ausweglosigkeit konnte sie sich mit den Gegebenheiten arrangieren, wie mit einer Abseilvorrichtung in den Bergen, die sie vorher noch nie benutzt hatte. Seit ihren Abenteuern mit Angel vermochte sie jedoch zumindest zu erahnen, welch große Überwindung es Dog kostete, ihnen zu folgen. Es war bei seinem Widerspruch überhaupt nicht um Caiden oder Leon gegangen, sondern nur um ihn und seine eigenen Dämonen.

***

»Hey«, murmelte Dog. »Danke, dass du vorhin nichts gesagt hast.«

»Wir tauchen da jetzt trotzdem durch«, sagte Angel unnachgiebig.

»Wenn Cole den beiden davon erzählt, mach ich ihn kalt«, schwor er grimmig.

Die Wasseroberfläche begann zu plätschern und kurz darauf tauchte Leon vor ihnen auf.

»Okay ...«, schnaufte er. »Wer ist der Nächste?«

Er schien nicht mehr ganz so große Probleme mit der Luftnot zu haben und erholte sich merklich schneller als zuvor. Inzwischen kannte er den Weg und kam effizienter voran.

»Wo ist Cassidy?«, wollte Angel zunächst wissen.

»Die ist bei eurem Freund geblieben«, erklärte Leon. »Der hat gezappelt wie ein Lämmerschwanz und stand kurz vorm Herzinfarkt. Wenn ich euch da durchziehe, haltet ihr gefälligst still, klar?«

Angels Blick richtete sich auf Dog, der schon fast im Affekt ein Grinsen aufsetzte. Dann fiel ihm jedoch seine eigene Schwäche wieder ein und seine Gesichtszüge erstarrten auf halbem Weg.

»Du bist dran«, sagte sie entschieden.

Damit verschwand Dogs frohe Stimmung voll und ganz. Er legte seine schwere Lederjacke ab und stellte das MG in eine trockene Ecke.

»Okay!«, rief er Leon mit geschwellter Brust zu. »Bringen wir‘s hinter uns!«

Dog tapste ins Wasser und pumpte wie ein Maikäfer. Dann stürzte er sich einem todesmutigen Turmspringer gleich in die Fluten und wurde von Leon davongerissen.

Im Gegensatz zu Cole verhielt sich Dog wie ein Stück Senkblei. Er behielt Arme und Beine kerzengerade am Körper und konzentrierte sich angestrengt aufs Nichtstun. Es ließ sich darüber streiten, ob er Leon damit einen Gefallen tat oder nicht. Auf der einen Seite konnte sich der Soldat ausschließlich auf die Navigation bei kaum vorhandener Sicht konzentrieren, auf der anderen kam er merklich schwerer vorwärts. Als er Dog auf das Dach des Müllwagens zerrte, kam es ihm tatsächlich so vor, als hatte ihm jemand einen Betonklotz an die Hand gebunden. Erst als er den Hünen inmitten der Luftblase anstieß, regte sich der Muskelprotz wieder und schnappte nach Luft.

Dogs Plan war aufgegangen. Ohne sich zu bewegen, hatte er weniger Sauerstoff verbraucht und wirkte dadurch nicht so abgekämpft wie Leon. Im Vergleich mit Cole machte er eine äußerst gute Figur. Außerdem blieb ihm eine Panikattacke erspart, wie er sie vor ein paar Tagen in D-Sechs-alpha erlebt hatte; nach dem rettenden Sprung von der Einschienenbahnbrücke in den Fluss vor der Stadt.

»Na?«, höhnte er in Coles Richtung. »Deine Raucherlunge schon kapituliert?«

Cole runzelte verbissen die Stirn.

»Wenigstens bleiben wir hier von den Scheißfliegen verschont«, brummte er als Antwort. Damit erntete er Dogs vollste Zustimmung.

***

Leon war längst wieder untergetaucht und auf dem Rückweg zu Angel. Mittlerweile kam er recht zügig voran und erreichte sie ohne den Ballast eines Passagiers in Rekordzeit.

»Bereit?«, rief er ihr schon beim Auftauchen entgegen.

»Wir haben ein Problem«, hielt Angel ihn zurück. »Das Wasser steigt schnell. Sehr schnell.« Sie zeigte auf Dogs MG. Nur ein paar Minuten zuvor hatte er es auf trockenem Boden abgestellt, aber jetzt stand es einen Zentimeter tief in der schmutzigen Brühe.

»Verdammt«, murrte Leon.

»Du bist dir mit der Tür wohl doch nicht so sicher?«, fragte Angel und überlegte, ob sie vielleicht einen Fehler gemacht hatte.

»Ich hab halt gedacht, dass wir zur Not immer noch zurückkommen können«, erklärte Leon. Er rieb sich niedergeschlagen den braunen Film aus dem Gesicht. »Es liegen drei Etappen zwischen uns und dem Ausgang. Bis wir da sind, dürfte das Wasser hier bis zur Decke stehen. Dann sitzen wir in der Falle.«

»Kannst du nicht erstmal allein prüfen, ob wir die Tür überhaupt aufbekommen?«

»Zu spät«, verneinte Leon. Die Flut hatte im Laufe ihres Gesprächs fast das Stahlschott erreicht. »Entweder kehren wir sofort um oder wir tauchen gemeinsam vorwärts.« Er drehte den Kopf zu Angel. »Es sind deine Leute – und deine Operation.«

***

»Und du bist hier alleine herumgewandert?«, fragte Cole. Anerkennung schwang in seiner Stimmung mit. Obwohl er im Gegensatz zu Cassidy halbwegs festen Boden unter den Füßen hatte, fiel ihm kein Ort ein, an dem er noch weniger sein wollte. Sogar seine einsame Reise durch die Aschehölle von Black Forrest mit gebrochenen Beinen erschien ihm als angenehmer.

Das Mädchen nickte zaghaft und drehte sich um die eigene Achse. Sie achtete auf den Kompass in ihrer Brille und suchte nach der etwaigen Richtung der Müllcontainer, in die sie gefallen war.

»Irgendwo da vorne bin ich rausgekommen.«

»Hast du eine Idee, warum das Wasser so schnell gestiegen ist?«, fragte Dog. Er hatte inzwischen mit seinem breiten Kreuz den Job als Anker für sie übernommen.

Cassidy schüttelte den Kopf.

»Wen interessiert das schon?«, meinte Cole dazu. »Oder willst du dich in dem Laden niederlassen?«

»Ich hab einfach nur keine Lust, hier unten zu ersaufen!«, grollte Dog zurück. »Was ist, wenn das Dreckszeug bis zur Decke steigt!?«

Cole blinzelte zuerst ihn und dann Cassidy an. Er schwankte zwischen einer sachlichen Erklärung über physikalische Gesetze, nach denen die Luftblase selbst dann erhalten bleiben würde, wenn das Wasser noch hundert Meter anstieg, und einer herablassenden Beleidigung von Dogs Zwergenhirn. Als er sich ihm für eine passende Antwort zuwandte, zerplatzten kleine Luftblasen an der Wasseroberfläche hinter ihm.

»Angel!«, rief Cassidy und schwamm ein paar Züge darauf zu.

»Haben die sich verlaufen oder warum kommen die von da?«, brummte Dog, bis plötzlich eine halb verweste Leiche nach oben schwappte.

Cassidy kreischte affektartig, bis ihr das hundertfache Echo von der feuchten Decke die Sprache verschlug. Als hätte sie eine eklige

Spinne überrascht, paddelte sie angewidert zurück zu den Männern.

Dog zeigte sich wenig beeindruckt und stieß den aufgequollenen Körper mit seinem Pistolenlauf von ihnen weg.

»Der liegt nicht erst seit heute hier.«

»Ist für die Feuchtigkeit aber gut erhalten«, meinte Cole.

»Vielleicht lag er irgendwo im Trockenen, bis Angels Kaffeedieb die halbe Basis gesprengt hat.«

»Kaffeedieb?«

»Victor«, sagte Dog. »Der hat meinen Kaffee aus STELLAs Vorräten geklaut.«

Im selben Augenblick blubberte es erneut im Wasser. Cassidy nahm reflexartig Reißaus, bis sie Angels Gesicht vor ihr auftauchen sah.

»Alles in Ordnung?«, fragte die Lateinamerikanerin angespannt.

Cassidy fehlten noch immer die passenden Worte. Sie deutete stattdessen mit weggedrehtem Kopf auf die Leiche.

Angel presste ihre Lippen aufeinander.

»Ich hoffe, keiner von euch hat was von dem Wasser getrunken?«

»Das soll wohl ein Scherz sein!«, konterte Dog.

»Mit trinken meinst du ... becherweise runterschlucken?«, fragte Cole vorsichtig. Er war den widerlichen Geschmack noch immer nicht losgeworden und hätte alles für eine Zigarette gegeben. Als er merkte, dass ihn die anderen wie eine geistesgestörte Zirkusattraktion anstarrten, winkte er rasch ab.

»Wo ist der geleckte Affe?«, brummte Dog.

Kaum hatte er die Frage gestellt, schoss Leon hinter ihm an die Oberfläche. Er hatte einen Teil der Ausrüstung mit sich geschleppt und vorerst am Müllwagen unter ihnen festgebunden.

Angel wollte weiteren Diskussionen vorbeugen und drängte zur Eile, was in Anbetracht der abstoßenden Gesellschaft auf breite Zustimmung traf. Sie erklärte Leons Plan, der die Gruppe nacheinander von einer Luftblase zur nächsten führen sollte. Die Lagebesprechung schloss außerdem einen Grundkurs in Physik für Dog mit ein, der nun keine Angst mehr vor der Überflutung ihrer Luftreservoirs hatte. Nur das Detail über das schnell steigende Wasser behielt Angel für sich.

Kurz darauf machten sie sich auf den Weg. Leon tauchte

vorweg und Cassidy übernahm die Nachhut, damit in der Dunkelheit niemand verloren ging. Er hatte Cole eingeschärft, gefälligst nicht wieder durchzudrehen. Dog dagegen durfte sich durchaus am Vorwärtstrieb beteiligen. Angel schwamm allein und hielt sich lediglich an Leons Gürtel fest, der dafür das Waffenbündel samt seiner Rüstung mit sich schleppte.

Die ersten beiden Etappen verliefen ohne besondere Vorkommnisse. Es tauchten keine weiteren Wasserleichen auf und der Geruchssinn hatte ohnehin bereits kapituliert, so dass sich niemand mehr am widerlichen Gestank des herumschwappenden Mülls störte. Nur das kalte Wasser machte der Gruppe zunehmend zu schaffen. Cassidy übernahm nicht länger nur die erste Tour, sondern schwamm mit Leon vor und zurück, bis es alle in die nächste Luftblase geschafft hatten. Als Nebeneffekt hielt sie sich dadurch halbwegs warm. Die anderen mussten zwangsweise auf ihre Eskorte warten und kühlten immer weiter aus. Waren sie anfangs noch darauf bedacht gewesen, möglichst still in der dreckigen Brühe auszuharren, planschten sie nun herum wie in einem Schwimmbad, um nicht irgendwann bewusstlos zu werden.

»Da vorne ist die Tür«, informierte Leon die Gruppe, als sie es alle zum letzten Luftloch geschafft hatten. »Cassidy und ich schwimmen vor und versuchen, sie zu öffnen.«

»Viel Glück«, brummte Dog.

»Wenn wir Erfolg haben, müsste sich der Wasserspiegel relativ schnell senken«, erklärte Leon weiter. »Kommt dann sofort zu uns. Kann ja sein, dass wir da draußen erwartet werden.«

Angel nickte. Sie hielt das Waffenbündel in den Händen, damit es nicht von den Fluten weggeschwemmt wurde.

Cassidy schaltete die Nachtsichtfunktion ihrer Brille ein und folgte Leon in die Tiefe. Nach ein paar Schwimmbewegungen erreichten sie den vergitterten Wartungsgang, in dem ihr der Alphawolf aufgelauert hatte. Cassidy lief trotz des ohnehin kalten Wassers ein Schauer über den Rücken, als sie sich an den feuchten Atem in ihrem Nacken erinnerte. Kurz darauf tauchten zwei Wolfskadaver auf, die sie im Laufe ihrer Flucht erschossen hatte. Nun schwammen sie auf Deckenhöhe. Die Tür konnte nicht mehr weit entfernt sein.

Nach ein paar Metern sah sie Leon wie ein Astronaut auf einem Weltraumspaziergang um das Zahlenschloss herumschweben. Er tippte zuversichtlich auf dem neongrün glimmenden Pad herum und bestätigte seine Eingabe. Cassidy hielt sich an den Gittern fest, um nicht von der Flut mitgerissen zu werden, doch nichts geschah. Weder änderte sich die Farbe des Pads noch öffnete sich die weiße Metalltür. Nicht mal einen Spalt breit. Leon versuchte es erneut. Wieder nichts. Cassidy hatte das Gefühl, ein statisches Piepen von dem Schloss zu hören. Allmählich spürte sie den Sauerstoffmangel in ihrer Lunge. Die Panikgefühle ihres ersten Tauchgangs breiteten sich in ihr aus. Wenn die Tür nicht gleich aufging, mussten sie den Rückzug antreten. Sie tastete sich einen Meter vorwärts, um Leon davon zu überzeugen, da kam er schon auf sie zu und zeigte mit ausgestrecktem Arm in Richtung der letzten Luftblase.

Die Rückkehr dauerte fast eine Minute. Die längste Beinaheminute in Cassidys Leben. Ihre Lunge bäumte sich auf halbem Weg auf und wollte schnellstmöglich das Kohlendioxid loswerden. Das Licht aus Angels Taschenlampe leuchtete bereits in ihrem Restlichtverstärker, als ihr plötzlich schwarz vor Augen wurde. Sie stand kurz davor, das Bewusstsein zu verlieren, da fühlte sie Leons festen Griff an ihren Schultern. Er riss sie mit sich an die Oberfläche. Cassidy musste sich unglaublich anstrengen, um ihren Körper zum Luftholen zu zwingen. In diesem Moment verschwand der dunkle Schleier so schnell, wie er gekommen war, und ließ sie wieder klar denken.

Neben ihr japste Leon ebenso ausgelaugt wie erzürnt nach der fauligen Luft.

»Hier hat sich nichts getan«, sagte Cole. »Ist die Tür auf?«

»Nein ... nicht ... kaputt oder ... gesperrt ...«

»Dann brechen wir sie auf, wie du gesagt hast!«, rief Dog.

»Keine Chance ...«, keuchte Leon. »Kein ... Unterwassersprengstoff ...«

»Kriegen wir die irgendwie aufgehebelt?«, fragte Angel. »Mit unseren Kampfmessern?«

Leon schüttelte mit dem Kopf.

»Die geht nach innen auf. Der Wasserdruck ...«

Ein resigniertes Seufzen hallte durch die kuppelartige Luftblase. So langsam wurde allen klar, dass sie die ganze Anstrengung umsonst auf sich genommen hatten, aber für Angel und Leon kam es noch schlimmer, als Dog den Rückzug zum Wolfsbau forderte.

»Das ist keine Option«, sagte Angel ernst.

»Allmählich hab ich genug von dir!«, grollte Dog. »Willst du uns um jeden Preis hier unten ersaufen lassen, nur damit wir uns nicht nochmal mit den Mistviechern da draußen rumschlagen müssen? Gib mir mein verdammtes Gewehr und ich mach Kleinholz aus denen!«

»Uns ist der Rückweg versperrt!«, unterbrach Angel ihn streng. »Das Wasser steht an dem Schott zum Bahnhof bereits bis zur Decke! Selbst wenn das Schloss noch funktioniert, würde niemand lange genug überleben, um das Tor zu öffnen!«

»In den Luftblasen steigt es doch auch nicht an!«, hielt Dog dagegen. »Ihr habt mir gerade erst erklärt ...«

»Die Betondecke über uns ist luftdicht«, fiel Leon ihm ins Wort. »Das Schott nicht.«

»Müsste das Wasser dann nicht in den Bahnhof abfließen?«, fragte Cassidy.

»Vielleicht in kleinen Rinnsalen durch die Ritzen«, sagte Angel. »Aber nicht genug, um uns Raum zum Atmen zu lassen.«

Das verschlug Dog die Stimme. Auch Cassidy und Cole blickten sie an wie ihre Henkerin.

»Wieso hast du uns das nicht eher gesagt?«, fragte ihre Schülerin.

»Weil euch der Tauchstress allein bereits überfordert hat«, sagte Leon und nahm Angel damit unerwartet in Schutz. »Wir mussten eine Entscheidung treffen. Entweder zurück durch den Bahnhof oder die Tür der Müllverarbeitungsanlage.«

»Und du hast sie natürlich von deiner Scheißidee überzeugt!«, schmetterte ihm Dog erbost ins Gesicht.

»Es war meine ...«, versuchte Angel dazwischenzugehen.

»Das spielt keine Rolle«, unterbrach Leon sie. »Ich werde zum Schott zurückkehren und es öffnen.«

»Ich denke, das überlebt niemand von uns?«, wunderte sich Cole.

»Niemand von euch vielleicht.«

Angel war verstummt und musterte Leons Mimik mit dem geschulten Blick einer Verhörspezialistin. Sie konnte deutlich erkennen, dass er sich der Selbstmordmission durchaus bewusst war, aber dies war seine Mission und seine vermissten Leute. Als Soldat gehörte es zu seiner Pflicht, im Fall der Fälle das eigene Leben zum Schutz anderer zu opfern. Angel kannte die Grundeinstellung von General Monroe und vielen seiner Ranger. Sie war einer der Gründe gewesen, warum Angel sich der militärischen Hierarchie nie ganz unterworfen hatte. Selbstopferung stand für sie nicht zur Debatte.

Während sich die Männer weiter stritten, suchte Angel fieberhaft nach einer Alternative. Einer Möglichkeit, seinen Sauerstoffvorrat zu erhöhen. Irgendetwas, um ihm wenigstens eine Chance zu verschaffen.

Dann fiel ihr Blick auf Cassidy. Ihre Schülerin hatte sich ein paar Meter von ihnen abgesetzt und starrte unbeteiligt auf die vor ihr liegende Betondecke. Angel vermutete, dass sie wehmütig an ihren Bruder dachte und vor Verzweiflung verging.

»Wir finden einen Weg hier heraus«, wisperte sie ihr zu.

Doch Angel hatte sich verkalkuliert. Anstatt sie mit Tränen in den Augen anzublicken, wirkte Cassidy angespannt und nachdenklich.

»Ich weiß vielleicht eine Möglichkeit«, flüsterte sie zurück. »Da vorne bin ich aus dem Müllschacht gefallen. Der war so eng, dass ich meine Hände und Knie nur ausstrecken musste, um an den Wänden entlangzuschleifen.«

Angel fegte ihr aufgesetztes Mitleid mit einem Wisch fort.

»Da hochzuklettern kostet viel Kraft. Pass ich da rein?«

Cassidy schwappte auf sie zu und drückte sich an Angels Körper heran. Schulter an Schulter. Eigentlich wollte sie nur ihre Maße vergleichen, doch die intime Begegnung der beiden ließ die streitenden Männer in ihrer Gruppe augenblicklich verstummen.

Cole räusperte sich als Erster.

»Warum nehmt ihr euch nicht eine eigene Luftblase?«

Daraufhin schlug ihm Dog sofort die Hand auf den Hinterkopf.

»Bist du irre oder was?«

»Kriegt euch wieder ein«, rief Angel ihnen zu. »Cassidy hat vielleicht einen Weg gefunden.«

Nach einer kurzen Erklärung schöpften auch die Männer Hoffnung, aber Angels Schultern hatten sich als zu breit erwiesen, was die anderen ebenfalls ausschloss.

»Hast du sowas überhaupt mal versucht?«, fragte Leon. »Senkrecht in einem Schacht hochzuklettern?«

»Sie kann kopfüber Sit-ups machen«, sagte Angel.

»Das hat weniger was mit Kraft zu tun als mit Technik«, verteidigte Leon seine Vorbehalte.

»Der Müllschacht, durch den ich gekommen bin, verläuft nicht senkrecht. Überall Dellen und Löcher, an denen ich mich hochziehen kann.«

Cassidy erinnerte sich noch lebhaft an die Schmerzen in ihrem Rücken, die von den Schäden verursacht worden waren.

»Was ist mit den Pickeln?«, warf Cole ein. »Diese Spitzhacken aus deiner Ausrüstung?«

»Die sind für Klettertouren in den Bergen da«, entgegnete Leon. »Ich hatte damit gerechnet, dass wir vor eingestürzten Treppen oder so stehen würden.«

»Müssten die ihr in dem Schacht nicht auch Halt geben?«

»Möglich, aber sind die nicht einbetoniert?«

»Nein«, erwiderte Cassidy kopfschüttelnd. »Zumindest auf den unteren Etagen verlaufen die unverkleidet an den Wänden entlang. Dadurch bin ich ja in einen davon hineingerutscht.«

»Bist du dir sicher, dass du ...?«, fragte Angel vorsichtig.

»Die einzige Alternative ist es doch, dass Leon sich für uns opfert, oder?«

Angel nickte schwermütig. Am liebsten hätte sie den Durchmesser der Schächte persönlich überprüft, aber ihrem Protegé in diesem Moment das Vertrauen zu entziehen, hätte fatale Folgen haben können.

»Okay«, hauchte sie ihr zu und gab ihr einen Kuss auf die Stirn, wie eine Mutter, die ihrer Tochter lebewohl sagen musste. Anschließend griff sie unter Wasser und holte ihre Pistole hervor. »Hier, nimm meine. Von der weiß ich, dass sie auch nach einem Tauchgang noch funktioniert.«

Cassidy hatte sich schon über die ungewohnte Zärtlichkeit gewundert. Der Waffenwechsel rückte ihr Weltbild jedoch wieder zurück ins rechte Licht.

»Viel Glück, Kleine«, brummte Dog ihr zum Abschied zu. Von Cole erhielt sie ein zustimmendes Nicken.

»Ich bring dich hin«, sagte Leon und begann mit seinen Atemübungen. Kurz darauf tauchte er zusammen mit Cassidy und verschwand in der trüben Brühe.

Kaum waren sie weg, fuhr Angel zu Cole und Dog herum.

»Sucht mir nach luftdichten Plastiktüten oder dünnen Kunststoffflaschen! Wir bauen eine Sauerstoffversorgung für

Leon!«

»Aber ... ich dachte, Cassidy ...?«, erwiderte Cole verdutzt.

Dog gab ihm abermals einen Klaps auf den Hinterkopf.

»Plan B, Mann!«, knurrte er. »Sie hat immer einen Plan B!«

7. AGONIE

Leon und Cassidy hatten ohne Probleme einen passenden Müllschacht ausfindig gemacht. Denselben wie bei ihrem Absturz konnte sie nicht benutzen, da er ja mitten in der Luft hing. Zur Sicherheit hielten sie sich auch von den angrenzenden Schächten fern.

Zwölf Auffanglager reihten sich um die Haupthalle der Verarbeitungsanlage. Jeder Raum maß nur ein paar Meter in Breite und Tiefe, so dass sechs Müllcontainer hineinpassten. In je einem davon endete der Schacht, der wie ein Elefantenrüssel aus der Wand ragte. Wie in Cassidys Erinnerung verlief er schräg in einem Sechzig-Grad-Winkel. Als sie davorschwebte, wurde ihr endgültig klar, dass sie sich als Einzige halbwegs vernünftig darin bewegen konnte. Bevor sie die Chance bekam, es sich noch mal zu überlegen, half ihr Leon bereits in die Röhre hinein. Er schob sie mit aller Kraft empor, so weit seine Arme reichten.

Dann war Cassidy von einem Moment zum anderen auf sich allein gestellt. Leons Hände verließen sie. Er musste schleunigst zur Luftblase zurückkehren, um nicht zu ersticken. Und ihr drohte das gleiche Schicksal, wenn sie sich nicht beeilte.

Cassidy presste sich mit Armen und Füßen gegen die kalten Metallwände, auf denen sich ein ekliger Schleimfilm gebildet hatte. Erst jetzt fiel ihr ein, dass niemand vorausgeahnt hatte, wie hoch der Wasserspiegel inzwischen eigentlich stand. Cassidy hatte im schlimmsten Fall mit ein paar Metern gerechnet, die sie eher schwimmend als kriechend zurücklegen wollte. Stattdessen konnte sie die Wasseroberfläche nicht mal sehen!

Schlagartig erfasste sie eine Todesangst, wie sie sie seit ihrem Sturz in die Tiefen der Basis nicht mehr ereilt hatte. Der glibberige Schleimfilm verlor augenblicklich seine Bedeutung. Cassidy stemmte sich mit dem Rücken gegen die Blechwand und nutzte ihre schweren Armeestiefel zum Vorwärtskommen, doch das brachte kaum etwas. Vielmehr rutschte sie wiederholt ab, ohne sich ihrem Ziel überhaupt zu nähern. Der aufgewirbelte Schlamm reduzierte die Sicht auf null. Sie spürte ein gewaltiges Stechen im Herzen, als ihr Körper ihr einen letzten Adrenalinstoß vor dem herannahenden Ende versetzte. Da kam ihr eine verzweifelte Idee.

Anstatt sich aktiv an ihrer Flucht zu verausgaben, legte sie Arme und Beine an und stieß sich nur mit den Fingerspitzen von der Decke ab, wann immer sie dagegenprallte. Und siehe da, sie entwickelte beinahe mühelos ein Momentum. Ihr Körper war leichter als das Wasser und verschaffte sich dadurch einen ganz natürlichen Auftrieb.

Nach einer gefühlten Ewigkeit erreichte sie die Oberfläche und sprang wie ein Fisch ins Freie. Keine Sekunde zu spät, wie Cassidys Schnappatmung bewies. Sie klammerte sich an die Wände und blieb eine Minute fast regungslos liegen, bis sich ihre Lunge erholt hatte.

»Angel?«, rief sie in ihr Headset und hielt sich erschrocken die Hand vor den Mund. In der dünnen Röhre echote ihre Stimme vermutlich bis hinauf zum Flughafen. Eine Antwort erhielt sie sowieso nicht. Entweder war die Elektronik unter Wasser ausgestiegen oder der Störsender blockierte sie sogar auf so kurze Distanz. Auch so eine Sache, die man vor ihrem wagemutigen Aufbruch hätte testen sollen.

Nun begann der schwerste Teil ihres Plans. Cassidy untersuchte die Wände im Glimmen ihres Nachtsichtgeräts. Sie waren feucht vom ständig herabrinnenden Wasser, aber noch nicht ekelerregend glitschig und boten einen gewissen Halt. Ohne die Angst zu ertrinken, nahm sie sich Zeit und verkantete ihre Armeestiefel. Sie setzte den linken Fuß an die Rückwand und die rechte Fußspitze auf die gegenüberliegende Seite. Ihre Hände nutzte sie hauptsächlich, um ihren Körper zu stabilisieren. In der Schräglage brauchte sie ihre Pickel noch nicht, die festgebunden an ihrem Gürtel hingen.

Ein kräftiger Ruck und sie bewegte sich einen halben Meter vorwärts. Das Ganze gleich noch mal und Cassidy lag endgültig im Trockenen, sofern man das kleine Rinnsal in ihrem Rücken ignorierte. Eine Minute lang genoss sie die Dusche aus klarem Schmelzwasser. Zumindest roch es halbwegs sauber im Gegensatz zu der Dreckbrühe aus der Müllverarbeitungsanlage. Anschließend kletterte sie voller Euphorie gute fünf Meter voran, ehe sie die erste Pause einlegte. Das stabile Schuhwerk der Ranger erwies sich wieder einmal als äußerst nützlich. Mit den Schlappen aus ihrem Dorf wäre Cassidy bei jedem zweiten Versuch abgerutscht.

Die Kälte machte ihr allmählich zu schaffen. Unter Wasser und durch ständige Schwimmbewegungen hatte sie es nicht so sehr gespürt, aber jetzt, wo sie fast nur noch Luft umgab, kühlte sie rasch aus. Nach nicht mal einer Minute regungslosem Daliegen zitterte sie am ganzen Leib.

Weitere fünf Meter sorgten dafür, dass sie sich wieder etwas aufwärmte, raubten ihr aber auch eine Menge Kraftreserven. Cassidy begann zu verstehen, dass sie sich in einem Wettlauf gegen die Zeit befand, bei dem die Einteilung ihrer Kräfte die alles entscheidende Variable war. Hetzte sie zu schnell voran, würde sie auf halbem Weg zusammenbrechen. Ließ sie sich zu viel Zeit, drohte sie zu erfrieren.

Sie erinnerte sich an Faiths Grundkurs im Bergsteigen. Sie musste eine gesunde Balance finden, um den Berg gleichmäßig zu erklimmen, ohne alle paar Meter pausieren zu müssen. Den Vergleich zwischen Felsmassiv und Müllschacht empfand Cassidy dabei als äußerst treffend. Besonders als sie die lange Biegung erreichte, an deren Ende der Schacht nicht mehr schräg, sondern absolut senkrecht nach oben verlief. An dieser Stelle war sie bei ihrem Sturz hart mit dem Rücken aufgeprallt. Weit konnte die nächsthöhere Etage über der Müllverarbeitungsanlage nicht entfernt sein.

Cassidy hielt einen Moment inne. Sie zog ihren Kampfdolch aus dem Gürtelholster und rammte ihn in das dünne Wandblech. Erfreut stellte sie fest, dass sich dahinter wie erhofft ein Hohlraum befand. Sie drehte das Messer einmal um die eigene Achse, bis eine Art Türspion entstand. Bei einem ersten Blick hindurch erkannte sie trotz Nachtsichtgerät nichts. Die Restlichtverstärkerfunktion benötigte dem Namen nach ein gewisses Restlicht, doch auf der anderen Seite der Wand gab es nur stockfinstere Dunkelheit.

Cassidy hockte sich auf das Bodenblech und grübelte, wo genau sie sein könnte. Leon hatte ihr die Karte mitgegeben, aber die erwies sich eher als Hilfestellung für Touristen. Details wie Kabelkanäle oder Müllschächte waren nicht eingezeichnet. Als sie nicht mal mit ihrer kleinen Stabtaschenlampe einen Boden oder eine Wand durch das Loch zu erkennen vermochte, holte sie einen Kupfersicar hervor und warf ihn hindurch. Statt des zu erwartenden Klimperns hörte sie nichts als ein Rauschen. Die Münze traf nirgendwo auf oder stürzte so weit hinab, dass der

Aufprall nicht mehr zu hören war.

Auf einmal kam Cassidy ein furchteinflößender Gedanke. Die Müllschächte verliefen zumindest kurzzeitig unverkleidet durch die Basis. Auf diesem Weg war sie in einen davon hineingestürzt. Nun befand sie sich wahrscheinlich in der Schwebe direkt im zentralen Zugangsschacht, in dem auch der Lastenaufzug stand. Nur die dünne Blechwand trennte sie von einem Fall in die Tiefe, bei dem sie diesmal nichts aufhalten würde. Was im Gespräch mit den anderen wie ein Vorteil gewirkt hatte, ließ sie nun vor Schreck zusammenfahren. Sie zuckte vor dem winzigen Türspion zurück, als hätte sie Angst davor, hindurchgesaugt zu werden.

Furchtsam richtete sie den Kopf nach oben. Der schräge Vormarsch war anstrengend genug gewesen, aber nun musste sie eine höhergelegene Müllklappe erreichen und irgendwie aufbrechen. Zu allem Übel rann das Schmelzwasser nun auch nicht mehr nur an ihrem Rücken entlang, sondern stürzte aus hundert Metern Höhe wie prasselnder Regen auf sie herab.

Einen Schritt nach dem anderen, dachte Cassidy mit geschlossenen Augen, um sich selbst zu beruhigen. Zunächst einmal versuchte sie aufzustehen, was bei dem sechzig Grad schrägen und dazu nassen Blechboden gar nicht so einfach war. Ihre Angst, bei einem falschen Tritt ins Bodenlose abzustürzen, half auch nicht wirklich weiter.

Als sie endlich gerade stand, stemmte sie ihren linken Stiefel wie zuvor auf die Wand vor sich. Mit den Armen zur Stabilisierung presste sie sich zwischen Knien und Rücken den Schacht hinauf, bis sie in der Luft schwebte und den rechten Fuß rückwärts gerichtet als Stütze benutzte. Angenehm war ihre Position nicht, aber Cassidy stellte erleichtert fest, dass sie sich auf diese Art einigermaßen sicher in der Luft halten konnte. Nur die Ausbeulung des Schachts machte ihr große Sorgen. Durch ihre verkantete Stellung drückte sie auf beide Seiten des Blechs ein und fürchtete, dass es unter ihrem Gewicht nachgeben würde. Umsomehr strengte sie sich an, schnell an Höhe zu gewinnen.

***

Nach einer halben Stunde fühlte Cassidy sich, als schwebte sie im Nichts. Unter ihr erstreckte sich der gähnende Abgrund des

Müllschachts, der sie wie ein schwarzes Loch anzusaugen schien. Über sich konnte sie kein Ende erkennen. Kein Licht, kein Laut. Sie stemmte sich seit einer Ewigkeit mit Knien und Rücken gegen die blanken Metallwände. Beide Seiten ihres Körpers schmerzten von der ungewohnten Belastung. Ihre Muskeln brannten wie Feuer und ließen sie trotz der Kälte schwitzen, wodurch ihre rutschigen Hände kaum noch Halt an den zwei Pickeln hatten.

Unweigerlich kehrten ihre Gedanken immer wieder zu ihrem ersten Besuch in der Basis zurück, zu ihrem Absturz, der in einem Müllcontainer endete. Inzwischen verstand sie, wie viel Glück sie damals gehabt hatte. Ein halber Meter weiter links oder rechts und die scharfen Kanten des aufgerissenen Müllschachts hätten sie im freien Fall aufgeschlitzt wie Schlachtvieh.

Wenn sie jetzt losließ, würde sie kein weicher Müllberg auffangen. Der Aufprall auf das ansteigende Wasser würde sie vermutlich bewusstlos werden und ertrinken lassen, sofern sie überhaupt heil unten ankam. Der Schacht hatte sich im Laufe der Jahre dermaßen verformt, dass er keine gerade Linie mehr bildete, sondern hin und wieder irgendwelche Beulen und Dellen den Flug bremsten und wie Faustschläge bei einem Spießroutenlauf wirkten.

Einzig ihre taktische Einsatzbrille bewahrte sie davor, dem Wahnsinn zu verfallen. Das schwache Orange der Nachtsichtfunktion gewährte ihr zumindest einen kleinen Rundumblick und erinnerte sie daran, dass sie sich wirklich in einem senkrechten Müllschacht befand. Inzwischen hatte sie laut den Anzeigen in ihrem Display fast fünfzehn Meter geschafft – in einer halben Stunde. Anfangs fiel ihr der Aufstieg nicht schwer, aber nach den ersten fünf Metern verließen sie die Kräfte und mittlerweile könnte sie vermutlich eine Schnecke überholen. Sie kam kaum noch vorwärts.

»Angel!«, hauchte sie in ihr Mikrofon. »Jiao! Hört ihr mich?«

Ihr Flüstern echote von den Metallwänden, doch sie erhielt keine Antwort. Nicht mal Jiaos und Leons Peilsender wurden vom Störsignal durchgelassen.

Noch einmal bäumte Cassidy sich auf, nahm alle Kraft zusammen und robbte sich mit dem Rücken nach oben. Ihre Armmuskulatur war für derartige Belastungen viel zu schwach und die Pickel dienten einzig der Absturzsicherung. Stattdessen mimte sie die Bewegungen von Echsen nach, die ihre Rückenmuskeln zum Aufstieg nutzten.

Sie schaffte es einen weiteren Meter, bevor sie keuchend eine Pause einlegte. Allein die Position zu halten und nicht abzurutschen kostete unendlich große Mühe. Die Hoffnung verließ sie. Cassidy konnte fühlen, wie sie ihr davonglitt und von tiefen Depressionen ersetzt wurde. Noch immer war keine Müllklappe in Sicht.

»Angel!«, rief sie verzweifelt und erschrak dabei vor ihrem eigenen Echo. »Hilf mir«, wimmerte sie hinterher.

Ihre verstopfte Nase erschwerte das Atmen. Unter ihrer Brille sammelten sich Tränen der Hoffnungslosigkeit. Cassidy nahm sie mit einer Hand ab, um sie davonzuwischen, doch als sie dabei die Augen öffnete, wäre sie um ein Haar abgestürzt. Sie konnte nichts sehen. Alles war schwarz bis auf das leichte Glimmen der Brille.

Warum ich?, durchzuckte es sie. *Warum passiert das alles mir?*

Sie trommelte apathisch auf dem Metallschacht herum. Warum saß ausgerechnet sie hier fest? Was hatte sie getan, dass sie dieses Schicksal verdiente? Wem hatte sie geschadet, dass sie ein solcher Fluch traf? Alles, was sie wollte, war wieder Tageslicht zu sehen und aus diesem Höllenloch zu fliehen. Aber sie konnte es nicht. Ihre Muskeln weigerten sich, den Befehlen ihres Gehirns zu folgen.

Ein plötzlicher Krampf im linken Oberschenkel ließ Cassidy vor Schmerz quieken. Sofort rutschte sie einen Meter abwärts und verlor den Griff um die Pickel. Sie musste das Bein ausstrecken, doch jede ruckartige Bewegung könnte sie ihren Halt ganz verlieren lassen. Aus dem Quieken wurde ein Schrei, bis sie von der Tortur zu kreischen begann und der Schacht erbebte. Ihr blieb keine Alternative zum Aushalten des schrecklichen Schmerzes, der sie in ihrer furchtbar entstellten Position lähmte.

Warum? Warum, warum, warum?, schoss es ihr immer durch den Kopf. Cassidy hämmerte mit geballter Faust auf das Metall ein. Dabei löste sich einer der Pickel und traf ihre linke Schulter, ehe er an ihr vorbeirutschte und polternd in die Tiefe stürzte.

Cassidy wollte nicht hier sein. Niemals hatte sie an diesen Ort zurückkehren wollen. Niemals wieder den Schrecken ertragen müssen, der diesen Abgrund der Zivilisation heimsuchte. Es war Angels Schuld, die sie gerettet hatte. Jades Schuld, die mit ihrer Armee über sie hergefallen war. Und Jiaos Schuld, die sie mit ihrer

Geheimniskrämerei wiederholt in Gefahr gebracht hatte. Sie alle waren schuld. Schuld an Cassidys Leid und dem entsetzlichen Schmerz!

Der Schmerz, der allmählich nachließ. Ein unglaubliches Glücksgefühl überkam sie wie ein warmer Sommerregen. Wie ihr erster Kuss mit William oder ihre Rettung durch Caiden in Brackwood. Es war vorbei. Der Schmerz war vorbei. Für den Moment.

Cassidy keuchte erschöpft und zitterte vor Anspannung. Sie spürte die Nachwehen des Krampfes, die sie daran erinnerten, dass sie längst nicht in Sicherheit war. Salzige Tränen sammelten sich auf ihren Lippen. Dem Glücksgefühl folgte eine bitterkalte Welle der Verzweiflung. Der Schmerz war gewichen, aber in ihrem Gefängnis saß sie weiterhin fest. Nur ein einziger Gedanke konnte sie jetzt noch retten. Nicht Angels Lektionen, nicht Jades spitze Zunge und schon gar nicht Jiaos unbeschwerte Heiterkeit, die Cassidy in diesem Moment vorkam wie blanker Hohn.

Caiden.

Er hatte seit ihrer Geburt nichts anderes getan, als seine kleine Schwester zu beschützen. Anders als Angel, Jade und Jiao hatte er sie nie dazu gebracht, sich in fremde Kriege einzumischen oder durch verfluchte Militärbasen zu kriechen.

In Cassidys Adern kochte der Zorn. Caiden war genau wie sie ein Opfer der Umstände geworden. Erst hatten ihn die Vultures entführt und gefoltert, dann war er Faith auf den Leim gegangen. Wer weiß, was sie ihm dieses Mal erzählt hatte, damit er sie in die Basis begleitet. Und natürlich waren es Jiaos Leute gewesen, die ihn in dieses Höllenloch transportiert hatten. Cassidy musste ihn finden. Ihn hier rausholen und endlich aufhören, sich zum Opfer degradieren zu lassen!

Eisern biss sie die Zähne zusammen und krallte sich an den nassen Wänden fest. Ein Schub, noch ein Schub und noch einer; schon umklammerte sie den verbliebenen Pickel wie einen rettenden Ast am strömenden Ufer. Cassidy zählte bereits wieder in Metern. Ihre Muskeln fühlten sich an, als würden sie jeden Moment reißen. Ihr wundgescheuerter Rücken schmerzte wie bei einem schweren Sonnenbrand. Aber das war ihr egal. Der

Wadenkrampf hatte ihr eines klargemacht: Es würde nicht leichter werden, solange sie in dem verdammten Schacht festsaß. Hier drin erwartete sie nichts als ein grausamer Tod. Also nahm sie eine Blutschuld bei ihrem Körper auf. Der Adrenalinstoß ihres Krampfes ließ sie sämtliche Schmerzen und Schwächen für kurze Zeit verdrängen. Irgendwann musste sie an einer Öffnung vorbeikommen. Niemand baute einen Müllschacht, ohne Müll hineinwerfen zu können.

Vier Meter, fünf Meter, sechs Meter. Die Anzeige in ihrer Brille überschlug sich förmlich im Minutentakt. Trotzdem tauchte die ersehnte Müllklappe nicht auf. Cassidy spürte, wie die kraftgebende Wut sie schon wieder verließ. Ihre Muskeln erschlafften und forderten die versprochene Schuld ein. Sie brauchte eine Rast, wenigstens für ein paar Minuten. Mit etwas Übung gelang es ihr, sich halbwegs sicher zwischen den Metallwänden zu verkanten. Die Beulen und Dellen hatten auf dem letzten Meter zugenommen und dienten ihr als willkommene Treppchen.

Sie traute sich längst nicht mehr, den Blick nach unten zu richten. Auf ihrer Anzeige leuchteten schwindelerregende zweiundzwanzig Meter seit der Kurve, was ungefähr acht Stockwerken eines Wohnblocks entsprach. Routinemäßig schaltete sie das Glimmen ab, um während der Rast Energie zu sparen. In Erwartung völliger Finsternis schloss sie kurz die Augen, um sich daran zu gewöhnen. Doch anstelle des schwarzen Nichts zeigte ihr Restlichtverstärker fast dasselbe Bild wie zuvor. Irgendwo in ihrer unmittelbaren Nähe musste es eine Lichtquelle geben.

Cassidy richtete den Kopf nach oben. Fehlanzeige. Nun nahm sie allen Mut zusammen und starrte nach unten, ob sie in ihrem Rausch vielleicht daran vorbeigerobbt war. Wieder nichts. Erst bei einem Blick über ihre rechte Schulter entdeckte sie die fingergroße Öffnung in der Metallwand. Es handelte sich um ein Einschussloch. Auf der gegenüberliegenden Seite steckte sogar noch die dazugehörige Kugel in der Wand. Sie hatte sich durch beide Bleche gebohrt und war anschließend im Stahlbeton steckengeblieben. Neun Millimeter Parabellum, stellte Cassidy unterbewusst fest.

Das Projektil selbst interessierte sie überhaupt nicht, sondern der Lichtstrahl, der aus dem Raum neben ihr kam. Es handelte sich weder um das rote Blinklicht, das die halbe Basis erhellte, noch um Suchscheinwerfer von irgendwelchen Robotern. Sie deaktivierte ihr Nachtsichtgerät, schob die Brille auf die Stirn und spähte direkt durch das Loch.

Feuer! Flammen loderten aus einem umgekippten Stahlbehälter und spiegelten sich auf dem nassen Boden. Vermutlich eine langsambrennende Chemikalie aus der Forschungsanlage. Riechen konnte sie kaum etwas und warm fühlte sich die Wand auch nicht an. Dafür war das Feuer viel zu klein.

Cassidy schaltete ihre Taschenlampe ein und suchte den Schacht über sich ab. Es gab wirklich keine Müllklappe in Reichweite. Die Etage, auf der sie sich befand, wurde ihren Abfall woanders los. Trotzdem musste sie hier aussteigen, wenn sie lebend aus der Basis entkommen wollte. Müllklappe oder nicht. Dies war ihre Endstation!

Sie zog ihren Kampfdolch aus dem Gürtel und stach mit aller Kraft auf den Schacht ein. Die rasiermesserscharfe Klinge glitt durch das dünne Metall wie durch Butter. Als sie das Messer herauszog, kam ihr ein ungleich größerer Lichtstrahl entgegen, der sie euphorisch lachen ließ, als hätte sie einen Weg zur Sonne gefunden. Erst leise und vorsichtig, so als wollte sie ihr Glück nicht herausfordern, aber je größer sie das Loch bohrte, desto lauter lachte sie, bis ihre Freude den ganzen Schacht empor hallte. Durch den Spalt erkannte sie einen Raum mit Tür und Fenstern und Schreibtisch.

Sofort stach sie erneut zu. Wieder und wieder, bis der Müllschacht vom warmen Licht erhellt wurde. Dann nutzte sie den Dolch wie einen Dosenöffner und verband die Einstichstellen zu einem anwachsenden Kreis. Das tropfende Wasser auf ihrem Gesicht schmerzte nicht mehr. Ihr Krampf war nicht länger zu spüren und sämtliche Depressionen wie fortgeweht. Ein Gefühl von Hoffnung und Zuversicht ließ sie ohne Ablenkung auf ihre Freiheit zusteuern. Stich für Stich vergrößerte sich das Loch, bis sie ihren Arm hindurchstecken konnte. Ihren Kopf, den zweiten Arm und schließlich ihren ganzen Körper. Die scharfen Schnittkanten rissen ihr eine kleine Wunde in den Bauch, aber das merkte sie in ihrem Rausch nicht.

Sie war frei!

***

Minutenlang blieb sie rücklings auf dem nassen Fliesenboden liegen; keuchend und aller Kraftreserven beraubt. Ihre Arme ruhten ausgestreckt neben ihr mit dem Kampfdolch in der rechten Hand. Das Feuer war für sie der schönste Anblick ihres Lebens. Schöner als der Sonnenaufgang nach einer kalten Wüstennacht. Schöner als das Aquarium der Biosphäre oder das Schwimmbad von Alexandria. Wie in Trance starrte sie auf die züngelnden Flammen, die in diesem Moment die Welt für sie bedeuteten. Sie vergab Angel für ihre harten Lektionen, Jade für ihre blutigen Sünden und Jiao für ihre grenzenlose Naivität. Cassidy vergab allen Menschen, denen sie je über den Weg gelaufen war. Denn sie war wieder frei!

Nur langsam sank die Erleichterung ein. Sie hatte es geschafft. Sie war der klaustrophobischen Hölle entronnen. Für einige Minuten bewegte sie kaum einen Muskel. Nur ihre Brust hob sich regelmäßig und genoss die tiefen Atemzüge der langersehnten Freiheit. Erst als ihre Unterlippe vor Kälte zu zittern begann, drehte sie sich zum Feuer hin. Dabei spürte sie einen dumpfen Schmerz auf ihrem Bauch, an dessen Herkunft sie sich nicht erinnern konnte. Sie griff mit der Hand danach und entdeckte die blutige Wunde, die sie sich bei ihrem Ausstieg zugezogen hatte. Mehr Kratzer als Schnitt, aber dennoch unangenehm und hinderlich. Cassidy hatte fast ihre gesamte Ausrüstung zurückgelassen und demnach kein Verbandsmaterial bei sich. Zum Glück hatte der ständige Regen im Schacht das giftige Dreckwasser von ihr gewaschen. Kurzerhand riss sie sich den linken Ärmel vom T-Shirt, spülte ihn im künstlichen Regenwasser aus dem Müllschacht durch, wrang ihn aus und presste das Stück Baumwolle auf die Wunde. Der dumpfe Schmerz verwandelte sich schlagartig in ein Stechen. Cassidy biss die Zähne zusammen und wurde kurz darauf belohnt, als der Schmerz in seine Ursprungsform zurückkehrte und abebbte.

Nun untersuchte sie sich sicherheitshalber auf weitere Verletzungen; insbesondere ihren Rücken. Ihre gesamte Kleidung war durchnässt und klebte auf der Haut, doch nichts davon schien Blut zu sein. Mit einem leisen Zischen hinkte sie auf das Feuer zu, um sich aufzuwärmen. Ihr Krampf war längst vorbei, aber die

Nachwehen der schrecklichen Tortur wollten einfach nicht nachlassen. Cassidy musste ihr ganzes Gewicht auf das rechte Bein verlagern, um nicht über ihre eigenen Füße zu stolpern.

Mit einem angenehmen Gefühl rieb sie ihre Hände über den warmen Flammen. Mehr aus Neugier als Vorsicht warf sie einen Blick auf das Etikett des umgefallenen Behälters, in dem die brennbare Flüssigkeit aufbewahrt worden war. Bis auf den Gefahrenhinweis zur Feuergefährlichkeit ließ sich jedoch nichts erkennen. Die Luft roch seltsam chemisch; ganz anders, als es bei Lagerfeuern aus Holz der Fall war. Seit ihrer Gefangenschaft in Jacksonville hatte sich Cassidy etwas über Chemikalien schlaugemacht und war sich dem Risiko durchaus bewusst. Da sie aber keine augenblicklichen Auswirkungen wie Kopfschmerzen oder Schwindelgefühle verspürte, entschied sie sich für das sprichwörtliche Spiel mit dem Feuer. Ohne die Wärme drohte sie zu erfrieren, daher nahm sie die geringe Chance einer langfristigen Vergiftung in Kauf.

Während sie die Flammen genoss, dachte sie über ihre weitere Vorgehensweise nach. Cassidy wusste weder wo sie war, noch wie sie zur Müllverarbeitungsanlage kommen sollte. Außerdem machte sie sich Sorgen wegen der schießwütigen Roboterpudel. Das Feuer hatte sich mit Sicherheit nicht allein entfacht, aber bisher war nichts außer tropfendem Wasser zu hören.

Vorsichtig zog sie ihre Hand von der Bauchverletzung. Es ziepte ein wenig, doch die Blutung ließ bereits nach. Mit bibbernden Lippen rubbelte sie an ihren Schultern. Sie musste dringend ihre nassen Kleider loswerden und zog sich mit verkrampften Bewegungen nackt aus. Nachdem sie einen guten Liter Wasser aus ihrer Jeans und ihrem T-Shirt gewrungen hatte, hängte sie beide zum Trocknen über das Feuer. Ihr blieb natürlich nicht die Zeit darauf zu warten, also kauerte sie sich vor die wärmenden Flammen und studierte ihre Umgebung nach Alternativen.

Sie befand sich im Büro eines Zivilisten. So viel konnte sie nach ihrem Aufenthalt in Silver Valley einschätzen. An den Wänden hingen weder Fotos mit alten Kameraden noch irgendwelche militärischen Auszeichnungen, dafür ein gerahmtes Diplom in Chemie, was zu dem brennenden Gel passte.

Cassidy tapste auf dem nassen Boden zu einem Wandschrank,

dessen Tür einen Spalt weit aufstand. Insgeheim erwartete sie eine Armee Kakerlaken, aber ihre Sorge erwies sich als unbegründet. Vielleicht war die Chemikalie ja doch giftig. Im Inneren hingen zwei angegraute Kittel, wie Cassidy sie von Dr. Webb kannte. Beide waren zu groß für sie und ließen sich dadurch bequem übereinander anziehen. Oben auf dem Schrank lag ein Paar Hausschuhe aus blauem Filz, die Cassidy sich mit Hilfe des wackeligen Bürostuhls eroberte. Sie trocknete ihre Füße am unteren Ende der Kittel ab und schlüpfte hinein. Eine wahre Wohltat nach stundenlanger Nässe, die ihr bis in Mark und Bein gedrungen war.

So ausgerüstet tapste Cassidy zurück zum Feuer. Ihre Kleider hatten nicht mal damit begonnen, zu trocknen, aber noch länger konnte sie nicht warten. Sie nahm ihren Ausrüstungsgürtel mit der Pistole an sich und wickelte ihn um ihre Hüften. Um die Jeans und das zerrissene T-Shirt tat es ihr nicht leid. Die wären mit Hilfe von Jade sicher schnell zu ersetzen. Nur die stabilen Militärschuhe wollte Cassidy nicht zurücklassen. Kurzerhand knotete sie die Schuhe an den Schnürsenkeln zusammen und hängte sie sich über die Schulter.

Als sie ihre Hosentaschen leerte, kamen ihr beinahe die Tränen. Das gemeinsame Foto mit Alison und Jenny, ihr teuerster Besitz, war von der braunen Brühe in der Müllverarbeitungsanlage zerstört worden. Sie hielt nur noch unscheinbare Papierfetzen in den Händen. Einen Augenblick lang konnte man Cassidy schniefen hören, dann zwang sie sich zurück in die Realität. Das Bild war ruiniert. Daran ließ sich nichts mehr ändern.

Die trockene Kleidung erfüllte bereits ihren Zweck. Cassidy zitterte nicht länger am ganzen Leib. Sie überprüfte Angels Pistole und blies dabei das Wasser aus dem Lauf. Anschließend schob sie ihre Brille auf die Nase und schaltete den Restlichtverstärker ein. Sofort musste sie sich von den grellen Flammen wegdrehen, erkannte aber zugleich den Korridor vor dem Büro. Ein Teil von ihr wollte nicht zurück in die kalte, feindliche Basis. Ein starkes, eigennütziges Verlangen versuchte, sie zum Bleiben zu überreden und wenigstens noch ein paar Minuten an dem warmen Feuer zu verweilen, doch ihr Verstand fühlte sich kräftig genug, um die Führung zu beanspruchen. Ehe sie aufbrach, holte sie ihren Pickel aus dem Müllschacht, der zur Not eine stabile Nahkampfwaffe darstellte.

Der erste Blick aus der Tür bestätigte ihre Vermutung, allein zu sein. Nun musste sie einen Wegweiser finden, um ihre Position festzustellen. Der Wasserfilm am Boden hatte sich in der gesamten Etage ausgebreitet und die Sohlen ihrer Filzpantoffeln durchnässt. Lange hatte der trockene Luxus nicht gehalten, war aber den triefenden Lederstiefeln weiterhin vorzuziehen.

Ihre schnellen Schritte planschten mit einem deutlich hörbaren Echo durch den Flur. Cassidy verlangsamte ihren Vormarsch. Alle paar Meter stoppte sie und lauschte. Bei jedem Geräusch konnte es sich um einen herannahenden Roboter handeln. Jedes Surren oder Zischen ließ sie zur Salzsäule erstarren. Um wen auch immer es sich bei den Razors handelte, die laut Jiao für das Chaos im Stützpunkt verantwortlich waren, sie hatten längst nicht nur die landgestützten Waffensysteme zum Leben erweckt. In einem Büro verlangte ein Drucker blinkend nach neuem Papier, an der Decke knisterte eine Lampe statisch am Kontakt zum ausgebrannten Leuchtmittel und am Ende des Flurs schlug eine Fahrstuhltür gegen die verweste Leiche eines Menschen. Nichts deutete auf kürzliche Aktivität hin. Nichts außer dem Feuer und dem Einschussloch im Müllschacht.

Im Nachhinein erinnerte sich Cassidy an den Grund für ihre genauere Betrachtung der Patrone. Sie hatte keinen verrotteten Eindruck auf sie gemacht, sondern mit nagelneuem Funkeln ihre Aufmerksamkeit auf sich gezogen. Ein lautstarkes Aufstemmen des Fahrstuhls stand daher nicht zur Diskussion. Stattdessen suchte sie weiter nach einem der Treppenhäuser, von denen sie wusste, dass dort auf jedem Level Wegweiser hingen.

Cassidy folgte dem großen Hauptkorridor, von dem sich alle Büros oder Labore kleinere Nebenflure abspalteten. Mit der Pistole in der Hand und dem Nachtsichtgerät auf den Augen fühlte sie sich einigermaßen sicher; zumindest bis zum nächsten Geräusch in ihrer Nähe. Die ganze Etage schien absolut symmetrisch konstruiert worden zu sein. Nach etwa fünfzig Metern erreichte sie ein Stahlschott, das nur zur Hälfte in die Decke eingefahren war. Durch die Öffnung leuchtete das rote Blinklicht der Warnlampen. Cassidy musste in die Hocke gehen, um darunter hindurchzusehen.

Sie hatte sich noch nicht mal richtig runtergebeugt, da wehten ihre beiden Laborkittel im Wind, der von der anderen Seite kam.

Am liebsten wäre sie sofort umgedreht. Anstelle weiterer Forschungsanlagen hatte sie den zentralen Zugangsschacht erreicht. Links von ihr erhob sich der riesige, quadratische Lastenaufzug bis zur Decke. Hinter dem Schott führte ein Gang aus Metallgittern zur gegenüberliegenden Abteilung. Jede Etage verfügte über solche Catwalks, an die Cassidy sich nur zu gut erinnerte. Ein zaghafter Blick nach oben verschaffte ihr Gewissheit: Eine der Überführungen hing aufgerissen in der Luft. Das Aluminiumgeländer wirkte wie herumbaumelnde Kabel in kalter Nacht. An dieser Stelle war sie abgestürzt. Cassidy spürte ein schmerzhaftes Stechen in der Brust, so als bogen sich die Bodengitter ein zweites Mal unter ihrem Gewicht und ließen sie in die Finsternis stürzen.

Angel hatte noch versucht, sie zu retten, doch sie war unweigerlich ihrem Griff entglitten. Das war das Ende, davon war Cassidy überzeugt gewesen. Ausgerechnet hier, in dieser menschenverlassenen Hölle, hatte ihr junges Leben enden sollen. Ein paar Sekunden hatte sie wie am Spieß gekreischt, doch als der stechende Schmerz nachließ und sie Gewissheit über ihr Schicksal erlangte, schloss sie die Augen und akzeptierte ihr trauriges Los, bis sie wie von Geisterhand in dem Müllschacht landete. Als hätte jemand entschieden, dass ihre Zeit noch nicht gekommen war.

Cassidy klammerte sich mit der rechten Hand an das halboffene Schott und lehnte sich auf den Gang hinaus, ohne mit ihren Filzlatschen den sicher geglaubten Steinboden zu verlassen. Mit zögerlichen Tritten auf die Bodengitter versuchte sie, sich von deren Stabilität zu überzeugen. Sie durfte keine Zeit verschwenden und hoffte, auf der gegenüberliegenden Seite mehr Glück bei ihrer Suche nach einem Treppenhaus zu haben. Sie klammerte sich mit beiden Händen an das Geländer und setzte einen Filzpantoffel vor den anderen. Der Gang reagierte mit einem metallischen Knirschen zwischen den aneinandergereihten Gittern, blieb ansonsten aber stabil.

Nach fünf Metern warf Cassidy einen Blick über die Schulter. Der Wasserfilm aus dem halboffenen Schott tropfte in die Tiefe, ohne irgendwo aufzutreffen. Ein Zeichen dafür, wie weit es hinab ging. Unter ihr gab es nicht eine einzige Lichtquelle. Nicht mal die rotblinkenden Warnlichter. Nur gähnende Finsternis. Trotzdem war an eine Umkehr nicht zu denken. Wenn sie nicht bald einen

Weg zur Tür fand, würden Angel und die anderen in der stinkenden Brühe erfrieren.

Cassidy beschleunigte ihre Schritte. Absturzgefahr hin oder her. Sie hoffte einfach, dass sie ihr fester Griff am kalten Geländer vor einer Wiederholung der Ereignisse bewahren könnte. Dabei verursachte sie ein solches Klappern auf dem Gang, dass sie die Geräusche über ihr erst bemerkte, als ihr Nachtsichtgerät bereits aufblitzende Lichter aus einer höhergelegenen Etage registrierte. Lange brauchte sie nicht, um den Grund zu identifizieren: Gefechtslärm!

Geduckt schlich Cassidy auf flinken Filzsohlen dem Ausgang entgegen. Ein derartiges Gewitter konnte nur bedeuten, dass die Roboter irgendwem auf den Fersen waren. Vermutlich Dr. Webb, die allein einen Ausweg suchte und nichts von der angelaufenen Rettungsaktion wusste. Einen kurzen Moment überlegte Cassidy, ob sie der Ärztin zu Hilfe eilen sollte, doch dann schüttelte sie innerlich mit dem Kopf. Weder kannte sie den Weg hinauf noch war ihre Pistole den Robotern gewachsen. Außerdem drohte Angel zu erfrieren, wie sie sich abermals ins Gedächtnis rief.

Cassidy hatte die entlegene Etage fast erreicht, als drei Gestalten auf den Catwalk über ihr hetzten. Mehr stolpernd als kontrolliert stampften sie rückwärts auf den Gitterrosten entlang, scheinbar ohne sich den Gefahren des drohenden Absturzes bewusst zu sein. Sie waren viel zu sehr damit beschäftigt, ihre Verfolger unter Dauerbeschuss zu halten und dabei hinter allen möglichen Computergehäusen, Kisten und Kopierern in Deckung zu gehen, die auf dem Gang standen.

Cassidy drückte auf den Knöpfen ihrer Einsatzbrille herum, um das Bild heranzuzoomen und zu schärfen. Sie fühlte sich momentan relativ sicher. Selbst wenn irgendjemand in ihrer Nähe verharren würde, dürfte der Krach über ihr dessen Aufmerksamkeit auf sich ziehen.

Alle drei waren Männer, was Dr. Webb zunächst einmal ausschloss. Cassidys nächste Vermutung galt weiteren Razors, zumal sie die ersten beiden nicht erkannte. Als sie jedoch den Dritten betrachtete, der den anderen Befehle zu erteilen schien, stockte ihr der Atem.

»Caiden«, krächzte sie mit einem Kloß im Hals. »CAIDEN!«

Ihre Worte hallten durch den ausgehöhlten Zugangsturm.

»CAIDEN!«

»CASSIDY!«, brüllte ihr Bruder zurück und lehnte sich auf der Suche nach ihr über die Brüstung, während die anderen beiden die Stellung hielten. Er hatte sich nur nach ihrer Stimme orientiert und stutzte entsprechend, als er seine kleine Schwester in angegraute Laborkittel gehüllt auf einem Gang unter sich entdeckte. »VERSCHWINDE! SOFORT!«

»CAIDEN, WAS ...?«

»LAUF! LAUF, VERDAMMT NOCHMAL, LOS!«

Es waren dieselben Worte, die Cassidys Bruder ihr beim Überfall der Vultures ins Gesicht gebrüllt hatte. Wie vor zwei Monaten schien er es todernst zu meinen. Caiden rief seinen Männern Anweisungen zu, woraufhin sich die drei zurückzogen, ohne auch nur einen einzigen Blick in Cassidys Richtung zu riskieren. Einer von ihnen schaffte es nicht rechtzeitig und wurde getroffen. Er stürzte über die Brüstung aber war weder tot noch bewusstlos. Mit einem markerschütternden Kreischen verschluckte ihn der dunkle Abgrund, bis er urplötzlich verstummte.

»... SCHOTT SCHLIESSEN! RUNTER DAMIT ...!«, war das letzte, was sie von Caiden hörte, bevor das Stahltor hinter ihm zu Boden krachte und die Kugeln der Verfolger wirkungslos davon abprallten.

Cassidy spürte ihren Puls an ihrem Hals klopfen. Ihr Bruder lebte! Ein unheimliches Glücksgefühl überkam sie, wurde aber jäh von einem kalten Schauer unterbrochen, als sich die Brücke über ihr abermals füllte. Fünf Kampfroboter näherten sich dem Tor, hinter dem Caiden verschwunden war. Drei sahen aus wie Baufahrzeuge mit Kettenantrieb, die anderen beiden ähnelten vierbeinigen Raubtieren und klackerten mit ihren nach vorn gebeugten Beinchen über die Eisenroste. Jede Drohne verfügte über wenigstens ein Waffensystem in Form eines kleinkalibrigen Gewehrs.

Keine der Maschinen schien Notiz von Cassidy zu nehmen, die sich mit winzigen Schritten auf ihre Tür zubewegte, bis eine weitere Gestalt auf der Brücke erschien. Ein Mensch. Eine Frau! Cassidy stoppte unwillkürlich und kauerte sich zusammen. Sie musste eine von den Razors sein. Wer sonst würde sich gefahrlos von den Robotern umgeben lassen können? Sie stolzierte mit kerzengeradem Körper auf dem Gang entlang, als vertraute sie dem Urteil ihrer mechanischen Armee nicht und wollte das Schott selbst in Augenschein nehmen.

Cassidy zoomte abermals das Bild heran. Sie erwartete eine Uniform und interessierte sich für die Ausrüstung der Razors, aufgrund derer Angel später sicherlich Schlüsse über ihre Herkunft ziehen könnte. Doch sie entdeckte nichts. Keine Uniform, keine Waffe. Die Frau war splitternackt! Sie hatte nicht einmal Haare auf dem Haupt sondern eine vollständige Glatze.

Da riss sie blitzartig ihren Kopf herum, schneller, als Cassidy es je erlebt hatte, und starrte das Mädchen wie versteinert an. Ihre Augen waren matt und unbeweglich. Ganz anders, als es bei den Wölfen durch das Nachtsichtgerät der Fall gewesen war. Da traf es Cassidy wie ein Schlag. Sie kannte diese Augen! Sie glichen denen in der Videoaufzeichnung, kurz nachdem Danny erschossen worden war.

Cassidy erstarrte zur Salzsäule. In einer Mischung aus Instinkt und Schrecken traute sie sich keinen Muskel zu bewegen. Sie entsann sich an Angels Lehrstunde über Menschen als Bewegungsseher und hoffte, dass die Unbekannte nur einem verräterischen Laut nachging. Mit jeder Sekunde, in der sie ihren Blick auf Cassidy fixiert hielt, schmolz die Hoffnung jedoch dahin, bis sie Geräusche in ihrer Nähe wahrnahm. Irgendetwas kroch an der kreisrunden Außenmauer des Turms auf sie zu. Nichts Mechanisches. Es gab weder ein metallisches Klicken noch ein motorisiertes Surren von sich.

In dem Moment entdeckte Cassidy die beiden quallenartigen Kriechdrohnen aus transparentem Gummi, die sich mit Saugnäpfen und einem klebrigen Schleim an der Wand hielten. Sie konnte keine Bewaffnung an den handtellergroßen Gebilden ausmachen, aber der Ekelfaktor allein genügte, um sie aus ihrer Trance zu reißen. Als wäre sie auf ein Nest riesiger Raubspinnen gestoßen, schüttelte Cassidy sich angewidert und rannte schleunigst davon.

Kaum hatte sie das Schott erreicht, suchte sie nach einem Schließmechanismus. Caiden war es ja auch irgendwie gelungen. Im orangefarbenen Licht ihrer Einsatzbrille sahen sämtliche Knöpfe identisch aus. Kein roter Notfallschalter stach hervor, also hämmerte sie wahllos auf der Türkonsole herum. Ohne Erfolg.

Auf einmal landeten die Kriechdrohnen direkt auf dem Catwalk vor ihr. Sie drehten sich zu Cassidy um und zogen sich zischend zusammen, als bereiteten sie sich auf einen Angriffssprung vor, da schaltete sich eine grelle LED in der Türkonsole ein. Einen Sekundenbruchteil später fiel das Schott von der Decke und prallte mit einem lauten Knall auf den Boden. Als letztes sah Cassidy, wie sich die beiden Drohnen in die Luft katapultierten und auf sie zurasten. Kaum hatte sich das Tor geschlossen, explodierten sie wie zwei Handgranaten und erschütterten dabei die halbe Etage.

Cassidy stolperte rückwärts von der Tür weg, benommen von der dumpfen Explosion und fassungslos vor Entsetzen. Erst tauchte ihr Bruder nur ein paar Meter über ihr wie aus dem Nichts auf und verschwand ebenso schnell wieder. Dann stolzierte eine nackte Frau durch die eiskalte Basis, als wäre sie hier zu Hause. Und dann diese ekelhaften Spinnendrohnen! Mit den genmanipulierten Wölfen hatte Cassidy gerechnet und mit landgestützten Waffensystemen konnte sie sich arrangieren, selbst wenn sie die Gestalt von niedlichen Pudeln annahmen. Aber das ging jetzt wirklich zu weit! Sie blickte sich verwirrt um. Angel. Sie musste zu Angel. Ihre Mentorin würde wissen, was zu tun war. Doch was geschah mit ihrem Bruder? Er brauchte Hilfe! Er wurde verfolgt und beschossen und ...

»Cass?«, knisterte es aus dem Türpanel. »Cassy? Bist du noch da?«

Die Interferenz ließ mehr Rauschen als Sprache durch, aber es handelte sich eindeutig um Caiden.

»Ja! Ja ich bin hier!«

»Cass?«, wiederholte sich Caiden. »Bist du sicher, dass sie uns hören kann?« Er fragte jemandem in seiner Nähe, dessen Stimme viel zu verzerrt war, um sie zu verstehen. »Okay. Cass, wenn du uns hörst, du musst den runden Knopf unterhalb des Statusdisplays drücken.«

Cassidy stürzte auf die Türkonsole zu und klatschte ihre ganze Handfläche auf die angegebene Stelle.

»Caiden!«

»Ah! Du hast es geschafft! Ich hatte schon befürchtet, dass wir dein Schott zu früh geschlossen hätten.«

»Caiden, wo bist du!? Wer ist diese Frau? Und diese Spinnen ...?«

»Dafür bleibt uns keine Zeit«, schnitt ihr Bruder ihr das Wort ab. »Wir sind für den Moment in Sicherheit. Du nicht. Wo sind die anderen? Wer ist noch mit dir hier?«

»Angel und Dog und ...«

»Dog ist hier?«, unterbrach Caiden sie abermals. Er wirkte beinahe optimistisch. »Wo?«

»In der Müllverarbeitungsanlage. Sie sitzen dort fest. Ich muss ...!«

»Die haben das Schloss deaktiviert, damit wir da nicht rauskommen«, erwiderte Caiden ernst. »Warte einen Augenblick.«

Ein statisches Klicken beendete die Verbindung. Urplötzlich war Cassidy wieder allein. In Zeitlupe drehte sie sich von der Tür weg und musterte die Etage im orangefarbenen Schimmer ihrer Brille. Anders als auf der vorherigen Seite bewegte sich hier nichts. Kein Drucker, kein Kopierer, keine Lampe. Alles war stockfinster. Sogar der Boden schien relativ trocken zu sein.

»Caiden ...?«, hauchte sie über ihre Schulter. Sie hatte die ganze Zeit einen Finger auf dem Sendeknopf gelassen. Trotzdem zuckte sie zusammen, als er sich wieder meldete.

»Okay, Cass? Pass auf. Deine einzige Chance ist der zentrale Lastenaufzug. Der hängt irgendwo unter Level zwanzig fest, aber der Schacht selbst führt bis runter zur Müllverarbeitungsanlage.«

»Leon meinte, da kommen wir nicht dran vorbei!«

»Doktor Webb sagt, der Förderkorb hat große Löcher von irgendwelchen Explosionen. Da passt sogar Dog durch, wenn ihr sie aufstemmt.«

»Du bist mit Doktor Webb hier?«

»Dafür haben wir jetzt keine Zeit«, ermahnte sie ihr Bruder erneut mit strenger Fürsorge. »Wir werden die Drohnen ablenken und erwarten euch bei Karen auf Ebene Fünfzehn. Pass besonders auf die kleinen Spinnen auf! Und wenn du die nackte Frau siehst ... lauf. Lauf so schnell du kannst!«

Wieder knisterte der Lautsprecher, als die Verbindung abriss. Hatte sich Cassidy vorher schon verlassen gefühlt, so fühlte sie sich jetzt wie in einem tiefen Abwärtsstrudel, denn ihr Bruder würde sie nicht noch einmal kontaktieren. Sie schloss die Augen und atmete drei Mal kontrolliert ein und aus.

Ihre Mission. Sie musste sich auf ihre Mission konzentrieren. Bis vor ein paar Minuten war sie vollkommen auf sich allein gestellt gewesen, doch jetzt bekam sie aus heiterem Himmel Unterstützung von niemand geringerem als ihrem eigenen Bruder!

Eigentlich sollte sie vor Freude in die Luft springen. Stattdessen blickte sie finster in den unheimlichen Korridor, denn ein Satz ging ihr nicht aus dem Kopf:

Sie war nicht in Sicherheit.

8. Daemon

Cassidy hatte sich bei ihrer Ersteinschätzung gewaltig geirrt. Der Laborkomplex war alles andere als leblos. Je tiefer sie in die dunklen Katakomben vorstieß, desto feuchter wurde die Luft; allerdings nicht im negativen Sinne. Sie wurde frischer und sauberer, wie bei einem Spaziergang durch ein Treibhaus. Die Wissenschaftler dieser Abteilung hatten sich mit Pflanzen beschäftigt. Alles von Moosen über Kräuter bis hin zu Wurzelgeflechten bevölkerte die Flure. Der Wassereinbruch hatte den Wildwuchs jeder Art begünstigt, die nicht auf Sonnenlicht angewiesen war. Dadurch entstanden bizarre Gebilde von abgestorbenen Sträuchern, auf deren verholzten Ästen sich unterirdische Pilzkolonien tummelten. Knorrige Wurzeln hatten im Laufe der Jahrzehnte ganze Risse in die Betonwände gesprengt. Schimmelgeflechte wucherten zwischen den Gebeinen eines vor langer Zeit gestorbenen Menschen.

Die beeindruckende Artenvielfalt hatte allerdings einen entscheidenden Nachteil für jeden Besucher. Es verging keine Sekunde, in der Cassidy nicht irgendetwas unter die Laborkittel krabbelte. Wie auf glühenden Kohlen hüpfte sie von einem Bein aufs andere. Kleine Armeen von Kellerasseln, Schaben, Spinnen und Tausendfüßlern lebten in Symbiose mit den eng verwachsenen Pflanzen. Sie sahen überhaupt nicht ein, dass Cassidy quer durch ihr Reich trampelte. Am liebsten hätte sie ihr festes Schuhwerk wieder angezogen, Feuchtigkeit hin oder her!

Die meisten Wegweiser waren längst überwuchert worden, aber zum Glück machte Leons elektronische Karte inzwischen Sinn. Cassidys Überquerung der Brücke hatte sie ihre Position relativ genau eingrenzen lassen. Sie befand sich auf Ebene Zweiundzwanzig und steuerte bereits in die richtige Richtung. Den zentralen Lastenaufzug konnte man im riesigen Zugangsturm nicht übersehen. Um ihn zu erreichen, musste sie jedoch zwei Abteilungen durchqueren.

Die Pflanzenforschung ließ sie in Rekordzeit hinter sich und riss dabei allerlei Gestrüpp aus den Wänden, von dem sie nicht sicher war, ob es sich um Kabel oder Zweige handelte. Erst als Cassidy den Ausgang erreicht hatte, stoppte sie für eine Atempause. Die widerstandsfähigen Gewächse kümmerten sich natürlich nicht um willkürlich gezogene Laborgrenzen und hatten sich längst darüber hinaus ausgebreitet. Etwa zwanzig Meter weit in die benachbarte Sektion hinein ebbte die Vegetation allmählich ab. Es stand zwar außer Frage, dass sie irgendwann die gesamte Basis in Beschlag nehmen würde, aber zunächst war Cassidy wieder allein. Sie begnügte sich nicht mit dem Ausschütteln ihrer Kittel, sondern zog sich bis auf die Unterwäsche aus, um absolut sicherzugehen, dass sich nicht doch noch irgendeine Spinne in ihrer Kleidung versteckte.

Die benachbarte Abteilung bestand hauptsächlich aus Computerarbeitsplätzen zur Datenverarbeitung. Die Architekten der McKnight Air Force Base trennten die Forschungsbereiche absichtlich mit unbedenklichen Bereichen voneinander ab, um Kontaminationen zu erschweren. Auf dem Verbindungsflur entdeckte Cassidy zwei Fahrstuhlschächte im blinkenden Licht der roten Warnleuchten an den Wänden. Bei einem standen die Türen offen und sie riskierte einen Blick hindurch. Der Förderkorb hing nur eine Etage über ihr schräg fest. Vermutlich waren die Stahlseile gerissen und er hielt sich nur noch an seinen Notbremsen in der Luft.

Cassidy überlegte, ob sie vielleicht schon hier den Abstieg wagen sollte. Sie steckte ihren Kopf tiefer in den Schacht und blickte nach unten. Trotz ihrer Hightechbrille konnte sie den Boden nicht mal erahnen und verwarf den Plan wieder. Caiden hatte ihr bestimmt nicht umsonst den Weg zum zentralen Lastenaufzug gewiesen.

Auf dem Weg zur Tür der Datenverarbeitungssektion vernahm sie plötzlich ein Klickern aus Richtung der Fahrstühle. Es hatte Ähnlichkeit mit den Laufgeräuschen der vierbeinigen Kampfdrohnen, aber eine viel höhere Frequenz. Einen Augenblick später huschten zwei glänzende Objekte im Inneren des Schachts an der Tür vorbei nach oben. Cassidy erschrak und zuckte zusammen, als ihre Fantasie aus den unidentifizierbaren Maschinen überdimensionierte Insekten aus Metall erschuf. Sie richtete ihre Pistole auf den Schacht, verzichtete aber aufs Entsichern, um keine unnötigen Geräusche zu verursachen.

Eine knappe Minute verharrte sie regungslos, bis die Waffe in ihren Händen zu schwer wurde und sie ihre Arme senkte. Mit zweifelhaftem Erfolg redete sie sich ein, dass sie unentdeckt geblieben war. Trotzdem hatte Caiden definitiv nicht die Aufmerksamkeit aller Drohnen auf sich gezogen. Sie musste auf der Hut bleiben.

Ihr Weg führte sie an tischhohen Papierstapeln vorbei, von denen einige Feuchtigkeit gefangen hatten und einen halb verfaulten Teppich am Boden bildeten. Cassidy befürchtete schon, abermals einer Armee von Kriechtieren gegenüberzustehen, aber das Krabbelvieh bevorzugte die natürliche Botanik von nebenan. Anstelle des Rutschens knirschten und quietschten die Filzpantoffeln im aufgeweichten Bodenbelag, so dass Cassidy sich schleichend vorwärtsbewegte. Im gesamten Großraumbüro gab es nicht eine einzige Lichtquelle. Zum Glück genügten die roten Warnlampen des Flurs mit den Aufzügen ihrem Restlichtverstärker.

Ein Blick auf die Uhr verriet, dass Angel und die anderen seit zwei Stunden allein in der Dreckbrühe festsaßen. Cassidy fror schon in ihren trockenen Laborkitteln und traute sich gar nicht vorzustellen, wie ihre Kameraden in dem eisigen Felswasser litten. Wahrscheinlich gab Leon ihnen inzwischen Schwimmunterricht zum Aufwärmen.

Ihre Schritte beschleunigten sich, als sie den Ausgang zum Verbindungstunnel zwischen den Sektionen entdeckte. Wie zuvor gab es zwei normale Fahrstühle am Ende des Flurs, doch diesmal waren die Türen verschlossen. Cassidy hätte ohnehin nicht noch einmal versucht, eine Alternativroute zu finden. Im Laufschritt durchquerte sie den breiten Versorgungstunnel und betrat die nächste Abteilung. Wie vermutet ein biologisches Forschungslabor. Auf langen Tresen standen die unterschiedlichsten Hightechgeräte, die für Cassidy genauso gut Kühlschränke hätten sein können. Sie fand sogar eine offenstehende Kühltruhe mit sauber beschrifteten Probencontainern. Dazwischen glitzerten Computerbildschirme aus Glas. Das rote Warnlicht des Flurs brach sich schillernd in den Displays.

Cassidy wollte so schnell wie möglich den Ausgang erreichen, hinter dem sie der Weg zum Lastenaufzug erwarten sollte. Ohne auf ihre Lautstärke zu achten, plätscherte sie über den nassen Laborfußboden, bis sie ein mechanisches Knarzen hinter ihr zusammenfahren ließ. Es glich keinem ihr bekannten Geräusch, was in der völlig fremden Umgebung natürlich nicht viel bedeutete. Sie suchte sich den nächstbesten Schreibtisch und kauerte sich darunter zusammen.

Dann wartete sie. Die Zeit kam ihr vor wie Minuten, bis die Labortür mit Wucht aufgestoßen wurde, durch die sie selbst gekommen war. Schnelle Schritte bahnten sich ihren Weg an den Forschungsanlagen vorbei, alle paar Sekunden unterbrochen von kurzen Stopps. Cassidy vermutete, dass, wer auch immer ihr folgte, regelmäßige Kontrollblicke nach hinten unternahm. Sie hörte außerdem ein langsames Piepen, das lauter wurde, je näher ihre Verfolger kamen. Sie legten offenbar keinen Wert auf schleichende Fortbewegung. Vielleicht wollten sie gefunden werden? Vielleicht war es ...

»Caiden?«, hauchte Cassidy hoffnungsvoll und streckte den Kopf unter ihrem Tisch vor.

Sie hatte den Namen noch nicht mal ganz ausgesprochen, da klickte schon ein Gewehr vor der Nase. Es war ein Mann in Armeeuniform, aber sie konnte keine Details erkennen, da er sie sofort mit seiner Taschenlampe blendete. Anstatt etwas zu sagen, tippte er auf seinem Armcomputer, der kurz darauf melancholisch pfiff.

»Wer bist du?« Er klang aufgeregt und paranoid. »Gehörst du zu den Hawkern? Was habt ihr mit Jack gemacht?!«

»Ich ... nein!«, stammelte Cassidy hervor. Ihr Nachtsichtgerät hatte sich aufgrund der Bestrahlung deaktiviert.

»Wer ist da!?«, fragte eine Frauenstimme hinter ihm.

»Erzähl keinen Scheiß!«, fiel ihr der Unbekannte ins Wort. »Ich erkenn doch deine Brille! Wie habt ihr's gemacht, hä!?«

»Ich weiß selbst nicht ...!«, wehrte sich Cassidy.

»Du willst es auf die Tour?«, unterbrach sie der Mann abermals. »Okay, los! Beweg deinen Arsch! Du kommst mit. Dann werden wir ja sehen ...«

Er zerrte Cassidy unter ihrem Tisch hervor. Dabei entdeckte sie die Frau hinter ihm. Sie war ebenfalls uniformiert und hielt ihr Gewehr auf die Tür gerichtet. Beide trugen Aufnäher der Black Razor Company an ihrer Kleidung.

»Was soll der Mist?«, giftete die Frau ihrem Kameraden zu. »Wir haben keine Zeit für ...«

Auf einmal ließ er Cassidy abrupt los und klatschte mit der

flachen Hand auf seinen verschwitzten Hals.
»Verdammte Drecksviecher!«, fluchte er und warf einen verächtlichen Blick auf das erschlagene Insekt.
Da erstarrten seine Gesichtszüge von einer Sekunde zur anderen. Das regelmäßige Piepen seines Armbands hatte sich beschleunigt. Einen Moment später konnte Cassidy neue Geräusche vom Flur hinter ihr hören.
»Tracker!«, rief er seiner Kameradin schockiert zu.
Cassidys Anwesenheit spielte plötzlich keine Rolle mehr. Stattdessen rannte er fluchtartig in die entgegengesetzte Richtung davon. Da flog die Labortür erneut auf. Augenblicklich feuerte jemand eine Pistole auf ihn ab. Cassidy kauerte sich unter ihrem Schreibtisch zusammen und erstarrte vor Angst.
»STOPP!«, rief der Unbekannte. »Jack! Deaktivieren!«
Scheinbar unbeeindruckt wechselte der Angreifer sein Magazin und machte weiter Jagd auf den Unbekannten. Die Frau hatte sich hinter einem Metallschrank Deckung gesucht und erwiderte das Feuer.
»Deaktivieren, Jack!«, schmetterte der Mann durch das Labor. »ABSCHALTEN, verdammt nochmal!«
Es folgte ein getroffener Aufschrei. Er starb im Kugelhagel, bei dem Petrischalen und Reagenzgläser scheppernd zu Bruch gingen. Die Frau verlor die Nerven und rannte los, kam aber nicht weit. Das Geräusch von berstenden Knochen durchzuckte die Dunkelheit, ein kurzes Stöhnen, ein dumpfer Aufprall, dann kehrte Totenstille ein.
Cassidy verspürte wie zuvor einen leichten Hoffnungsschimmer. Rettung in letzter Sekunde war eine der bewundernswerten Eigenschaften ihres Bruders, aber ein zweites Mal wollte sie ihren Fehler nicht wiederholen, zumal die Rufe der Razors keinen Sinn für sie ergaben. Stumm und regungslos verharrte sie unter ihrem Schreibtisch.
Wer auch immer der Angreifer war, er verfügte über ein Hilfsmittel zum Sehen in der Dunkelheit. Seit der uniformierte Mann seine Taschenlampe fallengelassen hatte, herrschte wieder Nacht im Labor. Cassidys Restlichtverstärker hatte sich wie die automatische Beleuchtung eines Autos reaktiviert und sie vernahm absolut gleichmäßige Schritte, die sich um ihre Position herumbewegten. Ganz offenbar stellte sie nicht das Primärziel dar. Viel-

mehr wollte der Schütze sein Opfer überprüfen.

Als Cassidys Orientierungssinn sie davon überzeugte, dass keine direkte Gefahr mehr drohte, gewann ihre Neugierde die Oberhand und sie spähte unter dem Tisch hervor. Noch ehe sie das Bild bewusst verarbeitet hatte, spürte sie bereits einen stechenden Adrenalinstoß im Herz.

Die splitternackte Frau stand nur wenige Meter von ihr entfernt!

Vollkommen regungslos blickte sie auf ihr männliches Opfer herab. Anscheinend wartete sie auf weitere Befehle. In Richtung Tür lag die weibliche Razor in furchtbar entstellter Position. Ihre aufgerissenen Augen zeugten vom Entsetzen im Moment des Todes.

Cassidy zog ihren Kopf wieder millimeterweise unter den Tisch und faltete die Hände über dem Gesicht zusammen. Wie bei ihrem Aufstieg in dem klaustrophobischen Müllschacht wünschte sie sich an einen besseren Ort. Zurück in ihr Dorf, zu ihren Eltern, ihretwegen sogar zurück auf die Flucht vor den Vultures in der langen Schlucht! Alles, nur nicht in dieses schreckliche, von Menschen gemachte Grab!

Caiden hatte gesagt, sie solle so schnell davonrennen, wie sie konnte, sobald die nackte Frau auftauchte. Nun stand sie völlig unbeweglich direkt vor ihr! Minutenlang harrte Cassidy still aus, bis ihr die Beine einschliefen. Eine Flucht würde nun dem Getorkel eines Berufsalkoholikers gleichkommen. Insgeheim hoffte sie, dass ihr Bruder jeden Moment durch die Labortür stürmte, um sie im Angesicht des Todes zu retten. Doch ihre Hoffnung wurde abermals enttäuscht.

Während sie gezwungenermaßen wartete, fiel ihr Blick auf das winzige Insekt, dass der Mann kurz vor seiner Flucht erschlagen hatte. Dessen zerquetschte Überreste lagen direkt vor ihrem Versteck, aber es glich keinem der Käfer oder Fliegen, die Cassidy zuvor in dem unterirdischen Feuchtbiotop unter die Kittel geschwirrt waren. Es glitzerte fast wie ein metallisches Schmuckstück. Mit einem Griff an ihren Brillenbügel zoomte sie das Bild lautlos heran, bis sie die Einzelteile klar erkennen konnte. Was da vor ihr lag, war überhaupt kein Insekt, sondern eine Minidrohne! Angetrieben von zwei transparenten Flügeln wirkte sie mit bloßem Auge wie eine harmlose Mücke, verfügte aber über hochempfindliche Sensoren zum Aufspüren und verfolgen ihrer Ziele. Kein

Wunder, dass der Mann bei dessen Anblick sofort die Flucht ergriffen hatte. Cassidy würde fortan auch jedes Insekt in der Basis mit anderen Augen betrachten.

Gefühlte zehn Minuten blieb sie unter dem Tisch, bis sie das Kribbeln in ihrem Bein nicht mehr aushielt. Ganz sachte streckte sie es aus. Eine grenzenlose Wohltat, die kaum einer Beschreibung bedurfte.

Die nackte Frau schien keine Notiz davon zu nehmen, was Cassidy zu einer weiteren optischen Begutachtung verleitete. Sie wirkte völlig deplatziert und unnatürlich, nicht nur aufgrund ihrer fehlenden Kleider. Nicht mal die Wachen außerhalb von Monroes Tankstelle in Silver Valley hatten es so lange kerzengrade ausgehalten, ohne sich zu kratzen oder gelegentlich den Schweiß von der Stirn zu wischen. Der Frau tropfte permanent Wasser auf den kahlen Kopf, was sie eigentlich verrückt machen sollte. Selbst Angel mit ihrer mentalen Disziplin hätte eine solche Folter nur ein paar Minuten erduldet.

Cassidy brannten allmählich die Sicherungen durch. Sie konnte nicht stundenlang verstecken spielen, also rollte sie sich in Zeitlupe unter ihrem Tisch hervor und schlich sich in der Hocke davon. Sie hatte schon fast die Eingangstür erreicht, durch die sie gekommen war, als sie nochmal einen Blick über die Schulter warf.

Nichts. Die Frau hatte sich keinen Millimeter bewegt.

Cassidy starrte sie eine Weile an. Sie war hin und hergerissen von Caidens Plan, laut dem sie an der Frau vorbeimusste, und ihrer ursprünglichen Idee, der Flucht und anschließenden Suche nach einer Alternativroute. Sie erinnerte sich abermals an Angel und das nasse Grab, in dem sie immer noch festsaß.

Schließlich holte sie trotzig ihre Pistole hervor und schlich sich zurück durch das Labor. Mit der Mündung permanent auf die nackte Frau gerichtet, bahnte sie sich einen Weg durch die Hightechgeräte und Experimentiertische. Überall lauerten klirrende Geräuschquellen in Form von Glas und Keramik, die nur darauf warteten, von der unachtsamen Teenagerin zu Boden geschleudert zu werden.

Es dauerte fünf Minuten, aber dann hatte sie den Ausgang erreicht. Inzwischen war sie fast daran gewöhnt, dass die Frau sie völlig ignorierte. Cassidy verzichtete auf das Schließen der Labortür und flüchtete stattdessen auf flinken Sohlen.

Erst nachdem sie etwa fünfzig Meter und ein weiteres Labor zwischen sich und die Frau gebracht hatte, traute sie sich erleichtert durchzuatmen. Mit gespitzten Ohren lauschte sie in die zurückliegenden Räume, doch niemand verfolgte sie. Nun konnte sie sich endlich wieder dem eigentlichen Plan zuwenden. Leons Karte zufolge sollte der Lastenaufzug ganz in ihrer Nähe sein. Und tatsächlich, hinter einer großen Lagertür erwartete sie eine breite Halle anstelle der üblichen Flure, deren Decke noch immer von ein paar weißen LEDs beleuchtet wurde. Sie war gefüllt mit standardisierten Containern und Holzpaletten. Am Ende davon schien sie ein riesiges, schwarzes Loch anzusaugen. Der halboffenstehende Zugang zum Lastenaufzug. Eine der Türen war herausgesprengt worden.

Euphorisch joggte Cassidy auf ihr Ziel zu, als hätte sie es bereits geschafft. Der Blick in die Tiefe wirkte vertraut. Kim hatte der höhenkranken Angel bei ihrem ersten Besuch scherzweise angeboten, den Schacht hinabzusteigen. Immerhin würde sie diesmal nur nach oben klettern müssen.

Der Förderkorb hing gut zwei Stockwerke unter Cassidy fest. Viel tiefer als vor zwei Monaten. Irgendjemand hatte ihn bewegt. Dem krümeligen Bild ihrer Brille nach zu urteilen, wurde er von drei Halteklemmen mehr schlecht als recht vorm Absturz bewahrt. Die vierte war bereits gebrochen. Große Löcher mit verkohlten Rändern wiesen auf ein Gefecht hin, das für die Schäden verantwortlich war. Cassidy passte hindurch, aber Dog und Leon müssten den Durchgang für sich erweitern.

Cassidy hangelte sich ins Innere des Schachts und griff nach der rostigen Notleiter, die bis hinunter zum Förderkorb führte. Darauf angekommen spürte sie bei jedem Schritt ein Ozeanschaukeln. Der Aufzug war definitiv nicht sicher. Eilig rutschte sie in eins der aufgerissenen Löcher und ließ sich auf den Stahlboden fallen. Sofort erzitterte die labile Konstruktion unter der plötzlichen Last. Einen Moment lang stockte Cassidy der Atem, aber der Aufzug hielt sich tapfer in der Luft.

Nach dem Ende des Wackelns sah sie sich zunächst etwas um. Erfreut stellte sie fest, dass eine der Fahrstuhltüren aus der Verankerung gerissen worden war und den Blick auf die angrenzende Ebene freigab. Hier kämen sie sogar ohne Aufstemmen des Dachs heraus. Eine Handvoll silbern glänzender

Metalltruhen stapelte sich an einer der Fahrstuhlwände. Irgendjemand hatte erfolglos versucht, sie mit einer danebenliegenden Feueraxt aufzubrechen. Auf der anderen Seite war eine menschliche Leiche durch die Schräglage zusammengerutscht.

Cassidy rümpfte angewidert die Nase, als sie das halb verweste Skelett bemerkte. Es war in einen weißen Kittel gehüllt, an dem noch immer ein eingeschweißter Plastikausweis hing. Seufzend sah Cassidy genauer hin und wünschte sich, dass sie ihr Bild mit Alison und Jenny ebenso geschützt hätte.

Das Foto des Ausweises zeigte eine Frau asiatischer Abstammung, die Cassidy irgendwie bekannt vorkam. Neugierig nahm sie das Kärtchen an sich und wischte den Staub weg. Zum Vorschein kam ein Name, der ihr Déjà-vu erklärte: *Dr. Zhang Saki*. Die Mutter von Zhang Jiao, die angeblich erst nach ihrem Auszug aus der McKnight Air Force Base in der Biosphäre gestorben war.

Cassidy betrachtete die Leiche genauer. Es handelte sich mit Sicherheit um eine Frau, denn sie trug Damenunterwäsche an ihrem Arbeitsplatz. Aber warum sollte Jiao über das Schicksal ihrer Mutter lügen? Gedankenversunken steckte Cassidy den Ausweis ein. Nach all den Desinformationen ihres Vaters in den vergangenen Wochen würde sie das hier auch nicht mehr wundern. Für den Moment musste sie ihre Neugier ohnehin zügeln. Angels Rettung hatte Vorrang und sie wollte Jiao bei passender Gelegenheit danach fragen. Cassidy suchte sich ein geeignetes Loch, kletterte hindurch und setzte ihren Weg in die Tiefe ungehindert fort.

9. VEREINT

Der vorsichtige Abstieg zur untersten Ebene dauerte zehn Minuten, dann hatte Cassidy den Boden des Schachts erreicht. Dort gab es außer einer Notfallkonsole nicht viel zu sehen. Zumindest erwarteten sie keine weiteren Leichen. Nur abgestürzter Schrott des beschädigten Fahrstuhls lag überall verteilt.

Cassidy drückte auf den roten Knopf zur Notfallöffnung. Nichts geschah, also holte sie aus und schlug mit der flachen Hand darauf ein. Das zeigte schließlich Wirkung. Mit einem furchtbar lauten Quietschen setzte sich die in der Wand versteckte Mechanik in Bewegung und stemmte die Schotten auf. Der gewaltige Wasserdruck erschwerte die Arbeit der eingerosteten Zahnräder ungemein.

Der Wasserdruck!, erschrak Cassidy.

Im letzten Moment drehte sie sich von den Toren weg und hangelte sich zurück zur Leiter, da schoss die dreckige Brühe bereits durch den geöffneten Spalt und ergoss sich im Unterbau des Aufzugs. Bei ihrem waghalsigen Fluchtmanöver verlor sie den linken Pantoffel und saute sich ihre beiden Laborkittel bis zu den Knien ein, die nun fest an ihren Beinen klebten.

Cassidy sah hilflos ihrem Filzlatschen zu, der auf dem Wasser schwamm und immer weiter nach oben stieg. Dabei kam ihr ein verstörender Gedanke. Was, wenn der Aufzugsschacht volllief, ohne ihren Freunden genügend Raum zur Flucht zu verschaffen? Musste sie am Ende gar noch einmal durch die braune Suppe tauchen, um sie zu suchen?

»Angel!«, rief sie mit der rechten Hand am Mund. »Ich bin hier!«

Sie wusste selbst nicht ganz, wo *hier* in Bezug auf ihr Team eigentlich war und hoffte einfach, dass die anderen ihrer Stimme folgen konnten. Inzwischen hatten sich die Schotten vollständig geöffnet und der Fahrstuhlschacht stand bis zur Oberkante unter Wasser. Weiter stieg es zum Glück nicht.

Cassidy klammerte sich nervös an die rostige Leiter und wartete ungeduldig. Ihr Blick wanderte hoch zum Förderkorb, der wie ein Damoklesschwert über ihrem Kopf baumelte. Seit sie hindurchgeklettert war, hatte der Stahlwürfel nicht aufgehört zu schwanken.

Die drei verrotteten Notbremsen, die ihn noch in der Verankerung hielten, sahen nicht gerade vertrauenswürdig aus.

Während sie halb barfuß in ihrer unbequemen Position hing, fielen Cassidy merklich die Augen zu. Die Strapazen der vergangenen Stunden forderten ihren Tribut. Sie stürzte um ein Haar in das Dreckwasser, als es unter ihr zu blubbern begann und Leon prustend auftauchte.

Anstatt die anderen einzeln durch das dunkle Verlies zu führen, hatte er gleich die ganze Truppe um sich versammelt. Cole und Dog zogen sich an den Türschotten hoch. Angel schwamm aus eigener Kraft zur Leiter und zog ein ungläubiges Gesicht.

»Cassidy?« Um ein Haar hätte sie sich verwundert die Augen gerieben, was bei der momentanen Wasserqualität aber außer Frage stand. »Wie kommst du ...? Wo sind deine Sachen?«

»Nass!«, erwiderte das Mädchen. »Die waren nass und eiskalt!«

»Was machen wir hier?«, rief ihr Leon zu. »Ich hab doch gesagt, dass der Aufzug im Weg ...« Er blickte nach oben und stellte fest, dass der Förderkorb große Ähnlichkeiten mit einem Schweizer Käse hatte. »Verstehe«, murmelte er. »Hängt der irgendwo sicher?«

»Nein!«, antwortete Cassidy hektisch. »Also beeilt euch, damit wir hier wegkommen!«

Inzwischen hatte jeder das drohende Unheil über ihren Köpfen ausgiebig betrachten können. Einer nach dem anderen zog sich an der Leiter aus dem Wasser.

»Ich geh voraus«, rief Cassidy den Schacht hinab. »Wenn ich euch das Signal gebe, folgt ihr mir. Einzeln!«

Gekonnt hangelte sie sich zurück in den Aufzug und wies der Gruppe dadurch den Weg.

Angel wartete als Erste, bis Cassidy ihr das OK gab. Ihre Höhenangst schien geradezu nebensächlich, als sie wie ein Äffchen unter dem Förderkorb entlangkletterte. Vielleicht war sie auch einfach nur zu erschöpft von ihrem stundenlangen Kältebad, um darüber nachzudenken. Außerdem würde sie höchstens von ein paar herumschwappenden Schrottteilen verletzt werden, aber nicht gleich in den Tod stürzen. Ihre sonst so kraftvollen Arme mussten sich enorm anstrengen, um sie durch das Loch zu hieven.

Oben angekommen rümpfte sie verärgert die Nase, als sie den verrotteten Leichnam von Zhang Saki erblickte.

»Nette Gesellschaft«, murmelte sie in Cassidys Richtung, die den Fahrstuhl bereits durch den Türspalt verlassen hatte und ihr die Hand hineinhielt. Angel zog sich mit ihrer Hilfe zurück auf festen Boden und gab den Männern den Marschbefehl.

Während sich die anderen aus dem Aufzugsschacht kämpften, legte Angel ihre triefenden Sachen ab und wrang sie aus.

»Wo hast du die Kittel her?«, fragte sie dabei mit blassem Gesicht.

»Aus einem Kleiderschrank.«

Angel nickte gleichgültig. In einer ehemaligen Forschungsstation mit hunderten, kitteltragenden Wissenschaftlern hätte sie sich die Frage auch selbst beantworten können. Sie war einfach noch nicht ganz bei der Sache und hätte ihr letztes Hemd für eine heiße Tasse Kaffee gegeben.

Cassidy brachte sie nach und nach auf den neuesten Stand. Ihre schmerzhafte Klettertour, das Aufeinandertreffen mit Caiden, die vielen unterschiedlichen Kampfdrohnen und natürlich die nackte Frau, von der sie weder Namen noch Herkunft kannte. Nur die Dschungelabteilung verschwieg sie, um keinesfalls dorthin zurückkehren zu müssen.

»Hier«, brummte Dog beim Aussteigen und reichte ihr den verlorenen Filzpantoffel. »Caiden hat‘s also überlebt, hm?«

»Wir sollen ihn bei Doktor Webb auf Ebene Fünfzehn treffen«, sagte Cassidy nickend.

»Ich versteh immer noch nicht, was Karen auf Ebene Fünfzehn zu suchen hat.«

»Was gibt es da überhaupt?«, fragte Angel.

Leon ließ sich sein E-Paper von Cassidy zurückgeben und tippte darauf herum.

»Ein Versorgungsdepot mit Zugang zum Lastenaufzug, ein Notstromgenerator, Duschen und Toiletten für fünfzig Mann«, las er vor. »Und ein klassifizierter Laborbereich, der auf dieser Karte fehlt.«

»Nur ein Weg das rauszufinden«, sagte Cole. »Vielleicht lagern die da künstliche Organe für Sharon.«

Den finsteren Blicken der Gruppe nach zu urteilen, glaubte niemand ernsthaft an eine derart simple Erklärung; nicht mal Cole selbst. Weiter tatenlos herumzustehen würde das Geheimnis jedoch nicht lüften. Zumindest über die Anwesenheit von Cassidys Bruder

Caiden bestand kein Zweifel, auch wenn Leon ganz offen die Frage stellte, wieso Dr. Webb auf einmal mit jemandem zusammenarbeitet, der sich der Beihilfe zum zweifachen Mord schuldig gemacht hatte. Nachdem jeder seine ausgewrungene Kleidung wieder am Mann hatte und die Waffen einer Funktionsprüfung unterzogen worden waren, wollten sie den Weg fortsetzen.

»Wie erreichen wir Ebene Fünfzehn von hier?«, fragte Cole.

Leon lehnte sich mit einer Hand in den Aufzugsschacht hinein und spähte nach oben.

»Wenn wir das Loch da aufstemmen, kommen wir bis zum übernächsten Schott. Das sind fünf oder sechs Etagen«, rief er den anderen zu. »Aber darüber fehlt ein großes Stück der Notleiter.«

»Danach also quer durch den Stützpunkt«, überlegte Angel. Fünf Stockwerke würde sie bewältigt bekommen, besonders da es sich um eine Aufwärtsbewegung handelte. »Findest du den Weg?«

»Ich denke schon«, antwortete Leon und tippte auf seinem E-Paper herum. »Wir haben die Karte und so weit weg sind die Treppenhäuser nicht.«

Nacheinander kletterte die Gruppe auf das Dach der Aufzugsgondel. Die rostige Notleiter an der Wand knirschte bei jeder Belastung. Es ließ sich nicht feststellen, warum ein etwa fünf Meter langes Stück davon fehlte, das bei dem ersten Besuch der Ranger noch vorhanden gewesen war. Entsprechend vorsichtig setzten sie einen Fuß vor den anderen.

***

»Da vorne links, dann sind wir da«, sagte Leon wenig später auf Ebene Achtzehn, in der sie den Aufzugsschacht verlassen hatten. Er zeigte auf die vor ihnen liegende Weggabelung, an der sie eines der rot blinkenden Warnlichter empfing.

»Das hören wir nicht zum ersten Mal«, brummte Dog. »Gib‘s zu. Du hast dich verlaufen!«

»Ich hab mich nicht verlaufen.«

»Du hast eine Karte!«, rief Angel von hinten. »Wie kannst du dich mit einer Karte verlaufen?«

»Ich hab mich nicht verlaufen!«, protestierte Leon nochmals. Er stoppte abrupt und hielt den anderen mürrisch sein E-Paper unter die Nase. »Karens Krankenstation liegt auf Ebene Zehn, nicht Fünfzehn! Ich hab mir während der Fahrt den Weg zur Krankenstation eingeprägt und nicht die ganze verdammte Basis!« Dann senkte er seine Hand und blickte auf die Trümmerlandschaft, die sie umgab. »Yuen hätte uns wirklich davor warnen können, dass hier der Vierte Weltkrieg ausgebrochen ist.«

»Davon hat er nichts gewusst«, sagte Angel.

»Wie meinst du das?«

»Als Cassidy und ich auf der Suche nach Kim durch diese Ebenen gelaufen sind, war die Anlage noch unbeschädigt.«

»Verstehe«, brummte Leon. »Schwer zu glauben, dass sechs Razors so ein Chaos anrichten können.«

»Wer sagt denn, dass die allein waren?«, wand Dog ein. »Hier könnte genauso gut eine komplette Armee eingefallen sein.«

Leon wandte sich an Cassidy.

»Hat dein Bruder nichts weiter dazu gesagt?«

»Nein«, erwiderte sie. »Er schien ziemlich in Eile zu sein.«

»Kein Wunder bei den Verfolgern«, sagte Cole. »Irgendeine Idee, wer die Frau ist?«

Sie hatten die angekündigte Weggabelung erreicht. Leon überließ Dog den Vortritt, der die Korridore mit seinem Maschinengewehr absicherte. Dabei blickte er sich zu Angel um.

»Du warst kürzlich in Alexandria zu Besuch«, sagte er. Es klang fast wie ein Vorwurf. »Gibt es bei denen vielleicht exhibitionistisch veranlagte Bacchae?«

»Exhi-bi...«, stotterte Angel.

»Rennen irgendwelche Bacchae bevorzugt nackt herum?«

Angel verschlug es die Sprache. Gerade hatte sie sich damit abgefunden, die Bacchae zu verstehen, da setzte ihr Leon einen solchen Floh ins Ohr. Jades freizügige Sexualpraktiken und ihre Einstufung von Sex als Waffe rückten eine Verbindung zumindest in den Bereich des Möglichen. Allerdings stand dem die Zielsetzung als autoritäre Respektsperson gegenüber.

»Unwahrscheinlich«, fasste sie ihren Gedankengang zusammen. »Außerdem hat Jade uns gesagt, dass es niemand von den Sicarii sein kann.«

»Ach ja, weil Jade auch immer die Wahrheit spricht«, spottete Leon trocken, verzog dann aber griesgrämig das Gesicht. »Selbst wenn, wäre es vermutlich nur was für die Öffentlichkeit. Hier unten muss die sich doch den Arsch abfrieren und so irre sind die auch wieder nicht.«

»Alles sauber«, rief Dog. »Bewegt euch!«

Leon nickte und führte die Gruppe weiter voran. Sie mussten eins der Treppenhäuser erreichen, um ihren Weg zu Dr. Webb fortzusetzen. Davon gab es insgesamt vier im Stützpunkt. Das Erste hatte sich aufgrund einer Sprengung als unpassierbar erwiesen. Es fehlten mehrere Etagen und eine Bergsteigerei wollte in der Dunkelheit niemand riskieren. Das zweite Treppenhaus war scheinbar schon vor der Evakuierung eher als inoffizieller Lagerraum benutzt worden. Ein Durchkämpfen durch den sper-rigen Krempel hätte Tage gedauert.

»Okay, Nummer drei!«, flüsterte Leon, als sie ihr Ziel erreicht hatten.

Cole und Dog gingen links und rechts der geschlossenen Tür in Stellung. Angel und Cassidy übernahmen die Nahbereichsdeckung.

Leon zählte lautlos mit seinen Fingern.

Drei, zwei, eins.

Cole stieß die Tür in weitem Bogen auf und gab den Weg frei. Dog stürmte hinein und stellte sich sofort mit dem Rücken zur Wand, so dass er treppauf und treppab sichern konnte. Cole stieg rückwärts die Stufen hoch und gab mit einem Kreis aus Daumen und Zeigefinger Entwarnung. Leon tat dasselbe für die Etage unter ihnen. Als keine unmittelbare Gefahr drohte, riefen sie Angel und Cassidy zu sich.

»Na endlich läuft mal was«, meinte Cole bei einem Blick hinauf zwischen den Treppen. »Sieht nicht so aus, als läge da irgendwas im Weg.«

»Hier waren wir vorhin schon drin«, erinnerte sich Leon. »Als wir Faith gefunden haben.«

»Bewegung!«, befahl Angel.

Dog übernahm wie selbstverständlich die Führung. Auf den Stufen brauchte er Leon mit seiner unpräzisen Karte nicht und dank der roten Warnleuchten konnte er selbst genug erkennen. Cole blieb die ganze Zeit bei ihm, während Angel und Cassidy die Nachhut bildeten.

»Was sagen eure Brillen?«, fragte Angel. »Irgendein Zeichen von dem Nervengas?«

»Negativ«, meldete Leon. »Die Türen zu den Ebenen schließen

luftdicht. Solange die nicht speerangelweit offen stehen, sollten wir hier sicher sein.«

»Und die Strahlung?«

»Minimal stärker als vorhin und nimmt mit jedem Höhenmeter ab. Da brauchen wir uns erstmal keine Sorgen machen.«

Angel nickte zuversichtlich. Dr. Webbs Treffpunkt rückte in greifbare Nähe, wo hoffentlich ein paar Antworten parat lagen.

Der Aufstieg rief Erinnerungen an ihr erstes Abenteuer in dem unheimlichen Stützpunkt wach. Genau wie beim letzten Mal sagte niemand etwas oder interessierte sich für die Hinweisschilder der vorbeiziehenden Ebenen. Der Fluchtinstinkt hatte sie fest in Beschlag genommen, mit einer Ausnahme. Angel blieb auf jeder Etage stehen und studierte die Laborbeschriftungen. Sie wollte nicht noch einmal blind in ihr Verderben laufen. Ein wenig enttäuscht erfuhr sie, dass die meisten Schilder nur oberflächliche Informationen wie die Namen der leitenden Wissenschaftler und ihr Fachgebiet preisgaben. Die Details ihrer Forschungsarbeit unterlagen verständlicherweise der Geheimhaltung.

»Stopp!«, rief sie vor Ebene Sechzehn. Sie winkte Leon zu sich und zeigte auf die Hinweistafel.

Die Namen waren mit der Zeit etwas verblasst und wären vermutlich schwer zu entziffern gewesen, hätte sie nicht jeder aus der Gruppe sofort erkannt:

Dr. Zhang Saki & Dr. Zhang Yuen
KI Forschung

»Wer ist denn Zhang Saki?«, fragte Cole.

»Jiaos Mutter«, erklärte Leon. »Sie ist kurz nach der Evakuierung gestorben.«

Cassidy biss sich bei seinen Worten auf die Unterlippe und griff affektartig nach dem laminierten Ausweis in ihrem Kittel.

»Vielleicht sollten wir mal einen Blick hineinwerfen?«, keuchte Dog und nutzte die Verschnaufpause zum Durchatmen.

»Dazu bleibt uns wohl kaum die Zeit«, mahnte Cole. »Wir sollten uns schleunigst mit den anderen treffen und von hier verschwinden!«

Angel sah in die Runde, um sich ein Bild der Stimmung zu machen. Coles und Dogs Positionen waren klar. Cassidy wirkte nervös und begann im Stillstand zu frieren, während es offenbar Leons erster Reflex war, dem Vorhaben einen Riegel vorzuschieben.

»Eine ehrlichere Antwort werden wir nicht kriegen«, sagte Dog und meinte damit unzweifelhaft Yuens andauernde Lügen. Eine zweite Chance für einen unverfälschten Blick auf die Vergangenheit der Biosphäre würde sich ihnen nicht bieten. Bei ihrem ersten Besuch hatten sie noch keine Ahnung von der Bedeutung der Basis gehabt und noch dazu um ihr Leben gefürchtet, doch jetzt wäre die Ignoranz eindeutiger Informationsquellen geradezu fahrlässig.

»Behalt die Augen auf dem Gasmesser«, hauchte Angel in Leons Richtung. Sie gab Cole und Dog Handzeichen, sich wie zuvor links und rechts der Tür aufzustellen. Anschließend hielt sie die Luft an und zog sie einen Spalt weit auf.

»Sauber«, meldete Leon. »Keine Anzeichen für Kontamination. Trotzdem finde ich ...«

»Vorwärts!«, befahl Angel schroff.

Gemeinsam stießen sie in den Korridor vor. Schon nach ein paar Metern entdeckten sie den ersten verwesten Wolfskadaver.

»Viel zu lange her, um die Todesursache festzustellen«, diagnostizierte Cole bei einer oberflächlichen Untersuchung. »Da hinten liegen noch zwei.«

»Wundert sich eigentlich keiner von euch, wo die Roboter bleiben?«, fragte Dog beim Ausweichen der Tierkörper. »Als wir vorhin hier rumgerannt sind, kamen die aus allen Löchern gekrochen.«

»Caiden wollte sie von uns weglocken«, antwortete Cassidy.

»Über eine Stunde lang?«, erwiderte Dog skeptisch. »So gut ist dein Bruder auch nicht.«

»Was soll das heißen?«

Dog setzte bereits zu einer Antwort an, als Angel ihn zurückhielt.

»Er hat Recht«, sagte sie ernst. »Wir nähern uns dem Ziel und dafür ist es hier viel zu ruhig.«

Leon steckte den Kopf in eins der angrenzenden Labore und brummte zustimmend.

»Wenn sich Karen da oben verschanzt hat, sollte man davon ausgehen können, dass die Razors wenigstens einen Wachhund abgestellt haben.«

»Treffer!«, meldete Cole von der Spitze.

Die anderen versammelten sich um ein von ihm angestrahltes Schild. Die Namen von Zhang Saki und Zhang Yuen verwunderten niemanden mehr. Es handelte sich um ihr Gemeinschaftsbüro und Forschungslabor zugleich. Die Aufmerksamkeit hatte ihren Ursprung in den drei darunterstehenden Buchstaben:

A. M. Y.

»Home Sweet Home«, murmelte Leon. Er schulterte sein Gewehr und zwängte sich an der halboffenen Tür vorbei, aber irgendetwas blockierte sie. »Verdammt. Was ...?«

Als er sich mit Dogs Unterstützung dagegenstemmte, machte es plötzlich Knack und ein verrottender Schädel rollte ihnen vor die Füße.

Die Gruppe hielt sich reflexartig die Hand vor Nase und Mund. Der Verwesungsgestank war seit Jahren verblasst, aber das Bild allein genügte, um die entsprechenden Sinneszellen im Gehirn zu stimulieren.

»Razors?«, fragte Angel vom Korridor aus.

Leon wagte einen zweiten Versuch und schob die Tür komplett auf. Kaum hatte er einen Fuß in das alte Labor gesetzt, bemerkte er aus den Augenwinkeln, wie irgendetwas von der Decke fiel.

»Zurück!«, rief Cassidy ihm plötzlich zu.

»Was? Warum ...?«

»ZURÜCK!«, schrie Cassidy energisch. »Raus hier! Nichts wie raus hier!«

Sie zerrte an Angels nassem Hosengürtel, die ihr nur widerwillig folgte. Cole und Dog gingen gar auf der anderen Seite der Tür in Stellung, als erwarteten sie ein Gefecht. Leon blieb im Türrahmen stehen und starrte auf den Boden.

Vor ihm war einer der fünfbeinigen Spinnenroboter gelandet. Der pneumatische Antrieb saugte leise zischend die Luft an, um sich zum Sprung bereitzumachen.

»LEON!«, brüllte Cassidy und riss ihn damit zurück in die Realität.

Kaum hatte er den Raum verlassen, katapultierte sich die Spinne aus dem Labor und haftete an der gegenüberliegenden Betonwand. Als Cole und Dog sahen, wie die anderen die Flucht antraten, gingen sie selbst instinktiv in Deckung und hechteten in ein angrenzendes Büro.

In diesem Moment detonierte die Kamikazedrohne. Die Explosion erschütterte den gesamten Korridor und sprengte einen breiten Krater in die Wand, so dass die Stahlbetonkonstruktion wie ein ausgegrabenes Skelett zum Vorschein kam. Herausgerissene Betonstücke schossen zusammen mit Stahlsplittern durch die Luft. Eine dicke, undurchsichtige Staubwolke versperrte zusätzlich den Laborzugang.

»Cassidy!«, hustete Angel und suchte nach ihrer jungen Schülerin. Sie tastete mit geschlossenen Augen nach ihrer letzten Position und fühlte erleichtert, wie das Mädchen bereits wieder aufstand. »Leon?«

»Alles okay!«, keuchte es hinter ihnen. »Mein Anzug hat das meiste abgehalten.«

Angel rieb sich ihre tränenden Augen. Der Betonstaub legte sich sofort wie ein Dunstfilm auf ihre Pupillen. Sie wollte nach Dog rufen, da hallten die Schussgeräusche seines Maschinengewehrs durch den Korridor.

»Macht, dass ihr rauskommt!«, hörte sie den Hünen brüllen.

»Cassidy! Leon! Was ist da los?«

Die beiden schalteten um auf Thermalsicht, die weniger vom Staub beeinträchtigt wurde. Cole und Dog waren von ihnen abgeschnitten. Wenigstens vier Kampfroboter mit Raupenantrieb kamen aus dem KI-Labor gerollt und eröffneten lautstark das Feuer aus vollautomatischen Gewehren.

»Das war ‘ne Falle!«, fluchte Leon.

Angel zückte ihre Pistole und verschoss ihr komplettes Magazin in die Mündungsfeuer der Roboter, die sie in der allgemeinen Dunkelheit erkennen konnte.

»Das bringt nichts! Wir müssen hier weg!«

Einen Moment lang starrte Angel ihn erbost an, so als würde sie Dog auf keinen Fall zurücklassen.

»Verdammt nochmal!«, hörte sie den Hünen aus vollem Hals brüllen. »Verschwindet endlich!«

»Bewegung«, sagte Angel mit regungslosem Gesicht. Sie nahm Cassidy an die Hand und zerrte sie zum Treppenhaus davon.

***

Mit kräftigen Schlägen auf das Stahlschott, hinter dem sie sich vorerst in Sicherheit gebracht hatten, versuchte Dog kurz darauf dessen Haltbarkeit zu überprüfen.

»Wie glaubst du, stehen die Chancen, dass die uns für tot halten?«, rief ihm Cole zu.

Von der anderen Seite kamen Einschussgeräusche. Die Roboter gaben nicht so leicht auf.

Dog wippte zynisch mit der flachen Hand hin und her, als wolle er sich nicht festlegen.

»Meinst du die hält?«

»Das ist eine Panzertür!«, zischte Cole bei einem Griff an seinen verformten, linken Unterschenkel. Er ließ ihn schlaff auf den Boden sinken, lehnte sich an die Korridorwand und sah erschöpft hoch. »Die Teile sind dazu gedacht, unvorsichtige Wissenschaftler und ihre Experimente gefangenzuhalten, falls irgendwas schiefgeht.«

»Seit wann verstehst du was von Forschungsanlagen?«, fragte Dog.

»Seit Angel und ich mal eine besucht haben.«

»Ach ja«, knurrte Dog. »Euer Trip zu den Canine Caverns. Hat sie dich da nicht raustragen müssen?«

»Die werden nicht lange brauchen, um drauf zu kommen, wohin wir verschwunden sind«, sagte Cole bei einem mürrischen Blick an die Decke. Er wollte ganz offenbar nicht über die Vergangenheit sprechen.

»Kannst du laufen?«

»Nein. Da ist irgendwas gebrochen.«

»Wirklich?«, erwiderte Dog und stupste Coles linkes Bein mit der Fußspitze an.

Der biss schnaufend die Zähne zusammen und griff bereits nach seiner Pistole, als Dog wieder von ihm abließ.

»Ich hab damit Erfahrung, seit du mich wie eine feige Sau ans Messer geliefert hast!«

»Du meinst wohl, seit du deinen Aufstand gegen mich an die Wand gefahren hast.«

In seiner taktisch denkbar miserablen Position erinnerte sich Cole daran, dass er mit Rache warten wollte, bis er die Vultures mit Angels Hilfe von der Erde gefegt hatte. Er begnügte sich mit einem verächtlichen Krächzen und kämpfte sich zurück aufs rechte Bein.

»Ich trag dich nicht!«, sagte Dog sofort.

»Als wenn ich deine Hilfe brauchen würde!«, konterte Cole. Er stützte sich mit den Armen an der Wand ab und sprang unbeholfen auf einem Bein vorwärts. »Ich komm schon klar.«

Dog lachte leise und stampfte hinter ihm her.

»Wie du meinst. Gibst zumindest ‘ne tolle Zielscheibe ab!«

Auf diese Weise schafften sie es an mehreren verlassenen Büros vorbei bis zu einer Kreuzung. Nirgendwo fanden sich frische Kadaver oder Fragmente von Robotern, so dass nicht genau zu erkennen war, in welche Richtung sie gehen sollten.

»Irgendeine Idee, großer Enddecker?«

»Was fragst du mich?«, pflaumte Cole zurück.

»Na ich dachte, du kennst dich in solchen Anlagen aus, seit du mit Angel ...«

»Das ist Jahre her und war außerdem ganz woanders!«

»Nutzlos wie immer«, brummte Dog und stellte sich mitten auf die Korridorkreuzung. »Lass mich nachdenken.«

»So viel Zeit haben wir nicht«, murmelte Cole.

»Was?«

»Tschuldige. Wollte deinen Denkprozess nicht unterbrechen.«

Dog formte Schlitze mit seinen Augen und sah aus, als würde er Cole jeden Moment einen Faustschlag verpassen, da hellte sich sein Gesicht plötzlich auf.

»Das Treppenhaus!«

»Welches Treppenhaus?«, erwiderte Cole. »Das zerstörte? Das zugestellte? Oder das hinter uns, wo diese ganzen Roboter rumhängen?«

»Das vierte, Mann!«, erinnerte ihn Dog gereizt. »Leon hat doch von vier Treppenhäusern gesprochen. Es muss also noch irgendwo eins geben!«

Daraufhin konnte Cole nur unfreiwillig mit dem Kopf nicken.

»Hast du eine Ahnung, wo das liegt?«

Dog drehte sich um die eigene Achse und suchte nach Hinweisschildern. Eins davon stach sofort ins Auge, wies aber nur den Weg zu den Stufen hinter ihnen.

»Was ist damit?«, fragte Cole und zeigte auf einen Wegweiser zum zentralen Zugangsschacht.

»Der Lastenaufzug hält nicht auf dieser Ebene«, antwortete Dog. »Und mit deinem Bein wirst du kaum die Leiter hochklettern.«

»Darum geht's nicht. Wir können den Schacht als Fixpunkt nutzen, um den richtigen Kurs zu bestimmen!«

Dog blinzelte verwundert mit den Augen.

»Wir können uns am Schacht orientieren, um uns nicht zu verlaufen!«, wiederholte Cole mit langsamen und deutlichen Worten, in denen eine gehörige Portion Hohn mitschwang.

»Einmal quer durch die verfluchte Basis«, knurrte Dog. Er hatte ihn schon beim ersten Mal verstanden. »Da sitzen wir stundenlang auf dem Präsentierteller, wenn du im Schneckentempo über die Gänge hüpfst!«

»Hast du vielleicht eine bessere Idee?«

Kaum waren die Worte verhallt, trafen sich die starren Blicke der beiden ewigen Widersacher. Zeitgleich zückten sie ihre Pistolen und hielten sie dem anderen vor den Kopf.

»Es tut mir leid, Angel, aber Cole hat es nicht geschafft«, sprach Dog mit laienhaft gespielter Naivität. »Er hat sich ein Bein gebrochen und wie am Spieß gebrüllt. Diese schrecklichen Maschinen haben ihn gefunden und ich konnte nichts mehr für ihn tun!«

»Als wenn sie dir so einen Schwachsinn glauben würde!«, erwiderte Cole. »Ich dagegen bin ein ehrbarer Soldat in ihrer Armee und seit Jahren auf ihrer Seite. Ich habe Eagle Village gegen Schweine wie dich verteidigt! Hunderte von Männern, Frauen und Kindern sehen mich als ihren Helden!« Er senkte den Kopf auf die linke Schulter. »Wer würde schon einen Bastard wie dich vermissen?«

Fast eine Minute lang hielten sie ihre Position aufrecht, bis Cole aufgrund seines schmerzhaften Knochenbruchs als Erster schwächelte. Anfangs versuchte er noch, dagegen anzukämpfen, aber dann musste er sich einfach an die Wand lehnen, um seinen schmerzenden rechten Fuß zu entlasten, der sein gesamtes Gewicht mit den nassen Klamotten allein trug. Dabei erhielt Dog für einen Moment die Chance, gefahrlos abzudrücken. Er tat es nicht. Stattdessen senkte er seine Pistole. Bevor Cole das jedoch mitbekam, hörten sie eine dumpfe Explosion im Korridor hinter sich.

»Scheiße«, grollte Dog. »Die sprengen sich durch.«

Er trat einen Schritt auf Cole zu. Ehe der reagieren konnte, griff Dog ihm unter die Arme und zerrte ihn in Richtung Basiszentrum.

»Bild dir nichts drauf ein! Für dich gilt derselbe Deal wie für Gore. Ich leg euch erst um, wenn die ganze Welt dabei zusieht!«

»Gore?«, schnaufte Cole hervor. »Was hat der kleine Schisser mit mir zu tun?«

»Er hat deinen Platz als Arschkriecher bei Eric eingenommen«, erklärte Dog. Seine Schritte wurden schneller. Er kümmerte sich nicht länger darum, ob Cole überhaupt einen Fuß auf den Boden setzte, sondern trug ihn förmlich durch die rotblinkenden Tunnel. »Ich hab ihn in Jacksonville bei den Ragnars getroffen. Wahrscheinlich ist er ihre Verbindung zu Eric.«

»Na das ist doch toll«, freute sich Cole. »Bei so viel Inkompetenz auf deren Seite kann uns doch gar nichts mehr passieren.«

Dog lachte mit zunehmender Erschöpfung. Er sprach es nicht aus, aber man sah ihm die Genugtuung an, wenigstens in einer Sache mit Cole übereinzustimmen.

Ächzend schleppten sie sich durch die verlassenen Gänge, teilweise aufgrund der Anstrengungen und Schmerzen, teilweise wegen ihrer misslichen Lage, die keinem von beiden gefiel. Mit Angel, Cassidy oder gar Leon gestrandet zu sein, hätte kein Problem dargestellt. Aber sich zusammen mit seinem persönlichen Erzfeind auf der Flucht vor übergeschnappten Hightechspielzeugen zu befinden, setzte ihrer Fehde die Krone auf.

»Eins muss man den Dingern lassen«, beschwerte sich Dog. »Die geben nicht auf.«

»Das sind doch nur Computer«, brachte Cole hervor.

»Seit wann kennst du dich denn mit dem Kram aus?«

»Das sind Maschinen, Blödmann! Die hören erst auf, wenn ihnen der Saft ausgeht!«

Dog lehnte ihn an eine Wand und holte sein Maschinengewehr vom Rücken.

»Such mir den Weg!«, befahl er und ging in die Hocke.

Coles Augen rollten blinzelnd in den Höhlen. Er wischte sich den Schweiß von den Augenlidern und suchte die Hinweisschilder in ihrer Umgebung im Licht seiner Taschenlampe ab, während

Dog ein kurzfristiges Sperrfeuer errichtete.

»Kugelsicher sind sie nicht!«, rief er triumphierend, musste aber gleichzeitig in Deckung gehen. »Nur verdammt viele. Hast du‘s jetzt bald?«

Cole nickte überschwänglich. Seine Feinmotorik litt bereits unter der Kreislaufüberlastung. Dog folgte seinem ausgestreckten Arm und schleifte ihn in die angegebene Richtung.

»Wie weit ist das noch?«

»Gleich ... da. Letztes Schott ... da vorn!«

Das Metalltor hing halb geschlossen aus der Decke, so dass sie sich kriechend darunter hindurchzwängen mussten. Dahinter befand sich der riesige Zugangsschacht mit den vielen Catwalks und dem zentralen Lastenaufzug.

»Ob die da drunter durchpassen?«, fragte Cole.

Kaum hatte er den Gedanken ausgesprochen, zwängte sich ein vierbeiniger Roboter mit kleinkalibrigem Gewehr im Kopf unter dem Schott durch. Dog hielt sein MG bereits im Anschlag und zerschoss ihn in tausend Stücke.

»So viel dazu«, brummte er. »Wir brauchen einen besseren Plan!«

»Nagel sie am Tor fest!«

Dog kniete sich auf die Bodengitter und rückte sein MG an der Schulter zurecht. Mit kontrollierten Feuerstößen gelang es ihm, die Roboter für eine Weile zurückzuhalten. Nur die kleineren kamen unbeirrt auf ihn zu. Die größeren schienen über Selbsterhaltungsprotokolle zu verfügen und formierten sich stattdessen für einen gemeinsamen Angriff.

»Der Sack ist bald zu!«, bellte Dog.

»Ich hoffe das klappt«, rief Cole. Er hielt zwei Handgranaten in den Händen und zog die Sicherungsstifte mit seinen Zähnen heraus.

In dem Moment fuhr das Schott hinter ihnen auf.

»So eine Scheiße!«, brüllte Dog und riss sein Gewehr herum. »Mach den Rest kalt! Ich kümmer mich um die neuen!«

Mit einem Nicken bestätigte Cole den Befehl. Keiner der beiden Männer zeigte Furcht vor dem nahenden Ende, obwohl diesmal weder Angel noch sonst jemand zugegen war, für den sie normalerweise ihre Machonummer abzogen. Jeder kannte den anderen. Seine Stärken, seine Schwächen. Und sie wussten, dass sie sich in einem Gefecht wie diesem darauf verlassen konnten, dass der andere bis zum bitteren Untergang kämpfen würde.

Cole stützte sich auf sein rechtes Bein, um die Granaten möglichst präzise unter der Panzertür hindurchrollen zu lassen. Er war sich nicht sicher, ob die Explosionen die Roboter zu zerstören oder überhaupt aufzuhalten vermochten. Er verstand wirklich nichts von Hightech. Als er gerade loslassen wollte, schlugen auf einmal Schüsse auf seiner Tür ein. In einem Moment der Verwunderung schwenkte er den Kopf zu Dog, um nachzusehen, ob der Hüne bereits mit der Arbeit fertig war. Da sah er, wie anstelle von neuen Kampfdrohnen Caiden herbeigelaufen kam und sich schützend vor ihn hockte.

»Dax! Komm in die Hufe!«, rief er beim Nachladen in den Korridor hinter ihnen. »Dog! Schaff Cole hier aus und geht in Deckung!«

»Wo ... wie ...?«, nuschelte Cole, der noch immer die Stifte seiner Granaten mit den Zähnen festhielt. Ehe er sich versah, riss Dog sie ihm höflich aber bestimmt aus dem Mund und schob sie zurück in die Sicherungen. Anschließend zerrte er Cole in den geöffneten Tunnel hinein.

»DAX!«, rief Caiden erneut.

»Ich komm schon!«, antwortete eine nervös klingende Stimme. Sie gehörte zu einem aufgeregt wirkenden jungen Mann, der altersmäßig irgendwo zwischen Caiden und Cassidy lag. Er hatte eine käsebleiche Haut und völlig zerzauste, braune Haare.

Cole und Dog pressten sich eingeschüchtert an die Korridorwand, als ein Roboter mit Kettenantrieb hinter Dax herfuhr, den er mit einer Fernbedienung an einem Kabel steuerte. Anders als die Verfolger wirkte die Drohne wie ein Forschungsprojekt und nicht wie eine Serienfertigung fürs Militär. Weder verfügte er über eine Tarnlackierung noch irgendeine Art von Panzerung oder Waffen. Dutzende von bunten Kabeln hingen unverkleidet in der Gegend herum und konzentrierten sich hauptsächlich um eine silberne Halbkugel in der Mitte, die wie ein umgedrehter Wok aus einem Chinarestaurant aussah.

»Okay! Geladen!«, rief Dax ins Freie. »Geh in Deckung!«

Caiden hatte sich bereits im Türrahmen des Schotts in Sicherheit gebracht und zog den Kopf ein.

»FEUER!«

Cole und Dog rechneten mit einer Explosion und hielten sich die Ohren zu. Stattdessen begann das Gerät, tieftönig zu summen.

»Jetzt nichts wie weg hier!«, befahl Caiden und lief mit Dax davon. »Folgt uns!«

»Was zum Henker war denn das grade?«, rief Dog ihnen hinterher. Dabei griff er Cole unter die Arme und schleppte ihn mit sich.

»Eine experimentelle elektromagnetische Waffe, die einen Störimpuls aussendet und Computersysteme im Nahbereich vorübergehend lahmlegt«, erklärte Dax hektisch.

»Was ...?«, erwiderte Dog verständnislos.

»Das Ding hält die Roboter auf, die hinter euch her waren«, rief Caiden.

»Warum rennen wir dann weg, wenn ihr die Scheißdinger ...?«

»Weil einige der Prototypen gegen EMP-Waffen abgeschirmt sind«, rief Dax. »Das Chaos wird sie ein paar Minuten aufhalten, mehr nicht.«

Caiden hockte sich in eine Korridorecke und hob die linke Faust, woraufhin sich die anderen ebenfalls an die Wand pressten und auf sein Signal warteten.

»Wieso lasst ihr die Kiste da einfach stehen?«, fragte Dog im Flüsterton. »Mit dem Teil müssten wir doch viel schneller nach oben kommen!«

»Es ist ein experimenteller Versuchsaufbau und keine einsatzfähige Waffe«, hielt Dax dagegen. »Außerdem wiegt sie eine halbe Tonne.«

Dog gab sich geschlagen. Ihm reichte schon Cole, der inzwischen wie ein nasser Sack an seinem Hals hing.

»Was ist mit ihm?«, fragte Dax.

»Linkes Bein gebrochen.«

Dax nickte.

»Das kann sich Karen gleich mal ansehen«, sagte er und drehte sich zu Caiden um. »Wie sieht's aus?«

»Bis jetzt alles sauber, aber ob wir mit Cole die Leiter hochkommen ...«

»Wieso Leiter?«, wunderte sich Dog. »Was ist mit dem vierten Treppenhaus?«

»Das ist eine Todesfalle«, erwiderte Caiden. »Überall Spiderbots. Diese krabbelnden Handgranaten.«

Cole schnaufte entrüstet. Ohne ihr Aufeinandertreffen hätte Dog ihn genau dahin geführt.

»Wie kommen wir dann hoch?«

»Leitern sind die beste Möglichkeit, den Drohnen einen Schritt voraus zu sein«, sagte Dax. »Caiden und ich sind seit zwei Tagen fast nur noch in den Fahrstuhlschächten unterwegs.«

»Aber der hält doch nicht überall?«

»Das ist der Lastenaufzug. Hier gibt's noch andere.«

»Okay, kommt!«, hauchte Caiden und führte sie in eine Art Lobby, an deren Ende zwei parallele Personenfahrstühle offenstanden. Im linken waren die Stahlseile zum Förderkorb noch straff gespannt. Er hing irgendwo unter ihnen fest. Im rechten baumelte nur ein einzelnes, zerrissenes Stahlkabel. Dort kletterte Caiden hinein. Er hangelte sich zur Notleiter und begann mit dem Aufstieg. Dax folgte ihm stumm und verschwand in der Dunkelheit. Nur Dog stand etwas hilflos vor dem tiefen Schacht.

»Cole? Wach auf!«, knurrte er und stieß ihm an die Stirn. »Hey Arschloch!«

Darauf reagierte Cole und hob träge den Kopf.

»Was is?«

»Entweder du hältst dich jetzt richtig fest oder ich lass dich fallen, klar?«

Ohne auf eine Bestätigung zu warten, schwang sich Dog zur Leiter und kämpfte sich hinauf. Das zusätzliche Gewicht seines blinden Passagiers war für ihn kaum ein Problem. Dafür hatte Cole den Ernst der Lage erkannt und schamlos sein rechtes Bein um Dogs Hüften geschlungen. Außerdem drohte er ihm die Luft abzudrücken, bis Dog seine Arme gewaltsam von der Kehle zog.

»Reiß dich zusammen, Mann!«, raunte er im tiefen Echo durch den Aufzugsschacht. »Wie weit ist das noch!?«

Ein grelles Taschenlampenlicht kreuzte sein Blickfeld. Caiden hatte Ebene Fünfzehn bereits erreicht und half Dax ins Freie.

»Kriegt ihr's allein gebacken?«

»Jaja! Nimm das Scheißlicht aus meinem Gesicht!«, grollte Dog den beiden entgegen und kämpfte sich schnaufend nach oben. Mit jeder Sprosse steigerte sich sein Verlangen, Cole einfach fallenzulassen, doch die Chance, seinen alten Erzrivalen ohne Zeugen loszuwerden, war vorbei.

10. Kontrollverlust

Der Aufstieg dauerte eine volle Minute, dann hatten sie es geschafft. Caiden zog Cole von Dog herunter, der sich anschließend selbst auf den Steinboden rollte.

»Das mach ich keine fünfzehn Etagen mit«, keuchte er. »Eher lass ich den Schwachkopf hier unten verrecken.«

»Karen kriegt ihn schon wieder hin«, meinte Caiden zuversichtlich.

»Karen?«, wiederholte Dog mürrisch. »Reden wir die jetzt schon beim Vornamen an? Ich dachte, die wollten Faith zu Tode foltern und uns an die Sicarii verkaufen!«

»Ihr habt Scarlet getroffen, hm?«, kombinierte Caiden seine Anschuldigungen und half dem Hünen dabei auf die Beine.

»Was zum Henker läuft hier!? Wie kommen Faith und du hierher?«

»Ihr habt Faith gefunden?«

»Ja. Die lag bewusstlos in einem Lüftungsschacht auf Ebene Acht.«

»Und wo ist sie jetzt?«

»Sicher im Panzerwagen von der Biosphäre«, beruhigte ihn Dog. »Also, was läuft hier?«

»Lange Geschichte. Lass uns erst mal meine Schwester einsammeln.«

Dog griff Cole an den Kragen und zog ihn zu sich hoch.

»Dann los, bevor ich's mir anders überlege!«

Caiden führte sie zielgenau durch die rotblinkenden Gänge. Er orientierte sich mit Hilfe von Kreidemarkierungen an den Wänden, die er und Dax in den vergangenen zwei Tagen angelegt hatten. Der Weg war nicht weit und schon nach ein paar Minuten schlug er mit seinem Gewehrkolben gegen eine der Stahlschotten.

»Karen! Wir sind's!«, rief er in eine Kamera über der Tür, die sich zur Decke hin öffnete. »Wo steckt meine Schwester?«, lautete seine erste Frage, als das Tor hinter ihnen zu Boden fiel.

»Hat sich von der anderen Seite gemeldet«, antwortete ihm Dr. Webb. »Dawn holt sie gerade ab.«

Die hochgewachsene Ärztin stand aufrecht vor einer Wand aus Monitoren, die unterschiedliche Teile des Stützpunkts zeigten; darunter auch den Bereich vor den Zugangsschotten. Anstelle ihres weißen Laborkittels trug sie einen pechschwarzen Ledermantel, der in der spärlichen Beleuchtung von ein paar Schreibtischlampen hochwertig glänzte. Mit ihrer angeborenen Arroganz würdigte sie Caiden und Dog keines Blickes. Erst als sie Coles humpelnde Fortbewegungsart bemerkte, schalteten sich ihre medizinischen Instinkte ein. Sie ließ von den Monitoren ab und wischte trockene Notverpflegungsreste von einer sarggroßen Metalltruhe, auf die er sich legen sollte.

»Er hat sich das linke ...«, begann Dog.

»Bein gebrochen. Seh ich«, fuhr ihm Dr. Webb dazwischen und riss kurzerhand Coles feuchte Hose auf. Sie tastete seinen Unterschenkel ohne große Rücksicht auf seine Schmerzen ab. »Schienbeinfraktur in der Mitte. Sieht aber bis auf ein paar Abschürfungen geschlossen aus. Da hat er noch mal Glück gehabt.«

»Glück ...!?«, ächzte Cole unter der Tortur. Bei den Rangern bedeuteten Knochenbrüche unterhalb der Arme häufig monatelange Ausfallzeiten.

»Eine geschlossene Fraktur ist vor Infektionen geschützt«, erklärte Dr. Webb bei einem Griff in ihren mitgeführten Arztkoffer; ebenfalls schwarzes Leder, passend zu ihrem Mantel. »Den Bruch schraub ich dir zusammen, wenn wir wieder zu Hause sind.« Sie holte eine kleine Spritze hervor und füllte sie mit einer klaren Flüssigkeit. »Gegen die Schmerzen«, sagte sie beim Injizieren in Coles Bein.

»Und die hätte ich nicht vorher ...?«

Seine Beschwerde wurde jäh vom Geräusch eines hochfahrenden Schotts auf der anderen Seite des Testlabors durchbrochen. Caiden und Dog suchten Deckung hinter umgekippten Schreibtischen. Als Cole seine Pistole zückte und in dieselbe Richtung zu zielen versuchte, stahl ihm Dr. Webb die Waffe ohne nennenswerten Widerstand.

»Na na!«, tadelte sie ihn. »Umgang mit schwerem Gerät verboten!« Sie zeigte keinerlei Anspannung. »Das ist Lieutenant Mitchell. Ich hab doch gesagt, Dawn geht deine Schwester holen!«

Aus der gegenüberliegenden Doppeltür trat eine Frau Anfang zwanzig mit brünettem Kurzhaarschnitt. Sie wirkte unschlüssig über den plötzlichen Besuch und klammerte sich an ihre moderne

Maschinenpistole aus der Biosphäre. Unter ihrer roten Lederjacke mit deutlichen Abnutzungserscheinungen trug sie ein hellgraues Armeehemd und eine ausgeblichene Bluejeans. In ihrem Windschatten folgten Angel, Cassidy und Leon, die sich noch immer den Betonstaub der Explosion von der Haut wischten.

»Caiden!«, rief Cassidy, als sie ihren Bruder erkannte. Sämtliche Schürfwunden und Schmutzablagerungen waren auf einen Schlag vergessen. Sie stürmte die Barrikade, hinter der er sich verschanzt hatte, und fiel ihm in die Arme. »Ich dachte schon, ich seh dich nie wieder!«, schniefte sie vor Erleichterung.

Caiden gefiel der plötzliche Gefühlsausbruch seiner Schwester gar nicht, aber in Anbetracht von dem, was sie in den vergangenen Stunden durchgestanden hatte, akzeptierte er ihre momentane Schwäche und drückte sie an sich.

Auch Cassidy merkte, dass sie sich etwas zu sehr hatte gehen lassen, und ließ vor aller Augen von ihm ab.

»Was machst du hier eigentlich!?«, fragte sie mit einem Klaps auf die Brust.

»Vor den Vergeltungsmaßnahmen der Hawker flüchten«, antwortete Caiden.

»Aha«, meinte Angel bei einem skeptischen Blick auf Dr. Webb. »Und wie läuft das so?«

»An dich erinnere ich mich«, entgegnete ihr die Ärztin. Sie hatte Cole gerade eine professionelle Beinschiene angelegt und erhob sich langsam von ihrem Patienten. »So anmaßend und hochnäsig, obwohl ich alles darangesetzt hab, dass euch der alte Yuen nicht gleich wieder in die Wüste schickt!«

Angel kniff verbissen die Augenlider zusammen. Seit Cassidys Entdeckung des Spionagechips in Scarlet nahm sie Dr. Webbs Worte mit Vorbehalt auf. Angel schloss jedoch nicht aus, dass Scarlet sie angelogen und die Hawker dementsprechend gute Gründe für ihr Handeln hatten.

Dr. Webb schien einem ähnlichen Gedankengang zu folgen. Ihr überlegener Gesichtsausdruck wandelte sich in die professionelle Mimik einer Heilerin, die sich ausschließlich um das Wohl der Menschheit sorgte. Sie stolzierte von der Kontrollkonsole zu einer kleinen Kochnische. Dort holte sie eine weiße Tasse mit aufgedrucktem Militärsymbol der McKnight Air Force Base aus einem Wandschrank und zeigte sie Angel wie einen Ölzweig zum

Waffenstillstand.

»Kaffee?«

Damit hatte sie das Zauberwort gesagt. In ihren durchnässten Kleidern froren sich Angel und Dog seit Stunden sämtliche Gliedmaßen ab. Sie waren abgehärtet genug, um das eine Weile klaglos durchzustehen, aber die Aussicht auf frischen Kaffee in einer heißen Tasse wirkte in diesem Augenblick so unglaublich einladend wie ein gemütliches Lagerfeuer oder ein wärmendes Himmelbett.

Mit dem bitteren Gebräu in den Händen stellte Leon die anderen Hawker vor. Lieutenant Dawn Mitchell gehörte genau wie er zu den Sicherungstruppen der Ian-Hawk-Biosphäre und war zum Schutz von Dr. Webb zur McKnight Air Force Base entsandt worden. Sie war außerdem die zweiundzwanzigjährige Tochter von Lieutenant Gordon Mitchell, dem Hubschrauberpiloten, den Jiao einst um seinen Job gebracht hatte. Der junge Mann mit den zerzausten Haaren hieß Alexander Dax. Er arbeitete als Computerspezialist in der Biosphäre und sollte die Funktionen des Basiscomputers wiederherstellen. Seit die Funkverbindung zu Amy abgerissen und das Chaos mit den feindlichen Kampfrobotern ausgebrochen war, suchte er nach einem Weg, die Kontrolle über die Maschinen zuerlangen. Caiden folgte ihm dabei freiwillig als eine Art Leibwächter, da Dax vom Kämpfen nichts verstand.

»Wir sollten erstmal aus den Klamotten raus«, schlug Leon vor. »Gibt‘s hier irgendwo trockene Sachen?«

»Im Nebenraum«, sagte Dr. Webb und zeigte auf eine angrenzende Tür.

Kaum hatte Leon sie geöffnet, fiel sein Blick auf eine regungslose Person in einem Drehstuhl. Ein Sack über Kopf und Oberkörper ließ keine detailliertere Beschreibung zu.

»Äh ... Karen?«, erkundigte sich Leon.

»Das ist einer der Razors, die uns angegriffen haben, Sir«, sagte Lieutenant Mitchell. »Captain Jameson hat ihn dabei entdeckt, wie er sich an den Terminals des alten KI-Labors zu schaffen gemacht hat.«

»Wo ist Jameson?«

»Tot, Sir. Ebenso wie Corporal Caldwell und die Privates Spencer und Stoker.«

Leon wendete seinen versteinerten Blick von dem Gefangenen

ab und richtete ihn auf Lt. Mitchell.

»Ich bin als Einzige der Sicherungstruppen übrig, Sir«, sprach sie weiter.

Daraufhin raffte sich Leon ein paar Uniformen aus dem Nebenraum zusammen und schloss die Tür hinter sich.

»Hör auf mich Sir zu nennen, Dawn«, murrte er beim Umziehen. »Wie sind unsere Leute gestorben?«

Angel, Cassidy und Dog folgten seinem Beispiel und suchten sich passende Kleider vom Stapel. Währenddessen berichtete Mitchell vom widerstandslosen Eindringen ihrer achtköpfigen Kommandoeinheit in die McKnight Air Force Base. Nur vereinzelt ließen sich Wölfe blicken und konnten dank überlegener Technik problemlos auf Abstand gehalten werden. Amy stellte wie beim Eintreffen von Angels Team eine Verbindung zum Computer her und brachte einen Teil der Basis wieder zum Laufen. Erwartungsgemäß brach der Funkkontakt zur Oberfläche zwischen Ebene sechs und sieben aufgrund der massiven Gesteinsschichten ab. Auf dem Weg zur Krankenstation gab es keine Hindernisse. An dieser Stelle zeigte Dr. Webb auf einen metallischen Container, in dem unter anderem die künstliche Lunge für Sharon auf den Abtransport wartete.

»Ab dem Zeitpunkt ging auf einmal alles schief«, sagte Mitchell. »Die Beleuchtung schaltete sich ab und kurz darauf wurden wir von den ersten Prototypen angegriffen. Captain Jameson befahl Private Spencer und mir, die Zivilisten zu schützen. Er selbst wollte den Fehlfunktionen auf den Grund gehen. Eine Spinnenbombe hat ihm auf dem Weg beide Beine abgerissen. Er ist verblutet, bevor wir ihn erreichen konnten.«

Leon rieb sich die Bartstoppeln an seinem Kinn.

»Danny hat es fast bis zur Oberfläche geschafft«, erinnerte er sich. »Amy hat eine Videoaufzeichnung seiner Einsatzbrille empfangen. Er wurde von hinten im Zugangstunnel erschossen.«

Mitchell legte ihre Maschinenpistole auf die Konsole und holte sich selbst eine Tasse Kaffee.

»Wir hatten gehofft, dass er ein Notsignal gesendet bekommt.«

»Habt ihr die anderen Razors umgelegt?«, fragte Leon.

»Nein. Das waren die Roboter.«

Angel knüpfte sich überrascht ihr Armeehemd zu, in dem sie wieder aussah wie eine getarnte Legionärin.

»Die haben sich gegenseitig beschossen?«, fragte sie verwundert.

Mitchell nickte.

»Wir verstehen es selbst nicht ganz. Die Prototypen wurden definitiv von den Razors aktiviert. Das hat Dax inzwischen bestätigen können. Trotzdem sind die gegen sie ebenso aggressiv vorgegangen wie gegen uns.«

»Vermutlich ein Fehler in der Programmierung«, sagte Dax. »Vielleicht eine Inkompatibilität mit unbekannter Hardware oder Rückstände des alten Codes. Die McKnight Air Force Base wurde bereits im Jahr 2046 von der Black Razor Company angegriffen. Eventuell hat das Militär die Prototypen damals gegen sie einsetzen wollen und Zielerkennungsprotokolle zurückgelassen, die nun unbeabsichtigt reaktiviert worden sind.«

Angel nickte andächtig und nahm einen Schluck Kaffee.

»Jetzt tu bloß nicht so, als hättest du auch nur ein Wort verstanden«, brummte Dog.

»Ich habe verstanden, dass diese verfluchte Basis außer Kontrolle geraten ist«, knurrte Angel ihn an. »Mal wieder!« Dann drehte sie sich zum Nebenraum mit dem Gefangenen um. »Vielleicht sollten wir ihn mal befragen?«

»Haben wir schon probiert«, entgegnete ihr Dr. Webb wenig optimistisch. »Der redet nicht.«

»Nichts für ungut, Doc«, sagte Dog und nickte mit der Nasenspitze zu Angel. »Sie hat damit bestimmt etwas mehr Erfahrung als ihr.«

Dr. Webb lachte.

»Das glaubst du doch wohl selbst nicht.«

Dog ballte die Fäuste zu einer passenden Gegenantwort, bis Angel ihn mit einer Handgeste zurückpfiff. Sie erinnerte sich an Scarlets Berichte über ihre zweijährige Gefangenschaft in der Biosphäre. Elektroschocktherapien und Wahrheitsdrogen hatte sie nichts entgegenzusetzen. Sie hielt es für wahrscheinlich, dass die Hawker ihre Informationen für sich behalten wollten und Dr. Webb deswegen ein Verhör in Angels Gegenwart ablehnte. Mit dem Sack über dem Kopf ließ sie ja nicht mal eine optische Begutachtung zu. Sollte das der Fall seine, hätte es keinen Sinn, darauf zu bestehen. Es könnte sogar einen gefährlichen Gegeneffekt bewirken, da sie die Zusammenarbeit der Hawker für eine

Flucht aus der Basis brauchten.

»Wo kommt ihr beide nun eigentlich her?«, fragte Dog stattdessen in Caidens Richtung.

Der lehnte entspannt in einem Chefsessel mit seiner Schwester auf dem Schoß. Für Außenstehende hätten sie mitunter wie ein Liebespaar gewirkt, aber Cassidy war einfach nur froh, ihren Bruder lebend wiederzusehen und wollte ihn wenigstens so lange in den Armen halten dürfen, bis sie zurück in die kalte Basis mussten.

»Ihr habt von Faiths Fluchtmanöver aus der Biosphäre gehört?«, fragte er zurückhaltend.

»Amy hat mir die Aufzeichnung vorgespielt«, sagte Cassidy.

»Okay«, fuhr Caiden fort. »Uns war klar, dass wir Amys Drohnen und Sensoren nicht davonlaufen konnten, also haben wir uns stattdessen in dem Frachtcontainer versteckt, den Zhang Yuen freundlicherweise direkt vor der Basis abgestellt hat.«

»Der Alte hat unsere Mission zur Air Force Base schon geplant, da wart ihr noch nicht mal mit Jiao nach Arnac aufgebrochen«, fügte Dr. Webb selbstgefällig hinzu. »Kaum hatte er von eurer Öffnung des Bunkers gehört, wollte er hierher zurück.«

»Aber woher wusstet ihr, dass die den Container mitnehmen würden?«, hakte Angel nach.

»Von Jurij, dem Krankenpfleger«, sagte Caiden. »Er ist an dieser ganzen Scheiße schuld und ...!«

»Das ist ein wenig komplizierter«, ging Dr. Webb dazwischen. Dann richtete sie sich an Angel. »Wie viel habt ihr inzwischen von Scarlets Flucht erfahren?«

»Nur, dass du sie angeblich gegen den Willen von Yuen freigelassen hast«, sagte Angel und hielt sich damit an die offizielle Version.

Dr. Webb schien ihr das jahrelang einstudierte Pokerface abzukaufen.

»Das ist korrekt. Genauer gesagt, hat Jurij sie auf meine Anweisung hin entkommen lassen«, sagte sie bestätigend. »Dabei hat Scarlet ihm einen schwarzen Ring geschenkt, der wohl unter den Bacchae als ihr Erkennungssymbol gilt. Sie hat natürlich von Vergeltungsmaßnahmen geschwafelt, die wir uns nicht mal vorstellen könnten. Der Ring sollte Jurij davor schützen.«

Angel erinnerte sich an den besagten Ring, mit dem Faith am

Abend vor ihrer Abreise nach Arnac gespielt hatte.

»Faith hat den Ring erkannt und ihn zur Rede gestellt«, sprach Dr. Webb weiter. »Ihre Reaktion fiel wohl nicht so dankbar aus, wie Jurij es sich vorgestellt hatte, aber am Ende hat er sich entschieden, Faith vor Scarlets Schicksal zu bewahren und sie auf eigene Faust freizulassen. Also hat er ihr den Weg in die Wartungsschächte gezeigt und genügend Sensoren sabotiert, damit Caiden und Faith unbemerkt entkommen konnten.«

»Erst Jurij, dann Jiao und Leon«, seufzte Dax. »Es ist ein Wunder, dass Amy bei so viel Sabotage überhaupt noch funktioniert.«

Leon starrte ihn grimmig an. Er hatte mit Amys Manipulation gar nichts zu tun, sondern Cassidy lediglich zum Hubschrauber eskortiert.

»Und woher wusste Jurij von dem Container?«, fragte Angel.

»Von Yuen persönlich«, knurrte Dr. Webb. »Eigentlich sollte Jurij in diesem Loch festsitzen und nicht ich! Aber nachdem sein Verrat ans Licht kam, hat Yuen ihn in eine Gefängniszelle geworfen und mir die Ehre zuteilwerden lassen.«

»Er hat uns ein paar Energieriegel und etwas Wasser mitgegeben, so dass wir zwei Tage in dem Container überleben konnten«, sagte Caiden. »Nur mit Faiths plötzlichem Nervenzusammenbruch hat er nicht gerechnet.«

»Was ist eigentlich mit Faith?«, wollte Dog wissen. »Wieso lag die da oben in dem Lüftungsschacht?«

Dr. Webb drehte sich zurück zu ihren Monitoren und überließ Lt. Mitchell das Wort. Die junge Soldatin berichtete von ersten Gefechten mit den Drohnen, die ihr Team immer tiefer in die Basis drängten. Dabei erhielten sie unverhofft Hilfe von Caiden und Faith, die ihnen ohne echte Alternativen gefolgt waren. Angesichts der prekären Lage schloss Mitchell einen Waffenstillstand mit Caiden. Faith betrachtete sie nach wie vor als Mörderin, die es vor Gericht zu stellen galt, aber als Caiden für sie die Verantwortung übernahm, arbeiteten sie notgedrungen zusammen.

Ihr Hauptanliegen war es, Kontakt zur Biosphäre herzustellen. Dazu mussten sie an den Drohnen und Razors vorbeikommen. Nach einigen erfolglosen Versuchen durch diverse Treppenhäuser bot Faith an, sich allein an die Oberfläche durchzuschlagen. Die anderen sollten die Drohnen ablenken, während sie ihr Infiltrationstalent zur Flucht nutzte. Seit dem hatten sie nichts mehr von

Faith gehört.

»Warum haben die Faith dann nur betäubt und kein tödliches Nervengas benutzt?«, fragte Dog.

»Weil tödliche Nervengasanlagen für gewöhnlich nicht an die Klimaanlage angeschlossen sind?«, antwortete ihm Dax schnippisch. »Das Ziel wurde doch trotzdem erreicht: sie aufzuhalten.«

»Vielleicht sollte sie sogar als Köder für das Rettungskommando dienen?«, mutmaßte Leon.

»Gut möglich«, stimmte Dax zu. »Das würde erklären, warum Amy weiterhin die Sensoren anzapfen konnte, während wir hier unten im Dunkeln gesessen haben.«

»Na schön«, sagte Angel ernst. »Wir sind gekommen, um euch rauszuholen. Das war der Deal mit Jiao. Also hat irgendjemand einen Fluchtplan parat, bei dem es nicht vor explodierenden Gummispinnen wimmelt?«

»Die Müllverarbeitungsanlage steht inzwischen offen«, überlegte Leon.

»Ihr habt das Hauptschott aufbekommen!?«, fragte Cassidy erstaunt.

»Plan B«, murmelte Dog.

»Wie ...?«

»Deine Freundin hier wurde erfinderisch und hat mir ein Atemgerät gebastelt«, sagte Leon anerkennend. »Das Tor zum Bahnhof steht inzwischen etwa einen halben Meter weit offen.«

»Warum seid ihr dann in der Müllverarbeitungsanlage geblieben?«

Angel verzog das Gesicht.

»Weil wir an dich geglaubt haben? Wir saßen die ganze Zeit auf dem Dach von so einem Mülllaster.«

»Außerdem war da noch das Problem mit dem Munitionsverbrauch«, sagte Leon.

»Jetzt ist es aber eine Möglichkeit zur Flucht«, meinte Angel. »Wir müssen nur irgendwie nach draußen kommen.«

»Vergiss es!«, rief Dog sofort dazwischen und zog seinen angenehm trockenen Hemdkragen zurecht. »Ich schwimm nicht nochmal durch diese Drecksbrühe!«

»Was ist mit dem vierten Treppenhaus?«, fragte Angel.

»Das ist vermint«, sagte Caiden. »Es grenzt schon an ein Wunder, dass ihr es auf den Stufen bis zu uns geschafft habt.«

»Es gibt vielleicht noch einen anderen Fluchtweg«, sagte Dr. Webb mit großer Vorsicht. Ihr Fokus richtete sich auf Caiden und Dax. »Habt ihr euren Auftrag erfüllt?«

Dax tippte etwas auf seinem Armcomputer ein.

»Der Fahrstuhl steht unter meiner Kontrolle.«

»Fahrstuhl?«, raunte Dog ihn an und zeigte auf Cole. »Hier funktioniert ein Fahrstuhl und ihr habt mich den Schwachkopf trotzdem schleppen lassen!?«

»Sobald wir ihn benutzen, bekommen die Razors das mit«, verteidigte sich Dax. »Uns bleiben nur ein paar Minuten. Eine Fahrt, mehr nicht.«

»Was ist das für ein Aufzug?«, fragte Angel. »Passen wir da alle rein?«

»Nicht mal ansatzweise«, verneinte Dr. Webb. »Mit unseren Verwundeten, dem Gepäck und dem Gefangenen bleibt noch Platz für drei Personen.«

»Dann lassen wir den Typen einfach hier unten verrecken«, schlug Dog vor.

Dr. Webb und Lt. Mitchell stießen gleichzeitig ein gereiztes Seufzen aus; so als wünschten sie sich, dass Dog endlich mal die Klappe halten würde.

»Das ist keine Option«, entschied Angel und stellte sich zur Überraschung der Hawker auf ihre Seite. »Die Razors sind für uns genauso eine Bedrohung wie für die Biosphäre. Sollen die ihn verhören, sofern sie die Ergebnisse mit uns teilen.«

Dr. Webb dachte einen Augenblick über ihre Bedingung nach und nickte zur Bestätigung.

»Einverstanden.«

»Ein paar von uns könnten auf dem Kabinendach stehen«, sagte Dax. »Solange wir die Kontrolle behalten, kann ich den Aufzug zentimetergenau steuern. Wir benutzen ihn wie ein Doppelstockbett.«

»Und das Gewicht?«, hielt Mitchell dagegen.

Dax tippte abermals auf seinem Display herum.

»Wird schwierig«, gab er zu. »Ich kann die Sicherheitssperren übergehen, aber zwei von uns müssen die Leiter nehmen.«

»Die Kabel brauchen nur eine Fahrt lang durchhalten«, sagte Angel.

»Genau«, stimmte Dax zu. »Das sollte zu schaffen sein. Falls sie wirklich reißen, kann ich jederzeit die Notbremsen aktivieren.«

»Okay«, sagte Lt. Mitchell. »Du hast dich gerade freiwillig für die Cabriofahrt gemeldet.«

Dax schluckte erschrocken, akzeptierte sein Schicksal jedoch wie ein Mann.

»Also worauf warten wir?«, fragte Angel. »Wo ist dieser Fahrstuhl?«

Dax öffnete das Metallschott, aus dem er mit Caiden gekommen war, und zeigte hinaus in den Korridor.

»Da entlang, etwa fünfzig Meter.«

»Dawn, du bleibst bei Karen«, befahl Leon. »Ich übernehme den Razor.«

»Dog, du ...«, begann Angel Anweisungen zu erteilen.

»Jaja«, maulte Dog und warf Cole anschließend einfach über seine linke Schulter. Zum Glück wirkten die Schmerzmittel bereits.

Caiden tippte Dax an und übernahm mit ihm die Vorhut. Die beiden kannten den Weg am besten und gingen ein paar Schritte voraus. Der gefangene Razor konnte von Leon ohne große Anstrengung mitsamt seinem Drehstuhl geschoben werden. Dog folgte ihm in den Tunnel und ließ sein Maschinengewehr dabei auf der rechten Schulter ruhen.

Angel wollte Dr. Webb den Vortritt lassen und wartete mit Cassidy, bis sie abmarschbereit war. Sie griff nach den Aluminiumcontainern mit den Ersatzorganen und drehte sich zu Lieutenant Mitchell um. Die betätigte einen Schalter an der silbernen Kiste, auf der Cole zuvor verarztet worden war. Daraufhin schnappten vier Rollen aus dem Boden. Die junge Soldatin ächzte trotzdem unter der schweren Last, so dass Angel ihr zu Hilfe ging.

»Was ist da drin?«, fragte sie beim Anschieben.

Mitchell sah unschlüssig zu Dr. Webb hoch.

»Ersatzteile für Amy«, erklärte die Ärztin knapp.

»Ist sie kaputt und deswegen der Kontakt abgerissen?«

Dr. Webb verzog unruhig das Gesicht.

»Nein«, antwortete sie zögernd. »Eher ein zukünftiges Projekt.«

Damit gab Angel sich zufrieden. Immerhin hatte sie die vertrauenswürdige KI vor ein paar Tagen mit einer mächtigen Kampfdrohne unterstützt, da würde sie jetzt nicht kleinlich werden.

»Stimmt was nicht?«, fragte Angel, als Cassidy beim Marsch

durch die Basis an ihrer neuen Armeehose herumzupfte. »Zu eng?«

»Ich vermisse meine Kittel. Die waren irgendwie angenehm zu tragen.«

Angel formte ein Lächeln auf ihren Lippen. Wenn sich Cassidy über solch banale Dinge Gedanken machte, konnte es ihr wahrhaftig nicht allzu schlecht gehen.

»Bleib mal stehen«, rief Dr. Webb von hinten. Sie stellte den Organcontainer ab und zog ihren Ledermantel aus. »Hier. Kannst meinen haben.«

Cassidy blickte sie verdutzt an, griff aber sofort zu.

»Warum? Brauchst du ihn nicht mehr?«

Dr. Webb blies entrüstet Luft durch ihre Nasenlöcher, als wäre sie gerade beleidigt worden.

»Ich hab den das letzte Mal vor zwanzig Jahren getragen. Um ehrlich zu sein, ist er mir inzwischen ein wenig zu eng.«

»Muffins am Morgen, Muffins am Abend«, summte Mitchell, während sie ihre Stahlkiste an den beiden vorbeischob.

Cassidy musste sich zwingen, nicht über den Scherz zu lachen und wohlmöglich ihren Mantel gleich wieder zu verlieren. Sie erinnerte sich noch allzu gut daran, wie oft ihr die Ärztin mit Kaffeetasse und Schokomuffin in den Händen in der Biosphäre begegnet war.

»Los, weiter!«, befahl Dr. Webb mürrisch.

***

»Die Kleine ist ... ist ...«, stammelte Dax ein paar Meter voraus.

Caiden wandte ihm das Gesicht zu und zeigte dem Computertechniker seine zerfurchte Stirn.

»Meine Schwester.«

»Ja ich weiß, aber ... sie ist auch ...«

»Meine Schwester!«, wiederholte Caiden mit strenger Stimme.

Da ging Dax ein Licht auf.

»Du meinst sie ... hat einen anderen?«

Caiden hätte sich am liebsten die flache Hand auf die Stirn geklatscht.

»Mann!«, erwiderte er grantig. »Bring uns einfach hier raus!«

Dax sah enttäuscht aus, wollte es aber angesichts der Lage nicht übertreiben. Wortlos setzten sie ihren Weg fort, bis sie eine Minute später den gesuchten Fahrstuhl erreicht hatten.

»Alle bereit?«, fragte Caiden. »Okay, jetzt oder nie!«

Dax drückte einmal mit dem Zeigefinger auf sein Armpad und presste die Augenlider zusammen. Die ganze Gruppe hielt den Atem an und starrte auf die straff gespannten Stahlkabel im Schacht. Dann folgte das erlösende Rumpeln in der Tiefe. Der Motor sprang an und der Förderkorb befreite sich vom Schrott, der über die Jahre auf sein Dach gefallen war.

»Er kommt!«, rief Dax euphorisch. »Er kommt hoch! Ich glaub's ja nicht! Das funktioniert!«

»Ich hab dir doch gesagt, dass du das hinbekommst«, sagte Caiden bei einem anerkennenden Schulterknuff.

»Ihr wart euch nicht sicher?«, fragte Angel.

Caiden und Dax zuckten wie kleine Jungs nach einem fiesen Streich mit den Schultern.

»Die Zeit läuft«, mahnte Mitchell. »Habt ihr entschieden, wer oben mitfährt?«

Cassidy nickte Angel zu. Sie würde mit ihrem Bruder auf das Dach steigen und Dax Gesellschaft leisten. Angels Platz innerhalb der Kabine stand außer Frage. Bei ihrer Höhenangst würde sie es keinesfalls außerhalb bis nach oben schaffen. Zusammen mit Dr. Webb, Cole und Lt. Mitchell war das Limit erreicht. Dadurch erhielten Dog und Leon den Schwarzen Peter.

»Schön vorsichtig und nicht an den Kabeln festhalten«, warnte Dax, als er den Fahrstuhl auf Bodenhöhe stoppte. »Am besten setzen wir uns hin.«

Caiden half seiner Schwester hinauf und ging mit ihr in die Hocke. Dax startete den Motor erneut und fuhr zwei Meter hoch.

»Geht's so?«, hallte seine Stimme durch den Schacht.

»Ein bisschen tiefer!«, rief Mitchell. »Ja ... noch ... okay ... STOPP!«

Der Förderkorb hielt eine Handbreit unter Ebene Fünfzehn, so dass die Ladung problemlos hineingeschoben werden konnte. Die silberne Kiste passte nur senkrecht rein. Es brauchte die vereinte Kraft von Leon und Dog, um sie aufzurichten und über die Schwelle zu stemmen.

»Vorsicht ... Achtung!«, rief Dr. Webb, als sie nach hinten wegzukippen drohte; doch zu spät. Der Metallsarg donnerte mit voller Wucht gegen die Fahrstuhlwand. Dabei löste sich die Verriegelung und die Truhentür klappte einen Spalt auf. Dog versuchte sie wieder zu schließen, aber irgendetwas hatte sich dazwischen verkeilt.

»Sekunde«, brummte er gereizt und zog die Tür zentimeterweise auf. »Das haben wir gleich.«

Er wollte die Ersatzteile oder was auch immer die Hawker darin lagerten zurückschieben und sich dann dagegenstemmen. Blind tastete er sich vor und fühlte etwas weiches; wie eine Frucht, in dessen Inneren ein harter Kern steckte. Angewidert von der Vorstellung, die Lunge für Sharon in der Hand zu halten, zog er sie blitzartig zurück. In dem Moment fiel der Gegenstand mit einem dumpfen Poltern auf den Linoleumboden. Es war weder eine Lunge noch sonst ein Organ, sondern ein Fuß, an dem ein Bein in der Truhentür hing.

Nun zuckte Dog erst recht zurück und verlor die Farbe im Gesicht. Immerhin hatte er gerade versucht, die Tür mit Gewalt zu schließen.

»Was ist das wieder für ein Mist!?«, rief er aus dem Fahrstuhl heraus. »Könnt ihr eure Toten nicht wie jeder normale Mensch in Plastiksäcken transportieren?«

»Wer ist das?«, fragte Angel.

Lt. Mitchell sah Dr. Webb wie zuvor an, als Angel nach dem Inhalt der Kiste gefragt hatte. Noch während sie nach einer Antwort suchten, zog Leon den Deckel auf.

Der Begriff *Sarg* entsprach zum großen Teil der Wahrheit. Der Innenraum war ausgepolstert, wie man es von Begräbnissen kennt, allerdings mit Hartschaum anstelle von Federkissen. Darin befand sich auch kein toter Hawker, sondern eine unwirklich erscheinende Frau. Jung und attraktiv, jedoch nackt und ohne Haare. Ihre Haut wirkte völlig makellos und wies nicht den geringsten Leberfleck oder ähnliche Pigmentierungen auf. Zugleich schimmerte sie nicht wie die der anderen. Sie sah matt aus; wie frisch gepudert.

»Moment mal«, murmelte Angel. »Cassidy hat uns von der erzählt! Die Frau hat Danny gekillt und sie vor zwei Stunden fast erwischt! Wie kommt die in eure Kiste!?«

»Was!?«, schallte Cassidys Stimme vom Fahrstuhldach.

»Karen?«, bohrte Leon nach. Entweder spielte er seine unwissende Rolle besonders gut oder verstand ebenso wenig, was gerade vorging.

»Das ist keine Frau«, erklärte Dr. Webb mit einem kapitulierenden Seufzer. »Das ist ein Roboter. Eine Drohne genau wie die anderen. Nur eben auf zwei Beinen und mit einem Hautüberzug.«

»Ist das echte Haut?«, fragte Dog und tippte neugierig auf den künstlichen Bauchnabel. »Fühlt sich gut an.«

»Nein. Die äußeren Merkmale wie Augen, Haut und Mund wurden von der ... ähm ... Sexspielzeugindustrie entwickelt.«

Augenblicklich ließ Dog von der nackten Drohne ab, als fürchtete er um einen eifersüchtigen Tritt von Angel in den Hintern.

»Was macht ihr da unten?«, rief Cassidy ungeduldig vom Kabinendach.

»Uns läuft die Zeit davon«, warnte Mitchell.

»Ist sie eine Gefahr für uns?«, fragte Angel ernst. »Können die Razors sie einschalten?«

»Nein!«, schallte die Antwort von Dax herab. Er wusste offenbar genau, worum es ging. »Wir haben die Energiezellen entfernt.«

»Okay«, entschied Angel. »Dann packt sie wieder ein und lasst uns verschwinden. Ihr könnt uns später erklären, was das für ein Ding ist.« Dabei griff sie nach Dogs Schulter und zog ihn aus dem Fahrstuhl heraus. »*Wir* packen sie wieder ein. Du fängst schon mal an zu klettern!«

Dog zog ein enttäuschtes Gesicht. Er hatte sich also doch nicht in ihr geirrt. Leon schob den sedierten Razor in die Fahrstuhlkabine und folgte ihm anschließend die Leiter im Nachbarschacht hinauf.

»Dax!«, rief Dr. Webb zur Decke hoch. »Alles bereit! Los geht's!«

»Alles klar! Festhalten!«

Mit einem Rucken setzte sich der Aufzug in Bewegung. Sich auf dem Dach hinzusetzen, erwies sich als hervorragende Idee. Andernfalls wären Caiden und Cassidy wohlmöglich an Dog und Leon vorbei in die Tiefe gefallen.

Die Fahrt verlief alles andere als ruhig. Es klapperte und rumpelte wie mit einem Schrottauto auf Querfeldeintour. Die alten Stahlseile knirschten unter jahrzehntelangem Verfall und Überbeanspruchung. Hin und wieder sackte der ganze Förderkorb ein paar Zentimeter ab. Gleichzeitig hallte das Zischen von auseinanderberstenden Kabeln aus der Dunkelheit.

»Komm schon ... komm schon ...!«, flehte Dax seinen Armcomputer an. »Ebene Elf ... Zehn ...!«

»Also, was hat es mit der da auf sich?«, fragte Angel und zeigte auf die verschlossene Truhe. Sie musste sich selbst ablenken, um nicht allein durch die Vorstellung verrückt zu werden, hundert Meter über dem Boden zu schweben und jederzeit abstürzen zu können.

»Darauf hatten es die Razors vor fünfundzwanzig Jahren abgesehen«, erwiderte Dr. Webb. »Als herauskam, dass ihr die Basis geöffnet habt, war Yuen klar, dass sie es wieder versuchen würden. Captain Jameson sollte einen der Prototypen in Sicherheit bringen.«

»Warum nur einen? Da unten lagen doch viel mehr von den Kisten rum?«

»Weil uns für eine großangelegte Bergungsoperation die Mittel fehlen, seit Jiao mitsamt ihrem Hubschrauber desertiert ist«, antwortete ihr Mitchell sichtlich gereizt. Angel blieb nicht verborgen, dass sie Leon offenbar keine Schuld gab.

Dr. Webb setzte ein gönnerhaftes Lächeln auf. Sie maß Jiaos Rebellion weit weniger Dramatik bei. Immerhin hatte sie ihr ja dabei geholfen.

»Wir brauchen nur einen vollständig erhaltenen Roboter, um irgendwann eigene zu bauen.«

»Und was ist mit den Razors? Werden die sich nicht die anderen unter den Nagel reißen?«, fragte Angel etwas erstaunt über ihre Kurzsichtigkeit.

»Wenn wir den Bunker verlassen haben, werden wir die Basis versiegeln«, sagte Dr. Webb. »Dieses Mal für alle Ewigkeit.«

»Ebene Sechs ... Fünf ...!«, meldete Dax auf dem Dach über ihnen. »Komm schon! Nur noch ein kleines Stück!«

Auf einmal krachte es rund um den Förderkorb. Augenblicklich verlangsamte sich die Fahrt. Die Maschinen heulten auf, so als hätte jemand eine Tonne Blei darangehängt.

»Was ist das!?«, brüllte Angel.

»Die Bremsen!«, hörte sie die erschrockene Stimme von Dax. »Die haben die Bremsen eingeschaltet!«

»Wer!?«

»Was weiß ich!? Die Razors!«

»Schalt sie wieder ab!«, rief Dr. Webb zur Decke.

»Kann ich nicht! Ich verlier die Kontrolle über den Fahrstuhl!«

»Warum bewegen wir uns dann immer noch nach oben?«

»Mit aktivierten Notbremsen steigt unser Gewicht exponentiell! Die Kabel werden jeden Moment reißen und dann brauchen die nur noch die Bremsen lösen, um uns abstürzen zu lassen!«

»Wie hoch sind wir?«, fragte Angel mit starrem Blick auf die verschlossene Tür.

»Irgendwo bei Level Vier oder Fünf!«

Angel zückte ihren Kampfdolch und stach zwischen die Schiebetüren.

»Dawn! Fass mit an!«, rief sie der Soldatin zu.

»Was hast du vor?«, fragte Dr. Webb.

»Wir müssen hier raus!«

Angel stemmte sich mit aller Kraft in den Spalt und schaffte es schließlich, sie aufzuschieben.

»Dax! Bekommst du die Außentüren auf!?«, rief Dr. Web nach oben.

»Moment ... ja ... das System ist noch zugänglich!«, hallte die Antwort vom Dach. »Welche Ebene soll ich ...?«

»Alle! Mach sie alle auf!«

Ein paar Sekunden später fuhren sich die Türen wie von Geisterhand in die Wände und gaben den Blick auf die einst elegante Büroeinrichtung der oberen Etagen frei.

Cole hüpfte als Erster auf einem Bein ins Freie. Dann ließ Angel den noch immer bewusstlosen Razor über die Klippe springen und schnappte sich den Organkanister.

»Raus! Los, raus mit euch!«, befahl sie Dr. Webb und Lt. Mitchell.

»Was ist mit dem Roboter!? Wir können sie nicht zurücklassen!«, rief ihr die Ärztin zu.

Lieutenant Mitchell schwieg, blieb aber demonstrativ an ihrer Seite.

»Das hier ist keine Bergungsoperation!«, schmetterte Angel durch das Dauerquietschen.

»Die Kabel reißen!«, warnte Dax.

»DOG!«, hörten sie Caidens Stimme. »Geht in Deckung! Das Scheißding schmiert gleich ab!«

»Raus hier, verdammt noch mal!«, wiederholte sich Angel.

Als Dr. Webb weiter zögerte, riss Angel sie kurzerhand mit sich. Daraufhin musste ihnen Mitchell folgen. Keine Sekunde zu früh. Die letzten beiden Stahlkabel zerbarsten unter dem künstlich erhöhten Gewicht und zischten durch die Dunkelheit wie tödliche Peitschenhiebe. Dann gaben die Bremsen den Aufzug mit einem metallischen Klicken frei. Angel rappelte sich auf und starrte furchtsam zum Fahrstuhl.

»CASSIDY!«

Der Aufzug rauschte mit lautem Geheul in die Tiefe, doch sein Dach war leer.

»Cassidy!«, rief Angel abermals und tastete sich auf allen Vieren vor, bis sie in den Abgrund blickte. Ihr wurde augenblicklich schwindelig und sie musste sich abwenden.

»Dax?«, rief Mitchell. Ihr genügte der sichere Halt einer Hand, um sich in den Schacht hineinbeugen zu können. »Wo steckt ihr?«

Kaum hatte sie die Frage ausgesprochen, erschien Caidens Fuß auf der Türschwelle. Er zog sich mit Dawns Hilfe ins Freie und half anschließend seiner Schwester.

»Da gibt es ...«, keuchte er. »... mehr als eine Leiter.«

Cassidy fiel Angel in die Arme, die sich ein paar Meter zurückgezogen hatte und mit ihrer Pistole die Nahbereichssicherung übernahm.

»Dog!«, brüllte Caiden in die Tiefe. »Seid ihr noch da?«

»Dein Freund kann sich warm anziehen, wenn ich ihn in die Finger kriege!«, lautete die schallende Antwort.

»Sie haben es überlebt«, übersetzte Caiden, ehe er sich wieder hinabwendete. »Wo steckt ihr!«

»Ebene Acht!«, erwiderte Leon.

»Okay! Wir warten auf euch!«

Dr. Webb tigerte derweil aufgebracht an der Wand entlang.

»Alles umsonst«, knurrte sie. »Alles umsonst wegen diesen Bastarden!«

Sie trat mit voller Wucht gegen den umgekippten Stuhl des Razors. Mitchell versuchte sie zu beruhigen, doch es nutzte nicht viel.

»Sharons Lunge war überhaupt nicht der Grund für euer Kommen, oder?«, schlussfolgerte Angel.

Dr. Webb schleuderte ihr einen giftigen Blick entgegen.

»Nein«, gab sie widerwillig zu. »Andersrum wird ein Schuh draus.« Sie setzte sich auf eine gepolsterte Sitzbank des Flurs und vergrub ihr Gesicht zwischen den Handflächen. »Seit Yuen von eurer Öffnung der McKnight Air Force Base erfahren hat, hat er diese Operation geplant«, begann sie desillusioniert zu berichten. »Ich hab ihn davor gewarnt, hierher zurückzukehren, aber er wollte nicht hören. Und er hatte recht, wie der Schwachkopf da beweist.«

»Was ist so wichtig an dem Ding?«, fragte Angel.

»Was ist so wichtig an einer humanoiden Kampfdrohne, die unbemerkt unter Menschen geschleust werden kann?«, antwortete Mitchell zynisch.

»Das Problem ist tiefgründiger«, sagte Dr. Webb. »Im Jahr 2046 hatten wir keinen blassen Schimmer, warum gerade wir von den Razors angegriffen wurden. Unser einziger Anhaltspunkt waren diese silbernen Kisten. Yuen hat die Razors auf seiner Flucht beim Stehlen der Kisten überrascht, konnte aber keinen Blick hineinwerfen. Als er ein paar Tage später nachsehen wollte, tauchten die Razors erneut auf. Daraufhin hat er sie hier unten eingeschlossen und den Komplex versiegelt.«

»Also wolltet ihr diesmal vor ihnen da sein?«, überlegte Angel.

»Bis zum ersten Aufeinandertreffen wussten wir nicht einmal, dass die Söldnereinheit noch in irgendeiner Form existiert«, erwiderte Dr. Webb und schüttelte den Kopf. »Das ist immerhin fünfundzwanzig Jahre her.«

»Warum dann die plötzliche Obzession mit dem nackten Roboter?«

»Wir sind uns sicher, dass Amy die Drohne steuern könnte, so wie sie jede andere Technik nach kurzer Zeit beherrscht«, erklärte Dax.

»Der Hauptgrund ist, dass dies unsere letzte Chance ist, einen der Roboter in die Hand zu bekommen«, fügte Dr. Webb hinzu.

»Warum letzte Chance?«, fragte Angel. »Ich dachte, die Basis steht jetzt für immer offen?«

»Ich habe doch gesagt, dass wir den Komplex diesmal für alle Ewigkeit verschließen werden«, erinnerte sie die Ärztin. »Wir haben einen Nuklearsprengkopf in den Tiefen der Basis versteckt. Wenn wir ihn zünden, stürzen alle achtundzwanzig Etagen in sich zusammen und werden unter dem Hadesgebirge begraben.«

»Atom–« Angel blieben die Worte im Halse stecken und sie

begann zu flüstern. »Ihr habt eine Atombombe hierhergebracht!?«

»Ganz recht«, bestätigte Dr. Webb. Unüberhörbarer Stolz schwang in ihrer Stimme mit.

»Und was, wenn wir noch in der Müllverarbeitungsanlage festgesessen hätten?«

»Das wäre äußerst tragisch gewesen, aber ohne Kommunikationsmöglichkeit ...«

»Mit anderen Worten: Ihr hättet uns zur Hölle gejagt! Und Leon und Jiao gleich mit!«

Dr. Webb senkte ihr Haupt auf der Suche nach der passenden Antwort.

»Was für ein Vater lässt seine Tochter mitten in eine Atombombenexplosion laufen!«, setzte Angel nach.

»Woher hätten wir denn wissen sollen, dass Yuen eine weitere Expedition schickt?«

»An der Oberfläche ...«, keuchte Leon vom Schacht aus. Er und Dog hatten den Aufstieg geschafft. Mitchell lief sofort herbei und half ihnen ins Freie. »An der Oberfläche wäre ihnen der Atlas aufgefallen.«

»Ihr seid die ganze Strecke mit dem Atlas gefahren?«, fragte Mitchell anerkennend. »Mitten durch das Sicariigebiet?«

»Wir hatten Hilfe«, knurrte Dog.

»Jade«, sagte Angel und beantwortete damit die fragenden Blicke.

»Mh, ihr hattet also eure eigene Bacchae«, sagte Dr. Webb.

»Können wir endlich von hier verschwinden!?«, grollte Dog sie an.

»Völlig egal, wie euer Auftrag lautet«, begann Angel im Befehlston. »Das ist jetzt meine Operation. Verstanden? Ihr tut was ich sage und wann ich es sage oder ihr könnt hier unten mit eurer Atombombe verrecken!«

Leon und Mitchell blickten zu Dr. Webb. Obwohl sie beide militärische Ränge bekleideten, war allen klar, dass Zivilisten bei den Hawkern das Kommando hatten.

»Du hast uns wohl kaum eine Wahl gelassen«, gab sich die Ärztin grimmig geschlagen.

»Dann los!«, rief Angel den anderen zu. »Wir nehmen Treppenhaus Nummer drei. Mit etwas Glück sind die oberen Etagen noch frei.«

Sie winkte Leon zu, der die Führung übernehmen sollte.

»Atombombe?«, fragte Dog kleinlaut. Ihm hatte schon die apokalyptische Detonation des Tanklagers von Silver Valley imponiert. Eine Nuklearexplosion kannte er nur aus Erzählungen.

»In den unteren Ebenen liegt eine«, erklärte Caiden ihm und seiner Schwester auf dem Weg. Er hatte für Cole einen Chefsessel mit Beinablage gefunden, so dass Dog den Verwundeten nicht mehr tragen musste. »Dawn und ich haben sie dort installiert. Wenn wir hier raus sind, ebnen die Hawker die gesamte Basis ein.«

»Was ist mit den Razors?«, fragte Cassidy verängstigt. »Die haben doch schon jede andere Technik übernommen! Können die nicht auch ...?«

»Ausgeschlossen«, beruhigte sie Dax. »Nicht mal Amy wäre in der Lage, die Kontrolle über den Sprengkopf zu erlangen, nachdem er einmal scharfgemacht worden ist.«

»Und wie sollen wir die hochjagen?«, fragte Dog.

Dax tippte auf seinen Armcomputer.

»Damit.«

»Ihr kriegt ja nicht mal eine Funkverbindung hin!«

»Das ist ... kompliziert«, brachte Dax hervor. Er wollte den Hünen auf keinen Fall beleidigen; aus reinem Selbsterhaltungstrieb. »Vereinfacht gesagt schwimmt der Auslöseimpuls auf den Funkwellen des Störsenders mit. Erst wenn wir den Knopf drücken, merken die Razors, welche Frequenz wir benutzen. So wie mit dem Aufzug, aber dann ist es bereits zu spät.«

»Hoffen wir's«, brummte Caiden. Er teilte die Sorgen seiner Schwester und zeigte dabei offen sein Misstrauen in die technischen Kompetenzen der Hawker. Dax nahm das sichtlich persönlich, war aber nach dem Versagen seiner Fahrstuhlkontrollen nicht in der Position, um dagegen zu protestieren.

***

Währenddessen wahrte Angel einen Abstand von nur einem Meter zu Leon. Sie wollte sicherstellen, dass er sich an ihre Anweisung hielt.

»Hast du davon gewusst?«, fragte sie ihn anklagend.

»Wovon?«

»Von Doktor Webbs wirklichen Auftrag!«

Die Ärztin schob den bewusstlosen Razor mit Lt. Mitchell am Ende der Gruppe und war außer Hörweite.

»Nein«, murrte Leon. Dabei zeigte er ihr sein Gesicht, als wolle er seine Offenheit demonstrieren. Sie entdeckte Anzeichen von Unentschlossenheit und Zorn, jedoch kein zweifelsfreies Merkmal einer Lüge. »Jiao und ich waren uns einig, dass mehr hinter Yuens humanitären Auftrag lag. Aber das?« Leon formte Schlitze mit seinen Augen und konzentrierte sich wieder auf den Weg. »Vielleicht hat er damit gerechnet, dass sie aufgrund ihres verletzten Fußes draußen bleibt.«

»Oder es war ihm egal«, hielt Angel kalt dagegen.

Leon schüttelte mit dem Kopf.

»Nein. Man kann viel über Yuen sagen, aber er liebt seine Tochter. Er hätte sie nicht blindlings in eine Todesfalle laufen lassen.«

»Dann hat er nichts vom Wiederauftauchen der Razors gewusst?«

Diesmal nickte Leon.

»Genau das macht Karen Angst. Wie konnten die nach fünfundzwanzig Jahren binnen weniger Wochen wieder hier auftauchen? Woher wussten die überhaupt von Sharons Öffnung? Und wo haben sie all die Jahre gesteckt? Haben sie vielleicht sogar auf Karens Team gewartet, um zwei Fliegen mit einer Klappe zu schlagen? Wie ist es ihnen gelungen, Amy auszuschalten?«

»Einen Störsender aufzustellen ist nun wirklich keine große Kunst«, meinte Angel abwertend. »Das ist so kompliziert, wie zwei Schlüssel gleichzeitig umzudrehen.«

»Du verstehst nicht. Es ist völlig ausgeschlossen, dass die Razors die Basis allein unter ihre Kontrolle gebracht haben. Nicht mal wir hätten das fertiggebracht. Nur Amy stehen die Mittel zur Verfügung, innerhalb so kurzer Zeit die Aufzüge, Schlösser und Türen zu übernehmen.«

»Und die vielen Kampfdrohnen.«

Leon nickte abermals.

»Deswegen wird Amy blockiert. Sie könnte diese metallenen Viecher steuern, so wie sie in der Biosphäre damit Fenster putzt.«

Angels Schritte verlangsamten sich.

»Das heißt, da draußen ist noch eine ... Amy? Die für das Chaos hier verantwortlich ist?«

»Genau. Überleg doch mal. Yuen braucht den humanoiden Roboter für unsere KI. Wofür werden die Razors die Drohne haben wollen?«

»Für ihre eigene künstliche ... Intelligenz?«

Sie hatten Treppenhaus Drei erreicht. Leon ging links von der Tür in Stellung, Angel übernahm die rechte Seite.

»Eure Endzeitkriege sind vielleicht nur das Symptom einer viel größeren Bedrohung, die uns alle betrifft«, sprach er prophetisch. »Bereit? Drei, zwei, eins!«

Auf Los drückte Angel die Türklinke herunter und Leon stürmte hindurch.

»Klar!«, meldete er mit einer gewissen Erleichterung. »Scheint, als hätten die wirklich nur die unteren Ebenen vermint.«

»Dann sollten wir uns beeilen, ehe diese Mistviecher an den Wänden nach oben krabbeln«, entschied Angel. »Beeilung!«

Sie übernahm selbst die Führung, da Leon nun den sedierten Razor tragen musste. Dog wuchtete Cole wieder über seine Schulter. Cassidy und Mitchell bildeten die Nachhut. Im Treppenhaus verstummten sämtliche Gespräche. Niemand wollte die Geräusche herannahender Drohnen überhören und außerdem lag die rettende Oberfläche näher als je zuvor.

Angel behielt Recht mit ihrer Annahme, dass nur die unteren Etagen bewacht wurden. Insgeheim vermutete sie, dass die Razors – oder wer auch immer die Roboter steuerte – etwaige Eindringlinge absichtlich in die tieferen Katakomben lockten, ehe die Falle zuschnappte. Trotzdem stoppte sie auf allen Flachstellen und horchte in die Dunkelheit.

Nachdem Angel mit jeder Ebene proportional wachsamer zur Aufheiterung des Rests der Gruppe geworden war, durchbrach sie an der Tür zur Logistikstation das Schweigen.

»Hörst du irgendwas?«

Leon schüttelte den Kopf.

»Nach all der Gegenwehr verläuft unsere Flucht ein bisschen leicht, findest du nicht?«, fragte sie.

Leon atmete schwer und ging in Stellung.

»Ist das eigentlich ein generelles Problem von euch Barbaren oder stehst du mit deinem Pessimismus allein da?«

»Ist ihr angeboren«, schnaufte Dog. Er setzte Cole ab und

stemmte sich hinter Angel an die Wand.

»Ich sage ja nur, dass ich da draußen einen Wachposten stationiert hätte, wenn in meinem Hinterhof irgendwelche Plünderer am Werke wären«, wehrte sie sich nachdrücklich.

»Zeit genug hatten sie ja«, stimmte ihr Mitchell an Leons Seite zu.

Leon machte ein saures Gesicht, so als wolle er die Wahrheit nicht akzeptieren. Er legte den rechten Zeigefinger auf den Mund und öffnete die Tür einen Spalt weit. Dabei achtete er peinlich genau auf etwaige Sprengfallen; wie Drähte oder Lichtschranken zwischen Tür und Rahmen.

»Was siehst du?«, zischte ihm Angel zu.

»Scheiße«, knurrte er kurz darauf und schloss die Tür wieder. »Die Drohne wartet auf uns. Die Frau. Direkt vor der Auffahrt mit einer Handvoll Robotern um sich herum.« Er löste seine angespannte Haltung und ging einen Schritt von der Tür weg. »Na schön. Es ist deine Mission. Was nun? Umkehren und es woanders versuchen?«

Angel senkte ihre Pistole und rieb sich über das erschöpfte Gesicht.

»Bist du dir sicher, dass wir es mit einer anderen Amy zu tun haben?«

»Da draußen steht nicht ein Razor und es ist die logischste Erklärung für das Chaos.« Leon drehte den Kopf zu Dax. »Hab ich nicht recht?«

Der Computerspezialist hielt sich seit dem Fahrstuhlabsturz hinter Lt. Mitchell versteckt. Er nickte zögernd.

»Und was bringt uns das?«, knurrte Dog ungeduldig. »Diese Metallbiester platzen genauso gut wie Schädel!«

»Sie reagieren schneller als jeder Mensch«, klärte ihn Leon auf. »Sie kommunizieren und koordinieren ihre Vorgehensweise ohne Zeitverzögerung.«

»Nicht ganz ohne Verzögerung«, überlegte Dax. »Wenn die Razors wirklich eine KI am Laufen haben, dann unterliegt sie denselben technischen Schwierigkeiten wie Amy. Die Funksignale brauchen eine gewisse Zeit, um von der Basis zu den Drohnen zu gelangen. Andernfalls würden sie die Funkmodule aller Einheiten deaktivieren und sie autonom agieren lassen. Ein Störsender wäre überflüssig.«

»Wie viel Zeit?«, fragte Angel.

»Zwei, vielleicht drei Sekunden? Kommt auf die Qualität von deren Relaisdrohnen an.«

»Und solange tun sie was? Still in der Gegend herumstehen?«

»Nein. Bis zum Eintreffen neuer Befehle folgen sie lokalen Protokollen.«

»Sie schießen nach eigenem Ermessen zurück«, übersetzte Leon. »Aber das können wir ausnutzen. Nach dem was ich über die Drohnen gelesen habe, arbeiten die meisten nur mit akustischen und optischen Sensoren.«

»Du meinst, wir überlasten ihre lokale Hardware und überfluten die Sensoren?«, kombinierte Dax. »Wie willst du das anstellen?«

»Jedes akustische Signal und jedes bewegliche Objekt wird von ihnen analysiert werden. Besonders wenn wir sie vorher in Brand stecken.«

»Dafür bräuchten wir aber tausende auf einmal!«

»Wir jagen einfach das Logistikdepot in die Luft«, schlug Leon vor. »Die Regale da draußen sind gut gefüllt. Genug Material, das brennend herumfliegen kann, während wir die Drohnen ausschalten.«

»Und du glaubst wirklich, dass das funktioniert?«

»Die Alternative ist ein erneuter Tauchgang in der Müllverarbeitungsanlage.«

»Ich sage, wir folgen seinem Plan!«, entschloss Dog sich spontan.

Auch die anderen nickten ihm bestätigend zu.

»Okay, wie viel Sprengstoff haben wir?«, fragte Angel und holte dabei ihre eigene Handgranate hervor, die sie im Atlas vor ihrem Aufbruch bekommen hatte.

Dog und Leon steuerten ebenfalls eine herbei. Cassidy hatte ihre vor der Klettertour zurückgelassen. Lieutenant Mitchell führte keine Granaten mit sich, dafür aber zwei Pakete Sprengstoff mit Fernzündern.

»Kommen die überhaupt durch den Störsender?«, zweifelte Dr. Webb.

»Nur ein Weg das rauszufinden«, antwortete Mitchell. Sie zog die Zünder aus dem Sprengstoff und betätigte den Auslöser. Ein grüner Knopf mit einem leisen Piepen bestätigte die Funktionsfähigkeit.

»Sobald das Feuerwerk startet, gibt es kein zurück mehr«, warnte Leon. »Sämtliche Drohnen aus den unteren Ebenen werden sich auf den Weg zu uns machen.« Er warf einen ernsten Blick in die Runde. »Wenn noch jemand etwas sagen will ...«

»Das nennst du eine motivierende Ansprache!?«, grollte Dog. Er schwang sein Gewehr auf den Rücken und ließ sich die beiden Sprengstoffladungen geben. »Jetzt hört mir mal zu ihr warmduschenden Himmelbettschlafmützen! Wir gehen da raus und machen Kleinholz aus diesen übergeschnappten Aschenbechern! Ich will endlich mal eine Atombombe hochgehen sehen!«

»Ihr habt ihn gehört!«, schnaufte Cole. Er hüpfte auf dem rechten Bein hinter Dog herum. »Los! Schmeiß ihnen das Scheißzeug zwischen die Ketten!«

Angel konnte es kaum glauben, wie die beiden Streithälse plötzlich Hand in Hand die Flucht anführten, doch sie hätte es nicht besser formulieren können. Zusammen mit den anderen ging sie in Stellung.

»Drei, zwei eins«, zählte Leon rückwärts. »Los!«

Er zog die Tür mit einem Ruck auf, damit Dog die Päckchen ungehindert zwischen die Regale schleudern konnte. Der Hüne nahm einen Schritt Anlauf und holte weit aus.

»STOPP!«, zischte Angel und stemmte sich mit aller Kraft gegen seinen Wurfarm. »Hört ihr das?«

Etwas unfreiwillig entspannte Dog seine Armmuskeln und hockte sich auf den Boden. Aus der Ferne war ein Brummen oder Summen zu hören, das allmählich lauter wurde und näher zu kommen schien.

Angel nickte Cassidy zu, die daraufhin zum Treppenaufgang tapste und auf der Suche nach den herannahenden Drohnen nach unten sah.

»Nichts«, meldete sie verunsichert. »Nichts zu erkennen.«

»Was ist das?«, raunte Dog. »Was machen die Blechbüchsen da draußen?«

Leon spähte am Türrahmen vorbei.

»Die hören das auch aber ... das kommt vom Tunnel! Die derhen sich alle um und ...«

Auf Kommando ratterten die Gewehre der Roboter los und feuerten die Zufahrt hinauf.

»Das ist der Atlas! Das ist Jiao!«, rief Leon euphorisch durch den plötzlichen Kampflärm.

Die anderen drängten sich in den Türrahmen hinein, um einen Blick auf das erhoffte Spektakel zu erhaschen. Zunächst hielten sämtliche Kampfdrohnen ihre Stellung und blieben mitten auf der Straße stehen. Dax behielt offenbar Recht mit seiner Latenztheorie. Erst nach ein paar Sekunden regten sich die Antriebsketten und Stelzenbeine, um dem herannahenden Ungetüm aus dem Weg zu gehen. Nur die nackte Frau sprang blitzschnell zur Seite, doch es war bereits zu spät.

Die Fünfundzwanzig-Millimeter-Kanone vom Cockpitdach des Atlas zerlegte die Maschinen buchstäblich in ihre Einzelteile. Gegen eine solche Feuerkraft auf engem Raum waren sie nicht konstruiert worden. Gleichzeitig prallten die Drohnengeschosse aus Infanteriekalibern wirkungslos an dem gepanzerten Truppentransporter ab.

Jiao gab sich damit jedoch nicht zufrieden. Unaufhaltsam raste der Atlas in die Logistikstation hinein und überrollte dabei den verbliebenen Elektroschrott. Der humanoide Roboter wurde vom Bug erfasst und in hohem Bogen davongeschleudert.

»Jetzt oder nie!«, rief Angel ihren Leuten zu. »Lass die Ladungen hier!« Bevor Dog ihre Anweisung verstanden hatte, riss sie ihm die Sprengsätze aus der Hand und versteckte sie links und rechts der Tür. »Los! Los! Los!«

Wie bei einem Befreiungsschlag stürmten sie aus dem Treppenhaus und stürzten sich auf die sichtlich überlasteten Roboter, von denen sich nur wenige hatten retten können. Im Kreuzfeuer aus Atlas und dem geballten Kugelhagel der Gruppe blieben die Drohnen chancenlos. Jade und Faith tauchten hinter dem Panzerwagen auf und unterstützten sie zusätzlich. Das ohrenbetäubende Getöse übertönte jegliche Kommunikationsversuche, störte aber sonst niemanden. Wie im Rausch nahmen sie Rache an den Maschinen, die sie durch die Hölle geschickt hatten.

Erst als nur noch regungsloser Schrott von ihnen übrig war, verstummten die Geschütze. Eine druckvolle Ruhe kehrte ein, nur unterbrochen vom tiefen Motorbrummen des Atlas. Mit dem unbeugsamen Stolz einer Feldherrin auf einem siegreichen Schlachtfeld schritt Angel durch abertausende von Metallsplittern. Dog griff Cole wie selbstverständlich unter die Arme und folgte ihr. Dr. Webb suchte nach neuen Verletzungen, aber die

Maschinen hatten sich irrtümlich auf den Atlas konzentriert. Dax wollte die Überreste untersuchen und am liebsten ein paar davon einstecken, bis Leon und Mitchell ihn am Kragen davonzogen. Caiden legte seinen linken Arm um Faith. Eine der wenigen Zärtlichkeiten, die sie öffentlich zeigten.

»Wo kommt ihr auf einmal her?«, fragte Leon. »Ist der Störsender abgeschaltet worden?«

»Nein«, antwortete Jade. »Wir haben uns lediglich dazu entschieden, euch den Rückweg freizuhalten.«

»Keinen Augenblick zu früh«, entgegnete ihr Angel.

Jade schwenkte den Kopf zu Faith.

»Es hat eine Weile gedauert, bis sie aufgewacht ist und uns eingeweiht hat.«

Während sie sprachen, wendete Jiao den Atlas innerhalb der Logistikstation und stoppte direkt vor der Auffahrt. Dort steckte sie den Kopf aus dem Seitenfenster.

»Vielleicht sollten wir von hier verschwinden?!«, rief sie den anderen zu. »Das werden nicht alle gewesen sein!«

Die Augen der gesamten Gruppe richteten sich auf Angel, die immerhin das Kommando an sich gerissen hatte. Sie selbst jedoch blickte zu Dr. Webb.

»Hier gibt es nichts mehr für euch zu holen«, sagte sie ernst. »Lass uns diese Todesfalle endgültig begraben.«

Dr. Webb drehte sich zum Treppenhaus um. Ihr halbes Leben lief wie ein Film in ihrem Kopf ab. Der Einzug in die McKnight Air Force Base als junge Ärztin, ihr rasanter Karriereaufstieg, ihre Freundschaft mit Zhang Saki und ihr tragisches Ende vor fünfundzwanzig Jahren. Dieser Ort hatte ihr viel Freude aber auch unendliches Leid gebracht. Als sie sich wieder zu Angel wendete, stand ihr Entschluss fest.

»Abmarsch!«, befahl Angel daraufhin und stellte sich auf eine Seitenstufe des Atlas.

Dog hatte Cole bereits ins Ladeabteil gewuchtet, wo er mit Caiden, Faith, Jade und Leon auf die Abfahrt wartete. Nur Dax und Lieutenant Mitchell fehlten. Angel entdeckte sie bei dem humanoiden Roboter, der an die entlegene Wand der Logistikstation geschmettert worden war.

»Dawn!«, rief ihnen Dr. Webb zu. »Was zum Teufel macht ihr da!?«

Die Soldatin stand mit angelegter Maschinenpistole über der nackten Frau; jederzeit bereit, sie auf militärische Art zu deaktivieren. Dax hingegen kniete davor und hatte seinen Armcomputer mit den Schaltkreisen der Drohne verbunden.

»Der Receiver ist zerstört!«, rief Dax zum Panzerwagen. »Keine Gefahr!«

Dr. Webb blinzelte unschlüssig, bis Angel ihr mit dem Handrücken einen Wink auf die Schulter gab.

»Na los«, sagte sie. »Holt euch, wofür ihr gekommen seid.«

»Caiden! Leon!«, rief die Ärztin daraufhin in den Atlas. »Packt mal mit an!«

Gemeinsam schleppten sie den regungslosen Roboter ins Ladeabteil. Von nahem betrachtet sah man die außergewöhnliche Detailvielfalt. Alles von asymmetrischen Gesichtshälften bis zu angedeuteten Geschlechtsorganen war vorhanden, um optischen Untersuchungen zumindest oberflächlich standzuhalten. Sie wirkte wie eine lebensgroße Spielzeugpuppe. Selbst im abgeschalteten Zustand fühlten sich Haut und Gelenkbewegungen natürlich an. An jeder Körperstelle schien genau die richtige Menge von elastischem Material verbaut zu sein, um den korrekten Abstand zwischen Haut und Knochen zu simulieren. Aufgrund des Fehlens jeglicher Haare ließ sich die künstliche Herkunft jedoch kaum verbergen.

Während sie den Roboter in den Laderaum verfrachteten, tauchte die Unterstützung aus den tieferen Ebenen der Basis auf. Darauf hatte Angel gewartet. Der Atlas schützte sie nun zuverlässig vor dem kleinkalibrigen Beschuss.

»Dawn!«, rief sie und streckte die linke Hand aus.

Die Soldatin reichte ihr die Fernbedienung der Sprengsätze. Mit einem Knopfdruck explodierten sie und rissen dabei die Tür vom Treppenhaus aus den Angeln, zusammen mit einem Großteil der herausströmenden Kampfdrohnen.

»Vielleicht sollten wir jetzt lieber verschwinden?«, schlug Dog halbernst vor.

»Funktioniert der Auslöser?«, fragte Angel in den Atlas hinein.

Dax rief das Programm für die Atombombe auf seinem Armcomputer auf und zeigte ihr den erhobenen Daumen.

»Alles klar. Abmarsch!«

Als endlich alle Mann an Bord waren, schwang sich Angel auf

den Beifahrersitz im Cockpit und gab Jiao das endgültige Signal zum Abzug.

11. Ein nukleares Ende

Wer auch immer die Drohnen kontrollierte, ließ sich nicht zu einer Verfolgung hinreißen. Der Atlas verließ die Basis völlig unbehelligt. Mit einem mächtigen Grollen stoppte der Dieselmotor vor Hawk-two, dem geparkten Hubschrauber am Bunkereingang. Jiao stieg als Erste aus und begann mit der Checkliste vor Start.

»Was sagt der Tank?«, rief Leon.

»Ist schon erledigt«, entgegnete ihm Jade, damit er nicht Jiaos Konzentration störte. »Habt ihr vielleicht gedacht, wir würden hier nur faul rumsitzen?«

Die anderen verteilten sich ein paar Meter und behielten die Gegend im Auge. Keiner traute dem momentanen Frieden. Selbst wenn sie die Drohnen abgehängt hätten, blieben immer noch die Wölfe übrig. Nach dem stundenlangen Tauchgang hatten die Pheromonpackungen ihre Wirkung mit Sicherheit verloren.

»Wohin jetzt?«, fragte Dr. Webb bei einem nervösen Gang um den Schützenpanzer. »Fliegst du uns nach Hause?«

»Ja, in unser zu Hause«, erwiderte Jade. »Wir reisen zusammen nach Serrano Point. Dort werden wir euch ein geeignetes Fahrzeug überlassen, mit dem ihr bis zur Biosphäre kommt.«

»Kann ich sie nicht erst mal zurückbringen und dann ...«, wendete Jiao ein.

»Vergiss es!«, stoppte Jade ihren Gedankengang. »Du glaubst doch nicht im Ernst daran, dass dein Vater dich noch mal aufsteigen lässt.«

»Sir?«, meldete sich Lt. Mitchell in Leons Richtung.

»Klärt uns vielleicht mal jemand auf?«, schloss sich Dr. Webb an.

Nacheinander berichteten Jade und Jiao von dem geschlossenen Abkommen und dem bevorstehenden Krieg gegen die Vultures. Lieutenant Mitchell traute ihren Ohren kaum, selbst nachdem Leon zustimmend mit dem Kopf genickt hatte. Dr. Webb hingegen zeigte sich weniger beeindruckt.

»Und da hat der Alte zugestimmt?«, fragte sie erstaunt.

»Wir ... haben meinen Vater nicht so direkt gefragt«, antwortete Jiao ausweichend. »Er bat um die Unterstützung meiner *Freunde* und hat anschließend einfach die Verbindung gekappt.«

Dr. Webb reckte die Nase gen Himmel und atmete mit geschlossenen Augen nachdenklich ein. Sie hatte den Duft frischer Luft beinahe vergessen. Dabei rieb sie sich mit beiden Händen über das Gesicht und glättete ihre Haare.

»Dann ...«, begann sie zögerlich. »... fahren wir besser heim.«

»Du willst sie mit so einer Erpressung durchkommen lassen!?«, rief Mitchell ihr garstig zu. »Und diesen Schwachköpfen unsere Technik überlassen?«

»Hey!«, grollte Dog dazwischen. »Diese *Schwachköpfe* haben euch gerade den Arsch gerettet!«

»Wir haben uns verdammt gut gehalten, bis Caidens kleine Schwester plötzlich dazwischengefunkt hat!«, giftete Mitchell zurück.

»Nachdem ihr Captain Jameson und drei weitere Soldaten verloren habt«, warf Leon scharf ein.

Das verschlug Mitchell für einen kurzen Moment die Sprache.

»Wieso stehst du auf deren Seite!?«, platzte es schließlich aus ihr heraus.

»Weil ich nicht so kurzsichtig bin wie ihr! Denk doch mal nach! Die Razors sind wieder da, nach fünfundzwanzig Jahren. Was wird das wohl für die Zukunft bedeuten? Dass wir uns weiter hinter unserer Schlucht verstecken können, da um uns herum nur Lowtech-Barbaren wohnen?«

Er ließ seine Worte eine Weile einsinken, ehe er weitersprach.

»Wer auch immer die Razors geschickt hat, weiß jetzt, dass wir genau wie sie nicht von der Bildfläche verschwunden sind. Die nächste Konfrontation wird nicht hundert Meter tief unter der Erde stattfinden, sondern wohlmöglich direkt vor unserer Haustür. Immerhin sind wir nun die einzigen mit dem Roboter, für den sie zwei Mal Himmel und Hölle in Bewegung gesetzt haben.«

Mitchell biss sich auf die Zunge. Auf der einen Seite war Leon ein rangälterer Offizier, auf der anderen ergaben seine Worte allmählich Sinn. Dr. Webb hörte sich unterdessen seine Ausführungen geduldig an und ließ ihn aussprechen, ehe sie ihre Meinung kundtat.

»Du willst also damit sagen, dass wir in der Zukunft Verbündete brauchen werden«, sprach sie nachdenklich.

Leon nickte ermattet. Er schien erleichtert darüber, seinen Punkt erfolgreich rübergebracht zu haben.

»Verbündete wie sie und ihresgleichen«, fuhr Dr. Webb fort und wippte abwertend mit der Fingerspitze zu Jade.

»Wo ist das Problem?«, fragte Angel bewusst polemisch. »Eure Drohnen haben für die Sicarii doch schon ganze Arbeit bei uns geleistet.«

»Das war allein Yuens Entscheidung, mit der sich längst nicht alle einverstanden erklärt hatten«, wehrte sich Dr. Webb. »Sein einziges Ziel bestand darin, den Sicarii seine Überwachungskameras unterschieben zu dürfen. Er hat ihnen ein paar Aufklärungsfotos hervorgezaubert und dafür überall seine Drohnen platziert.«

»Die paar hundert Toten durch präzise Artillerieschläge spielen dabei natürlich keine Rolle«, knurrte Cole. Er saß mit seiner Beinschiene auf der Stoßstange des Luxusgeländewagens.

»Das hilft uns nicht weiter«, ging Leon dazwischen.

»Wer sagt eigentlich, dass wir es nur mit diesen Söldnern von damals zu tun haben?«, warf Angel ein, um die Diskussion in eine konstruktivere Richtung zu lenken. Die anderen verstummten und blickten sie mit einer Mischung aus Verwunderung und Unglauben an. Angel wendete sich derweil direkt an Mitchell. »Die Razors haben die Kampfdrohnen reaktiviert, richtig?«

»Richtig.«

»Aber anschließend haben sie Jagd auf die Razors gemacht?«

»Korrekt.«

»Ich hab doch schon versucht zu erklären, dass vermutlich alte Zielerkennungsprotokolle ...«, wiederholte Dax seine technische Erläuterung.

»Und was wenn nicht?«, hielt ihn Angel energisch zurück. »Was wenn die Razors nicht die einzigen sind, die euch dazwischengefunkt haben?«

»Noch jemand der mit Robotern um sich schießen kann?«, fragte Jade rhetorisch.

»Hast du nicht gesagt, die Razors haben die Hawker für die Schuldigen an dem Chaos gehalten?«, fragte Angel in Cassidys Richtung.

Cassidy nickte. Sie wollte sich keine Gesamteinschätzung anmaßen, aber sie war sich absolut sicher, dass die Razors mindestens ebenso überrascht von den übergeschnappten Robotern waren wie die Hawker.

Leon rieb sich mit der flachen Hand über sein Gesicht. Der Gedanke, dass sie einer weiteren technisch hochentwickelten und überaus feindlichen Macht gegenüberstehen könnten, ließ kleine Schweißperlen auf seiner Stirn entstehen.

»Wäre ... denkbar«, sagte Dax kleinlaut.

»Noch mehr von eurer Sorte!«, rief Dog. »Na toll! Da kann uns ja gar nichts mehr passieren!«

»Das würde auch erklären, warum die Razors keine Verstärkung erhalten haben«, sagte Mitchell. Sie rieb sich nachdenklich am Kinn und zeigte mit dem kleinen Finger auf Bunker Fünf. »Der Störsender blockiert ihre Kommunikation genau wie unsere.«

»Ich finde, das geht jetzt ein bisschen zu weit«, sagte Dr. Webb. »Es ist nur eine von vielen Möglichkeiten. Die könnten genauso gut einfach nur großen Mist mit der alten Technik gebaut haben. Wenn wir erstmal wieder daheim sind, werden wir die Daten in Ruhe durchgehen.«

»Euer Gefangener singt hoffentlich schneller als Scarlet«, sagte Angel.

»Ansonsten schickt ihn an uns zurück«, stimmte Jade zu.

»Fakt ist, dass wir uns in Zukunft gegenseitig brauchen werden«, stellte Leon klar, nachdem er seine Gedanken gesammelt hatte.

Mit einem vorgetäuschten Ächzen erhob sich Dr. Webb und streckte die Arme zur Seite aus.

»Mir musst du das nicht erklären. Ich hab schließlich die Handelsbeziehungen mit den Sicarii befürwortet, aber ihnen gleich unsere beste Technik zu überlassen ...« Sie seufzte extra angestrengt. »Ich habe keine Möglichkeit, eure neue Rebellion zu verhindern, doch ich kann euch versprechen, dass Yuen gänzlich anderer Meinung sein wird.«

»Wir werden sehen«, sagte Leon. »Erstmal sollten wir hier verschwinden.«

»Fahren wir wieder die Nacht durch?«, fragte Cassidy.

»Ich denke, wir haben uns alle eine Pause verdient«, schlug Angel vor. »Wie wär's, wenn wir uns auf halber Strecke einen netten Rastplatz suchen?«

»Gute Idee«, sagte Jade mit Blick auf Dr. Webb. »Sonst müsst ihr die Nacht bei unseren Soldaten in Serrano Point verbringen.

Unsere Autos fahren leider nicht von selbst.«

»Macht der Sack die Tour denn so lange mit?«, wollte Dog mit einem Daumenzeig auf Cole wissen.

»Auf einen Tag kommt es da nicht an«, nickte Dr. Webb. »Und genügend Schmerzmittel haben wir ja nun dabei.«

»Dann fliegen wir voraus und halten Ausschau nach einer geeigneten Stelle für die Nacht«, meinte Jiao.

»Fehlt nur noch die letzte Amtshandlung«, sagte Dr. Webb. »Dax?«

Der Computertechniker rief das Steuerungsprogramm der Atombombe auf und blickte ehrfürchtig in die Runde.

»Nun mach schon!«, drängte ihn Dog, aber erst als Dr. Webb ihr OK gab, tippte er den finalen Detonationscode ein.

»Drei ... zwei ... eins«, zählte Dax rückwärts. »Zündung!«

Mit gespitzten Ohren lauschten sie in Richtung von Bunker Fünf, doch der erwartete Knall blieb zunächst aus. Alle starrten gespannt auf Dax, der weiterhin auf seinem Arm herumtippte.

»Die liegt ganz schön tief unten«, meinte Dr. Webb. »Vielleicht spüren wir hier oben gar nichts.«

»Was für einen Sprengkopf habt ihr verwendet?«, fragte Leon.

»Mark Fünf«, antwortete Mitchell.

»Da sollten hier jedem Baum die Blätter abfallen. Dax?«

»Sekunde!«

»Stimmt was nicht?«

Der Computertechniker raufte sich die zerzausten Haare.

»Signal verloren.«

»Was?«

»Ich komm nicht mehr an die Bombe. Entweder ist der Störsender doch zu stark oder wir sind zu weit ...«

Leon knurrte wie ein zorniger Hund und zerrte ihn zum schwarzen Geländewagen.

»Einsteigen!«

»Was habt ihr vor?«, fragte Mitchell.

»Dax und ich fahren noch mal runter bis zur Logistikstation. Da hat sein Computer doch vorhin funktioniert. Wir drehen eine Runde, lösen die Zündung aus und hauen ab, bevor uns die Decke auf den Kopf fällt.«

»Ich komm mit und geb euch Deckung«, sagte Caiden und setzte sich entschlossen zu Dax auf die Rückbank.

Cassidy starrte ihren Bruder mit offenem Mund an. Sie hatte ihn gerade erst wiedergefunden, da wollte er sie schon wieder zurücklassen. Natürlich erneut mit Faith an seiner Seite. Die griff sich stumm Jades Schrotflinte und stellte sich auf die Seitenkufen.

»Ich fahre!«, rief Cassidy und zwängte sich an Leon vorbei. Sie warf Angel einen ernsten Blick zu, ehe sie sich hinters Steuer zwang. Nicht mal ihre Mentorin wäre in der Lage, sie von ihrem Bruder zu trennen.

»Ihr habt sie doch nicht alle!«, grollte Dog. »Warum kommt ihr nicht einfach später wieder und ...«

»Weil die Razors bis dahin die Basis ausräumen werden!«, schnitt ihm Leon das Wort ab.

Dog warf Angel einen fragenden Blick zu. Als die dem Plan nichts entgegenzusetzen hatte, drückte er Leon sein Maschinengewehr in die Hand.

»Lass dir ja nicht einfallen, das da unten zu verlieren, klar!?«

Leons erster Reflex war Ablehnung, aber seine eigenen Munitionsvorräte wirkten nur noch wie ein Tropfen auf den heißen Stein. Er verstaute das Gewehr mit dem Kolben im Fußbereich des Beifahrersitzes und schlug die Tür hinter sich zu. Cassidy ließ den Motor an und wollte bereits wenden, als sich Mitchell auf die linke Seitenkufe stellte. Auf der rechten stand bereits Faith. Nun hatten sie wahrlich genug Feuerschutz für einen simplen Knopfdruck und rauschten hinab in den finsteren Tunnel unterhalb von Bunker Fünf.

***

»Die werden mit Sicherheit Verstärkung geschickt haben!«, rief Leon durch die geöffneten Seitenfenster, so dass auch Faith und Mitchell ihn hören konnten. »Ihr beide sichert die Ausfahrt!«

»Verstanden!«, erwiderte Mitchell.

»Zehn Sekunden!«, rief Cassidy. Die Logistikstation mit den zerstörten Kampfrobotern kam in Sicht und sie trat sanft auf die Bremse, damit ihre Außenpassagiere nicht davongeschleudert wurden.

»Los! Runter mit euch!«, befahl Leon.

Mitchell sprang von der Kufe und ging an ihrer Seite der Wand in Deckung. Sie folgte diszipliniert ihrer militärischen Ausbildung und überließ nichts dem Zufall. Faith hingegen setzte einen Fuß nach dem anderen auf den Boden und stolzierte gelassen zu dem kleinen Wärterhäuschen, in dem eine halb verweste Leiche der ursprünglichen Basisbesatzung lag. Von der vermuteten Verstärkung war bisher nichts zu sehen.

Cassidy fuhr unterdessen Kreise auf dem LKW-Parkplatz.

»Daaax?«, knurrte Leon gereizt. »Wo bleibt mein Knall?«

»Ich versteh's nicht!«, beschwerte sich der Techniker von der Rückbank. »Ich krieg keine Verbindung mehr!«

»Vor ein paar Minuten hat's doch noch geklappt?«, fragte Caiden und starrte auf den Armcomputer seines Freundes. Er verstand natürlich keine der Anzeigen und wollte lediglich etwas seelischen Beistand leisten.

»Vielleicht ... vielleicht haben die unser erstes Signal aufgefangen und den Störsender angepasst«, überlegte Dax nervös.

»Und was jetzt?«, forderte Leon. »Wie kriegen wir das verdammte Ding in die Luft gejagt!?«

»Lass uns doch einfach erstmal abhauen und später wiederkommen«, schlug Caiden noch einmal vor. »Wie Dog gesagt hat!«

»Vergiss es!«, raunte ihm Leon entgegen. »Ich werde nicht zulassen, dass diese verfluchte Basis noch mehr von meinen Leuten umbringt!« Er drehte sich etwas weiter um. »Dax!?«

»Ich weiß nicht ...«, stammelte der. »Ich seh den Sprengkopf von hier, aber das Signal kommt nicht durch.«

»Also müssen wir nur näher ran?«

»Ja, das könnte klappen«, erwiderte Dax. Dann starrte er Leon entsetzt an. »Du willst doch nicht ... wir können nicht nochmal da runter ...!«

»Wie viel näher!?«

»Keine Ahnung! Ein paar Etagen bestimmt!«

»KONTAKT!«, schallte Mitchells Stimme dazwischen. »Lüftungsschacht über dem linken Treppenhaus!«

Kurz darauf donnerten ihr Sturmgewehr durch die Logistikstation.

»Uns bleibt keine Zeit mehr«, rief Leon. »Einer von uns muss da runter!«

»Bist du verrückt geworden!?«, erwiderte ihm Cassidy schockiert.

»Kannst du deinen Computer auf automatische Auslösung programmieren?«, fragte Caiden hektisch.

»Ja, Moment«, bestätigte Dax und tippte auf seinem Display herum.

»Halt direkt vor dem Depot!«, befahl Caiden.

Cassidy nickte. Sie stoppte ihre Runde vor der Verladestation und verschanzte sich hinter ihrer gepanzerten Fahrertür.

»Erledigt«, meldete Dax. »Und was jetzt?«

»Was hast du vor?«, schloss sich Leon an.

»Das wirst du gleich sehen!« Caiden riss Dax den Computer vom Arm. »Gebt mir Feuerschutz!«

»Du willst doch nicht ...!? Mein Computer!«

Caiden rannte mit seiner Pistole im Anschlag auf den Lastenaufzug zu. Inzwischen krochen die Roboter aus drei Lüftungsschächten und hatten ihre Taktik angepasst. Anstatt wie wilde Bestien auf die Eindringlinge zuzustürmen, gingen sie sofort in Deckung und versuchten den Trupp zu flankieren. Eine große Kampfdrohne auf vier Metallbeinen war in einem der Treppenhäuser aufgetaucht und feuerte planlos über die Logistikstation. Die eingestaubten Regale des Lagerraums zersplitterten und Chemikaliencontainer explodierten förmlich unter den Einschlägen von allen Seiten.

»Die kreisen uns ein!«, brüllte Leon durch das Gefecht.

»Leon, Mitchell!«, knarzte die Frauenstimme aus den Funkgeräten. »Der Ausgang fällt gleich!«

»Keine Munition mehr!«, rief Cassidy. Sie hängte sich ihr Sturmgewehr um und zog ihre Pistole.

Caiden war nur noch zwanzig Meter vom Aufzug entfernt. Er warf sich auf den Boden und schleuderte den Armcomputer nach vorne. Die Kampfdrohnen registrierten die Bewegung und richteten ihr Feuer darauf aus, verfehlten ihn jedoch, bis der Computer kurz vor dem Fahrstuhl auf dem Metallboden aufschlug. Er rutschte die letzten Meter und fiel unbeschädigt hinein.

»Raus hier!«, brüllte Caiden auf dem Rückweg. »Nichts wie raus hier!«

Hals über Kopf verschanzte sich die Gruppe im gepanzerten Geländewagen und jagte davon. Faith und Mitchell hatten bereits zu Fuß den Weg zur Oberfläche angetreten, so dass sie sich im Schutz des Tunnels am Wagendach festklammern konnten.

***

Währenddessen stürzte Dax‘ Armcomputer unbehelligt in die Tiefe. Drei Ebenen, sechs Ebenen, neun Ebenen. Vorbei an Dr. Webbs alter Krankenstation, aus der sie Sharons Organimplantate retten konnte. Yuens Labor, in dem er und seine Frau Saki die erste wahre künstliche Intelligenz erschaffen hatten. Ebene Siebzehn, wo Angel und Cassidy auf den Monitoren der Logistikzentrale dem verzweifelten Kampf von Kim und Johnny mit dem Wolfsrudel zusehen mussten. Ebene Zweiundzwanzig, auf der Cassidy den grausigen Müllschacht verlassen hatte.

Dann prallte der Computer dumpf auf dem abgestützten Förderkorb auf, der mit seinen vielen aufgerissenen Löchern aussah wie ein Schweizer Käse. Aufgrund der leichten Schräglage rollte er ein Stück zur Seite und fiel durch ein Loch in den Aufzug hinein. Dort kullerte das runde Armband weiter, bis es auf die Leiche von Zhang Saki traf. Ihre offene Hand schien den Computer aufzuhalten, so als hätte er sein Ziel erreicht. Das flexible Display blinkte in einem beruhigenden Himmelblau auf und erleuchtete Sakis skelettiertes Gesicht zum letzten Mal.

Anschließend erschütterte eine apokalyptische Detonation die Basis, wie sie die Welt seit über zwei Jahrzehnten nicht mehr erlebt hatte. Die brüchigen Wände erbebten, ihre Risse zerbarsten binnen Sekundenbruchteilen unter der Wucht der Atombombe, die ganz in ihrer Nähe zündete und eine Ebene nach der anderen zusammenstürzen ließ. Die Explosion zertrümmerte Beton, Kunststoff und Metall gleichermaßen. Die gewaltige Hitze des Nuklearsprengkopfs vaporisierte alles im Umkreis von zehn Metern. Was weiter entfernt lag, wurde geschmolzen und stürzte in sich zusammen. Nie wieder würde jemand in den verfluchten Hallen umherirren. Nie wieder würde jemand die Geheimnisse der Vergangenheit plündern können. Nie würde Zhang Sakis Körper geborgen werden. Ihre Überreste waren nun eins mit den Trümmern der Basis, die für so viele Menschen einen grausamen Tod bedeutet hatte.

***

»Fahr schneller!«, rief Leon auf dem Beifahrersitz.

Die Erschütterungen hatten die Oberfläche längst erreicht. Cassidy starrte schweißgebadet in den Rückspiegel und fürchtete, jeden Augenblick von einer Feuerwand überrollt zu werden. Stattdessen fiel immer mehr Staub von der Decke, in der über die Jahrzehnte entstandene Risse von Pflanzenwurzeln in Beschlag genommen und vergrößert worden waren. Wasser spritzte aus den Ritzen heraus. Dann lösten sich kleine Betonbrocken und prasselten wie Schrapnellsplitter auf den Wagen ein. Faith und Mitchell sahen sich einem Kugelhagel aus Stein ausgesetzt. Hinter ihnen brachen bereits ganze Wände ein.

»Schneller! Tritt aufs Gas!«, rief Dax.

»Mach schon!«, stimmte Caiden mit großer Sorge um Faith zu.

»Die Scheißbasis stürzt in sich zusammen!«, keifte Mitchell von außen durch die geöffneten Fenster hinein.

Cassidy stand längst auf dem Bodenblech und riskierte damit bei jeder Kurve die Wand zu streifen, was für Faith und Mitchell ähnlich gefährliche Konsequenzen haben würde. Sie atmete erleichtert auf, als endlich das Licht der Bunkerschleuse am Ende des Tunnels auftauchte. Wie ein Fisch sprang der Geländewagen aus dem dunklen Schacht, gefolgt von einer grauen Staubwolke. Faith und Mitchell wurden dabei von ihren Griffen geschleudert und rollten zu den Bunkerwänden. Sie dachten jedoch nicht einmal daran, sich zu beschweren, sondern rappelten sich auf und rannten ins Freie. Alles, nur raus aus diesem Höllenloch!

Als Angel den Wagen kommen sah, joggte sie schnurstracks mit Dog, Jiao und Jade zum Hubschrauber. Jiao ging in Rekordzeit die Startvorbereitungen durch. Die Erde bebte noch immer. Jede Sekunde, die sie am Boden festklebten, war ihrer Meinung nach eine zu viel. Außerdem freute sie sich darauf, endlich wieder fliegen zu können.

»Kommst du mit den Pedalen klar?«, fragte Leon beim Einsteigen. Er wollte unbedingt mitfliegen.

»Geht schon. Lieber die Schmerzen als die Bombe.«

»Jiao, bist du ...? ... Jiao!«, kratzte auf einmal eine Männerstimme aus den Funkgeräten.

»Vater?«, erwiderte sie erschrocken. »Wie ...?«

»Wir haben wohl den Störsender hochgejagt«, mutmaßte Leon.

»Vater!«, rief Jiao.

»Verbindung zum Uplink wiederhergestellt«, berichtete Amy in vertraut monotoner Manier. Gleichzeitig blitzten die Überwachungsdisplays im Cockpit auf und zeigten das Bild der Drohne über der Basis.

»Jiao!«, meldete sich Zhang Yuen erneut. »Was geht da unten vor!?«

»Lange Geschichte«, antwortete sie hastig und startete die Turbinen. »Erstmal müssen wir hier weg. Los, einsteigen!«

»Was passiert da unten jetzt?«, rief Angel ins Cockpit.

»Die eigentliche Explosion ist vorbei«, erklärte Leon durch die anlaufenden Rotoren. »Sie hat ein riesiges Loch in die Basis gerissen und alles im näheren Umkreis verdampft oder geschmolzen. In ein paar Minuten stürzt der ganze Berg in sich zusammen.«

»Und der Flughafen?«

Jiao warf Leon einen erleichterten Blick zu, als Hawk-two unbeschadet vom Boden abhob.

»Wissen wir nicht«, rief Leon nach hinten, was Jiaos Freude über den erfolgreichen Start erklärte. »Eigentlich ist die unterirdische Anlage atombombensicher und kann nicht vollends zusammenbrechen, aber der Reaktor ist beschädigt und die Bausubstanz ziemlich mitgenommen. Wir sollten einfach zusehen, dass wir wegkommen, bevor wir mit in die Tiefe gerissen werden oder irgendwelcher radioaktiver Mist an die Oberfläche tritt.«

Angel nickte voller Zustimmung und kroch zurück auf ihren Platz. Sie hatte ihre Höhenangst vollkommen vergessen und erinnerte sich erst daran, als sie einen flüchtigen Blick aus der offenstehenden Seitentür riskierte. Der Atlas hatte das Flugfeld bereits verlassen und bretterte gerade über das Areal der Kaserne, als sich erste Risse im Beton bildeten. Es war nicht genau zu erkennen, ob Dampf oder Staub dazwischen emporschoss. Kurz darauf knickten einzelne Steinplatten ein und versanken im Boden wie bei einem Erdbeben. Nun hatten sie ihre Gewissheit.

Die McKnight Air Force Base war für alle Zeit verloren.

12. Logik

Eine Stunde später. Nachdem Hawk-two den Atlas und den schwarzen Geländewagen auf den ersten Kilometern eskortiert hatte, klärte Jiao ihren Vater über die Ereignisse der McKnight Air Force Base auf. Die Schicksale der getöteten Männer, das Auftauchen der Black Razor Company und die endgültige Zerstörung der Basis mittels seiner Atombombe. Yuen nahm die Neuigkeiten recht gefasst auf. Die gefühlsmäßige Aufarbeitung überließ er Dr. Webb und sorgte sich vornehmlich um die längst vergessenen Feinde aus dem Jahre 2046 und deren Fähigkeit, sämtliche technischen Vorteile der Biosphärenbewohner zunichtezumachen. Er wollte jedes Detail ihrer Vorgehensweise erfahren. Auch Amy wirkte erstaunlich schweigsam. Wie eine Lampe abgeschaltet zu werden, war ihr offenbar auf die Prozessoren geschlagen.

»Wie geht's der Hüfte?«, fragte Angel im Hubschrauber. Sie saß gegenüber von Jade im Truppenabteil und hielt sich trotz inzwischen geschlossener Türen verkrampft an Griffen im Boden fest.

Jade hatte seit dem Aufbruch kein Wort gesagt und stattdessen starr aus dem Fenster gestarrt. Ganz sachte, so als wäre ihr Hals von der andauernden Verrenkung verspannt, wendete sie sich Angel zu.

»Faith hat sie frisch vernäht«, antwortete sie wortkarg.

Angel warf Dog einen abschätzenden Blick zu. Er kannte keine Höhenangst und labte sich entspannt an den Frischwasservorräten des Hubschraubers. Als er Angels Blick bemerkte, zuckte er nur mit den Schultern. Ihm war Jades Wohlergehen vollkommen egal. Vielleicht lähmten sie die Schmerzen nach der Überbelastung stärker, als sie zugeben wollte. Wahrscheinlicher war aber, dass sie sich um das Schicksal des Imperiums sorgte. Wer technologisch mit den Hawkern mithalten konnte, stellte definitiv auch eine Bedrohung für das sicariianische Reich dar. Leons kleiner Vortrag hatte ihre Befürchtungen noch verstärkt.

Eine weitere Stunde zogen Steppengräser und trockene Sanddünen unter dem Hubschrauber hinweg. Angel hatte sich von Jiao den Kurs erklären lassen und nutzte ihre einmalige Vogelperspektive, um Viehherden oder grüne Flecken mit Wasservorkommen zu notieren. Sie bewegten sich entlang der Autobahn, die zukünftig als Hauptverkehrsader zwischen dem Kloster der Ranger und dem Imperium dienen würde. Es war kein Vergleich zur lebensfeindlichen Wüstengegend von Silver Valley und eignete sich gut für neue Enklaven. Durch ihre Allianz mit den Sicarii brauchten die Ranger ihre Siedlungen nicht mehr in möglichst unattraktiven Gegenden aufzubauen. Als Dog ihre Aufzeichnungen erkannte, machte er einen Witz darüber, dass sie mal wieder ihr Terrain absteckte, bevor es wirklich ihrer Kontrolle unterlag. Eine Vorgehensweise, die sie schon bei den Vultures an den Tag gelegt hatte. Angel nannte es pragmatische Zukunftsplanung. Zu jedem erfolgreichen Feldzug gehörte für sie eine handfeste Strategie für die Zeit danach, ohne die anschließendes Chaos unvermeidlich wäre.

»Ich hab Hunger«, meldete sich Dog mürrisch zu Wort.

»Im Atlas ist genug Notverpflegung für alle«, beruhigte ihn Leon.

Dog glotzte ihn an, als hätte er gerade einen völlig unpassenden Witz gemacht.

»Ich hab gesagt, ich habe Hunger!«

»Flieg mal ein bisschen zurück!«, rief Angel ins Cockpit. »Da war eben eine Wildherde!«

Jiao verzog das Gesicht. Es widersprach ihrem vegetarischem Lebensstil, andere bei der Jagd zu unterstützen.

»Nun mach schon«, murrte Leon. »Sonst dreht der uns heute Nacht noch durch.«

Mit einem Ruck riss Jiao den Steuerknüppel herum. Sie hatte die Herde auch gesehen, aber mit den Augen einer begeisterten Tierliebhaberin und nicht mit knurrendem Magen.

Kurz darauf kamen die hüpfenden Rehe in Sicht, die panisch Reißaus vor dem lauten Himmelsschiff nahmen. Angel schnallte sich mit doppelten Gurten an, um nicht aus dem Hubschrauber zu fallen.

»Halt mich mal fest!«, bat sie Dog zusätzlich, ehe er die Tür aufschieben durfte. »Und jetzt schön stillhalten!«

Jiao ging in den Schwebeflug und hielt die Maschine problemlos bei Windstille auf der Stelle. Angel brauchte drei Schuss, bis sie eins der weiblichen Rehe erwischte. Dafür erzielte sie sofort einen Treffer hinter dem Schulterblatt, was bei ihrer großkalibrigen Waffe einen raschen Tod bedeutete. Das Tier hetzte noch ein paar Meter weiter, bis der Blutdruckabfall zum Kreislaufkollaps führte und es zusammenbrach. Der Hubschrauber schwebte kurz darauf einen halben Meter über der Erde, so dass Dog und Leon ihre Beute ins Ladeabteil wuchten konnten.

»Das nenn ich einen Braten!«, rief der Hüne und zückte sein Messer.

»Untersteh dich gefälligst, das arme Tier hier drin ausbluten zu lassen!«, warnte ihn Jiao.

»Dann sieh zu, dass du uns irgendwo runterbringst!«

»Ist eh fast Halbzeit«, rief Leon. »Da unten sieht‘s doch ganz gemütlich aus.«

Er zeigte auf einen betonierten Parkplatz, auf dem ein verlassener Diner mit ein paar Elektroautowracks seit gut zwei Jahrzehnten den Naturgewalten trotzte. Die Fläche war groß genug, um gefahrlos mit dem Transporthubschrauber zu landen, und direkt neben der Straße, so dass der Atlas sie keinesfalls übersehen konnte. Jiao nickte und ließ sich extra viel Zeit für eine möglichst sanfte Landung, um weder ihren Fuß zu überstrapazieren oder einen Unfall weitab jeglicher Ersatzteile zu riskieren.

Der mächtige Hauptrotor kam zum Stillstand und die Passagiere streckten ächzend sämtliche Gliedmaßen aus. Eine Wohltat nach den Strapazen der letzten Tage. Dog begann sofort mit dem Ausweiden seines Abendbrots, während Angel und Leon sich um Brennmaterial für ein Lagerfeuer kümmerten. Jiao wischte derweil mürrisch das Blut des armen Rehs aus dem Ladeabteil.

***

Die Sonne stand bereits am Horizont, als der Atlas und der Geländewagen auf dem Rastplatz eintrafen. Sie hatten sich Zeit gelassen, um Treibstoff zu sparen und die Passagiere zu schonen. Beherzt griffen alle bis auf Jiao bei dem knusprigen Rehbraten zu und setzten sich zum Essen in das Schnellrestaurant. Eine willkommene Abwechslung nach tagelanger Energieriegelverpflegung.

Als der aufgehende Mond die Nacht einläutete, hatten sich kleine Gruppen gebildet. Angel, Cole, Dog und Jade brüteten an einem Tisch im Diner gemeinsam an Schlachtplänen und Strategien gegen die Vultures. Jade hätte gern einen Blick auf den nackten Roboter geworfen, war aber schon im Ansatz von Dr. Webb zurückgehalten worden. Angel wollte die fragile Allianz mit den Hawkern nicht aufgrund von blanker Neugierde gefährden und überzeugte Jade, stattdessen Cassidys Beziehung zu Jiao zu vertrauen; und dem sich daraus ergebenden Informationsfluss. Caidens Freundschaft mit dem Computerspezialisten Dax würde in Zukunft vielleicht auch die eine oder andere Tür öffnen. Das alles schien Angel deutlich erfolgsversprechender als ihre neugierigen Nasen in den Metallsarg zu stecken, nur um den Roboter wie eine Zirkusattraktion anzugaffen.

Mitchell und Dr. Webb blieben beim Atlas unter sich. Den gefangenen Razor hielten sie weiterhin bewusstlos, damit er keine Informationen aufschnappen konnte, ehe er in einer sicheren Zelle saß. Außerdem kam Angel so gar nicht erst in Versuchung, ihm selbst die Pistole auf die Brust zu setzen.

Dax folgte seinem neuen besten Freund Caiden auf Schritt und tritt. Er hatte die Hoffnung auf eine nähere Bekanntschaft mit Cassidy noch nicht aufgegeben, wurde aber wiederholt von ihrem großen Bruder zurückgepfiffen. Als Ausweichthema erzählten Caiden und Faith von ihrer Flucht aus der Biosphäre, während sich die Gruppe an ihrem Lagerfeuer wärmte.

»Was hast du dir nur dabei gedacht«, seufzte Jiao, als es um Faiths Mord an den beiden Wachen ging.

Die Amazone schwieg. Sie sah sich noch immer im Recht, war aber Diplomatin genug, um ihre Ansichten bei ungünstigem Publikum zurückzuhalten.

»Ob die dich trotzdem einfach so laufen lassen?«, fragte Cassidy vorsichtig.

»Einfach so ist die falsche Wortwahl. Wir haben demnächst erstmal andere Sorgen«, erinnerte Leon sie missmutig. Er war nach wie vor der Meinung, dass Faith in der Biosphäre vor Gericht gehörte, doch mit dem Aufziehen der viel größeren Gefahr von außerhalb musste er als Soldat seine Prioritäten richtig setzen.

Dax nickte daraufhin zustimmend.

»Nach dem, was Karen uns erzählt hat, werden die Razors sich nicht so leicht mit ihrer Niederlage abfinden«, sagte er. »Außerdem haben uns die beiden in der Basis die Haut gerettet!«

Leon kniff gereizt die Augen zusammen. Er wusste, dass man

Dax nur vor einer Schlange bewahren musste, um seiner ewigen Dankbarkeit sicher zu sein. Die Aussagen von Dr. Webb und Lt. Mitchell würden bei der Entscheidung über Faiths Schicksal weitaus mehr Gewicht tragen.

»Warum haben euch die Razors eigentlich fünfundzwanzig Jahre lang in Ruhe gelassen?«, fragte Cassidy.

»Weil die nicht wussten, wohin die Hawker verschwunden sind«, erklärte Caiden.

»Ihr kennt doch das Mantra meines Vaters«, sagte Jiao. »Keine hochentwickelte Technologie für Barbaren. Das war unser Schutzschild.«

»Wie meinst du das?«

»Die Razors sind scharf auf Hightech und sie sind nicht die einzigen«, sagte Leon. »Wenn wir erlaubt hätten, dass die Sicarii um uns herum so ein Zeug betreiben, wären wir aufgefallen wie ein blinkender Weihnachtsbaum.«

»Mein Vater hat sich mit Steinzeitmenschen umgeben, um möglichst unentdeckt zu bleiben.«

»Das hat ihn nicht gestört, Hubschrauber und Panzer gegen uns einzusetzen«, knurrte Faith hervor.

»Da ging es um unsere Existenz!«, hielt Leon mit zornig ausgestrecktem Zeigefinger dagegen. »Uns blieb bis zu Jades Friedensangebot keine Wahl.«

»Danach haben wir schleunigst Handelsbeziehungen zu euch aufgebaut, um weiteren Konflikten vorzubeugen«, sagte Jiao.

»Und die Drohnen über den Freien Enklaven?«, fragte Cassidy.

»Das waren zwei, drei gut getarnte Drohnen die vereinzelt tausend Kilometer von uns entfernt herumgeschwirrt sind«, erwiderte Leon. »Solange die keine Bomben abwerfen, fallen sie kaum auf.«

»Vielleicht hat mein Vater aber auch einfach gewusst, dass unsere Isolation bald enden würde«, überlegte Jiao. »Leon hat es doch schon gesagt. Wir können uns nicht mehr hinter der Grenzschlucht verstecken. Vielleicht hat mein Vater das längst verstanden?«

»Zuzutrauen wär‘s ihm ja, dass er seine Informationen für sich behält«, sagte Leon grimmig. »So wie die geheime Nyx-Kampfdrohne. Mit so einer Feuerkraft wäre der Krieg gegen die Sicarii binnen einer Woche beendet gewesen.«

»Bildet euch das ruhig weiter ein«, säuselte Faith.

Die Geheimniskrämerei von Jiaos Vater erinnerte Cassidy an den Ausweis in ihrer Hosentasche. Einen besseren Zeitpunkt würde sie in nächster Zeit kaum bekommen, daher stupste sie Jiao an und bat sie, ihr auf einen kleinen Spaziergang zu folgen.

»Kann ich mal das Bild deiner Mutter sehen?«, fragte sie nach ein paar Schritten.

Jiao machte sich keinen großen Kopf darüber und zückte reflexartig das laminierte Foto, das sie immer als Glücksbringer bei sich trug. Cassidy verglich daraufhin das Foto des Ausweises mit dem von Jiao. Die Ähnlichkeit war eindeutig.

»Was ist das?«, fragte Jiao neugierig.

Cassidy biss die Zähne zusammen und reichte ihr beide Kärtchen.

»Den hab ich in der Basis gefunden. In dem riesigen Fahrstuhl.«

Jiao betrachtete den Ausweis mit großen Augen, wirkte aber nicht schockiert, wie es Cassidy eigentlich erwartet hatte.

»Lag der da einfach so rum oder ...?«

Cassidy schüttelte zaghaft mit dem Kopf.

»... an meiner Mutter?«

Cassidy nickte ganz leicht.

Jiao blieb stehen und starrte den Ausweis an wie ein schwarzes Loch, das sie in einen Abgrund sog.

»Wie ist sie gestorben?«

»Das konnte ich nicht feststellen«, antwortete Cassidy. »Der Aufzug ist abgestürzt und völlig zerstört worden. Außerdem ist nicht viel ...«

Ihr stockten die Worte im Hals.

»Haben die Wölfe sie ... gefressen?«

Darauf konnte Cassidy mit großer Erleichterung den Kopf schütteln.

»Ich ... hab es schon länger vermutet«, sprach Jiao schwermütig. »Ich war immer ziemlich frühreif. Brüste mit zehn und so. Es gibt auch kein Grab meiner Mutter bei uns. Mein Vater hat mir erzählt, dass er ihre Asche rund um die Basis verteilt hat und sie dadurch in meiner Nähe sei, aber alle anderen Verstorbenen wurden begraben.« Sie lächelte gezwungen und hielt den Ausweis hoch. »Danke dafür. Jetzt bin ich ganz offiziell zwei Jahre älter.« Dann setzte sie den Spaziergang fort. »Sobald ich den meinem

Vater zeige, muss er mir die Wahrheit sagen.«

Cassidy fiel ein großer Stein vom Herzen. Sie hatte befürchtet, dass Jiao aufgrund ihrer behüteten Jugend wohlmöglich einen Nervenzusammenbruch erleiden würde, wenn sie vom wahren Schicksal ihrer Mutter erfuhr.

»Hast du eigentlich rausbekommen, warum dein Dad die Drohne abgezogen und in unser Kloster geschickt hat?«

»Nein. Das Gespräch verlief ziemlich einseitig. Er hat sich meine Version der Geschehnisse angehört und gleich danach die Verbindung gekappt.« Während Jiao sprach, sah sie zum Atlas herüber. »Vielleicht haben wir ja jetzt mehr Glück.«

Sie nahm Cassidy an die Hand und hinkte mit ihr zum Panzerwagen.

»Amy?«, rief sie im Inneren. »Ich weiß, dass du da bist!«

»Guten Abend, Zhang Jiao«, meldete sich die KI. Ihr Gesicht erschien mit neutraler Mimik auf dem Hauptbildschirm. »Was kann ich für dich tun?«

»Warum hat mein Vater die Drohne über der Basis abgezogen, nachdem Karen sie betreten hat?«

Das Gesicht auf dem Display verschwamm wie bei einem Grafikfehler, stabilisierte sich aber eine Sekunde später wieder.

»Bitte Anfrage präzisieren.«

Jiao zog die Augenbrauen hoch. Derart generische Antworten erhielt sie nur, wenn Amy sich in die Ecke gedrängt sah.

»Ich will wissen, warum mein Vater vor zwei Tagen die Überwachungsdrohne über der McKnight Air Force Base abgezogen hat, nachdem Doktor Karen Webb den Stützpunkt betreten hat!«

Amys Gesicht erstarrte einen Augenblick lang.

»Ungenügende Informationen.«

»Ach komm schon!«, rief Jiao entrüstet und beugte sich dabei auf den Planungstisch. »Willst du mir etwa erzählen, dass du nichts davon mitbekommen hast? Wer hat das Ding gesteuert?«

»Vielleicht hat ihr dein Vater verboten, darüber zu reden?«, fragte Cassidy. Sie erinnerte sich an Leons Worte, nach denen Amy nicht in der Lage war, gegen direkte Anweisungen von Zhang Yuen zu handeln.

»Möglich«, murmelte Jiao. »Aber das kriegen wir raus.«

Sie stieg aus dem Atlas und richtete ihren Blick auf das

Lagerfeuer.

»Dax!«, rief sie in gemäßigter Lautstärke, um die anderen im Diner nicht aufzuschrecken.

Nach einem Wink mit der Hand kam der Computerspezialist angetrottet.

»Stimmt was nicht?«

Jiao führte ihn ins Truppenabteil und zeigte auf den Bildschirm.

»Ich will wissen, warum mein Vater die Drohne über der Basis abgezogen hat, aber Amy gibt mir nur Standardantworten.«

»Hm, das heißt für gewöhnlich, dass ihre KI durch Sicherungsprotokolle blockiert wird«, bestätigte der Techniker und tippte gedankenverloren auf seinem nackten Arm herum. Ein Seufzer erinnerte ihn an den Verlust seines Computers, dann nahm er den Umweg über die Touchpanels des Tisches. Schon nach ein paar Sekunden nickte er mit dem Kopf. »Eindeutig eine Sperre. Sogar mehrere.«

»Von meinem Vater?«

»Von Andrea.«

Jiao knabberte nervös an ihren Fingernägeln.

»Kriegst du sie überwunden?«

»Vielleicht, aber ...«

Dax sah sie unschlüssig an und blickte kurz darauf an ihr vorbei auf Cassidy. Seine Avancen waren völlig verschwunden. Furcht lag in seiner Stimme.

»Ihr können wir vertrauen«, versuchte Jiao ihn zu beruhigen.

»Darum geht‘s nicht. Wenn ich mich an Andreas Sperren zu schaffen mache, kriegt sie das mit Sicherheit raus«, sagte Dax. Er machte eine Pause und holte merklich Luft. »Und ich kann es mir nicht leisten, einfach so durchzubrennen wie du.«

»Ich weiß aber, dass du in Amys Systeme kommst, ohne Spuren zu hinterlassen«, erwiderte Jiao mit Nachdruck.

Nun sah Dax sie ebenso eingeschüchtert an, wie er zuvor auf Cassidy geblickt hatte. Er nickte gezwungen und wendete sich wieder dem Bildschirm zu. Jiao führte Cassidy aus dem Atlas heraus, um Dax nicht bei der Arbeit zu stören.

»Wer ist Andrea?«, fragte Cassidy ein paar Schritte entfernt.

»Doktor Andrea Kane«, erklärte Jiao. »Vor dem Auszug aus der Basis war sie im KI-Labor meiner Eltern angestellt. Sie hat Amy mitentwickelt und wurde nach dem Angriff der Razors von

Fletchers Team evakuiert. Jetzt ist sie für die Technik der Biosphäre zuständig, da mein Vater sich ja zum Machtpolitiker aufgeschwungen hat.«

»Und warum hat sie Amy verboten, mit uns zu reden?«

Ein Lächeln erschien auf Jiaos Gesicht. Cassidys Frage klang, als wenn es sich bei Amy um ein bockiges Kind handele, dem sein Lieblingsspielzeug weggenommen worden war, um es zu Hausarbeiten zu zwingen.

»Das hab ich das letzte Mal beim Krieg gegen die Sicarii erlebt«, sagte Jiao. »Geheime Manöver, gezielte Luftschläge und so weiter. Du weißt ja, wie eigen mein Vater bei der Informationsverteilung ist. Wir hatten keinen blassen Schimmer, wie rückständig die Sicarii in Sachen Technik sind. Das Auftauchen der Razors wird ihn wohl ziemlich aufgeschreckt haben.«

Cassidy verstand nur die Hälfte von dem, was sie sagte, aber das genügte, um ihr Angst zu machen. Sie wusste genau, was Jiao mit einem Luftschlag meinte. Nicht mal eine Festung wie Alexandria wäre der schwarzen Nyx aus Jacksonville gewachsen.

»Glaubst du, er bekommt was raus?«, fragte sie mit Blick auf den Atlas.

»Wer denkst du hat Amys Sensoren sabotiert, als wir dich in Sicherheit gebracht haben?«

In dem Moment winkte Dax sie zu sich in den Panzerwagen. Er sah nicht glücklich aus.

»Keine Chance«, berichtete er entmutigt und zeigte auf ein technisches Diagramm des Computerkerns der Biosphäre, das er auf dem Hauptmonitor aufgerufen hatte. »Wenn ich es nicht besser wüsste, würde ich behaupten, Andrea hat Amy an die Kette gelegt und sämtliche KI-Funktionen auf ein Minimum reduziert. Solange die Sperren im System bleiben, ist Amy nur noch ein normaler Computer mit Sprachausgabe.«

»Kannst du das rückgängig machen?«

»Nicht von hier«, sagte Dax. »Und nicht ohne zu wissen, warum Andrea die Blockaden installiert hat.« Er zeigte auf das Hauptdisplay. »Einige davon sind hardwareseitig. Es fehlen ganze Platinen im Computerkern, so als wollte sie auf Nummer sicher gehen, dass Amy keinen Mist baut.«

»Oder als wolle sie verhindern, dass irgendjemand von außen Zugriff erlangt«, dachte Jiao laut.

»Du meinst, die sind mir bereits auf der Spur ...!?«

Dax begann wild auf dem Tisch zu tippen und schloss sämtliche Programme, mit denen er Nachforschungen betrieben hatte.

»Nein«, entgegnete ihm Jiao und legte ihre Hand auf seine Schulter. »Denk doch mal nach. Die Razors haben Amys Kontrolle der McKnight Air Force Base binnen Minuten übernehmen können. Als mein Vater davon gehört hat, wurden von Andrea diese Sperren eingebaut. Er hat vielleicht einfach nur den Stecker gezogen, um Amy zu schützen.«

»Vielleicht«, wiederholte Dax etwas beruhigter.

»Was ist mit Amys Einsatzspektrum?«

»Sämtliche taktischen Funktionen sind vollständig verfügbar«, entgegnete ihr Dax zuversichtlich. »Drohnenkontrolle, Navigation, Überwachung, Zielführung. Alles vorhanden. Nur persönliche Auskünfte wird sie uns keine erteilen.«

Nachdem er alle Geräte abgeschaltet hatte, verließen sie den Atlas und schlenderten zum Lagerfeuer.

»Okay, pass auf«, begann Jiao verschwörerisch. »Morgen kehrst du nach Hause zurück und findest vor Ort raus, was da los ist. Anschließend kontaktierst du mich über die Hubschrauberfrequenz.«

Dax sah aus wie ein getroffener Hund.

»Und was ist, wenn Andrea mich erwischt?«

»Du sollst dich doch nicht in den Computer hacken!«, tadelte ihn Jiao und hätte ihm am liebsten einen Klaps auf den wuscheligen Hinterkopf gegeben. »Frag Andrea einfach. Ab morgen arbeitest du doch sowieso wieder im Bunker. Da muss sie dir wohl oder übel sagen, was der Aufstand zu bedeuten hat.«

Dax ließ erleichtert die Schultern sinken. An die offensichtlichste Möglichkeit hatte er gar nicht gedacht. Jiao schickte ihn zu den anderen ans Feuer und blieb allein mit Cassidy in der zunehmend kälter werdenden Nacht zurück.

Gedankenversunken spazierten sie ein paar Minuten an der Straße entlang. Jiao hatte allen Grund, sich wegen der Ereignisse in der Biosphäre Sorgen zu machen. Noch viel mehr bedrückte es sie, dass sie nicht persönlich nach dem Rechten sehen konnte. Erst nach einer Weile wunderte sie sich über Cassidy, die schweigsam neben hier hertrottete.

»Du bist ja so still?«, fragte sie, um ein Gespräch anzustoßen.

Cassidy mummelte sich in ihren neuen Ledermantel ein, den sie von Dr. Webb geschenkt bekommen hatte. Er war nicht gefüttert und ließ sich auch tagsüber ohne Schweißausbrüche tragen, wirkte dadurch aber nicht besonders wärmend. Ein etwas weiter entfernt liegendes Gefühl verlangte außerdem nach einer Zigarette, was sie Jiao jedoch nicht auf die Nase binden wollte.

»Ich versteh doch nichts von Technik«, nuschelte sie wortkarg und machte Anzeichen, ebenfalls zum Lagerfeuer zurückkehren zu wollen.

Jiao hielt sie sanft am Arm fest und blickte ihr in die Augen.

»Was sagt denn dein Bein?«

»Der Krampf ist schon lange weg«, antwortete Cassidy. Gezwungen fragte sie: »Wie geht's deinem Fuß?«

»Besser. Ich hab mich beim Flug mit den Pedalen zurückgehalten.«

Cassidy hörte ihr nur halb zu und starrte verloren auf den Rastplatz.

»Hey!«, versuchte Jiao sich freundlich aber bestimmt Nachdruck zu verschaffen. »Irgendwas ist doch mit dir?«

Cassidys verträumte Augen rollten auf sie zu und wurden plötzlich eiskalt.

»Was willst du von mir hören?«, erwiderte sie. »Dass ich eine Heidenangst hatte? Dass ich dich verflucht hab, weil ich wegen euch in dieser verdammten Hölle festsaß?«

»Ich ... verstehe«, murmelte Jiao überrumpelt.

Cassidy schniefte ihren kompletten Lungeninhalt durch die Nasenlöcher heraus.

»Tut mir leid«, entschuldigte sie sich. »Es ist nur ...«

Ihr fehlten die richtigen Worte. Sie wollte nicht als das dumme Mädchen vom Lande mit beschränktem Wortschatz gelten, aber ihrer Freundin auch nicht einfach die Meinung ins Gesicht bellen. Nachdem sie sich gesammelt hatte, setzte sie erneut an:

»Wenn es um Kriege und Feldzüge geht, ruft jeder Angel. Bei gefährlichen Schlachten wenden sich alle an Dog und bei diesem Technikkram versteh ich nie, worüber ihr redet. Aber sobald jemand gebraucht wird, um durch irgendwelche Blechröhren zu klettern, bin ich plötzlich gut genug.«

Mit einem ungemein zornigen Gesichtsausdruck zeigte sie auf den Diner, in dem Angel und ihre Kameraden die nächsten Schritte gegen die Vultures planten. Anschließend riss sie beide Hände hoch, um ihrem Aufruhr Geltung zu verschaffen.

»Als ich in diesem Scheißschacht festsaß, wollte ich nur noch alles hinschmeißen, loslassen, zu Tode stürzen und diesem Alptraum ein Ende machen, aber ich hab's nicht getan!«, fuhr sie voller Elan fort. »Nein, ich habe mich von selbst nach draußen gekämpft. Als Dank wurde ich fast von Spinnengranaten in Stücke gesprengt, von Millionen Insekten aufgefressen und am Ende um ein Haar von eurem splitternackten Roboter erschossen!«

Sie seufzte und ließ ihre Hände fallen.

»Ich sollte da drin sitzen und an den großen Entscheidungen mitwirken, aber nein. Bis zur nächsten Katastrophe bin ich wieder Angels unfähige Schülerin, die um jeden Preis beschützt werden muss und von der Welt sowieso keine Ahnung hat. Nicht mal mein eigener Bruder nimmt mich mehr ernst, sondern sorgt stattdessen dafür, dass mir Dax nicht auf die Pelle rückt.«

Jiao hörte sich ihren Monolog geduldig an und wartete, bis sie eine längere Atempause machte.

»Fertig?«

Cassidy vergrub ihre Arme unter dem Ledermantel, was sie umso mehr wie eine bockige Teenagerin erscheinen ließ.

»Jetzt lass mich dir meine Geschichte erzählen«, begann Jiao im selben Ton. »Seit ich allein dafür gesorgt habe, dass der Krieg zwischen uns und den Sicarii beendet wurde, indem ich drei Tage mit Jade in der Wüste festsaß, traut mir mein eigener Vater kaum noch über den Weg. Alle, angefangen von Leon über Karen bis hin zu Boytoy Mitchell, halten mich für das schwächste Glied in der Biosphäre, weil ich lieber auf Menschen zugehe, anstatt mich von der Welt abzuschotten. Wenn es nach meinem Vater gegangen wäre, hätten wir den Krieg am besten so beenden sollen, wie wir heute die McKnight Air Force Base begraben haben. Mit einer riesigen Bombe mitten in Sicariia!«

Cassidys versteinerter Blick verflüchtigte sich allmählich. Sie hatte zwar nur die Schockwellen des Nuklearsprengkopfs gespürt, konnte sich aber dennoch recht gut vorstellen, was eine solche Detonation in einer ganzen Stadt anrichten würde.

»Mein allwissender Vater wollte die Sache so drehen, dass die Sicarii in ihrer grenzenlosen Dummheit eine Atombombe gefunden und aus Versehen zur Explosion gebracht hätten; nur für den Fall, dass irgendjemand mit unserem Techniklevel den kilometerweiten Ausschlag auf einem Seismographen mitbekommen hätte. Ob sich die Razors damit abgefunden hätten, darf bezweifelt werden. Es ist also mir allein zu verdanken, dass wir viele Jahre vor ihnen unentdeckt geblieben sind. Außerdem habe ich hunderttausend Sicarii das Leben gerettet! Siehst du vielleicht irgendeinen Dank dafür?«

Jiao zog herausfordernd die Arme hoch. Sie erwartete natürlich keine Antwort, aber das war auch nicht Sinn der Geste.

»Stattdessen werde ich von Jade wie eine Marionette geführt, die meint, dass sie mich nach Belieben an- und ausziehen kann. Mein Vater denkt nicht mal daran, mir eine Entscheidung über das Abkommen mit Jade zukommen zu lassen. Jade hatte völlig Recht. Sobald ich auf der Biosphäre lande, werde ich wie eine Prinzessin im goldenen Käfig leben und nie wieder fliegen dürfen, obwohl ich Karen und sogar das Spielzeug für meinen Vater retten konnte!«

Jiao pumpte wie ein Maikäfer. Sie hatte vermutlich noch Dutzende solcher Geschichten auf Lager, doch Cassidy kam sich schon längst vor, als hätte Jiao ihr drei Mal den Kopf gewaschen. Ihr Selbstmitleid wich allmählich dem Gefühl Verbundenheit; so als säßen sie im selben Boot.

»Dann stimmt das also mit dir und Jade?«, fragte sie und biss sich sogleich auf die Unterlippe.

Jiaos Gesichtszüge entspannten sich und nahmen ihren natürlich heiteren Zustand an.

»Ja«, antwortete sie verlegen lächelnd. »Ja, das stimmt. Jade und ich haben die drei Tage mehr gemacht, als uns vor der Legion zu verstecken und vegetarisch zu kochen.« Sie zeigte auf den Diner. »Kannst du es mir etwa verdenken? Sieh sie dir doch nur mal an!«

Cassidy lief plötzlich knallrot an.

»Also ... ich ... hab da noch nie ... dran gedacht«, stammelte sie. »Ich meine, Jade ist doch 'ne Frau!«

»Na und?«, erwiderte Jiao schulterzuckend.

»Ich dachte, dass nur Männer und ...«

»Kein Mädchen vom Lande, hm?«, unkte Jiao. »In was für einem Hinterwäldlerdorf bist du nur aufgewachsen?«

Cassidy stützte trotzig ihre Hände auf den Hüften ab, doch ihr fiel beim besten Willen kein Gegenargument ein. Ihr Heimatdorf war so rückständig, wie es angesichts der Endzeitumgebung nur ging. Ohne ihren Bruder wäre sie mit Sicherheit hinter einem Kochtopf gestorben; an langweiligem Alltagsfrust.

So langsam merkte sie, dass sie mit Jiao viel mehr gemeinsam hatten, als sie aufgrund ihrer unterschiedlichen Welten für möglich gehalten hätte. Sie fühlte sich nicht länger allein mit ihrem Schicksal, immer die zweite Geige spielen zu müssen. Freundschaftlich schloss sie Jiao in die Arme und drückte sie fest an sich, ohne auch nur einen Gedanken daran zu verschwenden, dass die Asiatin ihre Geste vielleicht falsch auffassen könnte.

13. Initiative

Im Morgengrauen ähnelte das zusammengewürfelte Camp einem fremdartigen Gemälde aus vergangener Zeit. Einen gepanzerten Truppentransporter zusammen mit dem waffenstarrenden Militärhubschrauber hatte es seit General Petersons Feldzug gegen die Mörder seiner Frau Sarah nicht mehr in den südlichen Wastelands gegeben. In der aufgehenden Sonne wirkten die dunklen Silhouetten der Stahlmonster wie mächtige Beschützer in einer feindlich gewordenen Welt, die sich durch nichts aufhalten ließen.

Cole und Dog passten da schon eher ins Bild, als sie zu ihrem Morgengeschäft in die Büsche sprangen. Dieses Mal traten sie als Team an, da Dog seinen gehbehinderten Erzfeind unfreiwillig beim Gehen unterstützen musste. Angel hatte ihn in der Hoffnung dazu verdonnert, dass die beiden ihre Fehde nach dem gemeinsamen Ritt durch die Hölle endlich beilegen würden. Wirklich dran glauben tat sie aber nicht.

Dr. Webb versorgte die versammelte Gruppe mit frisch aufgebrühtem Kaffee. An dem bitteren Gebräu schien es den Hawkern nicht mal im tiefsten Feindesland zu mangeln. Jade gab eine Anekdote zum besten, nachdem der Kaffeevorrat von Jiaos Hubschrauber bei ihrem ersten Zusammentreffen volle drei Tage durchgehalten hatte. So lange hatten sie auf die Reparaturmannschaft warten müssen und mitten in sicariianischem Territorium festgesessen.

»Also, Herrin Jade, wie geht‘s weiter?«, erkundigte sich Dr. Webb süffisant beim Schlürfen an ihrem vakuumisolierten Edelstahlpott.

»Serrano Point ist nur noch zweihundert Kilometer entfernt. Wir fliegen mit dem Hubschrauber voraus und bereiten einen Laster für euch vor.«

»Und wer garantiert uns, dass wir nicht auf halbem Weg von irgendwelchen Halbaffen überfallen werden?«, wollte Mitchell wissen.

Ihre Frage fußte auf einer Realität, die Angels Kameraden am eigenen Leib erfahren hatten. Cor Decat, die Provinz nördlich des Hadesgebirges, war längst nicht befriedet und das bevorzugte

Jagdgebiet von Banditen, Ex-Sträflingen und Wegelagerern. Mit dem Atlas wären solche antiquiert ausgerüsteten Hinterhalte völlig unbedeutend, aber ein einzelner LKW könnte sich auch gleich ein Zielkreuz auf die hundertmal geflickte Plane malen.

Jade verschränkte ernst die Arme. Sie wollte zeigen, dass sie sich aufrichtig Gedanken darüber machte.

»Würdet ihr denn einer Eskorte von uns zustimmen?«, bot sie an.

»Eure psychopathischen Schläger, die uns auf halbem Weg die Kehlen aufschlitzen, nur um ein paar anständige Gewehre zu erbeuten?«, schnappte Mitchell zurück.

Angel glitt von der Motorhaube des schwarzen Luxusgeländewagens herunter und machte sich bereit, für Jade in die Bresche zu springen. Nach dem Massaker an den Freien Enklaven verstand sie Vorbehalte des Lieutenants nur zu gut, wollte aber den Atlas so kurz vorm Ziel nicht aufs Spiel setzen. Ehe sie jedoch die Chance zum Einwand erhielt, überraschte Jade sie mit dem diplomatischen Gespür einer Bacchae.

»Die in Serrano Point stationierte Legion besteht aus einem anderen Schlag von Soldaten, als ihr sie kennt«, sprach sie voller Stolz. »Wenn ihr mir nicht glaubt, fragt Angel, Cassidy oder Dog. Sie haben Colonel Grant und seine Männer persönlich kennengelernt.«

Mitchell beeindruckte das überhaupt nicht. Dr. Webb hingegen warf einen Blick in die Runde und erntete dreifaches, zustimmendes Nicken.

»Ich geb das nicht gern zu«, brummte Leon. »Aber der Typ schien mir halbwegs vernünftig zu sein.«

Erst da musste sich Mitchell geschlagen geben. Widerwillig zog sie ihren Einwand zurück.

»Na schön«, stimmte auch Dr. Webb zu. »Wir akzeptieren deine Eskorte.« Mit erhobenem Zeigefinger setzte sie wie eine Hexe nach: »Doch wehe, wenn das irgendeine List ist!«

»Und an der Brücke ist Schluss«, legte Mitchell fest.

»Dann sind wir uns ja einig«, sagte Jade rasch, um die Vereinbarung zu besiegeln.

***

Zehn Minuten später waren alle Kaffeepötte eingesammelt und das Reh vom Vorabend bis auf die Knochen verspeist. Jiao startete ihre Rotoren und hob sanft vom Asphalt ab. Da sie niemand hetzte, vollführte sie extra harmonische Flugmanöver, um ihren Fuß zu schonen. Sie wartete, bis der Atlas und der Geländewagen ihre Marschgeschwindigkeit auf der Straße erreicht hatten, ehe sie die Nase nach vorne senkte und Kurs auf das Hadesgebirge nahm.

Leon döste auf dem Co-Pilotensitz, während die eintönige Graslandschaft und die sporadisch bewachsenen Berghänge unter ihnen vorbeizogen. Angel und Dog lehnten an den Wänden des Truppenabteils. Inzwischen hatte sich die höhenkranke Scharfschützin ein wenig an die Fliegerei gewöhnt und hing nicht mehr verkrampft an irgendwelchen Griffen. Jade saß auf einem der Kerosinkanister und überprüfte ihre Stichwunde. Sie gab es nicht offen zu, aber ihre Blicke zu Angel zeugten vom Dank dafür, sie von der zweiten Infiltration der McKnight Air Force Base abgehalten zu haben. Ein Bad in der Giftbrühe der Müllverarbeitungsanlage hätte Jade vermutlich nicht mal unter der medizinischen Fürsorge von Dr. Webb überlebt.

Die geplante Flugzeit von einer Stunde nutzte jeder, um die Geschehnisse der vergangenen Tage im Stillen zu verarbeiten und die Gedanken zu sammeln. Die lauten Rotorengeräusche erschufen ein akustisches Umfeld, in dem man wie in einer rauschenden Blase gefangen war und nichts hörte, außer den eigenen Überlegungen.

Die lautstarke Ruhe wurde erst unterbrochen, als Jiao verzerrte Funkmeldungen empfing. Es dauerte ein paar Minuten, bis sie genug an Höhe gewonnen hatte und die richtige Frequenz fand.

»Sir, ... gefallen!«, rauschte es aus den Kopfhörern. Eine aufgebrachte Frauenstimme. »... brechen durch!«

»... Status der ... ladungen!?«, antwortete ihr die Stimme eines Mannes.

»Einsatzbereit!«

»... Rückzug zu ...!«, brüllte der Mann. »Wir geben ... Stützpunkt auf!«

»Was geht da unten vor?«, rief Jade ins Cockpit.

»Wer sind die denn?«, fragte Jiao.

Jade griff nach dem Mikrofon.

»Stell mich durch!«, befahl sie. »David? David! Seid ihr das!?«

»Jade!«, schallte es zurück. »Wir ... angegriffen! Ragnars und ... gleichzeitig! Müssen ... Serrano ... aufgeben! Haltet euch ... Pass fern!«

»Die scheinen mächtig unter Feuer zu liegen«, meinte Leon. »Wohin jetzt?«

»Sofort zum Pass!«, riefen Dog und Jade im Chor. Sie sahen sich einen Moment lang perplex an, bis sie den Befehl mit starren Blicken zu Jiao wiederholten. »Wie weit ist es noch?«

»Zwölf Klicks«, informierte Jiao sie. »Fünf Minuten. Seid ihr euch sicher?«

»Flieg schneller!«, befahl Jade. Sie griff noch einmal nach ihrem Mikrofon. »David! Stellung halten! Ich wiederhole: Position um jeden Preis halten!«

»Können nicht ... zu viele ... von zwei Seiten ...!«

»Halt die Stellung verdammt noch mal!«, brüllte Dog aus vollem Hals.

Daraufhin herrschte einen Augenblick lang Ruhe.

»Befehl verstanden«, hörten sie Grant antworten, gefolgt von neuen Anweisungen für Captain Deveroux und seine Männer.

Jade löste sich vom Cockpit und überprüfte ihre Schrotflinte. Angel war schon ganz bei der Sache und hängte sich ihr Scharfschützengewehr um.

»Ich hoffe, ihr wisst, was ihr tut«, rief Jiao nach hinten.

»Und hoffentlich bist du wirklich so eine gute Pilotin, wie du immer behauptest!«, entgegnete ihr Jade. »Alle bereit?«

»Ich brauch eine hohe Position«, sagte Angel. »Einer von den Felsen über dem Camp.«

»Okay, festhalten!«, rief Jiao. »Leon, das Geschütz!«

Der Soldat löste seine Sitzgurte und stolperte nach hinten.

»Weg da!«, grollte er Jade zu und zwängte sich an die Backbordkanone.

»Was ist mit der anderen?«, fragte Dog.

»Die kann einer von euch nehmen!«

Wieder teilten Dog und Jade denselben Gedanken, aber der Hüne setzte sich mit seiner Körpermasse durch und bemannte das Steuerbordgeschütz. Es war fast identisch mit der Vulkankanone seines alten Trucks, so dass er sich sofort zurechtfand.

»Bereit!«

In diesem Moment riss Jiao die Nase hoch und fegte mit dreihundert Stundenkilometern nur knapp über die trockenen Baumwipfel hinweg. Vergessen war ihr harmonischer Flugstil vom Morgen, als die Maschine mit lautem Getöse den letzten Gipfel vor Serrano Point überwand.

Kaum hatten sie das Gebirge hinter sich gelassen, stach ihnen das Bild einer verlorenen Schlacht ins Auge. Colonel Grant hatte nicht übertrieben. Ragnars und Vultures griffen das Lager gleichzeitig von zwei Seiten an. Die Ragnars von Norden und die Vultures aus Süden.

Die Vultures nutzten dabei ihre übliche Gangtaktik mit schnellen, leicht bewaffneten Buggys, die aufgrund ihrer einschüchternden Lautstärke wie deutsche Sturzkampfbomber oder russische Katjuschas aus dem Zweiten Weltkrieg demoralisierend auf ihre Gegner wirkten. Unterstützt wurden sie von Pick-ups und Kleinlastern mit schweren Maschinengewehren, die zusätzlich Brandgeschosse mit selbstgebauten Katapulten abfeuerten. Generell verließen sie sich auf ihre zahlenmäßige Überlegenheit und das Momentum des Sturmangriffs.

Die Söhne des Ragnarök gingen etwas niveauvoller vor. Ihre Kämpfer waren in Zügen organisiert und griffen nicht alle gleichzeitig oder planlos an, sondern konzentrierten sich auf zwei Schwachpunkte des Befestigungswalls aus Betonschrott. Eines davon das Haupttor, das völlig offenstand aber durch die meisten Legionäre verteidigt wurde, und ein besonderes niedriges Stück der Palisade, über das sie mehrere halbrunde Rohre gelegt hatten. Die waren elastisch und gaben nach, wann immer ein Trupp darüberlief, so dass sie den gefährlichen Schrott gefahrlos passieren konnten. Anschließend verschanzten sie sich hinter Fahrzeugen, Holzpaletten und anderen herumstehenden Objekten im Innenhof.

Die Ragnars verfügten zudem über echte Artillerie in Form von Infanteriemörsern. Im Laufe des Hubschrauberanflugs schossen sogar zwei Raketen auf das Gelände der alten Raststätte und zerstörten einen Truppentransporter, der gerade dabei gewesen war, das Haupttor zu versperren. Ein halbes Dutzend schwer gepanzerter Fahrzeuge rollte ungebremst darauf zu.

»Da runter!«, rief Angel. »Bring mich auf den Felsen!«

»Ich versuch‘s ja!«, beschwerte sich Jiao.

Noch hielt sich der Beschuss in Grenzen, aber jedem war beim

Anblick des Schlachtfelds klargeworden, warum Colonel Grant Serrano Point aufgeben wollte. Ragnars und Vultures warfen zusammen fast eintausend Mann ins Gefecht und hatten die Sicarii völlig eingekesselt. Der einzige noch offene Ausweg führte in die Berge, in die sie eine derart große Streitmacht nicht zu verfolgen vermochte. Im Innenhof brannte ein Tanklaster lichterloh. Direkt daneben standen zwei weitere Treibstofftanks. Sofern sie gefüllt waren, könnten sie jeden Augenblick explodieren.

Jiao flog eine Kurve quer über das Lager und riss die Nase kurz vor Angels gewünschter Stellung nach oben. Der Felsen lag etwa zweihundert Meter über Serrano Point und noch einmal genauso weit entfernt. Optimale Bedingungen für ihr großkalibriges Scharfschützengewehr.

»Bau keinen Mist da unten!«, rief sie Dog beim Rausspringen zu.

»Was meint sie damit?«, fragte Leon.

»Bringt mich runter!«, ordnete Dog mürrisch an. »Direkt ins Camp!«

»Bist du verrückt?«, schallte es aus dem Cockpit.

»Mich auch!«, rief Jade durch den Fluglärm.

»Ihr habt sie wohl nicht alle!«, beschwerte sich Leon. »Wir können hier doch nie im Leben landen!«

»Dann schaff mich auf das Dach von dem verfluchten Motel!«, bekräftigte Dog seinen Entschluss.

»Einer von euch muss am Geschütz bleiben!«

Dog riss den Kopf zu Jade herum, die sich an ein paar Griffen im Dach festhielt. Er hatte sich sofort an der Bordkanone zurechtgefunden. Jade zog ihrerseits den Nahkampf jederzeit vor. Aber so gern sie ihn auch zurückgelassen hätte und an der Seite ihrer Leute in die Schlacht gezogen wäre, musste sie doch zugeben, dass Dog im Gefecht gegen seine alte Gang den weitaus bedeutsameren Kampfwert besaß. Besonders mit ihrer verletzten Hüfte.

»Geh du!«, rief sie ihm kurzerhand zu. »Und sag unseren Soldaten, dass ich von hier oben auf sie aufpasse!«

Unsere Soldaten. Dog erschrak regelrecht vor ihren Worten. Gehörten er und die Verrückte inzwischen wirklich zusammen?

»Wir setzen auf!«, meldete Jiao, gefolgt von einem kurzen Rütteln, als der Hubschrauber das Dach des Motels berührte.

»Raus! Raus! Raus!«

Dog riss sich vom Geschütz los, schnappte sich sein Maschinengewehr und sprang aus der offenen Seitentür.

»Take-off! Take-off!«, warnte Jiao, falls Jade es sich doch noch anders überlegen sollte. Die Turbinen heulten auf und hoben die Maschine vom Dach.

»Jetzt lasst uns hier aufräumen!«, rief Jade grimmig. Sie hangelte sich durch den Hubschrauber in Richtung Miniguns. »Mit der Artillerie fangen wir an!«

»Verstanden!«

Jiao nahm Kurs auf die Infanteriemörser im Norden.

Die sicariianischen Verteidiger hatten in der Mauer gelagerte Autoreifen entzündet, die eine schwarze Rauchwand bildeten und damit den Ragnars die Sicht stahlen. Jiao ging in den Sturzflug und rauschte tief am Boden entlang, um ihren Anflug vom Qualm verdecken zu lassen. Erst kurz vor dem unheimlichen Vorhang riss sie die Maschine hoch und raste auf die Mörserstellungen zu.

»Feuer!«, brüllte sie nach hinten.

Leon hatte längst den Abzug betätigt und ließ sein dröhnendes Geschütz eine Schneise durch die verschreckten Ragnars ziehen. Jade hingegen wartete, bis sie das OK von Jiao bekam und in Reichweite war, ehe auch ihr Funkenhagel auf die Mörser niederregnete.

***

»Die Nordwand ist gesichert! Der verdammte Hubschrauber macht Kleinholz aus denen!«, rief Grant in sein Funkgerät. Mit festem Griff zerrte er einen seiner Legionäre in der Lobby des Motels herbei. »Bringt das verfluchte Feuer unter Kontrolle!«

»Sir, die Treibstofftanks ...!«

»Ich weiß!«, fuhr ihm der Colonel dazwischen. »Zieht sie weg, löscht das Feuer, schippt Sand darüber! Mir egal, Hauptsache wir fliegen hier nicht in die Luft!«

»Verstanden, Sir!«, bestätigte der Soldat etwas gefestigter und stürmte aus dem Motel.

Grant lehnte sich auf einen Kartentisch in seinem neu eingerichteten Hauptquartier.

»Jill, zieh die Hälfte unserer Leute aus dem Norden ab und verstärk die Truppen am Haupttor!«

»Wollt ihr schon wieder abhauen oder was?«, raunte ihm Dog wie einen Dolch in den Rücken. Er stand in der Tür zum Treppenhaus und war gerade erst unten angekommen.

»Wo zur Hölle kommt ihr auf einmal her!?«

»Lange Geschichte«, brummte Dog. Er warf einen Blick auf die Karte und tippte auf die Gebirgskette im Osten. »Irgendwo da oben hockt Angel. Solange ihre Munition reicht, fällt alle fünf Sekunden einer von denen um.«

»Und Jade?«

»Die ist im Hubschrauber und macht den Scheißkerlen Feuer unterm Arsch.«

»Wo bleibt euer Panzer?«

»Eine Stunde hinter uns.«

»Und der Rest der Hawker? Kriegen wir noch mehr Luftunterstützung?«

»Darauf würde ich auch nicht wetten.«

»Wieso, verdammt noch mal, habt ihr dann die Evakuierung abgebrochen!?«

»Na hör mal!«, raunte Dog ihn ungläubig an. »Das sind doch nur ein paar Pfeifen mit Buggys und Knallfröschen! Der Hubschrauber wird doch wohl ...«

»Sir!«, schrillte Captain Deveroux‘ Stimme dazwischen. »Die Panzer kommen!«

»Die was ...?«

»Die Panzer der Ragnars!«, grollte Colonel Grant. Er schlug mit der Faust auf den Planungstisch. »Habt ihr vielleicht geglaubt, ich lass mich von ein paar Mörsern verjagen!? So eine Scheiße!« Er griff nach seinem Funkgerät. »Jill, Rückzug zum Motel! Jade, wir brauchen euch hier bei uns!«

Dog schnappte sich Grants Fernglas vom Tisch und richtete es auf die Ostmauer, wo der heftig umkämpfte Haupteingang lag. Er traute seinen Augen kaum, als sich umgebaute Schaufelradbagger gemächlich aber unaufhaltsam ihren Weg über den Schuttwall oder einfach quer durch das Haupttor bahnten. Anstelle der Baggerschaufeln ragten kleine Kanonen und Flammenwerfer aus der mit Panzerplatten geschützten Fahrerkuppel. Die schwerfälligen Vehikel hatten nur ansatzweise etwas mit der kraftstrotzenden Eleganz eines echten Kampfpanzers gemein, besaßen aber immerhin einen kugelsicheren Geschützturm, der sich um dreihundertsechzig Grad drehen ließ. Die robusten Stahlketten zeigten sich ebenfalls unbeeindruckt vom Abwehrfeuer.

Dogs erster Gedanke war, dass er Angel unbedingt davon überzeugen musste, sich ein paar dieser Stahlmonster unter den Nagel zu reißen. Sein zweiter drehte sich bereits wieder um den eigenen Selbsterhaltungstrieb.

»Wie wollt ihr euch dagegen wehren?«

»Gar nicht!«, schnauzte Grant ihn an. »Unsere schweren Waffen sind noch nicht da. Der Krieg gegen deine alte Bande sollte schließlich erst in einem Monat losgehen! Wir wollten uns in die Berge verziehen und anschließend bei Nacht zurückkehren.« Er raufte sich die Haare, als er mit ansehen musste, wie die Panzer seine Männer zusammenschossen. »Feuer«, hauchte er. »Jill! Lass sofort Benzin herbeischaffen!«

***

»Jade, wir brauchen euch hier bei uns!«, knarzte Grants Stimme aus den Kopfhörern des Hubschraubers.

»Du hast ihn gehört!«, rief Jade ins Cockpit. »Zurück zum Camp!«

Jiao reagierte nicht auf ihren Befehl. Sie schien alle Hände mit den Kontrollen voll zu haben. Eine Warnsirene schrillte durch die Maschine.

»Leon!«, rief sie über die Schulter. »Was wackelt da so!? Die Instrumente spielen verrückt!«

»Du ziehst ne ziemliche Rauchfahne hinter dir her! Uns fliegt gleich der Heckrotor weg!«

»So eine Scheiße!«, fluchte die sonst so höfliche Jiao. »Amy! Status der Luftunterstützung!«

»Zhang Yuens Befehl lautet, zur Biosphäre zurückzukehren«, meldete die KI emotionslos.

»Danach hab ich nicht gefragt!«

»Selbst wenn er irgendwen schickt, bis die hier sind, ist David geliefert!«, rief Jade. »Wir müssen zurück!«

»Ich verlier nicht noch einen Hubschrauber!«, erwiderte Jiao entschieden. »Nicht für dich!«

»Wir haben eure Leute rausgeholt! Jetzt halt dich gefälligst an die verdammte Abmachung!«

»Ich hab euch Unterstützung beim Angriff auf die Vultures versprochen! Keinen Krieg gegen die verfluchten Ragnars!«

»Flieg über die Panzer hinweg!«, rief Leon dazwischen. Er hatte sich vom Bordgeschütz gelöst und hielt stattdessen einen der Kerosinkanister in der Hand. »Los! Mach schon!«

Jiao drehte sich ungläubig zurück nach vorn.

»Hawk-two im Anflug! Zieht besser die Köpfe ein!«

***

»Schießt auf keinen Fall auf die Panzer!«, kratzte Jiaos Stimme aus dem Funkgerät.

»Macht die Witze?«, fragte Captain Deveroux und griff nach zwei Molotowcocktails, die ihre Männer gerade befüllt hatten.

»Nein. Die haben irgendwas vor«, sagte Grant. Dann faltete er die Hände um den Mund. »FEUER EINSTELLEN!«, brüllte er seinen Legionären in den Rücken, die sich inzwischen im Motel verschanzt hatten. »SOFORT DAS FEUER EINSTELLEN!«

Dog hockte am Fenster direkt vor ihm und spielte seinen Leibwächter. Wenig begeistert nutzte er die Feuerpause, um seinen Ersatzpatronengurt nachzuladen. Anschließend starrte er gebannt auf die schwarze Rauchwand, aus der Jiaos Hubschrauber jeden Augenblick auftauchen müsste.

»Da sind sie!«, rief Deveroux.

»IN DECKUNG!«, befahl Grant.

Jiao rauschte wieder nur ein paar Meter über dem Boden hinweg, um den Ragnars möglichst wenig Zeit für einen Gegenangriff zu geben. Sie nahm direkten Kurs auf die feindlichen Panzerfahrzeuge.

»Warum ballern die nicht?«, rief Dog.

»Vielleicht sind sie trocken«, mutmaßte Deveroux.

»Die stehen auf den Kufen, als wollten sie abspringen«, berichtigte Grant sie, der das Schauspiel mit seinem Fernglas verfolgte. »Und die werfen irgendwas ab.«

Schon nach ein paar Sekunden war alles vorbei und der Hubschrauber gewann rasch an Höhe.

»Okay, jetzt!«, knarzte Jiaos Stimme. »Fackelt sie ab!«

»Ihr habt sie gehört!«, brüllte Grant durch das Motel. »FEUER!

FEUER FREI!«

Vierhundert sicariianische Legionäre erhoben sich aus ihren Stellungen und legten ein zorniges Sperrfeuer über das Lager. Die Schüsse kamen längst nicht nur aus dem Motel. Überall im Camp lieferten die Soldaten des Imperiums ein letztes Aufgebot. Sturmgewehre und Pistolen hagelten auf die Kettenfahrzeuge nieder. Wie zuvor zeigten sich die Panzer davon zunächst unbeeindruckt, doch es dauerte nur einen Augenblick, bis sie wie von Geisterhand in gleißende Stichflammen aufgingen. Einer nach dem anderen geriet durch den Funkenschlag in Brand.

»Die haben sie mit ihrem verdammten Treibstoff zugeschüttet!«, rief Grant euphorisch.

Die Feuer breiteten sich binnen Sekunden bis ins Innere der improvisierten Panzer aus. Brennendes Kerosin tropfte durch jeden Luftschlitz und jede Ritze. Die Benzintanks fingen ebenfalls Feuer und verbrannten die Besatzung bei lebendigem Leib, sofern sie sich nicht blitzschnell aus dem Wrack retten konnte. Drei Panzer waren von Jiaos Luftangriff verschont geblieben, aber als die Ragnars das Schicksal ihrer Kameraden mit ansahen, ließen sie ihre behäbigen Fahrzeuge mit laufendem Motor stehen und flohen panisch in alle Himmelsrichtungen.

»Die ziehen sich zurück!«, meldete Angel über Funk.

»Die Ragnars?«, fragte Grant nach.

»Beide. Ragnars und Vultures befinden sich im unkontrollierten Rückzug!«

Grant schwenkte sein Fernglas zur Südflanke. Tatsächlich nahmen auch die Vultures Reißaus, als sie das Schicksal ihrer Verbündeten bemerkten.

»Die gehen mit Sicherheit davon aus, dass hier bald ein paar Kampfdrohnen aus der Biosphäre eintreffen, Sir«, sagte Deveroux.

»Sofort das Haupttor dichtmachen!«, befahl Grant und wendete sich dann direkt an Deveroux. »Jill! Schnapp dir ein paar Fahrzeuge und mach Jagd auf die Schweine, bis keiner mehr übrig ist! Und wenn du sie bis nach Ragnarök verfolgen musst, klar!?«

»Verstanden, Sir!«, erwiderte Deveroux salutierend. »Kohorte Eins, zu mir!«

Deveroux verließ das Hauptquartier mit dreißig Legionären und hetzte den Ragnars gen Norden hinterher. Grant wusste genau, was er tat. Die meisten Verluste in einem Gefecht entstanden, sobald eine Seite floh und die andere ihnen in den Rücken fallen konnte.

»Keine Verfolgung der Vultures?«, brummte Dog, ohne deutliche Anzeichen von Ablehnung oder Zustimmung.

»Die dürften fürs Erste eingezäunt sein«, erklärte Grant. »Aber die Ragnars nach einer Niederlage quer durch unser Gebiet streifen zu lassen, geht gar nicht.«

»Ist noch irgendwer am Leben da unten?«, meldete sich Jiao mit besorgter Stimme. »Wir müssen runter!«

»Der Innenhof ist gesichert!«, antwortete ihr Grant.

Zusammen mit Dog trat er hinaus in die Vormittagssonne, wo der qualmende Hubschrauber hart aufsetzte. Obwohl die Soldaten noch völlig im Adrenalinrausch waren, versammelten sie sich staunend um die waffenstarrende Transportmaschine, als landete eine Legende mit der Kraft eines Sandsturms vor ihren Augen. Im Krieg gegen die Hawker hatten die Sicarii häufiger Bekanntschaft mit Hawk-one und -two gemacht, aber von ihnen im Kampf unterstützt zu werden, war eine völlig neue Erfahrung. Die zierliche Pilotin versetzte beim Aussteigen sogar die hartgesottensten Soldaten in Staunen.

Jiaos erste Sorge galt dem fragilen Heckrad, von denen sie schon eins auf dem Gewissen hatte. Anschließend hinkte sie um die Maschine herum und begutachtete den schrägliegenden Heckrotor, der zwar die Landung überstanden aber definitiv Schaden genommen hatte. Eine trübe Flüssigkeit tropfte aus mehreren Einschusslöchern in der Nähe des Rotors.

»So ein Mist«, fluchte die Pilotin. Sie verrieb etwas von dem Öl zwischen ihren Fingerkuppen. »Die haben die Hydraulik erwischt. Das angeschossene Rotorblatt werd ich auch lieber austauschen.«

»Habt ihr für solche Fälle Ersatzteile dabei?«, fragte Jade.

»Nein. Die wird mir mein Vater schicken müssen, wenn er seinen Hubschrauber je wiederzusehen gedenkt«, seufzte Jiao deprimiert. »Ich heb mit der Kiste jedenfalls nicht mehr ab, bis das repariert ist.« Bei diesen Worten drehte sie Jade grimmig den Kopf zu. »Für niemanden!«

»Schon gut!«, erwiderte diese mit kapitulierend erhobenen Händen. »Sag deinem Vater, er hat von mir freies Geleit oder was immer er hören will.«

Jiao spottete über ihren Kommentar und wendete sich wieder dem Hubschrauber zu.

Jade zog ein bissiges Gesicht, als Jiao sie nicht mehr sehen konnte. Dann richtete sie ihre Aufmerksamkeit auf Grant.

»Wo zum Teufel kamen die auf einmal her?«

»Gute Frage. Ich dachte, du hättest vielleicht vor deiner Abreise vergessen, uns über den bevorstehenden Angriff zu informieren.«

Jades starrer Blick wechselte zwischen aufrichtiger Verwunderung und bitterem Zorn.

»Glaubst du etwa im Ernst, dass ich deine Truppen nach all unserer Arbeit einfach so verheizen würde!?«

»Ohne zu zögern«, brummte Grant unbeeindruckt.

Jade schnaufte entrüstet, aber beließ es vorerst dabei.

»Deine Leute sollen nach Überlebenden suchen!«, befahl sie. »Wo ist Clarissa? Ich brauch sie für die Verhöre.«

Grant drehte sich nach Osten und zeigte auf die Berge.

»Irgendwo da oben. Als die Meldungen über Panzerfahrzeuge reinkamen, wollte deine Schnüfflerin uns eine Fluchtroute auskundschaften. Sie ist sicher schon auf dem Rückweg.«

»Sie soll zur mir ins Motel kommen, sobald sie eintrifft«, sagte Jade. Mit einem grimmigen Gesicht betrachtete sie die Rauchschwaden der Schlacht und sah dabei Angel auf sie zukommen. »Irgendwas stimmt hier nicht. Erst der Angriff auf Jacksonville, jetzt Serrano Point. Das ist nicht die Art der Ragnars.«

»Kam dir das also auch spanisch vor, ja?«, meinte Angel zustimmend. Sie hielt ihr langes Gewehr noch immer einsatzbereit in den Händen. »Wir brauchen ein paar Antworten.«

»Komm mit. Wir bereiten das Verhör vor. Die Legionäre suchen schon nach Überlebenden.«

Angel ließ den Blick über die Ruinen schweifen.

»Ich hab eine bessere Idee.«

Sie gab Dog das Zeichen ihr zu folgen und lief auf den Geländewagen der Biosphäre zu, mit dem Cassidy gerade eintraf.

»Wieso sind die alle an uns vorbei ...!?«, begann die Teenagerin hektisch.

»Aussteigen!«, unterbrach Angel sie barsch. »Los, raus mit euch!«

»Was habt ihr vor?«

»Wir suchen uns etwas Streit!«, höhnte Dog in froher Erwartung. Er schwang sich auf den Beifahrersitz und versuchte, sein Maschinengewehr irgendwie sinnvoll im Seitenfenster zu verkanten.

Kaum hatten Caiden, Cassidy, Dax und Faith den Wagen verlassen, trat Angel kräftig aufs Gas und rauschte an den verwundert zurücktretenden Torwachen vorbei in Richtung der Autobahntunnel; mit direktem Kurs auf die südlichen Wastelands.

14. Wahrheit

»Haben wir einen Plan?«, fragte Dog etwas ernster, nachdem sie ungestört waren.

»Amy!«, rief Angel. »Bist du in der Nähe?«

»Positiv.«

»Führ mich an die flüchtenden Vultures ran!«

»Die feindlichen Fahrzeuge haben sich aufgeteilt. Bitte Ziel präzisieren.«

»Alle werden wir nicht kriegen«, brummte Dog.

»Such mir eine Gruppe mit Pick-up!«

»Verstanden«, antwortete Amy gewohnt monoton. »Zielführung aktiviert. Kurs eins-neun-fünf.« Einen Augenblick später schaltete sich das Display der Mittelkonsole ein und zeigte eine Straßenkarte der Umgebung. Die Vultures wurden von roten Punkten markiert, die sich allesamt Hals über Kopf in Richtung Süden bewegten. Eine halbtransparente Linie führte direkt vom Geländewagen zu einem der Punkte. »Am Ausgang des Passes die zweite Abfahrt nehmen. Geschätzte Zeit zum Abfangen: zwölf Minuten.«

Die grauen Wände der Unterführungen aus Stahlbeton rauschten unterstützt vom lauten Echo des hochtourigen Motors an ihnen vorbei. Der Abgasgeruch der Vulturefahrzeuge lag noch immer in der Luft. Umweltfreundlichkeit war für die zusammengewürfelten Vehikel der Gang ein Fremdwort. Diesen Tunnel hatte Angel nie zuvor befahren und die vielen herumliegenden Autowracks und umgestürzten LKW-Ladungen bildeten eine enge Strecke voller Schikanen. Zum Ausgleich schaltete Amy das Heads-up-Display in der Frontscheibe ein. Sensoren in der Fahrzeugfront warnten Angel rechtzeitig vor Hindernissen und schlugen Alternativrouten vor.

»Was hast du vor?«, wollte Dog wissen. Jetzt, wo sie allein waren, durfte er sich offen um seine eigene Haut sorgen, ohne den Macho spielen zu müssen.

»Das wirst du schon sehen«, drohte Angel kalt. »Halt einfach dein Gewehr bereit und mach die Kerle auf uns aufmerksam!«

»So kurz nach ner Niederlage wird das nicht schwer werden.«

»Geschätzte Zeit zum Abfangen: sieben Minuten«, meldete Amy. Angel stand auf dem Bodenblech und raste bereits aus dem letzten Tunnel heraus. »Jetzt die zweite Abfahrt ...«

Amy kam gar nicht dazu, die komplette Ansage abzuspielen, da schlitterte der Geländewagen schon auf die angrenzende Straße.

»Zeit!«, rief Angel.

»Fünf Minuten, fünfundvierzig Sekunden.«

»Wie viele sind da? Was für Typen?«

»Ein Pick-up mit einem leichten Maschinengewehr als Heckbewaffnung und zwei Trikes ohne Bordwaffen.«

Das Display schaltete auf die Überwachungskamera der über ihnen fliegenden Drohne um, während das HUD Angel weiterhin den Weg wies.

»Mehr nicht?«, beschwerte sich Dog.

»Ich habe das nächste Ziel mit den gewünschten Parametern ausgewählt«, verteidigte sich Amy. »Soll ich eine größere Gruppe ...?«

»Du konzentrierst dich nur auf die Trikes, klar!?«, befahl Angel dazwischen.

Dog zog verwundert die Augenbrauen hoch, aber er kannte den Blick seiner Gefährtin. Sie hatte einen Plan und ihre Pläne hatten die Angewohnheit, wie ein Uhrwerk zu funktionieren. Hin und wieder blieben einige ihrer Mitstreiter dabei auf der Strecke, aber für ihn dürfte das wohl kaum gelten. Hoffte er jedenfalls.

»Verstanden. Bring mich ran.«

»Zeit?«

»Fünfundneunzig Sekunden. Ziel voraus auf ein Uhr.«

»Ich seh sie schon«, raunte Dog. »Los! Näher ran!«

Er hatte noch immer keine günstige Position für sein MG gefunden und suchte nach Alternativen.

»Kann man das Dach bei der Kiste öffnen?«

»Positiv«, bestätigte Amy und gab mit einem Surren den Blick auf den Himmel frei.

»Schon besser!«, schrie Dog durch den Fahrtwind ins Innere des Autos. Eine brauchbare Fixierung gab es auf dem Dach natürlich auch nicht, aber zumindest konnte er so beide Hände zum Festhalten des Gewehrs nutzen. »Los! Näher ran! Näher!«

»Bau keinen Scheiß da oben!«

»Gefechtsdistanz in zehn Sekunden erreicht«, meldete Amy. »Abwehrfeuer registriert.«

Noch flogen die Kugeln des Heckschützen vom Pick-up meterweit an ihnen vorbei, aber Dog zog trotzdem lieber den Kopf ein. Er klemmte sich hinter sein MG und konzentrierte sich auf die unbewaffneten Trikes. Ihre Aufgabe bestand hauptsächlich in der Einschüchterung und Verwirrung des Gegners. Die Beifahrer der Hecksitze konnten allerlei selbstgebaute Feuerwerkskörper auf feindliche Stellungen schleudern oder mit kleinkalibrigen Gewehren Feuerunterstützung leisten. Bei Entermanövern auf den Straßen schwangen sie sich mit Haken und Kette auf das angegriffene Fahrzeug, um die Besatzung zu töten und es zu übernehmen.

Es dauerte nicht lange, bis sie mit Pistolen und MPs Widerstand leisteten. Das Zusammenspiel aus hervorragendem Fahrwerk und Dogs jahrzehntelanger Erfahrung beendete die Flucht des ersten Trikes jedoch, noch ehe der Heckschütze des Pick-ups den Geländewagen überhaupt traf.

Als die Kugeln schließlich auf dem Kühler einprasselten, rief Dog ins Innere: »Ich glaube, die sind angepisst!«

»Nicht genug!«, schallte Angels Antwort. »Schalt das zweite Trike aus!«

Sie hörte einen nörgelnden Widerspruch, dessen genauer Wortlaut nicht auszumachen war. Dog folgte ihrer Anweisung, lugte aber nur noch mit der Nasenspitze aus dem Dach heraus, bis auch das zweite Trike einen Salto mortale in den Straßengraben machte.

»Bist du jetzt zufrieden!?«

»Amy! Was machen die anderen?«, fragte Angel.

»Vier von neun Gruppen mit insgesamt elf Fahrzeugen haben den Kurs umgekehrt und sind auf dem Weg zu euch. Zeit bis zum Abfangen: zwei Minuten, vierzig Sekunden.«

»Okay das reicht, komm wieder rein!«

Dog quälte sich mitsamt seinem MG zurück auf den Beifahrersitz.

»Erklärst du mir langsam mal, was du vorhast?«

»Das wirst du gleich sehen«, murrte Angel. Sie studierte mit zusammengekniffenen Augenlidern den Horizont. »Meine Güte, sind das aber viele«, sagte sie mit gespielter Furcht, als die Vultureverstärkung in Sichtweise kam. »Wir ziehen besser den Schwanz ein. Festhalten!«

Dog setzte bereits zu einem affektartigen Widerspruch an, da hämmerte Angel mit aller Kraft auf das Bremspedal. Sie selbst hatte sich angeschnallt, Dog dagegen klebte an der Frontscheibe.

»Was ... zur ... verflucht nochmal!«, ächzte er am Armaturenbrett hervor.

Angel war viel zu beschäftigt, um ihm seelischen Beistand zu leisten. Sie riss das Lenkrad herum und jagte davon wie ein feiger Kojote.

»Kommen die hinterher?«

»Positiv.«

»Gut. Dann zeig mir jetzt die Route zur McKnight Air Force Base!«

»Wieso ...«, keuchte Dog und griff nach dem Sicherheitsgurt. »Wieso willst du dahin zurück?«

Angel blinzelte ihn finster aus den Augenwinkeln an.

»Amy! Wo befindet sich der Atlas?«

In dem Moment rollte bei Dog der Groschen. Es war völlig ausgeschlossen, dass sie allein die komplette Meute ausschalten und Überlebende ausquetschen konnten. Aber die Vultures wütend genug zu machen, damit sie ihnen ins eigene Verderben folgten, war ein Kinderspiel. Den Pick-up hatte er verschonen sollen, weil die häufig als Kommandofahrzeuge eingesetzt und daher am ehesten mit Funkgeräten ausgestattet waren.

»Zweiundzwanzig Kilometer vor dem Autobahnkreuz des Passes«, meldete Amy. »Ich habe Lieutenant Dawn Mitchell über deinen Plan informiert. Sie hat die Geschwindigkeit erhöht und kommt euch entgegen.«

Dog setzte ein breites Grinsen auf und lehnte sich in froher Erwartung an das Feuerwerk zurück.

»Bring uns hin!«, befahl er siegessicher.

»Zielführung aktiviert. Zeit bis zum Zusammentreffen: dreizehn Minuten.«

Amy hatte den rasanten Fahrstil in ihre Berechnungen der insgesamt vierunddreißig Kilometer langen Strecke mit einbezogen.

»Jetzt dürfen wir sie nur nicht verlieren«, sagte Angel und nahm den Fuß vom Gas. »Siehst du irgendwas, das uns gefährlich werden kann?«

»Keine Raketentechnologie identifiziert, aber der Geländewagen ist kein Panzer«, antwortete Amy. »Die Fenster splittern bei andauerndem Beschuss und ...«

»Was ist mit den Reifen?«, wollte Dog wissen.

»Die Reifen bestehen aus einem Wabengeflecht. Einzelne Beschädigungen können mit erhöhtem Druck in den angrenzenden Reservoirs ausgeglichen werden. Bei Totalverlust des Luftdrucks ist weiterhin eine Höchstgeschwindigkeit von neunzig Stundenkilometern auf dem inneren Reifenring möglich.«

»Neunzig«, wiederholte Angel nachdenklich. »Viel mehr schaffen die Krücken von denen nicht.«

Beim Überqueren des Autobahnkreuzes schlitterte Angel absichtlich auf ungünstige Fahrstreifen, um den Vultures Fahrfehler infolge von Panik vorzugaukeln. Die waren zu beschäftigt damit, in ihrem Rausch Löcher in die Luft zu ballern, um das Manöver zu durchschauen. Erst als sie wieder auf gerade Strecke fuhren, ließ Angel sie nah genug herankommen.

Dog blickte besorgt durch die Heckscheibe, als verirrte Kugeln auf die Karosserie prallten.

»Wie weit noch?«

»Siebzehn Kilometer.«

»Ist Mitchell bereit?«

»Positiv.«

»Okay, dann lass jetzt die Luft am rechten Heckrad ab.«

»Ich hoffe, du weißt, was du tust«, murmelte Dog.

Ein Rucken ging durch den Wagen, als er sich hinten rechts leicht absenkte und der Innenreifen den Boden berührte. Angel drosselte die Geschwindigkeit auf knapp hundert Stundenkilometer.

»Elf Kilometer«, meldete Amy kurz darauf. »Die Vultures werden euch vor dem Zusammentreffen einholen.«

»Verstanden«, erwiderte Angel. Sie hatte alle Hände voll zu tun, den Wagen in der Spur zu halten. Normalerweise wurden Fahrer von Panzerlimousinen für solche Fälle geschult. Angel hatte lediglich etwas Erfahrung mit der Felgenfahrt von völlig zerstörten Reifen.

»Schau mal, ob du sie ein wenig ablenken kannst«, bat sie Dog.

Er nickte brummig und kletterte auf die Rückbank.

»Klapp das Heckfenster hoch und zieh die Birne ein!«

Angel drückte auf den entsprechenden Schalter und rutschte auf ihrem Sitz nach unten. Dog richtete derweil sein Gewehr aus und begann mit einem planlosen Defensivfeuer auf die zwölf folgenden Fahrzeuge. Er traf sogar gelegentlich etwas, aber die Vultures hatten zwanzig Jahre Erfahrung mit dem Aufschweißen von Panzerplatten. Besonders frontal erwiesen sich die meisten ihrer Vehikel als überraschend widerstandsfähig.

»Vier Kilometer«, meldete Amy.

»Noch alle dran?«, rief Angel nach hinten.

»Da kannst du deinen Arsch drauf verwetten!«, entgegnete ihr Dog. »Die werden wir erst los, wenn ihnen der Sprit ausgeht!«

»Feuer einstellen!«, befahl Angel und schloss das Heckfenster. »Amy, pump den Reifen wieder auf!«

»Das geht?«, wunderte sich Dog.

Ein weiteres Rütteln durchzog den Wagen.

»Positiv. Druckaufbau abgeschlossen.«

Angel trat das Gaspedal durch und raste davon. Ihr unerwartet erfolgreiches Fluchtmanöver verunsicherte die Vultures merklich. Einen Augenblick lang stellten sie ihr Feuer fast komplett ein, gaben aber gleich danach ihr äußerstes, um den Geländewagen nicht einfach so entkommen zu lassen.

»Eintausendfünfhundert Meter. Feuerdistanz des Atlas erreicht«, meldete Amy »Er befindet sich hinter dem nächsten Hügel und wird in acht Sekunden auftauchen.«

»Jetzt oder nie«, entschied Angel.

Sie trat auf die Bremse, riss den Wagen herum und rollte rückwärts aus. Dog lehnte sich aus dem Seitenfenster und zog den Abzug. Dabei achtete er darauf, dass der Patronenauswurf außen lag, um nicht von den Hülsen begraben zu werden. Angel unterstützte ihn mit ihrer Pistole von der Fahrerseite aus.

Die vergleichsweise klägliche Gegenwehr spornte die Vultures mächtig an. In ihrer Vorstellung glich Angels Manöver vermutlich einem letzten Aufbegehren aufgrund von Spritmangel, was gerade bei schnellen Fahrzeugen mit übertriebener Panzerung häufig vorkam.

»ÜBERRASCHUNG!«, brüllte Dog ihnen lauthals entgegen. Ihm war natürlich klar, dass ihn niemand außer Angel verstand, aber das interessierte ihn nicht die Bohne.

Im selben Moment erreichte der Atlas die Hügelspitze. Das computergesteuerte Fünfundzwanzig-Millimeter-Geschütz auf dem Dach der Fahrerkabine begann sofort mit dem Ausspeien von zweihundert Kugeln pro Minute, die mit höchster Präzision auf die Vultures niederregneten. Amy folgte einer furchteinflößend intelligenten Taktik. Ihr Primärziel waren festinstallierte Geschütze mit entsprechend hoher Feuerrate oder großem Kaliber, wie Jeeps und Pick-ups. Die zusammengeschusterte Frontpanzerung erwies sich gegenüber der KI als bemitleidenswert wirkungslos. Amy verschwendete kaum einen Schuss und konzentrierte ihr Feuer auf die Besatzungen. Anschließend machte sie kurzen Prozess mit den halboffenen Buggys und Trikes, die sich bereits im panikartigen Rückzug befanden. Nur einem einzelnen Motorrad gelang die Flucht.

»Der gehört mir«, sagte Angel und griff sich ihr Scharfschützengewehr von der Rückbank.

Das Dach war noch immer offen und die Vultures viel zu sehr mit dem Retten der eigenen Haut beschäftigt, um ihr gefährlich zu werden. Sie legte an und ließ sich zwei volle Sekunden Zeit, ehe sie abdrückte. Das Geschoss rauschte an den zerstreuten Fahrzeugwracks vorbei und schlug in der Nähe des Heckrads ein. Aufgrund der enormen Durchschlagskraft des Kalibers .50 bohrte sich das Projektil bis in den Motor vor, woraufhin die Maschine ausrollte. Flammen loderten kurz darauf an der Unfallstelle. Der unverletzte Vulture suchte Hals über Kopf das Weite. Erst eine zweite Kugel brachte ihn endgültig zu Fall.

In der Zwischenzeit hatte Amy ganze Arbeit geleistet. Der komplette Vulturekonvoi lag in Trümmern auf der Straße verteilt.

»Lebenszeichen?«, fragte Angel.

»Ich registriere drei Überlebende in den Wracks und einen im linken Straßengraben, der von seinem Jeep gestürzt ist«, meldete Amy. »Keiner von ihnen befindet sich in einer bedrohenden Haltung.«

»Gute Arbeit«, lobte Angel sie und wandte sich an Dog. »Na los. Zeit für ein paar Antworten.«

Beim Aussteigen richtete sie den erhobenen Daumen auf den Atlas, um Mitchell ebenfalls zu danken. Nach ihrem OK verließ sie den Truppentransporter und sicherte die Umgebung, bis Angel und Dog die Gefangenen auf ihren Knien in eine Reihe geschafft hatten.

»Wie willst du vorgehen?«, brummte der Hüne. »Guter Cop, böser Cop oder was Ausgefalleneres?«

Angel musterte die geschundenen Vultures. Alle bis auf einen schienen mit ihrem Schicksal abgeschlossen zu haben und waren nicht älter als zwanzig. Eric verfeuerte einmal mehr sein entbehrliches Kanonenfutter. Nur ein erfahrener Mann von Anfang dreißig hielt den Kopf hoch und versuchte pausenlos, die Stricke an seinen Handgelenken zu lockern.

»Spiel den moralisch überlegenen Vulture und biete ihnen einen Ausweg«, entschied Angel.

Dog nickte. Breitbeinig und mit verschränkten Armen stellte er sich in Siegerpose vor die Reihe.

»Ich werde mich kurzfassen«, begann er mit tiefer Bassstimme. »Ich will wissen, warum Eric euch für eine wertlose Festung am Pass in den Tod geschickt hat!«

Angel begab sich hinter die Gefangenen und faltete die Hände auf dem Rücken zusammen. Langsam aber mit deutlich hörbaren Kratzschritten stolzierte sie auf und ab. Für den Moment hielt sie sich aus der Befragung heraus und ließ ihre stumme Aura die Arbeit machen.

Lt. Mitchell behielt derweil ein Auge auf dem Horizont. Obwohl das dank Amys Luftüberwachung überflüssig war, wollte sie einen professionellen Eindruck hinterlassen. Jedes Mal, wenn die Hawker auf Wastelandbewohner stießen, folgten sie ihrer Doktrin, einen Nimbus der Macht zur Schau zu stellen.

Dr. Webb gefiel die Zwangspause indes überhaupt nicht. Sie drängte mit gereizten Lauten zur Weiterfahrt, nachdem Angel ihr die Versorgung der Gefechtsopfer untersagt hatte. Es widersprach zwar ihrem Ärztekodex, verletzten Menschen ihre Hilfe zu versagen, aber im Laufe der letzten fünfundzwanzig Jahre hatte sie sich von einigen zivilisatorischen Grundprinzipien verabschieden müssen, um zu überleben.

Cole nutzte die Pause, um sich auf Krücken sein gesundes Bein zu vertreten. Ein Verhör seiner alten Gang durch Dog hatte sein Interesse geweckt, auch wenn er ihm ohne Angels Unterstützung kaum Chancen zurechnete.

Dog kam unterdessen mit seiner Befragung nur sehr schleppend voran. Die drei Frischlinge trauten sich nicht, den Mund aufzumachen, und sahen die ganze Zeit den unbeugsamen Vulture an. Vermutlich war er eine Art Führungsoffizier. Als Angel in dessen Richtung nickte, konzentrierte Dog sein Verhör auf ihn. Es dauerte eine Weile, doch irgendwann wurde es dem Hünen zu bunt. Er riss den Vulture am Hals hoch und ballte die Faust.

»Langsam hab ich die Schnauze voll!«, grollte er.

»Angel legt uns doch sowieso um, wenn ihr fertig seid!«, keuchte der Vulture zurück. Sein Stolz war ihm geblieben, aber die Farbe im Gesicht verblasste allmählich.

»Angel ...«, hauchten die anderen drei unter sich. Sie waren wohl zu jung, um die Kommandeurin bei ihrer Gangzeit selbst in Aktion erlebt zu haben, doch ihre Legende lebte weiter.

»Ich führe das Verhör!«, entgegnete ihm Dog. »Nicht sie!«

»Ja klar. Gore hat uns erzählt, wie sie dich mal wieder als Türstopper benutzt hat!«

Der Name Gore genügte, um bei Dog sämtliche Sicherungen durchbrennen zu lassen. Coles schadenfrohes Gelächter vom Atlas half auch nicht gerade bei der Aggressionsbewältigung. Er schlug mit der ausgeholten Faust zu, so dass der Vulture zwei Meter nach hinten flog und krachend auf dem staubigen Boden landete.

Er spuckte Blut, aber sein Trotz blieb ungebrochen.

»Wunder Punkt, hä?«, spottete er und versuchte sich aufzurichten. »Hättest ihn mal lieber nicht entkommen ...«

Dog stampfte auf ihn zu, um ihm noch eine zu verpassen, da knallte es aus heiterem Himmel. Der Schädel des Vulture platzte auf und die Gehirnmasse spritzte in hohem Bogen auf die Straße.

***

Lt. Mitchell wollte affektartig einschreiten, bis Dr. Webb sie energisch zurückhielt.

»Wir mischen uns bei denen nicht ein«, ermahnte sie die Soldatin.

»Sollen wir etwa zusehen, wie die ...?«

»Wenn Barbaren sich gegenseitig umbringen wollen, können wir nichts dagegen tun.«

***

»Wir sind nicht hier, um alte Freundschaften zu pflegen«, säuselte Angel den drei jüngeren Vultures zu und steckte ihre Pistole wieder in den Beinholster. Es waren ihre ersten Worte und zogen dementsprechend Aufmerksamkeit auf sich. »Versucht, bei der Sache zu bleiben, ja?«

Dog schnaufte wie ein Berserker. Nur langsam entspannten sich seine Gesichtszüge.

»Das waren die Ragnars!«

»Tyr! Tyr hieß der Typ!«

»Quatsch, das war sein Rang! Auavand ... irgendwas.«

»Aurvandil!«

»Genau! Aurvandil hieß er!«

Angels gut getimte Vorstellung zeigte die erwünschte Wirkung. Die Gefangenen kannten kein Halten mehr und sprudelten wie ein Wasserfall. Ihnen zufolge war ein Kriegsherr namens Tyr Aurvandil von den Söhnen des Ragnarök seit zwei Wochen Gast in der Vulturefestung. Sie umschrieben ihn als furchteinflößende Erscheinung und einigten sich schnell darauf, dass er wie Dog mit langen Haaren aussah. Zusammen mit Tyr Ivar, den Dog im Chemiewaffenlager von Jacksonville kennengelernt hatte, koordinierte er die Zweckallianz zwischen Ragnars und Vultures. Ivar hatte demnach Amys Luftschlag überlebt. Im Gegensatz zum Sicariianischen Imperium legten die Ragnars Eric keine Ketten aus Regeln und Gesetzen an, sondern wollten lediglich seine Hilfe, um die Sicarii in die Schranken zu weisen.

Vor zwei Tagen war ein Bote mit der Nachricht eingetroffen, dass General Torus mit der imperialen Armee eine Invasion von Ragnarök gestartet hätten. Vier Legionen aus je fünfhundert Soldaten waren über die Grenze marschiert. Daraufhin befahlen die Stammesführer einen sofortigen Gegenangriff auf Serrano Point, um sich die Unterstützung der Vultures zu sichern und das Imperium in die Zange nehmen zu können. Tyr Aurvandil beschwor Eric, Truppen für die Operation zu entsenden und erntete dafür große Zustimmung. Schon einen Tag später standen Ragnars und Vultures siegessicher vor den Toren von Colonel Grants verwahrloster Festung. Nur mit dem plötzlichen Auftauchen der Hawker hatte keine der beiden Seiten gerechnet.

Angel und Dog hörten genau zu. Ihre spärlichen Informationen über die übliche Vorgehensweise der Ragnars schienen die Aussagen zu bestätigen. Eine Invasion auf ihr Territorium hatte bereits in den zurückliegenden Kriegen zu einem Zusammenschluss der Stämme geführt, die sich in Friedenszeiten gegenseitig die Schädel einschlugen. Trotz ihrer auf den ersten Blick hinterwäldlerischen Lebensführung setzten sie ihre Prioritäten richtig. Nur das Motiv von General Torus blieb für den Moment im Dunklen.

»Und? Hat sich euer kleiner Stunt gelohnt?«, rief Mitchell ihnen entgegen, als Angel und Dog zum Atlas kamen.

»Glaubst du denen?«, fragte Dog mit einem Daumenzeig auf die Gefangenen.

»Du bist diesem Torus begegnet«, entgegnete ihm Angel. »Sag du es mir.«

»Verrückt genug ist er. Aber der unternimmt nichts ohne sorgfältig durchdachten Plan in dreifacher Ausführung.«

»Wisst ihr, warum die Sicarii die Ragnars das letzte Mal angegriffen haben?«, fragte Angel in Richtung von Lt. Mitchell.

»Ihr erster Krieg war ein simpler Ressourcenfeldzug. Den zweiten haben die Ragnars selbst initiiert, als sie sich erholt hatten. Zur Vergeltung sozusagen.«

»Jetzt wären die Sicarii wieder an der Reihe«, meinte Dr. Webb nicht ganz ernst. »So läuft das bei denen seit zwanzig Jahren. Entweder sie überfallen ihre Nachbarn oder sie verteidigen sich gegen Racheakte.«

»Dann ist dieser neue Krieg also nichts besonderes?«

Die Ärztin warf Mitchell einen besorgten Blick zu, ehe sie antwortete.

»Der Zeitpunkt ist ungewöhnlich«, sagte sie zögerlich. »Normalerweise bereitet sich das Imperium sorgfältig auf solche Operationen vor. Bis heute hieß es doch immer, die Ragnars planen die Invasion, nicht umgekehrt. Dafür haben die Sicarii neue Legionen ausgehoben und tonnenweise Material beschafft, unter anderem aus euren Enklaven. Das alles kurzfristig über den Haufen zu werfen und selbst in die Offensive zu gehen, passt nicht zu ihnen.«

»Also was steckt dahinter?«, brummte Dog. »Ihr habt doch sonst auch überall eure Augen drauf!«

»Woher sollen wir das wissen?«, giftete Mitchell. »Wir haben bis eben mit euch in der verfluchten Basis festgesteckt!«

Angel hielt Dog mit erhobener Hand zurück, ehe sich aus dem Geplänkel ein minutenlanger Schlagabtausch entwickelte.

»Wir sollten nach Serrano Point zurückkehren«, entschied sie ruhig. »Jade verhört gerade zurückgelassene Ragnars. Vielleicht erfahren wir da ein paar Hintergründe.«

»Und was wird aus euren Freunden da?«, fragte Dr. Webb mit einem Kopfnicken zu den drei Gefangenen.

Angel drehte sich um und stolzierte abermals hinter ihre Rücken. Ein Wimmern lag in der Luft. Ihre Opfer rechneten mit einer sofortigen Hinrichtung, wie es die legendäre Kommandeurin häufig getan hatte; zumindest in gruseligen Geschichten. Stattdessen löste sie jedoch die Handfesseln des Ersten und warf ihm anschließend ein kleines Messer vor die Füße.

»Ihr habt zwei Möglichkeiten«, sprach sie laut und deutlich, so dass sie auch ihre Kameraden am Atlas verstanden. »Entweder ihr versucht euch allein zur Vulturefestung durchzuschlagen, um bei Eric für euer Versagen auf Knien um Verzeihung zu betteln, oder ihr kehrt ins Lager der Sicarii auf der anderen Seite des Passes zurück und geht freiwillig in Kriegsgefangenschaft. In dem Fall überlebt ihr die kommenden Wochen vielleicht.«

Die drei blinzelten im Sitzen nach oben, als trauten sie ihren Ohren nicht. Auch Dog machte einen überfahrenen Eindruck, als Angel die Männer ohne weiteres in die Freiheit entließ, aber ihre Entscheidung stand fest.

»Abmarsch!«, befahl sie und schwang sich hinter das Steuer des Geländewagens.

Erst als der mächtige Atlas das Schlachtfeld verlassen hatte, wagten es die Gefangenen, nach dem Messer zu greifen und ihre Fesseln zu lösen.

»Was sollte das jetzt?«, knurrte Dog missmutig vom Beifahrersitz.

»Hast du vielleicht Lust, Chauffeur für die zu spielen?«, erwiderte Angel mit Kurs auf das Autobahnkreuz. »Keins der Fahrzeuge fährt mehr. Wenn die abhauen, verenden sie in der Steppe, bevor Eric je Wind von unserem Verhör bekommt. Schleppen die sich aber zu Fuß bis zu deinem Freund Grant, werden sie so ausgetrocknet sein, dass sie uns freiwillig jedes Detail vom momentanen Zustand der Festung für ein Glas Wasser verraten.«

Dogs Mimik verriet seine Skepsis gegenüber Angels überraschend milden Umgang mit den Vultures. Vor gerade mal zwei Monaten hatte sie den Vulture Carl und seinen wimmernden Kameraden in den Ruinen von Sienna kaltblütig ermordet, um keinesfalls ein Informationsleck zu riskieren. In Hörweite von Amy und der Biosphäre wollte er Angels Position aber nicht grundlos schwächen und behielt seine Vorbehalte für sich. Im Grunde genommen zog Dog es vor, dass sie kein blindes Massaker anrichtete. Er hoffte noch immer auf eine Lösung jenseits der totalen Vernichtung.

***

Eine Stunde später. Angel hatte sich direkt nach ihrer Rückkehr Jades Verhör im Motel angeschlossen. Sie wollte die Informationen der Vultures überprüfen. Colonel Grant hatte deren Anschuldigungen prompt als absurd bezeichnet und ihr kein Wort geglaubt. Eine unautorisierte Invasion von Ragnarök wäre seiner Einschätzung nach nur möglich, wenn General Torus komplett den Verstand verloren hätte.

»Immer noch nichts?«, fragte er bei seinem Eintreffen mit Dog am Atlas. Nach einer Schadensaufnahme des Lagers waren die beiden in Erwartung neuer Erkenntnisse zum Sammelplatz vor dem Motel zurückgekehrt.

Caiden und Leon standen tatenlos vor dem Panzerwagen und schüttelten gleichzeitig mit den Köpfen.

»Was sagt euer Camp?«, fragte Leon schnippisch. »Kommt ihr bald ohne uns zurecht oder müssen wir euch noch lange babysitten?«

Grant brummte eine unverständliche Antwort. Er wollte sich nicht auf ein sinnloses Wortgefecht mit den Hawkern einlassen, dass er angesichts seines teilzerstörten Außenpostens ohnehin verlieren würde. Zu seiner Erleichterung traten kurz darauf Angel und Jade aus dem Motel. Jade hielt ihre Hände hinter dem Nacken verschränkt und sah alles andere als glücklich aus.

»Und?«, rief Grant ihnen entgegen.

»Angel hatte Recht«, entgegnete sie ihm niedergeschlagen. »Torus hat eine Invasion von Ragnarök gestartet.«

»Das kann doch nicht euer Ernst sein!«

»Unser Krieg hat begonnen«, sprach Jade prophetisch.

»Willst du gar nicht erst versuchen, ihn aufzuhalten!?«

»Zwecklos. Dafür ist es bereits zu spät.«

»Wir haben ein paar schnelle Fahrzeuge hier«, versuchte Grant es abermals. »Und um einen totalen Krieg abzuwenden, macht deine Freundin mit dem Hubschrauber vielleicht eine Ausnahme!«

»Du verstehst nicht«, erwiderte Jade. Sie nahm ihre Hände aus dem Nacken und schüttelte resigniert ihr Haupt. »Der Überfall auf die Ragnars hat schon längst stattgefunden! Deswegen waren sie gezwungen, Serrano Point anzugreifen. Um den Vultures den Weg freizumachen! Torus wusste das. Er hat damit gerechnet und aus genau dem Grund nur diesen Sergeant Royce und ein paar unfähige Legionäre zurückgelassen.«

»Reden wir hier von *General* Torus!? Dem mit der Heldenstatue in Sicariia direkt neben Sophia? Wieso sollte er Serrano Point schwächen, wenn er mit einem Angriff rechnet?«

»Torus klagt seit dem Waffenstillstand über den Verlust seines Einflusses«, hielt Jade dagegen. »Er will wieder als Retter des Imperiums gesehen werden. Um das zu erreichen, holt er die Ragnars auf unser Gebiet, bis der Imperator keine andere Wahl hat, als ihn darum anzuflehen, sie zum Wohle des Volkes hinauszuwerfen. Danach wird ihn niemand mehr für seine Taten vor Gericht stellen können.«

»Und dafür opfert er sicariianische Soldaten? Seine Soldaten?«

»Du hast selbst gesagt, die wären Abschaum! Er hat vermutlich gehofft, zwei Fliegen mit einer Klappe zu schlagen und gleichzeitig einen Teil der Prätorianischen Garde loszuwerden, die ihm seit Jahren ein Dorn im Auge ist.«

»Und dich gleich mit dazu«, knurrte Dog in Grants Richtung. »Bei unserem Barbecue hast du ihm sogar noch erzählt, dass deine Truppen demnächst hier runterkommen.«

»Nein«, ging Angel dazwischen. »Er hat mit Sicherheit nicht damit gerechnet, dass eure Verstärkung den Pass binnen so kurzer Zeit erreichen würde. Sonst hätte Eric viel mehr Kanonenfutter geschickt.«

Jade nickte und fügte ausschweifend hinzu: »Auch so ein Grund für sein überstürztes Handeln. Auf seine eigenen Pfeifen kann er verzichten, aber die neunte Legion wollte er nicht verheizen.« Dann wendete sie sich direkt an Grant. »Wahrscheinlich ist schon eine Nachricht mit deinem Namen unterwegs, die dich genau hier her beordert, um das gefallene Serrano Point zurückzuerobern.«

»Damit kommt er doch nie durch!«

»Wenn die Ragnars erstmal vor Alexandria oder Persephone

stehen, hat der Imperator gar keine andere Wahl, als ihm das Kommando zu übertragen.«

»Und was nun? Ziehe ich meine Truppen nach Norden, um die Grenze zu halten?«

»Auf keinen Fall«, stellte Jade klar. »Darum wird Torus sich selbst kümmern. Wir müssen jetzt schnellstmöglich die Vultures loswerden, um den drohenden Zwei-Fronten-Krieg abzuwenden. Wenn das Imperium anschließend nur noch einen Gegner hat, löst sich der Plan von Torus ganz von allein in Luft auf.«

Grant rieb sich über das blasse Gesicht und lief ein paar Schritte umher.

»Das glaub ich nicht. Das glaub ich einfach nicht!«, murmelte er. »Torus ist unser höchstdekorierter Offizier. Er hat das Reich fast zwei Jahrzehnte zusammengehalten und vergrößert. Er ...«

»Hey!«, rief Jade ihm erbost zu. »Komm wieder zu dir! Du hast mich doch selbst darüber informiert, dass er den Verstand verloren hat.«

»Da ging es um Kriegsverbrechen seiner Soldaten in ein paar fremden Dörfern«, erwiderte Grant. »Jetzt erzählst du mir, dass er das halbe Imperium für seine eigenen verdammten Ambitionen aufs Spiel setzt!«

»Bist du blind oder was, Mann?«, raunte Dog ihm zu. »Das Arschloch lässt dich genauso ins Messer rennen, wie Eric es mit mir getan hat, als Faith ihn auf eure Seite ziehen wollte!«

»Halt dich da raus! General Torus hat nichts mit deinen dreckigen Barbaren gemeinsam!«

»Möchtest du vielleicht zu ihm zurück?«, zischte Jade. »Dann pack deine Sachen und zieh mit deiner Legion nach Norden. Angel und ihre Ranger werden den Pass auch allein verteidigen, wenn dir plötzlich der Mut fehlt!«

Grant warf ihr einen eiskalten Blick zu, ohne ein Wort von sich zu geben. Angel wirkte kurz überrascht von dem plötzlichen Vertrauen in ihre Ranger, trat dann aber einen festen Schritt auf Jade zu.

»Wo sind deine eigenen Ambitionen hin?«, fuhr die animierend fort. »Wo ist der Offizier mit Rückgrat hin, der mich über die Kriegsverbrechen eines verrückt gewordenen Generals informiert hat?«

»Da ging es darum, Torus in den Ruhestand zu schicken, bevor der Krieg mit den Ragnars beginnt! Was du jetzt von mir verlangst, ist Hochverrat! Dafür wird uns der Imperator ans Kreuz schlagen lassen!«

Jade faltete ihre Hände vor der Brust zusammen.

»Nur wenn wir verlieren.«

Grant wendete sich ab und rieb sich frustriert die Stirn.

»Wo ist dein Glaube an mich geblieben?«, fragte Jade mit perfekt inszenierter Kränkung in der Stimme. »An uns?«

Grant ließ die Arme fallen und starrte verloren auf das noch immer qualmende Schlachtfeld.

»Es gibt kein uns«, sprach er gedankenversunken und verließ die Gruppe in Richtung Motel.

Jade blickte ihm bedrückt nach. Nicht mal Angel konnte entscheiden, ob ihre Sorge echt oder vorgetäuscht war. Aus dem Bauch heraus signalisierte sie Dog mit einem Kopfnicken, dem Colonel zu folgen. Sie wartete, bis sie mit Jade allein war, ehe sie ihre Frage aussprach.

»Wird er daran zerbrechen?«

Jade rieb sich an ihrer verletzten Hüfte, die nach dem hitzigen Wortgefecht wie nach einer Schlacht schmerzte.

»Er ist Soldat und Offizier«, antwortete sie mit einem unterdrückten Keuchen. »Irgendwann musste er sich zwischen der Armee und mir entscheiden. Ich hatte gehofft, es noch etwas herauszögern zu können.«

»Bis du ihn nicht mehr brauchst?«, fragte Angel bewusst taktlos.

Jade funkelte sie bitter mit ihren smaragdgrünen Augen an. Anders als ihre Worte war die Mimik zweifellos echt.

»Bis uns sein Verlust nicht mehr das ganze Imperium kostet.«

EPILOG

Eine Stunde später. Die Abendsonne war kurz davor unterzugehen. Nur noch ein paar Minuten würde sie den Himmel in einen warmen Rotton färben.

Dog hatte Grant nach der zeremoniellen Bestattung der gefallenen Legionäre dazu überredet, eine Flasche Wodka mit ihm zu leeren, ehe er den Bacchae seine Karriere opferte oder das Imperium für sein Pflichtgefühl im Chaos versinken ließ. Sie stellten sich zwei Liegestühle auf das Dach des Motels, um ungestört zu bleiben. Nun hatten sie etwas gemeinsam. Sie beide sollten sich gegen ihren ehemaligen Boss stellen; für Pläne, die sie nicht vollends nachvollziehen konnten.

C.T. ließ unterdessen auf Jades Befehl hin Faith nicht mehr aus den Augen. Eine Observation aus der Ferne hätte vermutlich genügt, doch sie hatte sich für eine etwas elegantere Methode entschieden und spielte stattdessen Cassidys neue beste Freundin. Die wiederum blieb bei ihrem Bruder Caiden, der natürlich nicht von Faiths Seite wich. Das Resultat war, dass sie sich wie eine Jugendclique um ein abgeschiedenes Lagerfeuer versammelten und einander die Erlebnisse der letzten Tage schilderten. Caiden hatte von der Beinahevergewaltigung seiner Schwester und Clarissas Beistand erfahren, wodurch sie bei ihm nun hoch im Kurs stand. C.T. lauschte während des Abends angestrengt jedem noch so kleinen Detail aus der McKnight Air Force Base. Informationen über die Hawker waren für alle Nocturnals Prioritätsziele und ihre nukleare Bewaffnung würde den Umgang des Imperiums mit der Biosphäre grundlegend verändern. Schon nach einer Stunde bereute es Dax, Cassidys Nähe gesucht zu haben. Fast pausenlos versuchte die ebenfalls attraktive C.T. mal mehr mal weniger subtil, ihn über seine Heimat auszufragen. Ohne Caidens schmerzhafte Rippenstöße wäre Clarissa vermutlich bis Mitternacht zur unangefochtenen Expertin der Hawker aufgestiegen.

Dr. Webb hatte die Notversorgung der Legionäre und ihrer Kriegsgefangenen abgeschlossen. Nach getaner Arbeit gesellte sie sich mit Cole zu Dog und Grant. Respektvoll stellten die Männer fest, dass die hochgewachsene Ärztin ebenso trinkfest wie schlagfertig war. Jiaos Abmachung, den Atlas im Lager zu belassen, stand inzwischen nicht mehr zur Debatte. Stattdessen bereitete die Legion ihren besterhaltenen Truppentransporter und eine schlagkräftige Eskorte für die Rückreise zur Biosphäre vor. Cole würde Dr. Webb im Morgengrauen begleiten und eine erstklassige Unfallversorgung erhalten. Er freute sich ungemein auf ein Wiedersehen mit Sharon. Dog war indes erleichtert, seinen alten Erzfeind für einige Zeit los zu sein.

Lt. Mitchell, Jiao und Leon führten ein Konferenzgespräch mit Zhang Yuen über die wieder funktionsfähige Drohnenkommunikation. Yuen entschied überraschend, sich vorerst an das Abkommen seiner Tochter zu halten, sofern Dr. Webb und der humanoide Roboter sicher zur Biosphäre zurückkehrten. Anschließend versprach er, den Truppentransporter mit Ersatzteilen für Hawk-two zu beladen, mit denen Jiao ihren Hubschrauber reparieren könnte. Obwohl sie unter ihresgleichen waren, lag unausgesprochene Sorge in ihren Stimmen. Yuen wich Fragen nach dem plötzlichen Auftauchen der Black Razor Company ebenso wie der Lobotomie von Amy aus. Die sonst so redefreudige KI sagte während der gesamten Besprechung kein einziges Wort. Jiao verschwieg Zhang Sakis Ausweis, den Cassidy gefunden hatte. Eine Funkverbindung hielt sie für den falschen Weg, um ihren Vater nach dem Schicksal ihrer Mutter zu fragen.

Sie alle stimmten jedoch darüber ein, dass ein instabiles Sicariianisches Imperium für die Ian-Hawk-Biosphäre zum Desaster werden könnte. Yuen autorisierte daher jeglichen Waffeneinsatz südlich des Hadesgebirges, wohlbewusst, dass es sich dabei vorerst nur um den Atlas handeln würde. Er ordnete noch in der Nacht einen Aufklärungsflug über die Vulturefestung an, dessen Aufnahmen zunächst der Geheimhaltung unterlägen. Genau wie Jade wollte er das Vultureproblem schnell aus der Welt räumen. Ein Krieg zwischen Barbaren, wie Yuen es nannte, stellte allerdings nur eine Option unter vielen dar. Mitchell sprach es als Erste aus: Die nukleare Lösung. Jetzt, wo die Katze aus dem Sack war, müssten sie entschlossen vorgehen und Fakten schaffen. Jiao könnte einen Sprengkopf direkt in die Vulturefestung fliegen und per Fernauslöser detonieren lassen. Das Imperium hatte im Grunde kein Interesse an Cor Syrte und das Kloster der geflüchteten Ranger lag mehr als tausend Kilometer entfernt. Auf die Frage, über wie viele Sprengköpfe die Biosphäre verfügte, schwieg Yuen.

Nur der engste Kreis seiner Wissenschaftler und Militärs kannte die genaue Anzahl. Jiao protestierte umgehend gegen den Vorschlag. Leon versuchte ebenfalls, sein Veto einzulegen. Nach jahrzehntelanger Zurückhaltung hielt er es für fatal, den Eindruck zu erwecken, als würden sie leichtfertig Massenvernichtungswaffen einsetzen. Die unterirdische Zerstörung eines verlassenen Militärstützpunktes zum Schutz der Allgemeinheit war etwas völlig anderes als der taktische Einsatz von Nuklearwaffen im Krieg.

***

Als die Nacht bereits hereingebrochen war, verstaute Jade ihr Reisegepäck in einem Kleinwagen der Legion. Angel leistete ihr dabei Gesellschaft; ohne mit anzupacken. Abgesehen von offensichtlicher Bequemlichkeit wollte sie unauffällig ihren Gesundheitszustand überprüfen.

»Ich fahre zurück nach Alexandria«, sagte Jade verbissen und wuchtete etwas Proviant in den Kofferraum. »Bericht erstatten.«

»Über Torus?«

»Torus«, spottete Jade. »Torus ist Geschichte. Wenn sich rumspricht, dass er seine Soldaten für die eigene Karriere opfert, wird ihm niemand mehr folgen. Sein Plan ist fehlgeschlagen und er muss einen neuen schmieden, bevor er wieder zur Gefahr für uns wird. Bis dahin können wir ihn nutzen. Torus mag ein machthungriger Despot sein, aber er ist auch ein gewiefter Taktiker. Er hat eine Strategie, um die nördliche Reichsgrenze eine Weile zu halten.«

»Du willst ihm wirklich Zeit geben, sich neu zu formieren?«, fragte Angel verwundert.

»Sollte es hart auf hart kommen, bringen wir einen seiner zurückgelassenen Soldaten dazu, ihn aus dem Weg zu schaffen. Zusammen mit Catherine McDonnells Zeitungsberichten über die vielen ermordeten Rangerkinder aus Cor Syrte.«

»Ihr habt doch auch keine Probleme damit, ganze Familien auszuräuchern.«

Jade stoppte abrupt und setzte ihre zusammengeschnürten Wasserflaschen ab.

»Vergiss das nicht, wenn du hier das Kommando übernimmst.«

»Das soll wohl ein Witz sein?«

»Keineswegs«, erwiderte Jade entschieden. Sie atmete tief durch. »Ich kann niemandem außer dir trauen, unsere Interessen durchzusetzen.«

»Nicht einmal David?«

»Du hast ihn doch vorhin erlebt. Auch nach all unseren gemeinsamen Missionen ist er immer noch zunächst Soldat. Von allen hier kennst nur du das vollständige Bild.« Jade machte eine kurze Pause und trat näher heran. Mit leiser Stimme redete sie weiter. »Nur du weißt, wie das Imperium auf den Untergang von Cor Decat reagieren würde.«

»Die Neces?«

Jade nickte andächtig.

»Sobald der Pass fällt, werden wir in Serrano Point eine Kolonie anlegen. Darum musste David das Fort um jeden Preis halten«, sagte sie. »Selbst wenn ich dagegen wäre, was ich nicht bin, würden Sydney und die anderen den Befehl dazu erteilen. Die Hawker kämen damit zurecht, aber ich muss dir wohl nicht sagen, was das auf lange Sicht für euer Kloster bedeutet.«

Angel wendete sich ab und rieb sich mit Daumen und Zeigefinger in den Augenhöhlen. Einer Necesinvasion hatten die Vultures nichts entgegenzusetzen. Jeder Versuch, gewaltsam auf sicariianisches Territorium vorzudringen, hätte unweigerlich schwere Verluste zur Folge. Die Probleme des Imperiums wären gelöst, aber das Schicksal der Freien Enklaven ebenfalls besiegelt. Es würde vielleicht Monate oder gar Jahre dauern, doch irgendwann stünden die Neces vor den Toren der Ranger.

»Du bist von nun an für die neunte Legion verantwortlich. Dein Auftrag lautet, das Vultureproblem zu lösen. Es mag etwas unorthodox sein, aber ich hab das bereits in Alexandria mit David geklärt. Niemand kennt die Vultures besser als du. Er wird deinen Befehlen folgen, solange du in meinem Sinn handelst und ihn sein Gesicht wahren lässt.«

Angels Griff verkrampfte sich um den Ledergürtel ihrer fünfundzwanzig Jahre alten Armeehose aus der McKnight Air Force Base. Sie ließ den Blick über Serrano Point schweifen und stellte sich unweigerlich vor, was sie mit einer derart schlagkräftigen Truppe alles anstellen konnte.

»Ich schicke dir Ausrüstung und Unterstützung, sobald ich

kann. Clarissa bleibt hier und hält die Verbindung zwischen uns aufrecht«, sagte Jade und schlug den Kofferraum zu. »Irgendwelche Fragen?«

»Was genau soll ich mit den Vultures machen?«, wollte Angel wissen »Sie einfach alle umbringen oder ...?«

»Das ist mir egal«, unterbrach Jade sie. »Solange sie für das Imperium keine Gefahr mehr darstellen, bin ich zufrieden.«

»Und Faith?«

Jade blies schniefend ihren gesamten Lungeninhalt aus den Nasenlöchern.

»Benutz sie, leg sie um, lass sie in der Wüste verrecken. Mein Instinkt sagt mir, dass sie gegen die Vultures von Nutzen sein kann, aber sie darf auf keinen Fall wieder auf freien Fuß kommen, bevor ich zurück bin. Klar?«

Sie öffnete die Fahrertür und stellte einen Fuß hinein.

»Ich werd sie nicht aus den Augen lassen«, schwor Angel.

Jade nickte zur Bestätigung. Dann blickte sie abwesend in den verrauchten Horizont.

»Alles wirkt auf einmal so sinnlos«, säuselte sie. »Der Krieg gegen die Hawker, gegen euch und nun gegen die Vultures. Wie eine unglaubliche Verschwendung von Menschen und Ressourcen, die uns später fehlen werden.«

»Leon sagt, das wären nur Zeichen eines viel gefährlicheren Sturms, der auf uns zuzieht.«

Jade drehte den Kopf zu Angel und sah sie mit besorgten, aber gleichzeitig zu allem entschlossenen Augen an.

»Unsere Gedanken sind mit dir, Angel von den Rangern. Viel Glück.«

Sie stieg in den Wagen, startete den Motor und fuhr im Schritttempo zum Haupttor. Unterwegs winkte sie Colonel Grant auf dem Dach des Motels zu. Einen ausführlicheren Abschied gönnte sie ihm vor versammelter Mannschaft nicht.

Angel starrte ihrer Staubwolke ein paar Minuten lang nach. Dann war sie allein. Allein an der Spitze, an der sie sein wollte und wo sie hingehörte. Mit einer Armee fähiger Soldaten, die einzig ihren Anweisungen folgten. Es war keine unbegrenzte Freiheit, aber eine Abrechnung mit Eric schien ihr das nächstbeste Ziel zu sein. Sie setzte ein entschlossenes Gesicht auf und stampfte zurück zum Motel.

Captain Deveroux erwartete sie bereits im Planungsraum des Erdgeschosses.

»Wie lauten unsere Befehle, Herrin?«, fragte die Offizierin angespannt. Sie hatte Haltung angenommen und beinahe salutiert.

Angel holte ihr Bacchaeamulett hervor, aufgrund dessen Deveroux sie nun offenbar mit *Herrin* ansprach. Sie riss es sich vom Hals und verstaute es in ihrer Uniform.

»Mein Name ist Angel, nicht Herrin«, sprach sie deutlich in die versammelte Runde aus Offizieren und Legionären. »Merkt euch das!«

»Jawohl, ... Angel«, erwiderte Deveroux zögerlich.

Angel verstand durchaus, dass sie sich nicht über sie lustig machte, sondern ganz einfach nicht wusste, wie sie die Rangerin einordnen sollte. Sie bekleidete keinen Rang im Imperium und war offiziell sogar noch Kriegsgegnerin. In Arnac hatte sie die Furcht und den Respekt genossen, den ihr das Auctoritas-Amulett einbrachte, aber inzwischen begriff sie die Bedeutung. Als Bacchae war man eine von vielen, Mitglied eines Kults, in denen das Fortbestehen der gemeinsamen Ideale über dem Wohlergehen der Einzelnen standen. Doch Angel wollte nicht in der Masse untergehen. Nicht mal in einer so überschaubaren Gruppe. Ihr Name war seit jeher ihr Kapital. Ihr persönlicher Ruf eine ihrer machtvollsten Waffen. Wenn sie diesen Krieg führte, dann für sich selbst und niemanden sonst!

»Ich brauche einen Boten, der eine Nachricht an Kim überbringt«, befahl sie. »Es wird ihr nicht gefallen, aber sie soll mir jeden einsatzbereiten Ranger schicken, den sie hat.« Während sie sprach, drehte sie sich in Richtung Süden. »Eric weiß, dass ich komme. Je mehr Zeit wir ihm geben, desto stärker wird er sich eingraben. Unser Angriff muss rasch stattfinden, solange er geschwächt ist.«

Deveroux nickte militärisch zackig und zitierte einen Soldaten mit Schreibblock herbei.

Angel wendete sich der großen Landkarte zu und starrte zielstrebig auf die rot eingezeichnete Vulturefestung. Eric würde niemals kapitulieren, auf keinen Handel mit ihr eingehen und bis zum letzten Mann Widerstand leisten. Es war ein Krieg ganz nach ihren Vorstellungen.

Abwesend hauchte sie in die anbrechende Nacht: »Diesmal hält mich niemand auf ...«

Fortsetzung folgt

ZEITLINIE

2046

- die Ereignisse in der unterirdischen McKnight Air Force Base überschlagen sich und zwingen die Wissenschaftler zur Flucht
- CWO Aaron Fletcher und sein Kommandoteam evakuieren Zhang Yuen und dessen Tochter Jiao
- Fletcher und Zhang ziehen in der Ian-Hawk-Biosphäre ein

2048

- das offizielle Ende der menschlichen Zivilisation und der Beginn der Endzeit
- Butch und Victors Familie flieht aus ihrer Stadt in die Steppe
- Coles im Stich gelassenes Waisenhaus gründet die Kindergang
- Eric startet eine Gefängnisrevolte, übernimmt die Festung und gründet die Vultures
- General Andrew Peterson verliert seine Frau Sarah und beginnt seinen Krieg gegen die Gangs

2049

- Cole tötet im Alter von 12 seinen ersten Menschen

2053

- Butch und Victor geraten in die Hände der Chimeras
- Cole beansprucht im Alter von 16 die Führung seiner Jugendgang und wird schwer verletzt zum Sterben zurückgelassen

2054

- Butch und Victor werden von den Rangern befreit und schließen sich General Peterson an
- Cassidy wird geboren
- Cole nimmt mit Hilfe der Vultures Rache an seiner Kindergang und wird zum Einzelgänger

2056

- Dog und Mitch beginnen mit der Konstruktion von STELLA

- Kim wird mit 16 Jahren Mitglied von Colonel Monroes Ranger-Team Eins

2057

- Angel wird von den Red Dragons versklavt

2058

- die Red Dragons werden von den Vultures überfallen
- Angel wird Sklavin der Vultures

2059

- Jesse wird geboren
- Kim wird auf der Jagd von einem Rudel Wölfe angefallen

2060

- Die Schlacht von Archer Hill
- Angel nimmt Rache an den Red Dragons

2061

- Gründung von Silver Valley

2063

- Gründung der Allianz der Freien Enklaven zwischen Silver Valley und Jaguar Bay
- Paul und Martha werden von Angel gefangengenommen

2064

- Eagle Village tritt den Freien Enklaven bei
- Cole wird von den Vultures verstoßen und beginnt in Eagle Village ein neues Leben
- Kim übernimmt die Führung von Ranger-Team Eins

2066

- Cassidys Hund stirbt und sie beginnt, von ihrem Bruder zu lernen
- Jurij und Sergej ziehen in die Ian-Hawk-Biosphäre ein

2067

- Sienna tritt den Freien Enklaven bei
- Butchs Pick-up wird von Angel überfallen, Angel geht in Gefangenschaft der Ranger
- das Sicariianische Imperium trifft auf die Ian-Hawk-

Biosphäre

- Scarlets Sabotageversuch in der Biosphäre wird von der KI Amy bemerkt
- der Krieg zwischen Biosphäre und Sicarii beginnt

2068

- Agnes, Butch und Victors Eltern sowie General Peterson werden von den Vultures getötet
- Angel läuft zu den Rangern über
- Angel führt einen Vergeltungsangriff auf die Vultures durch
- Colonel Monroe wird von den Rangern zum General ernannt und übernimmt die Führung der Freien Enklaven

2069

- Sharons Familie wird von den Truppen der Biosphäre befreit und flüchtet in die südlichen Wastelands
- Angel trifft nahe dem Hadesgebirge auf Sharon
- Notlandung von Zhang Jiao auf sicariianischem Territorium, Treffen mit Jade
- Waffenstillstand zwischen Biosphäre und Sicarii wird ausgehandelt

2070

- Faith und Jade beginnen mit ihrer Infiltration von Cor Syrte
- die Vultures bestücken ihr verstecktes Waffendepot im Norden von Silver Valley
- Ethan wird bei der Waffendepotattrappe in einen Hinterhalt gelockt und getötet

2071 - Exodus

- Cassidy wird von Angel gerettet
- die Sicarii beginnen ihren Angriff auf Freien Enklaven und Vultures
- Victor wird von Faith getötet
- Monroe wird bei der Schlacht von Silver Valley getötet
- STELLA wird zerstört, Dog ist an Bord
- Exodus der Ranger aus Silver Valley
-

2071 - Revelations

- Einzug der Freien Enklaven in das Kloster im Hadesgebirge

- Angels Mission über das Hadesgebirge
- Zusammentreffen zwischen Angels Team und der Ian-Hawk-Biosphäre
- Butch wird von den Sicarii hingerichtet

2071 - Nemesis

- Angel schließt einen Pakt mit dem Sicariianischen Imperium
- Angel, Cassidy und Dog reisen nach Alexandria
- den Rangern wird von Svetlana Avianos Mitgliedschaft im Imperium in Aussicht gestellt
- im Gegenzug erklärt Angel sich bereit, gemeinsam mit der imperialen Legion die Vultures zu zerstören
- Angel und Cassidy treffen in Jacksonville zum ersten Mal auf die Söhne des Ragnarök
- Cassidy wird um ein Haar in Jacksonville vergewaltigt
- Amy leistet mit einer Nyx-Kampfdrohne Luftunterstützung in Jacksonville

Rückblick in die Vergangenheit

Angels Vorgeschichte

Fragt man Angel nach ihrer Vergangenheit, so wird sie still. Noch stiller als sonst. Nur ganz selten, in einem schwachen Moment, wie sie es nennt, erzählt sie von ihrer Familie, die im Zuge des weltweiten Chaos Zuflucht im Nomadendasein sucht. Es ist ein zermürbendes Leben auf der ewigen Suche nach der nächsten Wasserquelle, das Angel schon im Kindesalter abhärtet und ihr den legendären Überlebenstrieb verleiht, der sie häufig aus aussichtslosen Situationen befreit hat.

Im Jahr 2057 schlägt ihr Nomadentrek das Camp in den heute bekannten nordwestlichen Wastelands auf. Für gewöhnlich verweilen sie ein oder zwei Monate am selben Fleck, bis das spärliche Gras vom mitgeführten Vieh kahlgefressen ist oder ihnen die Gangs zu gefährlich werden. Dieses Mal aber bleiben sie zu lange an einem Ort, wie Angel später zugibt.

Mit einem einzigen Schlag löscht die Red Dragon Gang ihre Familie aus und macht sie zur Sklavin. Monatelang wird sie von den Männern missbraucht und wie ein Objekt herumgereicht, jedoch nie - und das erzählt sie als einziges Detail jedem, der nach ihrer Vergangenheit fragt - ohne den Bastarden dabei sämtliche Knochen zu brechen. Im Laufe der Zeit veranstalten die Gangbosse ganze Wettkämpfe um Angel; mit ihrem zerschundenen Körper als Preis.

Im Jahr 2058 werden die Red Dragons von einer rivalisierenden Gang überfallen: den Vultures. Deren Anführer Eric strebt nach nichts geringerem als der Herrschaft über die bekannten Wastelands. Unter dem Befehl seiner rechten Hand Dog zerstören die Vultures die Basis der Red Dragons und plündern ihre Vorräte. Darunter befindet sich neben anderen Sklaven auch Angel.

Die Vultures versuchen genau wie die Red Dragons Herr über die wildgewordene Furie zu werden, doch es dauert nur wenige Tage und eine Handvoll gebrochener Nasen bis Angel das Interesse von Dog auf sich zieht. Den mächtigen Hünen amüsieren die schmerzhaften Niederlagen seiner Männer fast ebenso sehr, wie er von Angels ungebändigtem Überlebenstrieb fasziniert ist.

Selbst nach unzähligen Monaten der Folter und Vergewaltigungen hat sie sich ihrem Schicksal nicht ergeben.

Er befielt, dass Angel ihm allein gehört. Angel sieht das natürlich völlig anders und verrenkt Dog mehr als einmal sämtliche Knochen, ehe sie in ihm einen verwandten Geist entdeckt und sich ihm freiwillig hingibt. Fortan weicht sie Dog nicht mehr von der Seite, sei es auf Raubzügen oder bei der Kriegsplanung mit dem Anführer Eric. Es dauert nicht lange, bis sie ihren Liebhaber zu beraten beginnt, ihm Finten und Hinterhalte vorschlägt oder Schwachstellen in seinen Überlegungen offenbart. Zunächst gibt er die Informationen als seine eigenen aus, doch Eric ist nicht dumm. Der bärtige Riese erkennt schnell, woher seine neuen Ideen stammten und obwohl es gegen seine Überzeugungen geht, bietet er Angel schließlich an, selbst eine Vulture zu werden.

Die Rituale der Vultures sind denkbar einfach. Wer aufsteigen will, muss Stärke beweisen, sowohl auf dem Schlachtfeld als auch in der Arena, in der Meinungsverschiedenheiten bevorzugt mit hölzernen Kampfstäben ausgetragen werden. Schon nach einem Jahr gilt Angel als Kommandeurin unter Dog, nach einem weiteren steht sie in Erics Augen mit ihrem Liebhaber auf einer Stufe. Gemeinsam nehmen sie Rache an den Red Dragons in der legendären Schlacht von Archer Hill. Angel lässt die einfachen Gangmitglieder erschießen, die Kommandeure kreuzigen und den Anführer Maroneth bei lebendigem Leibe in einem Kessel kochenden Wassers sterben. Maroneths Schädel ziert seit diesem Tag den Sattelschlepper STELLA als Kühlerfigur. Angel und Dog zerstören nahezu jede konkurrierende Gang und starten am Ende einen Feldzug gegen die Ranger.

Nachdem dieser am Durchhaltewillen und der strategischen Überlegenheit von General Andrew Peterson scheitert, verlagert Angel ihr Interesse zurück auf die Straße. Den Vultures gehören zu diesem Zeitpunkt fast die gesamten westlichen Wastelands, mit Ausnahme der verhältnismäßig ungefährlichen Scavenger und Snakes. Angel will die Ranger durch Überfälle auf ihre Handelsrouten so sehr schwächen, dass eine Invasion Erfolg verspricht.

Im Jahr 2067 entdeckt ihr geschultes Scharfschützenauge Butchs orangefarbenen Pick-up. Schwer beladen und langsam stellt er ein lohnendes Ziel für ihr Überfallkommando aus Wüstenbuggys dar. Anstatt sich jedoch zu ergeben oder Hals über Kopf zu flüchten, wehren sich Butch und sein Bruder Victor mit ihrem Maschinengewehr auf dem Heck und Victors selbstgebauten Granaten. Eine Haftladung bleibt dabei auf Angels Motorblock kleben und zerstört kurz darauf den leichten Buggy. Angels Kameraden nehmen Reißaus und überlassen sie mit gebrochenem Bein unter dem Armaturenbrett eingeklemmt ihrem Schicksal.

Anstatt sie jedoch zu misshandeln oder zu mißbrauchen, retten Butch und Victor sie aus dem brennenden Autowrack, legen ihr eine Beinschiene an und nehmen sie mit nach Silver Valley. Angel vermutet, dass sie dort sofort hingerichtet werden würde. General Peterson kennt keine Gnade mit den Gangs, doch sein Stellvertreter, General Francis Monroe, kann ihn davon überzeugen, dass Angel lebend mehr wert sei als tot. Als Kommandeurin der Vultures besitzt sie umfangreiche Kenntnisse über Angriffstaktiken, versteckte Lager und Ressourcen.

Zunächst verweigert Angel jede Aussage und verbringt ihre Tage allein in der Gefängnisbaracke. Dort bekommt sie Kontakt zu einer jungen Frau, die den Namen Agnes trägt. Agnes lebt aufgrund ihrer Eigenarten wie eine Ausgestoßene unter den Bewohnern von Silver Valley, was die beiden in ihrer Not zu Freundinnen werden lässt. Colonel Monroe versucht ebenfalls, eine Verbindung zu ihr aufzubauen. Mitunter sieht man ihn bei Nacht ins Gefängnis schleichen, was schnell Gerüchte über eine romantische Beziehung zwischen ihm und seiner in Ketten gelegten Vulturebraut in die Welt setzt. Stattdessen hat er jedoch immer ein Schachbrett dabei, vor dem sie manchmal bis zum Morgengrauen brüten.

Angel muss monatelang Schwerstarbeit leisten, da sie sich nach wie vor weigert, Informationen über die Vultures preiszugeben. Nach einem halben Jahr scheint ihre Rettung in greifbare Nähe zu rücken, als ihre alte Gang auf Silver Valley zustürmt. Aufgrund des Gefechtslärms befreit sie sich ohne Aufsehen zu erregen und läuft durch die brennenden Baracken auf ihre Kameraden zu, bis sie am Quartier von Agnes vorbeikommt. Sie hörte dumpfe Schreie und erblickt drei Vultures, die ihre Freundin auf das blutverschmierte Bett drückten und sich dabei an ihr vergehen.

Später behauptet Angel häufig, dass sie in diesem einen Moment die Seiten gewechselt hat. Sie tötet die Vultures und ruft um Hilfe, aber der Arzt Steven kann nur noch den Tod von Agnes feststellen. Angel wirft sich daraufhin auf Seiten der Ranger in die

Schlacht, die gerade General Peterson verloren haben. Colonel Monroe nimmt ihre Hilfe nur zu gern an und zusammen jagen sie die Vultures aus der Siedlung.

In den darauffolgenden Tagen zeichnet Angel ihr gesamtes Wissen über die Vultures in strategische Karten ein. Sie plant gemeinsam mit Monroe einen großangelegten Vergeltungsschlag, den Angel selbst anführen soll; sehr zum Missfallen von Kimberley Peterson, die bis dahin das Ranger-Team Eins befehligt hat. Butch, Monroe und Victor können sie jedoch davon überzeugen, dass sie Angel eine Chance geben sollte. Der anschließende Überfall läuft nahezu reibungslos und endet mit einem Triumphzug durch Silver Valley, in dem Angel und Monroe als Helden gefeiert werden.

Exodus

Im Sommer des Jahres 2071 bleibt Butchs Pick-up mit einem Motorschaden im Niemandsland liegen. Während der Mechaniker nach dem Defekt fahndet, geht Angel auf die Jagd für ihr Abendessen. In einem kleinen, vertrockneten Wald abseits der Straße entdeckt sie ein abgemagertes Wolfsrudel, das selbst gerade ein Ziel einzukreisen scheint. Angel sucht sich den am besten genährt wirkenden Wolf heraus und erschießt ihn mit einem tadellosen Blattschuss. Unter dem Wolfskadaver findet sie ein siebzehnjähriges Mädchen: Cassidy.

Sie nimmt die halb verhungerte Teenagerin mit und untersucht zunächst ihr Dorf, aus dem sie während eines Vultureangriffs geflüchtet war. Dort trifft sie auf den Jäger Stan, der mit seiner Tollpatschigkeit eine Bande Scavenger direkt in seine qualmende Heimat geführt hat. In einem kurzen aber intensiven Feuergefecht schaltet Angels Team die Scavenger aus. Anschließend bietet sie Stan an, sie mit Cassidy nach Silver Valley zu begleiten.

Am darauffolgenden Abend treffen sie in Temple Town ein, wo sie bereits von Kim und Johnny erwartet werden. Nach einem gemeinsamen Abendessen übernehmen Angel und Cassidy die Nachtwache. Etwa vier Stunden vor Morgengrauen entdeckt die Scharfschützin Lichter am Horizont und alarmiert die anderen. Snakes haben ihr Feuer entdeckt.

Angel und ihr Team sind den Snakes an Feuerkraft überlegen, doch die Schlangenanbeter nutzen die Dunkelheit, um sich von hinten an Angels Scharfschützenstellung heranzuschleichen. Aufgrund von zwei Treffern auf ihre Kevlarweste in der Nähe ihrer Wirbelsäule verliert Angel das Bewusstsein. Eine weitere Kugel bleibt in ihrem rechten Oberschenkel stecken und verursacht einen hohen Blutverlust. Kim übernimmt das Kommando und hetzt das Team nach Silver Valley.

Auf dem Weg greift sie ein schwerer Angriffstrupp der Vultures an, angeführt vom umgebauten Sattelschlepper STELLA. Angel ist fast die gesamte Zeit bewusstlos und wird von Cassidy versorgt und verteidigt.

In Silver Valley kommt sie nach einer Notoperation schnell wieder auf die Beine. Mit Krücken. Steven verschreibt ihr eine Woche Bettruhe, doch sie ignoriert die ärztliche Anweisung und verlegt sich selbst in ihr Quartier.

Die drei folgenden Wochen trainiert sie Cassidy, die sich zur Rangerin ausbilden lassen will, während sie insgeheim mit Monroe die nächsten Züge im ewigen Stellungskrieg mit den Vultures plant. Nur der General, seine Adoptivnichte Kim und Angel wissen zu diesem Zeitpunkt, wie schlecht es um das Waffenarsenal der Ranger bestellt ist. Sie brauchen dringend Nachschub, weshalb sie nach einer versteckten Militärbasis im nördlichen Hadesgebirge suchen sollen, deren ungefähren Standort Monroe aus seiner Zeit beim Militär kennt.

Nach Angels Genesung führt sie die Reise zunächst in den nördlichsten Außenposten der Freien Enklaven, Sienna, dessen Kontakt nach Silver Valley knapp drei Monate zuvor abgerissen ist. Als das Team dort eintrifft, finden sie die Siedlung zerstört vor. Unter den Trümmern entdecken sie zwei Vultures, die Angel erst verhört und anschließend vor Cassidys Augen hinrichtet. Laut ihrer Aussage befinden sich die Vultures im Krieg mit einer neuen Gang, die nun auch die Freien Enklaven angreifen.

Zwei Tage später entdeckt Angels Team die versteckte Militärbasis inmitten des Hadesgebirges, getarnt als Versorgungsflugplatz. Unterhalb von Bunker Fünf führt eine Straße bis in einen gewaltigen militärischen Forschungskomplex. Auf dem Parkplatz für die Versorgungsfahrzeuge stoßen sie auf den Pick-up von Ranger-Team Fünf, das seit einigen Wochen als vermisst gilt.

Als Angels Team die 28 Ebenen der Basis stichprobenartig durchkämmt, werden Kim und Johnny von einem genmanipulierten Wolfsrudel angegriffen, das als biologische Waffe in der Basis gezüchtet wurde und zur Zeit des Untergangs entkommen ist. Angel verfolgt das Gefecht über Bewegungssensoren und Videomonitore aus der Kommandozentrale, bis Victor den Zugang sprengt und die Überwachungsanlage zerstört. Anschließend begibt sich Angel zusammen mit Cassidy und ihrem Schäferhund Scott auf die Suche nach ihren Freunden. Beim Bruch eines Wartungsgangs stürzt Cassidy in die Tiefe und Angel musste allein mit dem Hund die Flucht antreten, da das Rudel sie aufgespürt hat.

Angel entscheidet sich trotz aller Fürsorge für Cassidy, zunächst der Mehrheit ihres Teams zu helfen und setzt den Weg zur Einsturzstelle fort. Victors unkontrollierte Paniksprengung hat die halbe Etage einstürzen lassen, woraufhin sich das Team in einen Laborkomplex zurückzieht, dessen Abschirmung jeglichen Funkkontakt verhindert. Angel überlässt ihnen Scott als lebendige Alarmanlage und begibt sich auf die Suche nach Cassidy.

In einem der Waffenschränke findet sie ein funktionierendes Nachtsichtgerät, mit dessen Hilfe sie den Wölfen immer einen Schritt voraus ist. Über Leitern, herunterhängende Kabel oder stabile Rohre, über die sie das Rudel nicht zu verfolgen vermag, steigt sie tiefer in die Basis hinab. Dabei entdeckt sie das Kontrollzentrum für die zentrale Brückenkrananlage, die ganze Schiffscontainer von der Logistikstation auf Ebene Eins bis in die unterste Etage und wieder hinauf transportieren kann.

Als sie unter sich den Gefechtslärm von Cassidy hört, die sich zusammen mit den Überlebenden von Team Fünf, Jason und Sharon, durch die Gänge kämpft, eilt sie den dreien entgegen und verschafft ihnen mit einer Handgranate eine kurze Verschnaufpause. Als sie anschließend mit dem Brückenkran vor dem heranrückenden Wolfsrudel fliehen wollen, verlieren sie Jason, der sich mit einer Granate selbst in die Luft sprengt, um nicht bei lebendigem Leibe gefressen zu werden.

In einem Wettlauf gegen die Zeit entkommen sie aus der verfluchten Militärbasis, wie sie die Ranger seit diesem Tag nennen, und fahren zerschunden nach Eagle Village, wo Angel rasten und am nächsten Tag mit den schlechten Nachrichten der unbrauchbaren Nachschubquelle nach Silver Valley zurückkehren will. Bevor sie jedoch weiterziehen können, überfällt die neue Gang Eagle Village und Angels Team schließt sich der Verteidigung an.

Nach einem blutigen Gefecht, bei dem Cassidy zusammen mit ihrem Freund Jesse und einem Dutzend anderer Einwohner verschleppt wird, duelliert sich Angel mit einer Überlebenden der bis dato unbekannten Angreifer um die Position der Gefangenen. Sie nennt sich selbst Jade, ihre Gang die Sicarii und kämpft mit einem Katanaschwert. Aufgrund ihrer Schulterverletzung verliert Jade das Duell und verrät Angel die Position des Sicariistützpunkts in Brackwood. Außerdem spricht sie Angel mit ihrem Namen an, was der Scharfschützin deutlich vor Augen führt, wie viel die Sicarii bereits über die Freien Enklaven wissen.

Angel wendet sich entgegen dem Willen ihres Teams an Dog, ihren ehemaligen Liebhaber bei den Vultures, und bittet ihn um Hilfe für eine Rettungsaktion, da ihrer Meinung nach keine Zeit besteht, Truppen aus Silver Valley zu organisieren. Zusammen mit Dog und einer kleinen Gruppe loyaler Kämpfer, von denen sich einer als Cassidys Bruder Caiden herausstellt, greifen sie Brackwood an und befreien die Gefangenen.

Bei ihrer Rückkehr nach Silver Valley werden Dog und sein Team sofort von General Francis Monroe verhaftet, was Angel schwer verletzt. Erst als Dog ihm die Position eines gefüllten, versteckten Waffenlagers der Vultures in der Nähe von Silver Valley verrät, das ursprünglich für einen erneuten Feldzug gegen die Ranger gedacht war, lässt Monroe die Gefangenen frei und bei der Verteidigung Silver Valleys mithelfen. Trotzdem trifft Angel der Vertrauensverlust so sehr, dass sie die Ranger nach der bevorstehenden Schlacht verlassen will.

Im Laufe des letzten Gefechts versagen jedoch Victors Sprengladungen, die die Sicarii in ihren eroberten Positionen am Palisadenwall in die Luft jagen sollen. Angel entdeckt Victors blutige Leiche in seiner Stellung, als die Sicarii Silver Valley zu überrennen drohen. General Monroe befielt die sofortige Evakuierung und übergibt Angel das Kommando der Ranger. Sie führt den Exodus-Konvoi aus der brennenden Siedlung, während sich Monroe zusammen mit Dog im Sattelschlepper auf die Sicarii stürzt.

Zu Beginn des zweiten Buchs »Revelations« versammelt Angel die Überlebenden aus Eagle Village und Silver Valley in der zerstörten Enklave Jaguar Bay. Bevor sie einen Plan fasst, fragt sie Sharon über die Sicarii aus, die drei Jahre zuvor der Sklaverei des Imperiums entkommen konnte. Als Angel vom Ares-Kampfpanzer und den Hubschraubern der Biosphärenbewohner hört, will sie diese unbedingt aufspüren. Sie trägt Kim auf, die Flüchtlinge in das Kloster zu bringen, über das Paul sie informiert hat. Angel selbst will mit Caiden und Cassidy in Brackwood Informationen über die Sicarii sammeln und Gefangene befreien.

Während der Rast auf einer alten Farm folgt sie Caiden und stellt fest, dass er wenig Interesse an der Nachtwache hat und stattdessen eigenen Dämonen auf der Spur ist. Angels Anfangsverdacht, dass er etwas mit dem mysteriösen Tod von Victor und dem Verlust Silver Valleys zu tun hat, verdichtet sich. Trotzdem begnügt sie sich damit, ihm einen Schrecken einzujagen und verlässt sich auf Cassidys Meinung, dass Caiden Zeit bräuchte, bevor er die Karten auf den Tisch legen würde.

Die Infiltration von Brackwood durch die Kanalisation erweist sich als Kinderspiel. Nur wenige, schlecht trainierte Wachen patroullieren den sicariianischen Stützpunkt. Als Angel das Zentrum erreicht, erfährt sie auch warum. Dog liegt angekettet vor einem zerstörten Bunker. Angel vermutet eine Falle von Jade und erhält kurz darauf die Bestätigung, als die Bacchae sich zum zweiten Mal mit ihr duelliert. Dazu schenkt sie Angel einen Teleskopkampfstab. Dennoch verliert Angel das Duell und gibt sich ehrenvoll geschlagen. Jade offenbart ihr, dass die Vultures fortan zum Sicariianischen Imperium gehören würden, überlässt ihr dabei jedoch Dog und Faith. Gleichzeitig weist sie ihr den Weg zur Ian-Hawk-Biosphäre, ohne den Komplex beim Namen zu nennen. Angel überreicht Jade eine Karte zur McKnight Air Force Base und warnt sie davor, allein dorthin aufzubrechen.

Auf dem Rückweg ins Kloster stößt Angels Team auf einen zerstörten Teil des Exodus-Konvois, in dessen Wracks sich Cole und Sharon ein Gefecht mit sicariianischen Soldaten liefern. Gemeinsam schalten sie sie aus und setzten die Reise ins Gebirge fort.

Im Kloster helfen die Ranger beim Aufbau der neuen Siedlung, während Angel einen Plan zur Überquerung des Gebirges schmiedet, um Jades Route zur Biosphäre zu folgen. Nach sechs Tagen bricht sie zusammen mit Butch, Caiden, Cassidy, Cole, Dog, Faith, Kim und Sharon auf. Am dritten Tag der Reise treffen sie auf einen versperrten Autobahntunnel und müssen ihre Fahrzeuge zurücklassen. Nach insgesamt neun Tagen erreichen sie erstmalig sicariianisches Territorium. Sie folgen der von Jade vorgegebenen Route entlang einer breiten Schlucht, die das sicariianische Gebiet von dem der Biosphäre trennt.

In der darauffolgenden Nacht geraten sie in einen Hinterhalt, bei dem Sharon schwer verletzt wird. In letzter Minute werden sie von Zhang Jiao und ihrem Hubschrauber gerettet. Jiao führt sie zur Biosphäre und erlaubt Angel, sie am nächsten Tag auf eine Aufklärungsmission in die sicariianische Stadt Arnac zu begleiten.

Auf dem Weg durch das sicariianische Gebiet treffen sie auf einen Handelskonvoi, der von Banditen überfallen wird. Angel schlägt die Angreifer in die Flucht, die sich als Kämpfer aus Johnnys Gefangenenlager herausstellen. Angel lässt eine kryptische Nachricht an Johnny zurück, auf dass er sich ruhig verhalten soll, bis sie mehr über die Sicarii weiß.

In Arnac kehrt Angel zusammen mit Cassidy und Dog in der ansässigen Taverne »Zum Schweinespieß« ein und bezahlt aufgrund ihrer Unwissenheit über Währungssysteme mehr als das Doppelte für ihr Essen. Als sie sich mit Jiao in der angrenzenden Arena treffen wollen, beobachtet Angel erzürnt den Kampf zwischen Dog und einem anderen Gladiator. Dog gewinnt, aber Angel schlägt ihn dennoch für seine Unprofessionalität auf feindlichem Territorium.

Beim anschließenden Treffen mit Zhang Jiaos Informanten, dem Gewürzhändler Nadim, wird dieser von einem verhüllten Schatten erstochen. Angel befielt Dog, Cassidy und Jiao sicher aus der Stadt zu bringen und verfolgt den Attentäter. Als sie kurz davor ist, den Mörder zu stellen, wird sie von einer sicariianischen Militärpatrouille aufgehalten. Jades Auctoritas-Amulett zeigt seine Wirkung und ermöglicht ihr, unbehelligt weiter durch Arnac zu ziehen.

Nach einer Explosion in der Nähe von Nadims Haus verfolgt Angel einen zweiten Schatten. Bevor sie ihn jedoch einholt, wird er von vier bewaffneten Männern erschossen. Angel zückt abermals ihr Amulett, erreicht dadurch jedoch eine gegenteilige Wirkung als zuvor. Die Männer sind außer sich vor Wut, bis Jade von den Dächern auf sie herabstürzt und sie tötet.

Im Anschluss an das kurze Gefecht verlangt Angel von ihr die sichere Evakuierung von Cassidy aus dem losgebrochenen Volksaufstand. Jade erwartet im Gegenzug, dass Angel sich auf ihre Seite schlägt und einen Krieg für sie führt, ohne dabei ins Detail zu gehen. Angel stimmt zu und erhält von Jade eine Wegbeschreibung zu Johnnys Gefangenenlager. Später erfährt Cassidy, dass Angel sich Jades Plan widersetzt hat und auf eigene Faust nach den Bacchae sucht.

Nemesis

Entgegen Jades Willen sucht Angel nach dem Sitz der Bacchae und wird in Arnac schneller fündig als erwartet. Das Hauptquartier der Bacchae, der Themis-Tempel von Alexandria, scheint kein Geheimnis zu sein. Angel entscheidet sich, mit dem Zug zu reisen und zeigt als Bezahlung das Amulett vor, das Jade ihr geschenkt hat. Damit zieht sie die Aufmerksamkeit von Scarlet auf sich, Faiths verschollen geglaubter Meisterin. Sie klärt Angel über ihr jahrelanges Verhör in der Ian-Hawk-Biosphäre auf und lässt gleichzeitig kein gutes Haar an Jade. Schnell wird klar, dass sich Jade und Scarlet bis aufs Blut hassen.

Nach ihrer Ankunft in Alexandria, der Schulstadt des Sicariianischen Imperiums, wird Angel von Scarlet mit verbundenen Augen in den Themis-Tempel geführt, wo sie vermummt wartet, bis Scarlet ihr das Signal zum Ablegen ihrer Verkleidung gibt. Damit schockt sie Jade, die ihrerseits mit Cassidy und Dog nach Alexandria gereist war. Nach einem kurzen Schlagabtausch mit Scarlet enthüllt Jade das gesamte Ausmaß des sicariianischen Eroberungsfeldzugs in Cor Syrte, den südlichen Wastelands in denen die Ranger und Vultures leben.

Jades erstes Aufeinandertreffen mit den Rangern fand in Sienna statt, der nördlichsten Freien Enklave. Dort war Jade auf Ranger-Team Vier gestoßen. Deren Anführer Jonathan hatte sich von ihren Versprechungen blenden lassen und die gefahrlose Infiltration von

Sienna ermöglicht. Angel bestätigt verbissen die Labilität von Jonathan. Daraufhin fragt Jade, wer von den anderen Bacchae den Rangern nach einem derartig leichten Verrat noch vertraut und keinen Vernichtungskrieg angezettelt hätte. Erst die Erzählungen über Angel, die Jade kurz darauf in Eagle Village selbst zu Gesicht bekam, änderten ihre Einstellung. Jade behauptet, sich in Eagle Village freiwillig in Kriegsgefangenschaft begeben zu haben, um ihre Fehleinschätzung zu korrigieren. Nur aus diesem Grund hat sie Angel in Brackwood gehen lassen, den Weg zur Ian-Hawk-Biosphäre gewiesen und ihr später in Arnac das Leben gerettet.

Die Bacchae offenbaren, dass sie einen neuen Krieg gegen einen alten Feind befürchten, gegen die Söhnen des Ragnarök. Der Feldzug von Cor Syrte hat den Sicarii die nötige Kriegsbeute für eine erfolgreiche Verteidigung bringen sollen, stattdessen jedoch vier Legionen gekostet. Noch immer bindet die Katastrophe zahlreiche Truppen im Süden, die an der Nordgrenze gegen die Söhne des Ragnarök gebraucht würden. Die Vultures, kurzzeitig Verbündete der Sicarii, haben nach der Niederlage von Silver Valley gegen das Imperium rebelliert und stehen kurz davor, sich auf die Seite der Söhne des Ragnarök zu schlagen, was einen Zwei-Fronten-Krieg mit einer stark geschwächten imperialen Legion bedeuten würde. Jade erklärt, dass sie die Ranger von Kriegsgegnern zu Alliierten machen will. Niemand kennt die Vultures besser als die paramilitärischen Defensivtruppen der Freien Enklaven. Angel soll das sogenannte Vultureproblem mit sicarii-anischer Unterstützung aus der Welt schaffen.

Da Angel eine solch weitreichende Entscheidung nicht sofort treffen kann, wird ihr das Penthouse im ehemaligen Hotel Sagittarius A* zugänglich gemacht, wo sie mit Cassidy und Dog ausspannen kann. Zusammen berichten sie von ihren Erlebnissen der vergangenen Tage, wobei Angel von Jades Nomadenherkunft und dem gewaltsamen Tod ihrer zahlreichen Geschwister erfährt, die von einem ehemaligen Drogenbaron namens Felipe de Souza ermordet worden sind. Nach einer üppigen Stärkung, die ihnen von der als Arbiterin auftretenden Nocturnal Clarissa-Tamara serviert wird, ruft Jade sie um Hilfe. Eine Gruppe von Schulkindern ist auf der McCallum Farm vierzig Kilometer vor Alexandria von Neces angegriffen worden.

Auf der Fahrt erklärt Jade, dass die Neces geistesgestörte Wilde seien, die häufig ohne Rücksicht auf die eigene Gesundheit angreifen und durch ihre zahlenmäßige Überlegenheit eine große Gefahr darstellen. Bei ihrem Eintreffen auf der McCallum Farm treffen sie auf die Medizinstudentin Jenny aus dem Haus Argon, die ihnen von der Entführung ihrer Lehrerin Heather Connely und dem Jungen Martin Rich berichtet. Scarlet vermutet die Großstadtruine D-Sechs-alpha als Ausgangspunkt und ordnet die Verfolgung an. Als sie zu spät eintreffen, fordert Jade den Rückzug, da sie einer Bodenoffensive bei Nacht keine Erfolgschancen ausrechnet. Scarlet überstimmt sie und deutet an, dass Jade und ihre Meisterin Sydney für die Neces verantwortlich seien.

Angel nimmt eine Scharfschützenposition außerhalb der Stadt ein. Auf halbem Weg fallen die Neces über Scarlets Kommandoteam her und zwingen sie in einen Keller. Dort finden sie die vermisste Heather Connely, die Martin Rich wie eine Furie verteidigt; auch gegen Scarlets Team. Dog muss ihr Arme und Beine festhalten, um sie zu bändigen. Angel unterstützt während-dessen die Bacchae Yolanda bei einem waghalsigen Rettungs-versuch, bei dem Yolanda durch ihre eigene Explosion getroffen und bewusstlos in den Fluss vor der Stadt geschleudert wird. Die Neces drohen Angel und Cassidy zu überrennen, da taucht Colonel David Grant entgegen Scarlets Anweisungen mit seinen Soldaten auf.

Zurück im Penthouse von Alexandria lassen Angel die Ereignisse der Nacht keine Ruhe. Sie verlässt unerlaubt ihr Quartier und schleicht sich in den Themis-Tempel, wo eine hitzige Debatte zwischen den Bacchae stattfindet. Scarlet ist außer sich über die Fahrlässigkeit, mit der Sydney und Jade die Kontrolle über die Neces verloren hätten. Jade hingegen macht Scarlet für das nächtliche Desaster in D-Sechs-alpha verantwortlich, aufgrund derer Yolanda bewusstlos im Krankenhaus liegt, und stellt ihre Motivation für die unverhältnismäßig riskante Rettungsaktion in Frage. Am Ende fordert Sydney das Ritual der Entmachtung für Scarlet. Dazu muss ihr von fünf Bacchae das Vertrauen für operatives Vorgehen entzogen werden, wodurch sie keine Entscheidungsgewalt mehr besitzt. Jade stimmt sofort zu, Azure nach anfänglicher Skepsis. Nadra, eine Bacchae mit Wurzeln in Ragnarök und enge Vertraute von Scarlet, stemmt sich lautstark dagegen, wird jedoch von Scarlet selbst umgestimmt. Als letzte fügt sich Scarlet dem Ritual und erweckt den Anschein, mit der Entscheidung einverstanden zu sein. Nachdem sie und Nadra den Versammlungssaal verlassen haben, stellt Sydney umgehend klar, dass Scarlet sich keineswegs gebeugt, sondern lediglich das bestmögliche Ergebnis aus einer verlorenen Auseinandersetzung gesucht hat.

Anschließend ruft Sydney zur Überraschung der anderen Bacchae nach Angel herein, von deren Anwesenheit sie die ganze Zeit gewusst hatte. Angel sieht Clarissa-Tamara hinter sich stehen, von der sie nun die wahre Identität als Agentin des imperialen Geheimdiensts erfährt. Sydney offenbart ihr weiterhin, dass General Torus von der sicariianischen Legion die Abschaffung der Bacchae plant und den bevorstehenden Krieg gegen die Söhne des Ragnarök zur Instrumentalisierung nutzen will. Er stelle den katastrophalen Feldzug von Cor Syrte als Schuld der Bacchae dar, weil Faith zu den Vultures übergelaufen sei und Jade mit ihrer Einschätzung der Ranger vollkommen falsch gelegen hatte. Mit der neuen Zwei-Fronten-Bedrohung von Söhnen des Ragnarök und Vultures bliebe dem Imperator keine andere Wahl, als General Torus den Oberbefehl zu übertragen und die Bacchae aufgrund ihrer Fehlschläge zu entmachten. Angel erfährt, dass ihre Mithilfe das Überleben der Bacchae sichern und die Alternativlosigkeit der Legion mit der Eingliederung der Ranger als paramilitärische Spezialeinheit in das Imperium beenden soll. Im Gegenzug fordert Angel das gesamte Territorium südlich des Hadesgebirges für die Freien Enklaven. Auf die Frage, was fünfhundert Ranger mit einem solch riesigen Stück Wüste anfangen wollen, mutmaßt Sydney, dass es in Cor Syrte weitaus mehr als nur karges Land gäbe.

Sydney bittet Angel, einen weiteren Tag in Alexandria zu verbringen, um das Volk kennenzulernen, mit dem sie sich verbünden soll. Auf dem Weg zurück ins Sagittarius A* wird Angel von Clarissa-Tamara begleitet, die leise Kritik an ihrer unerlaubten Flucht äußert. Sie erklärt, dass Sydney mit Angels Ausbruch gerechnet, aber Clarissa nicht eingeweiht hatte. Angel entschuldigt sich und Clarissa verspricht im Gegenzug, sich über das Wohlergehen des Klosters zu erkundigen, in dem sich die Flüchtlinge der Ranger versteckt hielten, und von dem die Bacchae seit langem wissen.

Am nächsten Morgen erhalten Angel, Cassidy und Dog von Jade Diplomatenpässe, mit denen sie sich relativ frei in Alexandria bewegen und bezahlen können. Anschließend bittet sie Angel und Cassidy, sie ins Medusa Memorial Hospital zu begleiten, wo Jade der nach wie vor bewusstlosen Yolanda einen Besuch abstatten will. Dog verbringt den Tag mit Colonel Grant.

Nach ihrem Besuch bei Yolanda trennt sich Cassidy von Angel, die ihrerseits von Jade in den Themis-Tempel geführt wird. Auf dem Weg beobachten sie die Ehrungszeremonie der Prätorianischen Garde, die eine Gedenktafel für den am Vortag gefallenen Prätorianer an der Außenmauer des Bacchaetempels anbringen. Dabei erzählt Jade von der Entstehung der Bacchae und Prätorianer. Beide basieren auf der Prätorianischen Legion, einer Söldnertruppe zur Zeit des globalen Untergangs, angeführt von einer Frau namens Sophia. Sie kam der zu jener Zeit friedlichen Sekte der Sicarii zu Hilfe, als sie von zwei Gangs namens Mockingbirds und Xerant überrannt zu werden drohten. Sophia überzeugte den Anführer der Sicarii davon, dass eine zerstörte Gang keinen Schaden mehr anrichten könne, und begründete damit den Expansionismus des Sicariianischen Imperiums. Sophia selbst wurde zur ersten Bacchae.

Danach führt Jade Angel in einen kitschig eingerichteten Raum, in dem Sydney einem Schüler Klavierunterricht gibt. Bei einer Tasse Kaffee offenbart Jade, dass Sydney an Multiple Sklerose leidet und wünscht, dass Angel davon erfährt. Jade warnt Angel davor, die Information zu missbrauchen und vermutet, dass es sich um einen Loyalitätstest von Sydney handelt.

Anschließend betreten Angel und Jade ein Untergeschoss des Tempels, wo Dr. Garrick Sheridan einen Außenposten der Task-Force Interdictum leitet, die sich mit der Forschung und dem Einsatz der Neces beschäftigt. Angel erfährt, dass die Neces mit dem Necetha Arthropoda Parasiten infiziert sind, der eine Aggressionssteigerung und Enthemmung des Wirtes verursacht. Die Neces wurden von den Bacchae zur Einschüchterung von Freund und Feind erschaffen. Bei innerimperialen Problemen können sie zur Ablenkung des Volkes und bei Invasionen zur Schwächung des Gegners eingesetzt werden. Seit einem Jahr beobachten die Forscher jedoch gegenteilige Wirkungen der Chemikalien, die zur Bewusstseinssteuerung eingesetzt werden.

Dr. Sheridan vermutet, dass die Repellents im Umkreis der McCallum Farm, die eigentlich die Neces fernhalten sollten, sie in Wirklichkeit angelockt hätten.

Wenig später wird Angel von Jade zu einem riesigen Safe unterhalb des Themis-Tempels geführt, in dem Jade den zwölfjährigen Pedro de Souza gefangenhält; Sohn von Felipe de Souza, der Jades Geschwister ermordet hat. Pedro fehlt es körperlich an nichts. Er wird von den Bacchae geschult, erhält genug Nahrung und kümmert sich sogar um Jades Katze Mina, aber er darf den Safe erst verlassen, wenn sein Vater gefasst wird. Angel erinnert sich daran, dass sie als Vulture auch gern wertvolle Gefangene genommen hat, die von Dog scherzhaft VIPs genannt wurden. Eltern oder Geschwister als Geiseln zu halten, ist in ihren Augen ein legitimes Mittel, um Kooperation zu garantieren.

Anschließend führt Jade sie ins Quasar-Café, wo Angel bereits von der Reporterin Catherine McDonnell erwartet wird. Angel soll in einem Interview einen Einblick in die Ranger und ihr Verhältnis zu den Sicarii geben. Möglichst diplomatisch sagt sie, dass sie freiwillig in Alexandria sei und die Aussicht auf eine friedliche Zusammenarbeit besteht. Dabei wird Angel von Catherine zu einem echten Eisbecher eingeladen.

Der letzte Akt des Rundgangs endet bei den Quartieren der Bacchae, die abgeschieden hinter dem Themis-Tempel liegen. Dort treffen Angel und Jade auf Scarlet, die unerlaubt den Jungen Martin Rich bei sich beherbergt. Laut Jade darf das Wohngebiet der Bacchae nicht einmal von den Prätorianern betreten werden. Scarlet interessiert sich nicht für ihre Meinung und jagt sie aus ihrem Haus. Dabei nickt sie Angel konspirativ zu.

In Jades Loftwohnung führen Jade und Angel ein Gespräch über Shawn Summers, den Ranger-Scharfschützen, der Sharon vor der Grenzschlucht zur Ian-Hawk-Biosphäre beinahe getötet hätte. Jade offenbart, dass ihr Plan ursprünglich vorsah, Shawn später mit Angel zusammenarbeiten zu lassen. Er wusste nichts von Sharons Strahlenkrankheit und dem Fehlen ihrer Flakweste. Eigentlich hatte er nur dafür sorgen sollen, dass die Hawker Angels geschundenes Einsatzteam retten und in die Biosphäre schaffen.

Am selben Abend wohnen Angel und Jade einem Klavierquartettkonzert im Freilufttheater von Alexandria bei. Scarlet ist ebenfalls anwesend, hält sich jedoch von ihnen fern. Nach der Vorstellung lädt Sydney Angel zu einem Empfang im Themis-Tempel ein. Dort trifft Angel auf General Torus. Einen kurzen Augenblick hadert sie damit, ihn vor allen Augen für seine Gräueltaten an den Freien Enklaven zu ermorden, entscheidet sich jedoch dagegen. Jade stellt ihr die Tochter des sicariianischen Imperators vor, Svetlana Avianos, die anfänglich den Anschein einer aal-glatten Politikerin macht, dann jedoch blitzartig Klartext redet. Als ehemalige Mitbewohnerinnen von Jade ist zwischen den beiden eine Hassfreundschaft entstanden. Svetlana behauptet, im Namen ihres Vaters Abmachungen mit den Rangern treffen zu dürfen und fragt, was Angel für den Beitritt zum Imperium verlangt. Jade versucht zu bremsen, doch Svetlana stellt mit Hinweis auf die Vultures klar, dass die Sicarii momentan kein Interesse an Bündnissen hätten und sie auf einem Beitritt besteht. Angel wiederholt ihre Forderung der gesamten südlichen Wastelands und Svetlana stimmt nach anfänglicher Skepsis überraschend zu, sofern Angel und Jade die Vultures aus der Welt schaffen. Sie bietet Angel außerdem an, die Ranger zunächst nur von einer Allianz zu überzeugen, jedoch mit dem festen Ziel des Beitritts in näherer Zukunft.

Nach Mitternacht zurück im Sagittarius A* erzählt Angel, warum sie keinen Alkohol trinkt. Als Kind besaß sie einen Airedale-Terrier namens Angélique, den ihre Eltern gegen zwei Flaschen billigen Fusel eingetauscht haben und der daraufhin als Braten über dem Feuer endete.

In der darauffolgenden Nacht auf dem Weg zu Johnnys Gefangenenlager bemerkt Angel Scheinwerfer am Horizont, die Jade als Konvoi der Söhne des Ragnarök identifiziert. Nach einem Blick auf die Landkarte steht das von Neces überrannte Jacksonville als Ziel fest, ein geheimes Chemiewaffenlabor, das von den Bacchae mit Hilfe der Hawker im Krieg gegen die Ian-Hawk-Biosphäre eingerichtet wurde. Jade überzeugt Angel, ihr bei der Verteidigung zu helfen. Gleichzeitig bittet sie Zhang Yuen per Funk um Unterstützung, der aber schroff ablehnt.

Angel und Jade verschanzen sich auf einem alten Kraftwerkskühlturm im Umkreis von Jacksonville, während die prätorianische Sigma-Lanze mit Cassidy, Clarissa-Tamara und Dog einen Hinterhalt vorbereitet. Die Falle misslingt, als die Söhne des Ragnarök eine LRAD-Schallwaffe zum Einsatz bringen, mit der sie die Neces bei ihrer Bergungsaktion auf Abstand halten wollten.

Cassidy, Clarissa-Tamara, Dog und zwei Prätorianer geraten in Gefangenschaft und werden in die Kellersysteme von Jacksonville verschleppt, wo auch die Chemiewaffen lagern. Jade wird während des Gefechts von einem rostigen Metallstab an der Hüfte durchbohrt und Angel bleibt allein auf dem Kühlturm zurück.

Nachdem sie Jade bei Tageslicht notdürftig verarztet hat, wollen sie bis zur Mittagszeit mit einer Rettungsoperation warten, da die Neces in der Hitze inaktiver werden. Dadurch erhält Angel die Möglichkeit zur Observation der Neces. Sie gibt einigen Namen, unter anderem Daisy, der eine gefangene Ratte gestohlen wurde und die daraufhin dem Dieb den Schädel mit einem Ziegelstein einschlägt.

Der Beginn der Rettungsaktion wird jäh unterbrochen, als eine schwarze Nyx-Kampfdrohne über Jacksonville auftaucht. Amy, die künstliche Intelligenz der Ian-Hawk-Biosphäre, gibt sich als Pilotin zu erkennen und erklärt, dass sie den Auftrag hat, das kompromittierte Chemiewaffenlager zu zerstören. Angel versucht, ihr mehr Zeit abzugewinnen, und obwohl Jade ihr keine Chancen gegen einen Computer ausrechnet, gibt Amy schließlich nach und schiebt ihren Angriff auf, solange ihre Treibstoffreserve reicht.

Die Söhne des Ragnarök tauchen auf der Oberfläche auf und werden von Amy beschossen, während Angel und Jade die Gefangenen suchen. In letzter Minute gelingt ihnen die Flucht, bevor Jacksonville von der Kampfdrohne zerstört wird. Kurz vor dem Ende erfährt Angel, dass Cassidy um ein Haar von den Söhnen des Ragnarök vergewaltigt worden wäre. Nun steht sie vor zwei Problemen: Kim den Kurswechsel im Krieg gegen das Sicariianische Imperium zu erklären und Cassidy über ihr Trauma hinwegzuhelfen.

ÜBER DEN AUTOR

Carsten Fischer, Jahrgang 1980, lebt und arbeitet in der Hansestadt Rostock. Er hat ursprünglich eine Ausbildung zum IT-Techniker absolviert, sich dann aber mit dem Schreiben seinen Traum erfüllt.

4872081R00181

Printed in Germany
by Amazon Distribution
GmbH, Leipzig